Anomalías

— de Uclés a Encélado —

Hiji&Jou

deuclesaencelado.com

Autores: © José Villalba Medina e Higinio Serrano Pérez, 2016
Diseño de cubierta: Roberto Reula (robertoreula.com).
Infografía de cubierta Higinio Serrano Pérez. Realizada en Blender
(blender.org) y GIMP (gimp.org).

Para saber más de la historia visita nuestro blog deuclesaencelado.com o
contacta con nosotros en hijiandjou@gmail.com

ISBN: 978-84-617-5316-1

Registro:
Nº Solicitud M-002700/2016
Nº de Expediente: 09-RTPI-02944.0/2016

A Concha Vallejo,
escritora, maestra y amiga.

Sin ti, este libro no existiría.

Prólogo:

La sábana y los gitanos.

Crearon sin proponérselo un baipás entre hoy y mi infancia, ellos fueron mi primer contacto con la Ciencia Ficción y los responsables últimos de la existencia de este libro.

Yo tenía seis o siete años, una pupa con costra en la rodilla derecha, la de la genuflexión, y un pelo liso y largo. Aún era verano pero ya lo había decidido: pediría a los Reyes Magos un Exin Castillos.

Mientras tanto, calor.

En los pueblos de La Mancha no abundan las novedades en ninguna época del año, así que el sábado que surgieron aquellos gitanos de la nada, aquel sábado cualquiera, se armó un buen barullo en la plaza a la hora de comer, ya que se presentaron así, sin más, frente a la iglesia y sin avisar. En el pueblo yo me enteraba de todo lo que un chico de mi edad podía enterarse, de otras cosas no, claro está, era "ropa tendida" que es como me llamaba mi madre cuando la conversación era de adultos. El caso es que mi casa, que está en la plaza, tiene varias ventanas desde donde espiar, ver sin ser visto y husmear... Llámese como se quiera, allí, en Almonacid del Marquesado y a las dos de la tarde de un sábado cualquiera, aparecieron los gitanos dentro de un furgón del que sacaron una máquina, unos palos y una sábana. Preguntaron en el casino, que era en realidad el bar de Ulrico, y confesaron su intención de proyectar una película en blanco y negro, del color ni hablar.

Horas después y hecho un manojo de nervios, asistí en primera fila o lo que es lo mismo sentado en el suelo, a la destrucción de Tokyo, Hiroshima, o de qué se yo Ciudad Cartón a manos de una monstruosa tortuga salida de la profundidad del mar que exhalaba por la boca, a través de una varilla, un gas congelador que destruía lo que tocaba. Ahora sé que al japonés disfrazado de tortuga le temblaba el pulso porque la varilla se agitaba, pero en aquel momento, en el fragor de la batalla entre los humanos y la bestia ese fallo carecía de importancia.

Cuando acabó la película me dolía la boca: había permanecido abierta y seca más de una hora. Me lo había creído todo y su recuerdo me mantuvo el resto del verano inmerso en mundos paralelos diferentes al de mi pueblo. Me enzarcé en una cruzada por toda la casa, que era la de mis abuelos, en busca de tesoros que encontré entre libros y tebeos: relatos de cosas extraordinarias distintas de los juguetes o los montones de arena de la calle que tanto disfrutaba. Aquellos días descubrí el atractivo y la magia del papel en los restos maltratados de un cómic de Marvel que no he vuelto a ver: el Doctor Muerte, los Cuatro Fantásticos y *Nosequién*, en blanco y negro por supuesto. La portada era un jirón, lo que hacía más misteriosas lo poco que se veía de unas naves voladoras. Y dentro superhéroes, mundos extraños, poderes mentales, personas invisibles, otras como de chicle, de roca o de fuego.

¿Todo aquello era posible?

Y comprendí que sí, que lo era y que tan sólo tenía que imaginarlo...

Tras la sábana de los gitanos llegaron "Mazinger Z", "Érase una vez el Espacio" y las paperas, por ese orden; el internado y Tintín con su "Viaje a la Luna", o las "Veinte mil leguas de viaje submarino" de Verne. Por último, ya universitario, el inigualable manga japonés "Ghost in the Shell" que cerró con Japón un círculo que había empezado cuarenta años antes.

El destino quiso que conociera a Higinio décadas atrás y que acabáramos uniendo nuestras fuerzas para llevar a cabo este proyecto: nuestra Ciencia Ficción española. También él, con cinco años, pero en Gijón, recibió su regalo de reyes: un robot a pilas que caminaba en línea recta, se detenía, abría de par en par su pecho y simulaba disparar con rayos láser, o lo que quiera que fuese con abundantes luces y estropicio para esconder el arma enseguida, girarse y avanzar de nuevo en línea recta hacia otro infeliz objetivo que pulverizaría sin pestañear. También se había pedido un Exin Castillos… En cuanto a "Érase una vez el Espacio", la suerte no le sonrió tanto como me había sonreído a mi: la emisión coincidía siempre con la hora del baño y al parecer su madre no lo entendía: la súplica estaba servida. El Exin Castillos le cayó también en navidades, como a mi.

Hoy en día todo es diferente, el mundo anda revuelto y muchos firmaríamos por volver a aquellos tiempos naif y a aquellas edades. En cuanto a la Ciencia Ficción, ¿es que todo tiene que ocurrir en Londres, Shanghái o Nueva York? ¡Pues no!

Vamos a contarte un secreto, sincero lector:

la novela que tienes entre manos es el producto final de nuestra imaginación. Y digo nuestra porque la hemos escrito entre los dos: Higinio y José (Hiji&Jou).

Hemos abierto para ti una pequeña ventana al universo que hemos creado, ventana que iremos ampliando en próximos relatos, tanto literarios como gráficos. Para ello nos hemos dividido el trabajo: Hiji crea la trama y Jou la pone por escrito. Por tanto estás a punto de disfrutar el producto de dos mentes en una aleación imposible de separar.

Anomalías es una novela catalogada como "Ciencia Ficción", sin embargo, gran parte de lo que cuenta incluidos sitios, gentes, hechos y momentos, fueron, son o se prevén reales y todo lo que se cuenta en ella ha sido objeto de un minucioso trabajo de documentación en campos tan diversos como historia, filosofía, ciencia, botánica, literatura, biología, tecnología y medicina, entre otros. Un ejemplo: casi todos los lugares de la Tierra que aparecen en la novela han sido visitados por, al menos, uno de los autores.

Nuestra forma de entender la Ciencia Ficción es ser lo más realista posible.

Como complemento a Anomalías hemos creado un blog donde charlamos sobre la trama y el contexto de cada capítulo. Os animamos a participar en él: ahí estaremos nosotros también para atender vuestras consultas, ya que no queremos intermediarios entre lector y autor.

www.deuclesaencelado.com

Anomalías no es ni más ni menos que la historia que hemos querido contar, tal y como hemos querido contarla: sin condicionantes, sin verse influenciada por dictados comerciales, modas ni estilos. Nos gusta compartir las historias que hemos creado y Anomalías es nuestro primer regalo para quienes deseen soñar...

Hiji & Jou

Madrid - 2014 / Aquisgrán - 2016

00 Un *santaclaus* en El Renacuajo

La Pinta llegó a su destino en el mismo instante en que zarpó.

Recorrió como por arte de magia los cuatrocientos millones de años luz que separan La Vía Láctea de la galaxia de El Renacuajo y fue la primera nave en demostrar la viabilidad de los viajes intergalácticos.

Para la mayoría era «El Cepillo de Dios», el ingenio más grande y feo que uno pueda imaginar, un cilindro kilométrico con cientos de contenedores clavados a su alrededor que transportaba a tres pasajeros: una mujer, un hombre y Núcleo, su cerebro.

En el centro de control de la misión, cuya sede se encontraba en Higía, la noticia se había convertido en champán mientras todos aguardaban con los brazos abiertos la llegada del resto de los datos. Se había logrado un avance que libraría al hombre de los dictados de la gravedad, del tiempo y del espacio, pero el motor de entrelazado que había hecho posible este viaje, necesitaba materia exótica para funcionar, así que se había montado esta primera expedición para recolectarla en la cola de El Renacuajo, donde dicha materia abunda a lo largo de un tramo lineal de polvo y estrellas que no son sino los escombros del choque colosal de dos galaxias.

Cuando La Pinta apareció en su destino comenzó a moverse y a esparcir sus contenedores, vagonetas mineras dotadas de inteligencias artificiales, IA elementales, que habían sido configuradas *in situ* por Núcleo de modo que regresaran a la nave cuando su capacidad de carga se encontrara al máximo. Él había calculado un par de semanas para volver al Sistema Solar con las bodegas repletas, así que todos habían encontrado normal que aquel viaje a lo desconocido estuviera resultando un paseo por el parque y la ausencia de novedades, rutina.

Núcleo lo exploraba todo: los soles, sus planetas, lunas, asteroides y cometas... Hasta que un día llamó la atención de los humanos sobre una nebulosa cercana que estaba por cartografiar: su colorido era tan asombroso que ni Carlo ni Beatriz encontraron entre sus recuerdos nada con lo que comparar tanta belleza.

Los días iban pasando.

Aunque en el interior de La Pinta reinaba la primavera, a Beatriz le gustaba dormir en su camarote bajo un invierno programado. El cuarto día, cuando acababa de coger el sueño, la despertaron.

—Bea, Be-a.

—Mmmmm.

—¡Bea!

—¡Eh! —Ella agarró su manta y se giró— ¿Qué pasa?

—Es Núcleo. ¡Está loco! —dijo Carlo.

—¿Y para eso me despiertas? Pues vaya novedad.

—La nave ha vibrado varias veces, le pregunté que qué ocurría y me dijo que había lanzado una alerta de reunión, que los contenedores se iban acoplando y que ¡nos vamos!

Pocas cosas fastidiaban tanto a la mujer menuda que se aferraba a su manta como que la despertaran, pero la mirada llena de determinación de Carlo y su piel oscura que se mimetizaba entre la penumbra, le conferían un aire de seriedad que delataba su preocupación, así que Beatriz saltó de la litera sin avisar y su novio, que con esa barba y esa altura parecía un buen salvaje, no supo qué hacer cuando la comandante se le vino encima.

—¿Irnos? —preguntó Beatriz recogiéndose el pelo en una coleta.

—No… ¡Sí! —respondió Carlo sintonizando de nuevo su cabeza.

—¡Núcleo! ¿Nos largamos?

—¿Recuerdas la nebulosa, Bez? —Núcleo acostumbraba a llamar así a Beatriz.

—Sí —dijo la comandante.

—Oculta un *santaclaus*.

—¿Estás de coña? —Beatriz salió disparada hacia el puente de mando seguida por Carlo.

—No, Bez, no es ninguna broma. Tenemos un *santaclaus* detrás.

—¿Qué es un *santaclaus*? —preguntó Carlo mientras la seguía.

Beatriz se detuvo en el pasillo y le echó el alto a su novio cortándole el paso. Él quiso añadir algo pero ella chistó. Los contenedores continuaban acoplándose y los retropropulsores de uno de ellos se habían activado antes de impactar contra la Pinta para ajustar el ensamblado. En el interior de la nave se sintió la vibración.

—Carlo, ¿recuerdas las misiones Gemini? —preguntó Núcleo

—Las de la NASA, sí, ¿y?

Beatriz, que había entrado en la sala de mando, comenzó a comprobar datos.

—Desde los comienzos de la carrera espacial —dijo la IA—, los Estados Unidos decidieron que, a diferencia de la URSS, su programa sería público. En la Navidad de 1965, los americanos que se encontraban en órbita divisaron unos extraños objetos junto a ellos y dado que las comunicaciones no se habían censurado, a la NASA se le ocurrió que la palabra clave para describirlos sería *santaclaus*. Esto evitaría que cundiera el pánico entre los contribuyentes, que seguían las misiones en directo a través de la radio y de la televisión.

Beatriz seguía trabajando impertérrita, lo que hizo pensar a Carlo que tenía por compañera a una piedra.

—Dieciocho minutos —informó Núcleo.

—Pero no podemos llegar a Higía con los contenedores medio vacíos —replicó Carlo.

—No, no iremos allí, es demasiado arriesgado pero debemos largarnos cuanto antes porque ignoro lo que puede suceder si nos quedamos —añadió Núcleo.

—¿No lo sabes? —dijo Beatriz.

—Es por el *santa*. No sé lo que es, ni lo que quiere, ni de dónde viene, ni por qué está ahí... Y no podemos cometer el error de conducir «eso» hasta el Sistema Solar.

—Quizá también busque algo aquí —comentó Carlo.

—Voy a poneros al día —dijo Núcleo—. Desde hace horas están desapareciendo contenedores. A muchos no los he vuelto a ver y otros, cuya comunicación se había interrumpido, se han autodestruido. He examinado los datos recopilados desde nuestra llegada y he descubierto un patrón: en las zonas donde los he perdido, he encontrado trazas de actividad energética que no es ni natural ni nuestra.

La IA, es decir Núcleo, proyectó frente a ellos una grabación acelerada del seguimiento de los contenedores en la que se veía cómo se esfumaba uno que se dirigía al tajo.

—¡Osti...! —escupió Beatriz.

—¡Para!, ¡para, para! —se agobió Carlo.

Núcleo avisó que activaría enseguida los trajes EVA, los trajes de actividad extra vehicular, y les pidió que se sentaran.

—Nos teleportamos en quince minutos —anunció.

Mientras los trajes se ajustaban, Núcleo continuaba hablando.

—Mirad la nebulosa: ¿veis algo raro?

—No —afirmó Carlo.

—¡En el color! —dijo Beatriz después de un rato—. ¿Es un fallo de camuflaje?

—Estamos frente a un trampantojo colosal. No pude saberlo antes porque una parte está muy bien disimulada y no interactúa con la luz visible ni con el resto del espectro electromagnético, pero lo que nos acecha se camufla perfectamente entre nosotros y la nebulosa copiando lo que vemos al fondo.

—¿La nebulosa es una ilusión? —sugirió Carlo.

—Sí, esta que estamos viendo es una ilusión —explicó Beatriz.

Núcleo sabía que entre el fondo de estrellas y La Pinta se encontraba el *santaclaus*, pero le resultaba imposible realizar mediciones precisas porque se había mimetizado con el cosmos de tal forma que, si bien Núcleo sabía que ahí había algo, no podía afirmar si ese algo se encontraba a mil kilómetros o a diez mil.

—¿Estarán estudiándonos? —dijo Carlo.

—Seguro —confirmó la IA.

—Entonces, ¿qué son? ¿Máquinas?, ¿animales?, ¿una colmena?, ¿un *metaser*? —Carlo estaba muy alterado.

—Sea lo que sea —dijo Núcleo—, en su comportamiento subyacen patrones inteligentes.

Carlo entró en barrena cuando oyó aquello: que si «mierda», que si «no quiero morir aquí, ¡vámonos!», y así estuvo un buen rato hasta que el pánico lo devoró. A veces el africano exasperaba a Bea, otras Beatriz importunaba a su novio y Núcleo, casi siempre, hartaba a los dos, pero ahora la cosa se estaba poniendo fea, así que Carlo enmudeció y Núcleo se dedicó a ultimar cálculos.

—Cinco minutos, Bez. ¿Algún inconveniente?

—No.

—Estoy recibiendo una transmisión —dijo Núcleo.

Bea creía que lo mejor era huir y agradeció en su fuero interno que Núcleo pensara lo mismo. Por otra parte, le intrigaba la avalancha de datos que el *santaclaus* enviaba. Estaba forzando la comunicación con ellos y, si se marchaban, quizá no tuvieran otra oportunidad.

—¿Qué dicen?

—Pues «¡hola!» u «os vais a cagar». No lo sé. Necesitaría un tiempo del que no disponemos —contestó Núcleo.

Entonces, una banda de lascas que comenzó a desprenderse de la matriz de la nebulosa parecía dirigirse hacia ellos: Era tan imponente que podría llegar a comprometer la seguridad de La Pinta tanto como lo hubiera estado la de un banco de kril frente a una ballena hambrienta. Aquella... cosa... de proporciones bíblicas, que no paraba de crecer, estaba formada por cientos de miles de escamas que evolucionaban en el espacio con acrobacias imposibles para la tecnología humana y que se comportaban como un cardumen convulso, tembloroso, palpitante y aterrador cuyo espectáculo hipnotizaba tanto a los humanos como a la máquina.

—Dos minutos para el entrelazado.

El tropel de lascas ya no disimulaba, se dirigía hacia La Pinta y se estaba acercando cada vez más. A veces dudaba, se retraía de forma caprichosa o avanzaba, giraba sobre sí mismo o se agitaba como un fluido...

—¿Por qué se comportan así? —preguntó Carlo.

—El vacío no parece ser su medio natural y han creado un volumen de singularidad en cuyo interior evolucionan. El rastro energético que dejan es idéntico al que he encontrado en los lugares donde han desaparecido mis contenedores.

—¿Actúa como esa araña que rompe la tensión superficial del agua y crea una burbuja de aire a su alrededor para poder sumergirse? —preguntó Carlo.

—Exacto, la *argyroneta* —contestó Núcleo.

—¿Y los relámpagos y los arcos voltaicos? —dijo Beatriz.

—En esa marabunta los motores de cada lasca son la causa de los rayos debido a la fricción, como si parte de su comunicación se realizara a través del tacto. Los arcos de energía que la recorren no son arcos voltaicos aunque lo parezcan. Lo cierto es que no sé lo que son.

—¿Lenguaje? —apuntó Carlo.

—Cuando un gato arquea el lomo también es una forma de lenguaje —añadió Bea.

Mientras Carlo y Beatriz hablaban, Núcleo había puesto pies en polvorosa, en concreto desde que anunció el inicio de la cuenta atrás para el entrelazado, y forzaba a los cohetes químicos para situar a La Pinta en el punto óptimo más lejano al *santaclaus*, por una parte, y de mejor acceso para el amarre de los contenedores que estaban más llenos, por la otra. Intentaba escapar pero, aunque La Pinta aceleraba, comparada con el cardumen parecía ir marcha atrás. No dijo nada a los otros dos, bastante tenían ya, pero la situación le fascinaba y Núcleo encontró un gran parecido entre los movimientos de aquel enjambre cabreado y las explosiones bajo el agua a gran profundidad. Mientras la IA miraba la situación cambió y el número de lascas que los perseguían aumentó de cientos de miles a millones, y de millones a cientos de millones.

—Nos observa y explora nuestro entorno: tiene un plan —dijo Beatriz con la cabeza sepultada en datos—. ¡Hay que irse ya!

—Pero, ¿podemos? —Carlo hiperventilaba. La lectura de sus constantes vitales preocupaba a la IA del traje EVA, que se encontraba valorando la situación. Un momento después se activaron varias alarmas de soporte vital y el traje no dudó en suministrarle un sedante por vía aérea para evitar problemas.

—Masa adicional en el perímetro de seguridad, recalculando...

—¿Re...? ¡La madre que parió, Núcleo! ¡Muévete ya!

Y con esta última orden, llegó el caos.

La nube de lascas los envolvió y detuvo su actividad durante un instante. El cardumen, que había creado una malla alrededor de la nave, a la que tenía a tiro de piedra, emitió un pulso y de repente todo falló en «El Cepillo de Dios»: soporte vital, electrónica, navegación... Todo menos el motor, que era pura física cuántica imposible de parar una vez puesto en marcha. La exoesfera alienígena se contrajo un segundo después de que La Pinta desapareciera para expandirse enseguida de nuevo, como si quemara el vacío atrapado en ella. Obtuvo un resultado idéntico cuando lo volvió a intentar y luego pasó de la quietud a la histeria: se compactó y expandió varias veces con ansia incrédula y como no encontró nada, varió su estrategia, se retiró hacia su refugio y finalmente desapareció.

¿Y qué se deducía de todo aquello?

Pues que el destino se había portado con ellos como un verdadero hijo de puta y que había obligado a Núcleo a elegir, de entre las que llevaba en la nave, la partícula entrelazada con la del lugar más cercano a donde poder huir, que resultó ser un pozo de oscuridad perpetua.

Antes de teleportarse, unas cuantas lascas se habían colado en el volumen de seguridad del motor y en cuanto La Pinta surgió en su destino la alarma, que parecía tonta, no dejó de importunar: Núcleo la silenció de un plumazo. Así pues, el Cepillo de Dios, es decir La Pinta, a medio camino entre nada y la Nada, viva, prácticamente a la deriva y muy lejos de Higía, entró en cuarentena.

La situación prohibía toda comunicación con la base, por eso Núcleo había decidido poner en órbita, a su alrededor, uno de los contenedores vacíos donde enjaular las lascas que serían monitorizadas por un tropel de Nanos. Ahora tocaba esperar y a ver si de paso era capaz de encontrar el origen o anular ese ruido de fondo que impregnaba sus sistemas.

Carlo y Bea habían sido advertidos acerca de la posibilidad de toparse con algún contratiempo tras el hilvanado del espacio pero... ¿aquello? Bea no tenía una opinión clara al respecto. ¿Casualidades?, ¿imprevistos? Preguntó a Núcleo, pero a él no le impresionaban los albures; y lo inesperado tampoco era santo de su devoción. Por tanto, y según su opinión no humana, se encontraban en el punto de alguna mira porque aquello no estaba cuando llegaron a la galaxia de El Renacuajo, sino que debía haberlos seguido. ¿Coincidir en la inmensidad del espacio? Imposible. Ahora la cuestión era saber cómo los habían encontrado. Deberían revisar todo desde el inicio de la misión, incluidas las transmisiones que el *santaclaus* había enviado, y hallar entre los datos alguna pista.

—Creo que temes y admiras al *santaclaus*, Núcleo. ¿Tu primera *femme fatale*? —ironizó Bea.

—La primera, sí, y debo reconocer que el encuentro me ha resultado fascinante.

—Núcleo, ¿tú no te preguntas cómo hemos llegado a esta situación? Porque yo necesito respuestas —dijo Beatriz.

—Bueno, quizá para encontrarlas debamos revisarlo todo desde el principio —respondió la IA.

—¿La misión? —preguntó ella.

—No, me refiero a toda vuestra historia, que es lo que ha dado origen a este viaje —respondió Núcleo.

—Carlo y yo conocemos una parte, así que si tu la conoces entera, cuéntala desde el comienzo. Tenemos tiempo y seguro que estás deseando hacerlo.

—Pues no sé…

—No me seas mamón —bromeó Bea.

Las falsas reticencias de Núcleo no habían hecho sino acrecentar el interés de la comandante por saberlo todo, así que le pidió un momento a la IA para encargar a los Nanos algo de comer y avisó a su novio.

—Desde el principio, por favor —suplicó Bea, que se había acurrucado junto a Carlo en cuanto este llegó, con la cabeza recostada sobre sus piernas.

—Bien, pues… a ver por donde empiezo. Por mi parte estaría muy mal ignorar los diarios que me confió Yifán —Núcleo se hizo el interesante—. Como sabéis, en realidad, todo, todo comenzó en Uclés, en la Castilla que dominó el mundo durante el siglo XVI, pero creo que empezar por los orígenes no es la mejor forma de contar una historia; a veces conviene contarla al bies, así que me inspiraré en Yifán y empezaré en Alemania treinta años atrás… Recuerdo que entonces era invierno y que la nieve había blanqueado a conciencia la región de Baden-Wurtemberg. Un sol tempranero, que aún se ocultaba tras la sábana gris del cielo, había convertido todo en claridad y encerrado a parte de los alemanes dentro de un congelador sin horizonte.

—Núcleo, cariño, al grano, no marees, ¡por favor! —interrumpió Beatriz.

—A ver, Bez: ¿estamos en cuarentena o no?, porque antes me dijiste que teníamos tiempo, así que no me interrumpas. O lo cuento así, o no lo cuento —replicó Núcleo, y después de una pausa se dispuso a continuar…

01 La rata en Constanza

Aquel jueves frío y luminoso de diciembre parecía un día cualquiera.

Lo parecía, pero no lo era.

A vista de zepelín —continuó Núcleo—, la carretera que bordeaba el lago Constanza serpenteaba entre los campos nevados como el trazo de un lápiz sobre el papel. Solo la recorría un vehículo, que circulaba en dirección a la Mainau, una isla que se encuentra junto a la orilla occidental del lago. El coche, que conocía los gustos de su ocupante, reproducía los coros a seis voces del *Officium Defunctorum:* en el interior de la berlina marrón todo era Tomás Luis de Victoria...

A Louise, la pasajera, se le estaba haciendo eterno el trayecto desde el aeropuerto de Friedrichshafen hasta la Mainau porque no había podido dejar de pensar ni un momento en su hija y ahora, el vehículo, que debía llevarla directamente a la casa condal, se había detenido justo al borde del lago, frente al puente que une las dos orillas junto a la Cruz de los Suecos, el calvario de bronce robado durante la Guerra de los Treinta Años que los Caballeros de la Orden Teutónica abandonaron allí cuando huían del ataque de los suizos.

Un cuervo que pasaba cerca decidió hacer un alto allí. Negro, desafiante, como si el conjunto de todo lo que abarcaba la vista le perteneciera, se posó junto al INRI, en el punto más alto de la cruz. El ave giro la cabeza a un lado, luego al otro y finalmente miró hacia el coche.

—«¡Qué!» —graznó.

Al otro lado del puente, más allá de la maleza rebelde y de los jardines congelados, la isla desaparecía de la vista camuflada bajo un manto blanco en donde el calvario y el cuervo eran las notas discordantes que devolverían a una Louise distraída a la realidad. «¿Por qué hemos parado?», se preguntó.

Su suegro Thomas, el conde Bernadotte, tenía debilidad por la colección de coches de la casa pero no quería que ninguno fuera tratado como una pieza de museo, sino que todos se utilizaran. Él había consentido modificaciones relativas a la energía, la propulsión y la seguridad, pero había mantenido los diseños originales en los vehículos más antiguos. Por eso, cuando Louise giró la cabeza para dar instrucciones al Núcleo del coche, se sorprendió al ver su reflejo distorsionado en el cristal opaco que descendía lentamente, y que hasta ese momento la había mantenido aislada del compartimento del conductor.

—*Raus, aus dem Auto!* —dijo el chófer.

«¿Cómo?», pensó Louise y negó con la cabeza. Era incapaz de moverse aunque su mente volara sin descanso. ¡Tantas cosas, todas tan importantes…!

Recordó que había salido apresuradamente del avión y había entrado en el coche. Ya en marcha, repasó los archivos, intentó tranquilizarse, pensó en su hija… Se había creído sola y a salvo en el vehículo puesto que no había detectado presencia alguna y Louise nunca hubiera imaginado la existencia de algo así: ¡la mente de aquel hombre estaba vacía! Había cometido un error y supo que ese error estaba a punto de costarle la vida. Por eso se esforzó en recordar qué había ocurrido a lo largo del día anterior… Y sus recuerdos la llevaron junto a la Torre Blanca, en pleno centro financiero de Londres, al 1 de Seething Ln, al edificio cuya puerta de acceso está coronada por un arco de piedra con tres calaveras, unas oficinas que hervían de actividad desde la tarde anterior, cuando se recibió y se analizó la información procedente de Milán.

Mas tarde había encargado a su secretaria Nina que preparara un vuelo urgente hasta Friedrichshafen: había decidido recoger a su hija Julia, que estaba en la Mainau con su abuelo, para traerla de vuelta a Londres después de haber aclarado ciertos temas con él.

Susurros en los pasillos, tazas de té hirviendo, breves y tensas llamadas mediante enlaces seguros... Nina le trajo un calmante junto con un sándwich que engulló casi sin masticar; estaban esperándola.

—¿Otra vez la pierna?

—Sí. Tengo que sacarme como sea esta espuma de titanio.

—¿No será algo sicológico? Siempre te duele cuando estás tensa.

—Pues no lo sé, Nina, pero llega un momento en que me cuesta concentrarme. Da igual. ¿Avisaste a mi suegro?

—Thomas estará en la Mainau a las 13:15h.

—¡Pero, llegaré bastante antes! Bueno, ¡mejor! ¿Alguien más sabe que voy? —dijo Louise.

—No.

—¿Seguro? —y como Nina encogió los hombros, añadió—: perdona Nina, estoy muy nerviosa.

—Ya.

Nina salió mientras Louise, que la seguía, era interpelada a gritos por el director de internacional que se asomaba desde la galería.

—¡Louise! ¿Sé puede saber adónde vas?

—A las oficinas de la compañía en Gatwick: tengo que enviar la valija y luego resolver unos asuntos en la ciudad.

—¡Qué la lleve Frank!

—No, ya voy yo. Tengo que asegurarme —gritó.

Mientras se dirigía a la puerta, Louise solicitó al Núcleo de la oficina que borrara toda la información relativa al expediente «Thomas» de forma segura, a excepción de la copia de su Nodo. Poco después sonó el aviso de llamada de su hija.

—¡Cariño!

—Hola, mamá. Es que Hedda ya se ha ido y te echo de menos. ¿Vienes el sábado?

—Pues... En principio no.

—Jo...

—Bueno... Vale —dijo Louise alargando las aes—. ¡Sorpresa! Mañana desayunaremos juntas. Iré a recogerte a la Mainau bien temprano.

—¿De verdad, mami? —Julia estaba exultante.

—Sí. Haremos las maletas y nos vendremos a Londres. Por la tarde te llevaré a los jardines de Kew.

—¿Las dos solas?

—¡Pues claro! Es más, podrás quedarte conmigo todo el tiempo que quieras, diga lo que diga tu abuelo. Y ahora, quítate el Nodo, déjalo en la mesilla y duérmete, cariño.

—Vale. Te quiero mucho mamá.

—Yo también, cielo.

—¿Te pasa algo, mami?

—No, no. Es... Solo que estoy muy cansada.

—Pero...

—Haz caso a tu madre y duérmete. Cuando llegue te daré un beso fuerte y...

—¡Y un gran abrazo! —chilló Julia.

—Adiós, cariño —dijo Louise, que sonreía.

—Adiós, mami.

La llamada de su hija le había alterado, pero finalmente Louise se puso el abrigo y salió a la calle. Chispeaba. Nina seguía enviando novedades pero ella no podía más, por lo que decidió desconectarse un rato mientras se dirigía hacia el coche acompañada por un Nano de seguridad que sostenía un paraguas. Un rato después llegó a la terminal de Gatwick, el encargado le informó que todo estaba listo y le preguntó si deseaba comer algo pero ella indicó que «no», que «solo agua».

El avión salió de inmediato en dirección a Alemania con una única pasajera. Louise buscó en el cajón lateral del asiento el libro en papel que guardaba allí, la reliquia que abría entre viaje y viaje para sumergirse de nuevo tres mil años atrás en la historia de una Roma que esta vez daba un vuelco cuyas consecuencias aún acusaba Occidente entero: Lucrecia, la esposa de Colatino era violada por Sexto, el hijo de Tarquinio, rey de Roma. Ella se suicidó. El ultraje sufrido por Lucrecia y su muerte hicieron caer la monarquía y que se alzase la República...

A medida que el pasado romano se difuminaba, Louise se relajaba.

El Núcleo del aparato la despertó antes de aterrizar. Cuando se incorporó notó cierto mareo y pasó del avión al Bentley de manera automática, medio aturdida. Ahora, a las puertas de la Mainau intentaba recordar, pero desde que se tomó aquel vaso de agua había sido incapaz de pensar con claridad.

—*Bitte, Louise, aus!* —repitió el chófer, que se impacientaba.

—*Nein!* —Louise no se movió. No podía dejar de pensar en la información alojada en su Nodo.

El falso chófer bajó del coche y mientras se dirigía a la puerta trasera con la intención de abrirla, sacó del bolsillo interior de su chaqueta un puntero con el que disparó un haz de energía que atravesó el cristal blindado de la ventanilla sin romperlo, y que causó estragos en el interior de Louise, quien sintió como su cuerpo se desconectaba. A este primer pulso siguieron otros dos mientras las notas del réquiem ocultaban bajo su extraordinaria belleza tanta mezquindad.

—El *officium*... —se deleitó el asesino, que abrió la puerta desde fuera, alzó con delicadeza el cuerpo y lo sacó del interior del coche para depositarlo en el suelo.

Con la mano derecha apartó el pelo de la cara de la chica, tomó un cilindro transparente del bolsillo de su pantalón y apoyándolo en la sien de la mujer, presionó. Un mecanismo de corte rebañó la piel, perforó el hueso y accedió al cerebro hasta conectarse al Nodo neuronal que daba soporte a la conexión de Louise con su Núcleo. Olía mal y la sangre hervía formando un círculo reseco alrededor de la incisión. Un pitido indicó que se había completado el proceso de copiado de la información y que, a su vez, se había activado el limbo de soporte gracias al cual Louise seguiría viva a todos los efectos.

Tras desvestirse, el criminal lanzó su ropa dentro del maletero y activó el cinturón inteligente que llevaba en torno a la cintura para que desplegase por todo su cuerpo, salvo por el rostro, un traje térmico de buceo; luego cargó con la muerta y descendió a trompicones hasta el lago desapareciendo entre la niebla, que había comenzado a espesarse, mientras unos cuantos Nanos diminutos liberados desde el coche, practicaban en el hielo un agujero circular tan amplio como para que cupiesen dos cuerpos a la vez.

El hombre esposó un mini torpedo a su muñeca, y otro a la de su víctima antes de incrustarle un *bombaluz* en el pecho mientras los pequeños robots se encargaban de borrar sus huellas en la nieve y en el hielo. Inspiró hondo y se lanzó con quien antes fuera Louise al agujero. Cuando desaparecieron bajo el agua, los pequeños Nanos sellaron la apertura y se desintegraron.

El asesino, que había activado el proyectil atado a la madre de Julia, se apartó de ella nadando mientras la veía hundirse. Luego mordió un cartucho que llevaba en la mano con el fin de poder respirar y activó el otro torpedo, que tiró de su cuerpo ajustando la trayectoria y la dirección de su desplazamiento hacia el lugar previsto para el contacto: allí donde el lago se derrama sobre el Rin para continuar su caída hacia el Mar del Norte. Junto a uno de los embarcaderos de aquella orilla, una rata dejó de mordisquear basura y se giró hacia el lago atraída por el borboteo repentino de agua descongelada. Se aplastó contra la nieve, miró al lago, luego al bosque nevado y se irguió. Fue el único testigo de como emergía de las profundidades un extraño pez con patas al mismo tiempo que descendía desde el cielo un silencioso *Dragonfly* que acariciaba el aire batiendo alas y desordenándolo todo.

El animalillo, que contrarrestaba la fuerza del aire desplazado, cayó de bruces cuando el aparato se posó. Poco después un pulso térmico en el traje de aquel ser que había emergido del agua creó una nubecilla a su alrededor, antes de recogerse y dejar desnudo a un humano que subió al transporte, introdujo un cilindro en un contacto y se tumbó. Acto seguido el *Dragonfly* inyectó a su pasajero una dosis *ZIP-propranolol* que impediría que la adrenalina fijase los recuerdos mientras desencriptaba la copia del Nodo de Louise y comenzaba la transmisión de los datos.

La aeronave selló la cabina y se elevó en silencio.

A medida que ganaba altura, los pensamientos del verdugo se difuminaban, su mirada se vaciaba y su rostro de querubín maduro se iba relajando. Poco después, algunos satélites de observación detectaron tres destellos simultáneos en Europa: uno a dos mil pies sobre el Canal de La Macha, otro bajo las aguas del lago Constanza y el tercero junto a la isla de Mainau, a cuyas puertas quedaron los restos calcinados del chasis de titanio de un vehículo.

02 El basilisco volvió de Überlingen a palacio

«Tiempo atrás fue gorda pero ahora, los ojos, cegados por el brillo de la arena y endulzados por el turquesa seductor del mar, se le salían de las órbitas. Siempre que levantaba la vista desde la hamaca, se asomaba al paraíso: ¿pechos?, en primer plano, turgentísimos, de pezones atornillados bajo la tela del bikini. ¿Tripa?, inexistente. Más abajo la punta del tanga, después las dos rodillas y al final de los pies, los dedos, por supuesto.

—¡Qué buena está usted para ser tan temprano! —le dijo el camarero, que se materializó a su lado con un margarita doble.

—¡Anda, que no tienes pelos en la lengua! —contestó ella desde la hamaca.

—Pues será porque usted no quiere... —replicó él, devorando con la mirada su entrepierna.

Y con esta frase tan fina la conquistó.

Rica, guapa, delgada... ¿Se puede pedir más?

La playa privada del Hilton Cayman formaba parte de uno de los complejos de vacaciones mas lujosos del planeta. Allí, bajo el sol abrasador, el margarita estaba bien sabroso y los días cundían más. Toda una vida anterior sin vacaciones había conseguido hermanarla con Nosferatu, pero aquello había quedado atrás.

Ahora un camarero joven la llamaba desde el agua. Hedda lo escaneó: crujiente de abdominales en estómago convexo sobre cama de pectorales rellenos. ¿Y de postre? microbañador: el *fardagüevos*. Era normal que se interesara por ella, pero es que no paraba de llamarla: ¡Hedda! ¡Eh! ¡Hedda...! Llamaba sin parar...»

—¡...da! ¡Hedda! Señora Rand ¡Despierte!

Hedda abrió los ojos y descubrió que no había playa, ni lascivia, ni músculos, ni efebo, que no era rica ni doncella sino el ama de llaves de la Mainau en su día libre, ¡y la estaban despertando! El sol había cambiado su calor salvaje por un resplandor minúsculo, la piel de Hedda retomó su parentesco transilvánico y su cuerpo, que había mermado un palmo, recuperó en un momento los 87 kilos de carne que, en realidad, nunca se habían marchado. Albert, el mayordomo, se encontraba junto a su cama con el rostro descompuesto...

—¡Un momento, un momento, Núcleo! —interrumpió Bea—. ¿Es un sueño? ¿Estás contando algo que soñó alguien?

—Pues sí, así es como lo cuento —replicó la IA.

—¿Pero es que has perdido el seso? ¿Cómo vas tú a saber...?

—Bez: os voy a contar una historia que abarca un par de décadas, así que deja que os lo cuente como lo hubieran contado las «yayas», que tienen más experiencia en esto.

—Pero...

—Porque, digo yo, que tendré que novelarlo un poco —continuó Núcleo—. ¡Di-go yo! —repitió con retintín.

—No hagas caso Núcleo —interrumpió Carlo. Bez puso los ojos en blanco y acto seguido recibió un manotazo de su novio, seguido de una mirada con traducción simultánea: "si abres la boca te mato".

Núcleo continuó:

—¡Por dios, Albert, casi me da un infarto! —dijo el ama de llaves.

—¡No está!

—¿Quién?

—La señorita.

—¿Qué señorita?

—¡La señorita Julia! La he..he buscado en la s... s... sala de juegos —balbució Albert—, eeeen la de música, e en todos y cada uno de e los rincones de la casa y en los jardines aledañ, ññ, os ¡puf!. La condesita se quitó su Nodo y lo-ee-e dejó sobre la mesilla. El Núcleo dice que no ha abandonado la Mainau, pero no sabemos más. Pregunté-e eea los Nanos jardineros si alguien se había dirigido a ellos pero, oome, oo, me contestaron que nn-nnnn....ooo!

Hedda contuvo la respiración desde la «n» hasta la «o», luego saltó de la cama sin cubrirse. Estaba descalza y olvidó meter los pies en las babuchas, algo que en ese momento aquello carecía de importancia.

—¿Y tú qué miras? ¿Nunca has visto a una mujer desnuda?

—Pues no como usted, la verdad, noo-ooo... ¡oh!

—¡Fuera de mi habitación! —ordenó el ama de llaves.

Hedda cogió sus ropas y desapareció tras la puerta del baño. Albert dio un respingo al escuchar el portazo.

—¡Por dios que está rolliza y desconoce el significado de la palabra rasurado! —reflexionó el mayordomo.

Una vez dentro del cuarto de baño, Hedda se tranquilizó. Miró por la ventana los jardines nevados mientras intentaba ordenar sus pensamientos.

—¿A dónde habría ido Julia? ¿Y por qué lo habrá hecho? —se preguntaba en voz alta. Luego abrió el grifo sin fijarse en lo que hacía. Si le había pasado algo... no quería ni pensarlo. El espejo terminó su habitual chequeo: «la tensión un poco alta. Salud ok. Recomiendo reposo»—. Anda que... —masculló Hedda en voz alta. El espejo también le informó de que Thomas había salido hacía unas horas y estaba ilocalizable.

31

—Bien…, ¡cálmate! —se dijo la mujer.

Una niña no podía desvanecerse sin motivo de la noche a la mañana de modo que apuró el aseo, se vistió con ropa de abrigo y recomponiendo sus pensamientos se lanzó escaleras abajo. Pidió a Núcleo que avisara a todos: buscarían por separado. De poco serviría llamar a Julia si ella no quería ser encontrada, pero ¿y si estaba herida?, ¿y si no podía gritar? Hedda sabía que Núcleo vigilaba la casa, actividad de la que únicamente respondía ante el conde, así que sería inútil preguntarle.

Cuando bajó al recibidor encontró a Albert junto con el resto del servicio.

—Albert, ¿te fijaste esta mañana si había huellas en la nieve?

—Sí, las que llevfffabannn al invernadero pasaban por delante de la capilla. Las demás son nuestras po.o.orque estuvimos buscando a la señorita un rato aaa…aaa antes de avisarle a usted. Como hoy es su día libre…

El mayordomo no había terminado de hablar, cuando un joven empleado irrumpió en el recibidor con el ímpetu de un miura sobre el coso y visiblemente afectado. Albert sufrió una conmoción cuando el chico se detuvo sobre la alfombra sin quitarse antes la nieve de las botas. El muchacho, que no podía dejar de jadear y tuvo que apoyar las manos en las rodillas para recuperar el resuello, contó con un fuerte acento francés, que se dirigía esa mañana al mercado navideño de Constanza cuando encontró junto a la cruz sueca el chasis vacío de un coche al que le faltaba todo lo demás *comme si c'était un escargot*, y sorbió gesticulando con la mano. El pobre intentó contactar con Hedda, pero recordó que era su día libre. Sin saber qué hacer, llamó al conde, pero Núcleo se lo impidió, así que decidió que lo mejor sería avisar a la policía.

¿La cara de Hedda?: Impasible.

¿Su mente?: «El Grito» de Munch.

Sabía que Julia no podía usar los coches salvo en casos de emergencia, Núcleo se lo habría impedido. Por otro lado… ¿Qué el franchute había avisado a quién sin consultar a Thomas? ¿Acaso este chico se drogaba? ¿Hola? ¿Qué pasa hoy? ¿Nos hemos vuelto todos locos? De pronto la gruesa matrona alemana dio media vuelta y salió por la puerta principal como un rayo lanzándose en plancha al exterior. La nieve dificultaba sus movimientos pero la ira y la angustia movían con agilidad su cuerpo. Núcleo, que estaba pesadísimo, no hacía más que responder con obviedades cuando se le consultaba: «que si los escondrijos eran infinitos, que si la temperatura exterior descendería a lo largo del día...». Thomas volvería en breve de Überlingen con otra puta escultura de hormigón de Peter Lenk. Si al menos hubiera comprado Imperia, que era la única cosa de ese tío que merecía la pena...

—¡Albert! —dijo Hedda a gritos desde la puerta de la capilla—, ¡no pasa nada si tardo un siglo o dos! Tráeme un termo con chocolate caliente y déjalo junto a la trampilla de la cripta.

No se le ocurría otro lugar en donde buscar. En el trayecto quedaron atrapadas la mitad de sus calorías; tiritaba, pero de rabia. Si no estaba en la capilla, ¿dónde buscar a una niña de seis años que no quiere ser encontrada en una isla de cuarenta y cinco hectáreas? Por eso, en el interior del templo, Hedda llamó a voces a Julia antes de encararse con la trampilla que había en el suelo, junto a la puerta de la entrada: estaba abierta. A medida que bajaba por las escaleras con el alma en vilo escuchó un llanto entrecortado y un sorber de mocos.

—¿Es todo? —dijo Thomas, que miraba hacia el lago a través del ventanal de la biblioteca.

—Sí.

—Hedda..., sabes que eres como de la familia —el conde siguió dándole la espalda.

—Lo sé —respondió ella negando con la cabeza y llamándole «hijo puta» en su interior.

—Cuando se forma a los empleados de la casa...

«Ya empezamos con la matraca», resopló Hedda.

—... deben quedar claros determinados conceptos.

—Conde Bernadotte, asumiré las consecuencias de lo ocurrido. Soy consciente de la situación. No inventaré mentiras para excusar el comportamiento de este chico. Sin embargo, permítame....

—¡Sin embargo nada!

Hedda no contestó.

Siempre que Thomas le echaba la bronca, ella desconectaba. Era difícil explicar con precisión lo que significaba el silencio que siguió a la explosión del conde porque, físicamente no había movido ningún músculo, pero todo Waden-Wurtemberg tembló.

—¿... tás escuchando?

—¿Eh? Sí —dijo Hedda que no le había prestado atención—. Señor, la niña había desaparecido, Núcleo informó que era mi día libre y a Phil casi le dio un infarto cuando encontró el chasis de un coche a las puertas de la Mainau. No pudieron contactar con usted porque le dijo a Núcleo que no quería ser interrumpido, así que si me lo permite, el chico actuó bien, hizo lo correcto al llamar a la policía. ¡Es que yo hubiera hecho lo mismo de haberme encontrado en su lugar! No obró mal. Si a eso quiere llamarlo equis, llámelo. Y ahora, si no se le ofrece nada más, me gustaría ir a ver cómo se encuentra su nieta, porque lo ha pasado muy mal.

Hedda no esperó autorización y se marchó.

Llevaban veinte minutos con el tema y Thomas cerró el pico. Ella tenía razón pero él también, porque llamar a la policía siempre complica las cosas. «¿Por qué hizo Julia lo que hizo?», pensó el conde, que había pedido a un Nano de la biblioteca que le sirviera un lingotazo de Macallan. Un cuarto de hora más tarde, sobre la mesa que Bismarck regaló a uno de sus antepasados, los hielos del güisqui se habían derretido y Thomas seguía dando vueltas a lo de su nieta. Decidió ir a hablar con ella, pero se llevó una sorpresa cuando Hedda, que se había presentado de nuevo en la biblioteca, le dijo que era preferible que no fuera.

—¿Estás insinuando que mi nieta no quiere verme?

—No, señoría. Lo que estoy intentando decir, y al parecer sin mucho éxito, es que Julia está muda. No habla, la niña está muy alterada por algo que no sé lo que es, y no pronuncia palabra hasta el punto de que le pregunté si tenía hambre y no me respondió.

Hedda esperó la réplica..., sin éxito.

—¿Thomas? ¿Señor? ¿Me escucha?

Pero la mente de Thomas estaba en otro sitio tratando de entender...

—¿Cómo es posible? —dijo por fin.

—No ha hablado conmigo ni con nadie en las últimas horas.

—¿Y por qué no me lo has dicho?

—Desde que llegó, señor, ha sido usted un incordio, con todos mis respetos. He tratado varias veces de decírselo hasta que me he dado por vencida. Es evidente que el cuerpo lo tiene usted en casa, pero su mente reposa en Babia —dijo bastante cabreada. «Aquí esta ocurriendo algo que se me escapa», pensó.

—Señor un policía desea ser recibido —comunico Núcleo al conde.

Thomas pidió a Hedda que le dejara solo y ella aprovechó para ir hasta la cocina a por un vaso de leche y un par de magdalenas para la niña.

Estaba hecho un lío: por un lado su nieta, por otro la policía... «¡Joder!», insultaba mentalmente mientras cruzaba el hall. Hoy todo se le escapaba de las manos: había que hacer algo pero, si delegaba en alguien, seguro que sería peor, así que no le quedaba más remedio que tomar las riendas del asunto. Estaba preocupado por Julia y la policía era la guinda. ¿Es qué tenía que ocurrir todo a la vez?

—Debí tomarme un güisqui doble —se reprochó.

—¿Qué tal ha ido? —le preguntó a Wolfgang, con una sonrisa, el policía más viejo, que había preferido quedarse en el coche a las puertas del palacio.

—Mal —respondió el inspector.

—¿Ves?, te dije que no te metieras en líos. Pero claro, interrogar a un pez gordo es tentador.

—Hago mi trabajo.

—¡Y un cuerno! Te encanta dar por culo, pero escucha, Thomas Bernadotte no es un cualquiera, el canciller europeo pide cita para hablar con él y no se presenta en esta casa sin invitación.

—Lo sé, pero es que ellos llamaron desde aquí a la policía. Así que no hacía falta cita.

—Cierto —aceptó el más mayor—, tú mismo lo has dicho, te llamaron desde la casa. ¡Pues habla con quién te llamó! No cabrees a los de arriba porque esta gente no tiene tiempo para sandeces.

—Sí, pero hay algo que no me cuadra —dijo Wolfgang.

—¿Qué no te...? Verás, yo sí que te voy a cuadrar: según el volumen de la mierda que destapes, así será el tamaño del montón que te sepulte. Pertenecemos a otro mundo, chaval. ¿El palacio te agradó por dentro?

—Mmm... sí.

—Pues me alegro. Nos vamos, que tengo hijos e hipoteca. Quiero a mi mujer y no le voy a complicar la vida porque el culo de un compañero pida guerra. Así estamos muy bien. Por cierto ¿qué te dijo?

—Pues que consultó al Núcleo y que el coche volvía del aeropuerto de Friedrichshafen. Los vehículos van y vienen constantemente a esa y a otras ciudades de la región y probablemente no fuese nadie dentro. No esperaban visita hasta mañana que viene su nuera. Los coches funcionan veinticuatro horas al día. El conde y tres ayudantes habían salido muy temprano para Constanza, fue a comprar una escultura a *nosequién* y usó el *overcraft* para ir y poder traerla a palacio porque el lago estaba congelado. Me remitió al ama de llaves, porque él llegó hace poco y su nieta estaba enferma o algo así. Tenía que atenderla.

—¿Vas a volver otra vez?

—Sí.

—No doy crédito.

—Y tú me acompañarás.

—¿Yo? ¡Ja! Ni lo sueñes. Antes me lavo con sangre en el tonel de las pirañas.

Cuando el policía se hubo marchado Thomas preguntó a la casa.

—Núcleo, ¿cuál ha sido?

—El Bentley marrón.

—¡Mierda!

Había heredado ese coche de su padre. Lo adoraba, le gustaba conducirlo y le contrariaban sobre todo dos cosas: la pérdida de una joya familiar y que esa joya hubiera sido fabricada con el chasis de titanio. El miércoles anterior Thomas había conducido personalmente ese Bentley hasta Friedrichshafen pero la tormenta de nieve posterior había dejado incomunicada por tierra a la región y Núcleo tuvo que enviar el Saeta a recogerlo. Se maldijo por no haber previsto que el coche se quedaría allí, pero ahora no importaba. Lo primero era limpiar la mierda a su alrededor y pidió a Núcleo que mandara un mensaje al inspector jefe de policía. Consideraba que «por error» habían enviado a la isla a un principiante incompetente y maleducado. Le pedía «por favor» que se ocupara personalmente del asunto, ya que se conocían desde hacía tiempo, subrayando que él mismo le había recomendado para el puesto que ocupaba. Siendo sincero, se sentía más cómodo con un hombre como él, que había demostrado su valía con creces, que colaborando con niñatos que ignoraban cual era su puesto en este mundo.

Antes de que los dos agentes atravesaran de nuevo el puente de acceso a la propiedad Bernadotte, pero en sentido contrario, ya habían respondido desde comisaría, el joven policía había sido sustituido, el caso cerrado y se había enviado a Thomas un mensaje de sumisión con una lista interminable de disculpas.

Seis años después en América…

03 Medusas en Miami

A trescientos ochenta mil kilómetros por encima del Mar de la Tranquilidad, se encuentra la calle Ocean Drive en Miami Beach, Florida. Cualquier otro día del año hubiera sido pecado llegar tarde a comer a su casa, pero hoy, cuanto más tardaran, mejor. Isaac McRae, que viajaba en el coche con su hijo, estaba agobiado y su camisa se las veía y se las deseaba para eliminar el sudor. No es que estuviera enfermo ni que hiciera calor: había salido disgustado de la consulta del sicólogo, sorprendido por su propuesta y alterado porque debería contarle todo aquello a su mujer.

Isaac era el coordinador del diseño y construcción de los sistemas de propulsión y energía de la Arrowhead, una nave científica que enviaría la ONU más allá de Neptuno, hasta el acantilado Kuiper para averiguar «qué diablos estaba pasando», porque allí estaba pasando algo. El genio, al que intimidaban pocas cosas, se sentía fatal porque durante muchos meses no había dedicado demasiado tiempo a su familia. «El langosta», como le llamaba su equipo, había esquilmado durante los últimos años las arcas del Consorcio, y aunque valoraba como oro cada segundo de su tiempo, hoy dejaba transcurrir los minutos con la mirada perdida: se había bloqueado por segunda vez en su vida. La primera fue cuando su novia Danielle, hoy su mujer, lo llevó sin avisar a un sex shop para adquirir unas bragas masticables. Acto seguido lo arrastró a una cabina privada, cerró la puerta y lo sentó de un empujón en una de las dos butacas. La hasta entonces comedida Danielle se deshizo de

40

la ropa, se puso las braguitas y apoyando un zapato en el pecho de Isaac susurró:

—¿Te gustan mis braguitas?

—Sí...í —dijo él con la boca seca.

—¡Pues te las vas a comer!

Fue oír aquello y desatarse un infierno. Meses después llegó Yifán. Pues bien, sobre Yifán iba la cosa. El sicólogo que trataba a su hijo desde hacía una década, había pronunciado un pequeño discurso en su consulta y cuando terminó dijo: «Y por eso tiene usted que decírselo a su madre».

—¿Y cómo se lo digo a tu madre? —mascullaba en voz alta Isaac.

No podía dejar de pensar en ello: «tener un amigo imaginario a los tres años no es muy raro, pero encontrarse en la quincena y seguir con el tal Krito, eso sí que es un problema».

Pichí, terry-cola, lucecita... Eso te pasa cuando se te ocurre contar en el colegio que tienes un amigo de otro mundo o que las personas son como velas que brillan un poco en la oscuridad. Yifán había aprendido a la fuerza a estar callado, incluso en casa, porque a su madre le costaba entenderlo. Al menos su padre siempre le escuchaba.

—Necesita salir más, cambiar de ambiente, conocer gente, viajar... —había dicho el facultativo.

«Puto loquero. ¿Y para llegar a esa conclusión hace falta un máster?», pensaba Isaac recordando la sesión

—Te llama Pedro —dijo el Núcleo del coche.

—¡McRae! ¡Qué pasa!

—¡Hola Pedrín! ¿Qué tal por Europa?

—Ginebra es una fiesta —ironizó.

—Oye, no me pillas bien, acabamos de salir del sicólogo, estoy con Yifán y... ¿Hablamos más tarde?

—¡Eh Yifán! ¿Qué le has hecho a tu padre, que se queja como un viejo?

—Jajaja. Hola Peter —Yifán se rió con Pedro, como siempre.

—Tú tranquilo. ¿Sabes qué?

—¿Qué? —subrayó Yifán con interés.

—Ayer me puse los calzoncillos del revés, tuve que ir al baño en la oficina y no me podía sacar la cola: casi me meo encima.

—¡Papá! ¡Está loco!

—Loco es poco, hijo. Anda, déjame un momento, tengo que hablar con él.

—¡Pero papá! ¡Peter!... Ni caso —dijo Yifán frustrado.

El coche había pasado la conversación al Nodo neural de Isaac, que ya estaba centrado por completo en Pedro.

—¿Otra vez Krito? —preguntó.

—Sí.

—Oye, no es que quiera meterme donde no me llaman, pero ¿no es ya un poco mayor para eso?

—Pues sí... no sé. El caso es que a veces me cuenta unas cosas que parecen tan reales... —dijo Isaac.

—¡Oye!, ¿vas a decirme ahora que tú también te lo crees?

—A ver, Peter, que no es eso. Lo que digo es que Yifán no tiene por costumbre mentir y tanto tiempo con lo mismo hace que dude. Yo..., ¿puedo contarte algo? Pero no se lo digas a nadie.

—¿Qué? —le animó Peter.

—Lleva un diario.

—¿Desde cuándo?

—Desde los ocho años. Ha escrito todo lo que ha visto en sus sueños.

—Dime que no lo has leído, por favor.

—Pues lo he leído.

—¡Hombre, no! Eres un cabrón. ¿Por qué no os dejáis de chorradas de sicólogo? Yo a los quince me agarraba a las almohadas y las invitaba a salir. ¿Qué opina la loba? —quiso saber Peter, que se refería a Danielle.

—Pues de eso tengo que hablar con ella.

—Si no se lo has dicho aún, prepárate.

—Venga Pedro, que no es broma, estoy bastante preocupado y se me juntan las dos cosas.

—¿*Cuálas*?

—Pues que con la conferencia del CERN (Organización Europea para la Investigación Nuclear), y los quince días que estaremos en Europa, habíamos pensado dejar al niño con sus primos aquí y ahora resulta que esa no parece ser la mejor opción, según el sacacuartos.

—¿El... quién?

—El sicólogo.

—¿Por qué no os lo traéis? Le buscamos un campamento y lo abandonamos a su suerte las dos semanas del congreso.

—Bueno, ya veremos. Cambiando de tema, ¿por qué has llamado?

—Ah, sí, se trata de la ampliación del presupuesto —dijo Pedro con poco entusiasmo—. Es más de un dos por ciento.

—¡Joder! Entonces hay que votarlo.

—Sí.

—¿Cuántos científicos votan?

—Unos diez millones. Todos los que tienen alguna vinculación con el proyecto.

—Yo lo que no entiendo es como hemos llegado a este punto. ¿Qué pasa con los suministros?

—Las fuentes de *caoleno* se agotan y siempre hará falta más tiempo y dinero para encontrar otros filones.

—Oye, te dejo, que estamos girando en Ponce de León.

—Da recuerdos —dijo Peter.

—De tus partes.

—Gracias, no. Me gustaría conservarlas. Chao.

Para ser quienes eran, la casa de los McRae no era ostentosa. Moderna según unos cánones y quirúrgica según otros. Lo mejor era el jardín, grande, un remanso de paz perpetua del que Yifán disfrutaba cada centímetro cuadrado. En la casa, sin embargo, la paz duraría poco.

—¿Qué nos llevemos al niño a Europa? ¿Pero a ti se te ha ido la cabeza? —Danielle, que estaba picoteando en la cocina, se apresuró a tragar.

—Bueno, mujer, no es que diga que lo llevemos a Europa, es que como tenemos que ir, pues se me había ocurrido que no estaría mal llevarlo con nosotros.

—¿Y qué hacemos allí quince días con él? ¿Nos lo comemos con patatas? En las reuniones no puede estar.

—Ya. Hablé con Pedro que me llamó desde Ginebra. Le dije que mirase un campamento por la zona donde pudiera pasar unos días.

—¡Ah, muy bien! ¡Gracias por consultarme!

—Lo estoy haciendo ahora. Y suelta ese cuchillo, por favor, no me apuntes con él que me estas poniendo negro —rogó Isaac.

—¿Y tu madre? ¿Y los primos? A Yifán le hacía ilusión pasar unas semanas con ellos.

—Pues no sé...

—Vale señor «pues». Lo llevamos a Europa, pero a tu madre y a los primos se lo dices tú. Yo, si me preguntan, diré que es cosa tuya. No quiero tenerla con mi suegra y acabar con la cabeza como un bombo de aquí a fin de año. ¿Qué coño quieres para cenar?

—Mujer, dicho así...

—¿Dicho cómo?

—Huevos —Isaac, que jamás hubiera imaginado lo fácil que había sido, salió de la cocina.

—¿Fritos? ¿Revueltos? ¡O en tortilla!

De tantas vueltas como le daba la cabeza, Isaac ya ni oía.

—¡Qué si fritos, revueltos o en tortilla! —voceó Danielle.

—Deja, deja, es igual, voy por un sandwich al Starbucks... Y de paso me despejo. ¿Te traigo algo?

—¿Qué? —preguntó a voces Danielle.

—Nada —respondió mas fuerte aún Isaac.

—¡Yo no quiero ir a Suiza! —gritó Yifán desde el piso de arriba.

—¡Tú a callar! —chilló la madre.

—¡Hala! —dijo Isaac acelerando hacia la puerta.

—¡Pienso quedarme con mis primos! —contraatacó el crío.

—Repite lo que has dicho —dijo Danielle apuntando hacia la escalera con el cuchillo.

Yifán se dio media vuelta y se metió en su habitación mascullando tacos.

—¡Bien! —dijo Danielle.

—Pues bien —se escuchó arriba al fondo.

—¡A mí, tú no me contestas! ¿Eh?

Segundos después, al no escuchar réplica, el huracán Danielle tocó tierra por fin y perdió intensidad. Yifán no había comido, le hervía la sangre, y no pensaba cenar. Cogió la maqueta de la nave que le había regalado su padre, lo que más le gustaba de su habitación.

—¡Jo!, es que... —lloraba de rabia tumbado en la cama.

Quince años y sobrado de adrenalina.

La discusión había sido como echar gasolina al fuego. A Yifán le quemaba la mente: su madre como una hidra, el padre acojonadito y ¿por qué tenía que ir a Europa? ¿Pero por qué tenía que ir? ¿Daba igual lo que él pensara? De su madre lo esperaba; ¿total?, nunca le acompañó al sicólogo. Pero ¿su padre? ¡Él mismo había propuesto el viaje y eso no se lo perdonaba! ¿Dejar de ver a sus primos? No, no iría a Europa ¡no y no! Prepararía la mochila y se escaparía. En ese momento sentía cosas raras hacia su familia.

No pensaba ceder.

¿Cenar? ¡Ni de coña!

—No tengo hambre —gritó desde su cuarto al reclamo de su madre.

—Te recuerdo que no has comido.

—Me da igual —susurró.

—Bien, pues como quiera el señorito —gritó Danielle, que no le había oído—. Pero tendrás espinacas para desayunar y cereales con leche en la comida. Pues sí señor... Me va a torear éste...

—¡Nunca volveré a comer tu comida!

—¡Que te lo has creído! ¡Ah! Y te desconecto ahora mismo.

—¡Pues desconecta (te tú)! —Yifán finalizó en voz baja— ¡Mándame a la Edad Media!

—No caerá esa breva... —dijo Danielle entrando al trapo—. ¡Y cómo me sigas contestando, subo y te pongo en órbita, que al fin y al cabo mi trabajo consiste en eso...!

—¡Déjalo ya! —respondió Yifán subiendo el tono al final.

—¡Qué no me contestes!

—¡Pues no me preguntes!

—¿Será posible? —Danielle no podía más y se dirigió hacia la escalera en el momento en que Isaac, que había olvidado algo, entraba por la puerta.

—Lo mato —dijo mirando a su marido con el cuchillo aún entre las manos.

—Vale, Dan... Ey, Dan, Dan —suplicó Isaac preocupado—. Suelta eso de una vez y deja que el crío respire un poco, ¿vale?, se le pasará. Europa le va a gustar, no te pongas a su nivel, que sois los dos iguales.

—Mira, monín, tú a lo tuyo que es la nave. Que yo me pasaba el día con las tetas fuera por toda la casa como una loca y derivando ecuaciones con tal de darle el pecho a este. ¿Para qué? Para nada.

—Pero si lo calculaba todo la IA...

—¡Qué me da igual! A ti te mangonea como quiere, no lo sabes llevar, claro que te adora, porque yo soy la mala que siempre le dice que no —explicó Danielle de regreso a la cocina.

«En eso tienes razón», pensó Isaac, que ya subía hacia el cuarto del chico. Encontró a Yifán tumbado en la cama con los ojos cerrados. Iba a charlar con él, pero lo vio tan relajado que se lo pensó mejor y se dio media vuelta.

Al igual que el de Yifán, en Miami, el día del profesor Adam había amanecido bien pero anochecería mal a trescientos ochenta mil kilómetros por debajo del Mar de la Tranquilidad.

El café de la mañana le había sabido a gloria: era viernes y buscaría plan. Las previsiones mejoraron cuando, a primera hora, su compañera Lisa *tedebounfavor* le pidió que la supliera en la tutoría semanal de un grupo nocturno de máster. Él aceptó. Sabía que su viernes quedaría emparedado entre la universidad y las tetas de su amiga, gracias a las cuales ella casi siempre conseguía lo que quería. Ser consciente de eso era una cosa y otra muy distinta verla subir diez minutos más tarde a un descapotable. Adam se sintió un completo imbécil que pensaba que el día no empeoraría. Pues bien, poco después llegó un mensaje de su tío Thomas, el conde Bernadotte, desde Alemania.

—Léelo —pidió a su Nodo.

«Espero hablar contigo pronto», decía.

Lo de esperar era un decir porque el *conde-nado* tío Thomas, como Adam lo llamaba, había enviado junto con el mensaje, los pormenores de un viaje y de una línea de crédito.

Enseguida llamó a su tío y se enteró de que había problemas en las empresas de la familia: suministros y blablablá. Esto suponía ir a Europa con los gastos pagados, así que a Adam le saltaron todas las alarmas. Podía entender que Thomas hubiera arreglado lo de ausentarse del trabajo porque era uno de los benefactores de la universidad y poderoso caballero es don dinero. Pero ¿no escatimar en gastos? Eso era harina de otro costal: ¿estratosférico hasta Zurich y Saeta hasta la Mainau? El precio de todo aquello no era ¿cuánto?, si no ¿qué?

Thomas le aseguró que no había de qué preocuparse, lo cual ya era preocupante, pero la verdad era que no se podía quejar salvo por ser viernes y estar sin plan, una vez más.

«Soy lerdo y las tías unas hijas de puta», pensó mientras buscaba el aula donde debía sustituir a Lisa.

Una vez dentro comenzó la tutoría; una cosa llevó a la otra, se generó un debate y alguien de la primera fila explotó.

—¡Eso no es cierto! La nube de meteoritos que estuvo a punto de impactar contra la Tierra aceleró los avances de la ciencia, por tanto las catástrofes son buenas —dijo, después de levantarse y sacar pecho, la dueña de un buen par de piernas enfundadas en un minishort por el que Adam sintió fijación.

La que se montó fue buena y como el conflicto no remitía, el profesor propuso continuar con otro enfoque sobre los avances de la ciencia. Lisa le pediría cuentas por no haber seguido el programa pero ¡qué carajo!, tampoco era esclavo de las normas y ella se la había jugado.

El aula se dividió en facciones que partían de la misma base. Ninguno de los bandos dudaba de que los problemas cotidianos carecieran de importancia, pero la perspectiva cambia cuando uno se encuentra cara a cara con la extinción. Si los meteoritos hubieran caído sobre el planeta, ¿qué habría quedado de la Humanidad? Nada en la Tierra, estaciones en órbita que acabarían siendo espectros y las colonias exteriores marchitándose.

—Por eso, gracias a la amenaza de los meteoritos, existe *YAHVEH* —dijo la del minishort.

—¡No sabíamos que eras monja! —se santiguó un joven al fondo mientras los demás reían.

—¡Cuanta ignorancia, por dios! —protestó doña exuberante.

—¿Alguien sabe qué es *YAHVEH*? —preguntó Adam. Esperó... pero resultó que no—. Ella os lo explicará —y dio la palabra al *pibón*, gesticulando para que se girase hacia sus compañeros y a él le diera la espalda. «¡Ñam!», pensó.

—¡A ver! *YAHVEH* es el nombre en clave del «Proyecto de Vigilancia de Cuerpos Extrasolares»

—¡Tú si que tienes un cuerpo extrasolar! —dijo de nuevo el anónimo.

Ella continuó como si nada.

—Imaginaos una esfera en torno al Sol, cuyo radio encaja entre nuestra órbita y la de Marte. Está formada por millones de nanosatélites unidos por su inteligencia colmena que rastrean cualquier cosa que pueda llegar desde el espacio exterior hasta nosotros. La esfera se expande a medida que el número de satélites que la forman, crece.

—¿Cómo los hacen? —preguntó alguien.

—En los asteroides del Cinturón Principal se han anclado factorías automáticas que los fabrican usando un concepto de producción *ad infinitum*. La precisión de la esfera aumenta a medida que crece. *YAHVEH* detectó hace unos años la Anomalía, un objeto transneptuniano que orbita el acantilado Kuiper —dijo la del minishort alzando la voz.

En ese momento sonó el timbre de las nueve, todo el mundo salió corriendo, incluidas las dos piernas preferidas del profesor.

No muy lejos de allí, a unas cuantas manzanas, mientras el aula de la Universidad se vaciaba, Yifán urdía un plan en su casa.

—¿Por qué todo me tiene que pasar a mí? —se dijo en voz alta cuando comenzó a poner en marcha una idea: se escaparía. Anuló a Núcleo, quien se chivó a Danielle, que en ese momento estaba ocupada y no le hizo mucho caso pero le pidió que grabara todo lo que hiciera Yifán.

En el trabajo Danielle era pura eficiencia: sus subordinados insectos y ella su reina, pero existían normas. En casa, sin embargo, ejercía un poder absoluto sobre el padre, el hijo y sobre Núcleo, quienes, cada uno a su manera, se las apañaban para sacarla de quicio, según ella.

Más tarde, revisando la grabación de Núcleo Danielle se enteró de los planes de fuga de su hijo. Isaac la pilló *in fraganti* y ella levantó la vista desafiante: él no osó rechistar. A veces Dan se sorprendía pensando que le habían cambiado al hijo en el hospital, pero no, había salido a la familia de su marido. Isaac, que parecía bloqueado, decidió comerse el sandwich que había comprado en el Starbucks para huir lo antes posible hacia el estudio con la excusa de trabajar un rato.

—Yifán dice que no baja. No tiene hambre. ¿Tú tampoco te vas a sentar a cenar? —dijo Danielle con la mesa puesta.

—Déjale un poco de espacio mujer... —a Isaac le costaba tragar.

—Si quiere espacio que se haga astronauta. Este me ha tomado por el pito del sereno.

Yifán dudaba a veces si estos dos serían sus verdaderos padres porque, de no serlo, eso explicaría muchas cosas y entre otras que siempre le llevaran la contraria. Bueno, no siempre. Pero si de verdad era su hijo ¿por qué no le hacían caso? «¡Jo! ¡Krito existe! Es que ya no sé cómo decirlo. No quiero conocer mas gente y tampoco quiero viajar. Dejadme en paz», pensaba el iluso. Y tumbado en la cama con este barullo en la cabeza, dio media vuelta y se durmió como si alguien hubiera pulsado un interruptor. En un primer momento Danielle, que le espiaba a gracias a Núcleo, creyó que era otra treta pero la IA le confirmó que había entrado en la fase alfa del sueño. Bendita forma de desconectar.

—¿Y por qué no me has dicho antes lo de la fuga? —preguntó Danielle.

—Pues porque no me lo has preguntado —respondió Núcleo, que no pudo ver que Yifán disfrutaba de compañía mientras dormía. Tampoco pudo ver que, poco después y sirviéndose del sueño, Krito acarició la mente de Yifán para contarle algunas cosas. Para un humano sería difícil entrar en la cabeza de otro sin causar un estropicio, pero Krito, que no lo era, entraba y salía con facilidad de la de su amigo Yifán.

—Dios mío, dame paciencia —se quejó Danielle.

—Deberías pensarlo bien, Dan. Sé más sutil con Yifán —dijo Isaac.

—Vaya con don perfecto —Isaac palideció— que me vengas tú con esas, que te descolgaste el otro día con lo de «hijo, abre bien los ojos que no nos interesaba emparentarnos con la hija de la vecina».

—Pero si fuiste tú la que sacó el tema: «Vaya con Ana. Pronto tendrá familia», dijiste —contestó Isaac.

—Es que es verdad, está muy desarrollada. Enseña tanto que no deja espacio para la imaginación. Volviendo a tu hijo, y ya que has leído su diario…

—¿Y quién te ha dicho a ti que yo he leído su diario?

—Hablas en sueños.

—¿Qué yo...? ¿Qué dije?

—Eso y otras cosas, así que ya está bien de tontunas y me vas a decir donde lo guarda que también quiero leerlo.

—Lo escribe a mano, en papel —claudicó Isaac—. Preguntaré a Núcleo si lo ha cambiado de sitio. Lo suele hacer.

Danielle se fue a su alcoba e Isaac, que volvió a la habitación de Yifán, se quedó un buen rato mirándolo. ¿Qué iban a hacer con él?

Muy cerca de allí, Adam se sentó en su despacho de la Universidad. Se recostó en la silla dispuesto a dictar algunas anotaciones para la profesora titular, pero el caso es que no pudo hacerlo porque algo estaba invadiendo su cabeza. Se mareaba. «¿Qué..?», se dijo, «¿qué me ocurre? ¡Mis manos! ¡Las venas!». Fijó la vista en ellas obsesionado por centrar su atención en algo. Se desvanecía, «¡qué mareo, por dios, que mareo...!»

04 El troll de Ponce de León

Adam despertó en su despacho de un sobresalto; ¿se había dormido? ¿Cuánto tiempo habría pasado? Núcleo le informó que era sábado por la mañana y aún estaba en la Universidad.

¡El vuelo!

¿En serio se había quedado dormido?

Recordó haber soñado que se encontraba a bordo de un barco pesquero que surcaba los aires a la luz violácea de un sol cualquiera. El velero navegaba entre medusas que flotaban, gobernado por una tripulación de seres altos, con orejas grandes, de piel azulada por delante y anaranjada en la espalda. ¡Uno de ellos le había reconocido!, ¡le había mirado!...

Su ropa no le diagnosticó nada raro pero sentía un hormigueo en la cabeza y el estómago revuelto. Llamó al coche, que llegó enseguida, entró y se tumbó.

—¡Al aeropuerto! —dijo.

El vehículo obedeció y Adam cerró los ojos. Debería ir a casa a cambiarse, hacer la maleta... pero ya no tenía tiempo.

Mientras Adam se dirigía a la terminal hecho un asco, Danielle se despertaba en casa más fresca que una rosa: ¡por fin sábado! Núcleo le dijo que padre e hijo se habían marchado y encontró una nota de Isaac indicando dónde estaba el diario de Yifán. Pidió a Núcleo el desayuno, pasó por la habitación de su hijo a buscar el diario y se dispuso a leerlo delante de una buena taza de café. Quizá se estuviera pasando, pero necesitaba saber.

«Querido diario, odio a mi madre. ¡Ya esta!

Bueno no es verdad, la quiero pero a veces es q m cuesta. Se q Krito me entendio cuando vino anoche. Ya llevaba tiempo fuera y como siempre vuelve cuando quiere... Nunca se donde va, no tiene explicacion. Jolin. Ni q estuviera haciendo algo que fuera malo. Se me habia acabado la tinta y he tenido que poner otro cartucho. Escribo con la Mont Blanc del abuelo. Mola. Escribir a mano, quiero decir. Y la pluma tambien. Por lo menos aqui n pueden entrar ni Nucleo ni mi madre: a veces creo que son la = cosa, jaja.»

Danielle no sabia si poner a enfriar su sangre o mesarse los cabellos: cuando eres joven piensas esas cosas. En el fondo le recordaba a ella misma, así que lejos de amedrentarse tomó bajo el brazo el diario, salió de la cocina y se fue con su taza al estudio. Allí continuó después de chuparse el dedo para pasar la pagina y seguir leyendo.

«No quiero ir a Europa.

Ya no se como decirlo.

Así q, como en esta casa soy invisible, m voy a escapar mañana. Tengo la mochila llena. Krito m ha contado que el tambien se escapo el año pasado. Q alucine, bueno contado no, porque con Krito las cosas son raras. Mas bien ha sido como si me hubiera arrancado la cabeza y se la hubiera puesto a sí mismo. Jajajaja. Una pasada.»

Daniel se estaba cabreando con tanta gilipollez.

—Danielle, ¿te encuentras bien? Te mando un Nano —dijo el Núcleo.

—No.

—Tienes la tensión alta —añadió.

—Sí, y la autoestima baja, ¡cállate y no me interrumpas! —continuó leyendo.

«Sus padres tampoco entienden nada: el tío saco unas notazas pero como no cumplio como estaba previsto, le castigaron sin poder ir de acampada con sus amigos. El y Hopi habian planeado ir con su pandilla a los pueblos de los pescadores, en lo alto de las montañas. No creyo haber hecho nada malo asi q se fueron con sus amigos.

Yo tambien m habria ido.

Y la verdad q molo mucho. Eran pescadores pero en el aire, y no buscaban peces sino medusas que flotaban. Asi que, en menos que canta un gallo se presentaron en las montañas y llegaron hasta un pueblo. La gente q vivia alli eran como Krito, pero antiguos. Cuando su raza evoluciono, algunos decidieron no cambiar, conservando sus costumbres y viviendo sin tecnologia. Por no tener, no tenian ni voladores.

Lo mas fuerte de todo aquello era que conocieron a un viejo que les invito a ir de pesca. Cuando intentaron subir los voladores al barco, el pescador, extrañado, les pregunto que para que querian eso y Krito dijo que era para planear sobre el viento. En la cara del abuelo se dibujo una gran sonrisa y les dijo que no lo subieran, que el barco ya iba sobrecargado. Su barco estaba hecho con excrementos de los gusanos de Hula: 'liviano como la tela de araña y resistente como los dientes de una lapa'. Salieron al puerto aereo suspendido entre los cortados de un río enorme y allí embarcaron. ¡Un velero plano, un pentágono con un gran agujero en el centro! Suspendido en la nada, sus velas horizontales aprovechaban las corrientes de aire ascendentes para sustentarlo y cambiar de dirección, y los chorros de gas producidos por las algas que llevaban en la bodega eran expulsados por pequeñas toberas que hacían las veces de timón proporcionando el impulso adicional necesario para avanzar, corregir el rumbo o maniobrar. El agujero central servía para capturar las medusas viejas que estaban aletargadas y ya no podían procrear. Situó el barco sobre una de ellas, que flotaba como si estuviera varada en el aire, y descendió hasta hacer pasar la medusa por el agujero y atraparla en una red.

Iban de sorpresa en sorpresa hasta que casi se mueren del susto cuando el nieto del dueño del barco anunció que iba a volar. ¿¡Y los voladores!? ¿¡Sin voladores!? El chico tomó carrerilla y saltó desde el barco al vacío. Se quedaron paralizados mientras el abuelo se desternillaba de risa: el chico ascendió como un rayo. ¡Y cómo subía! Krito alucinó. No sabía cómo lo había hecho pero el viejo le explicó que en la ciudad, donde el viento era muy débil, sus membranas no les permitían volar. Por el contrario, aquí en su verdadero hábitat, esas corrientes de aire suministraban tal empuje que no hacía falta nada más. Y pensándoselo dos veces, Krito saltó desde uno de los mástiles antes que Hopi pronunciase aquel patético 'no' lleno de horror, abrió por instinto los brazos, sus membranas se desplegaron y una fuerza brutal le hizo sobrepasar el barco ascendiendo como si tuviera un cohete en el culo, ¡jajajajaja!

Este Krito es genial.

Su amigo Hopi no volaba, pero el otro 'kritiano' también se lanzó al vacío. Los problemas vinieron a la hora de aterrizar *en el barco. Ocurrieron muchas mas cosas, pero lo duro fue que un par de días despues, cuando sus padres aparecieron a buscarles...*

Mi padre me llama.

Nos vamos a jugar al baloncesto un rato. Bueno, diario, nos vemos mañana en casa de la abuela que esta noche me voy a escapar.»

Danielle no era capaz de digerirlo, eran demasiadas cosas a la vez. Su hijo, medio demente, planeaba fugarse, y ¿su marido quería llevárselo a Suiza y soltarlo allí quince días?

—Madre mía... —dijo en voz baja.

Se sentía atrapada.

Pensándolo bien, quizá tuviera razón el sicólogo. Sí, quizá la tuviera... Ella... se sentía fatal, como una mala madre. Se había mantenido al margen porque pensaba que eran tontunas, pero lo que había en juego era muy serio. Su niño estaba enfermo y ella sintió remordimientos por no haberse implicado más. Eso era; se sentía presa de su remordimiento y ahora entendía muchas cosas del comportamiento de Isaac. El pobre se lo había tragado solo todos estos años, sin rechistar.

—¡Tú! —dijo al Núcleo—, tres billetes a Suiza. En las fechas de la conferencia. Nos quedaremos allí quince días. Ida y vuelta.

Isaac, que volvía a casa solo, porque el crío se había quedado jugando con un amigo, oyó la petición cuando entraba y se quedó de piedra. Antes de poder reaccionar Danielle ya estaba a su lado.

—Tenemos que hablar —dijo ella.

—Bueno yo...

Y Danielle le plantó un beso de los de lengua y tornillo que casi le deja seco. Había estado equivocada y estaba pidiendo perdón. Ella le contó a Isaac tanto los pormenores de lo que había leído en el diario, como el plan de fuga y los comentarios. Decidieron no sobreactuar.

Comieron como si nada, los tres pasaron la tarde juntos y a las cuatro de la mañana Núcleo aviso a Danielle del conato de fuga. Ella se plantó en el jardín frente a la puerta trasera. Yifán que era precavido, tardó un siglo en bajar las escaleras. Las piernas le atormentaban de tanta tensión: casi lo había logrado. Había cruzado la cocina, abierto muy despacio la puerta y cuando se giró para salir al exterior se llevó un susto de muerte: frente a él se encontraba un muerto viviente.

Con tanta excitación, Danielle había olvidado quitarse la mascarilla nutritiva de barro que se había untado en la cara antes de acostarse, así que no fue consciente del doble efecto que causaría en su hijo el hecho de que alguien o algo lo acechara a esas horas, y que ese algo fuera un *troll*.

05 [El mochuelo en Segóbriga]

Se había portado muy bien durante todo el domingo: llegó temprano a la casa de Almonacid del Marquesado, besó a sobrinos, nueras, yernos y hermanos; durante el almuerzo asintió a todo lo que dijeron padre y madre y, como era su cumpleaños, invitó a cenar a la familia en La Estacada, la bodega situada en la provincia de Cuenca, junto a Tarancón, España. Según su hermana lo había bordado, se había comportado como un ángel, casi un espíritu Disney.

La cena se alargó bastante y volvieron tarde, así que se despidió nada más llegar a casa: regresaba de inmediato a la ciudad. Su madre le entregó una bolsa repleta de pan, fruta, hortalizas y huevos frescos de la casa y luego se quedó en la puerta observando como se alejaba el coche.

Tenía por delante diez kilómetros de carretera estrecha, curvas interminables y desniveles que interceptaban las rutas de paso de los animales salvajes. Era un hermoso paisaje a ras del suelo y un vivero de estrellas a cielo raso; decidió relajarse.

—A veinte —le dijo al coche.

El vehículo apagó las luces y activó tanto los infrarrojos como la transparencia. Allí donde había negrura, la vida explotó: ¡Qué belleza! Jabalíes y rayones hozaban entre las encinas en busca de comida, los murciélagos atravesaban nubes repletas de insectos que sobrevolaban el río Gigüela, para los romanos Sego. Delante del vehículo, justo al borde de la cuneta, desaparecieron medio cuerpo y la cola de un gato montés. Luciérnagas, polillas, ratoncillos, cucarachas..., por allí había de todo. Al girar en una curva cerrada descubrió a un mochuelo en el centro de la carretera. El vehículo pasó por encima y la rapaz se agazapó. Enseguida se irguió de nuevo girando la cabeza para seguir con la vista al coche, que continuó en dirección a las ruinas romanas de Segóbriga.

—¿Qué tal la cena? —su novia le llamaba.

—Pagué yo: queso manchego, morteruelo, chuletillas de cordero, vinos de Uclés... Cenaron como si no hubiera un mañana. Vuelvo arruinado.

La interlocutora rió a carcajadas.

—Te veo dentro de un rato —le dijo.

—Un beso.

Pidió los sonidos ampliados del exterior y la naturaleza entró a raudales: grillos y chicharras, ranas, búhos, el aliento de algo grande, movimientos entre la maleza... Escuchó la fricción del viento entre las ramas y en las copas de los árboles.

Qué paz...

El cosmos parecía vivo y la claridad había aumentado a su alrededor. Pidió también que entrase aire. Había bebido y se sentía genial. Sólo el coche y el viento, que desenmascaraba las curvas con sus cambios de dirección. «¡Ah!, que intensa la luz cenital que delimita el contorno del horizonte», pensó mirando al firmamento, sin apreciar que aquel resplandor se acentuaba a medida que la vista se acostumbraba y luego, de repente...

¡¡¡Bam!!!

¡Se le abrasaron los sentidos!

¿La luz?: lo inundó todo.

¿El ruido?: ensordecedor.

¿Trompetas?: pero no de este mundo.

El coche insonorizó a tiempo el habitáculo, pero no pudo evitar que el fogonazo cegase en blanco su interior. Pensar, pensar, ¡piensa en algo por dios!

—¡Sácanos de aquí! —gritó al coche agarrándose donde pudo, porque el vehículo no dejaba de dar bandazos. Pero el coche no le obedeció.

En su nuca crecía el hielo, en sus ojos las chiribitas. ¿Qué ocurría? La nada le propinó un golpe en la cabeza y acabó tirado en el suelo. Un poco o un mucho después, nunca lo supo, miró hacia sus pies y se dio cuenta de que volaba, porque debajo veía el río, las encinas y las ruinas romanas. Le pareció que caían las estrellas, pero en realidad era él quien iba hacia ellas. Si alguien, desde lejos, se hubiera percatado de lo que pasaba, habría visto que en el claro del monte, junto al puente, una deslumbrante luz violeta había parpadeado seis veces seguidas en plena noche sin luna; pero si le hubieran preguntado al mochuelo, que se encontraba más cerca, éste habría descrito la escena como de «rayos con zarcillos que palpaban los árboles cercanos desde la raíz a las copas y generaban un vapor ligero que los rodeaba, electrizaba el aire y hacía nevar copos de fuego»; luego hubiera añadido:

—Ese pobre humano estaba y ya no estaba. ¿Se lo habrán llevado al nido?

En no se sabía dónde y en no se supo cuando, lloraba el espíritu Disney, que no entendía nada de los bisbiseos que oía. Algo le hablaba en un lenguaje parecido al frotar de la lija sobre el mármol. No sabía si en aquel momento dormía, si estaba cuerdo o soñaba. Sintió cómo una luz violeta le provocaba extrañas sensaciones y como una quemazón le atería, mientras permanecía sobre una plancha que se sostenía en vertical. No controlaba ni la situación ni su mente ni sus sentidos. Nada lo retenía, pero tampoco podía huir. De seguir así mucho tiempo sus sienes estallarían. ¿Por qué ascendían sus babas? Pues porque se encontraba boca abajo, alineado con la plancha, sin sujetarse a nada, y no caía.

—¡Basta! —gritó.

Pero no bastó. Nadie le escuchaba.

—¡No quiero seguir aquí!

Pero siguió, porque a nadie le importaba.

—Ayúdame, Dios mío.

Pero nadie le ayudó.

—¡Dios no existe! —en su interior escuchó este pensamiento impuesto.

Prestó atención al ruido que seguía escuchando y descubrió pautas en los siseos, en los bisbiseos, en aquello que parecía ser una lija contra el mármol. Cerca, alguien hacía que su humor cambiara constantemente alternando premios y castigos. Y seguían lijando, hablando... Ellos, porque sentía que no era uno sino varios, habían conseguido acceder a su mente y estaban liberando sus recuerdos hasta vaciarlo por completo. Creyó haber tenido un orgasmo precedido de un gran dolor.

Y de repente, todo cesó.

¿Qué sentido tenían acciones tan inhumanas? Entendió que los seres que le atormentaban eran neutros; no se le ocurrió una definición mejor para el cometido que llevaban a cabo porque, cuando decidieron que habían terminado, lo desecharon y se fueron. Buscaban algo que no tenía y estaba claro que lo demás les daba igual. Aquellas cáscaras vacías carentes de empatía le ordenaron olvidar; sin embargo se esforzó en no hacerlo.

Era verano, pero despertó entre escalofríos.

Había llegado hecho un pincel a casa de sus padres pero cuando se pasó la mano por el mentón notó que tenía barba de unos días, el cabello sucio y graso al tacto... Al abrir los ojos, el millar de estrellas que cuajaban el cielo de las ruinas romanas de Segóbriga se precipitó dentro de su cerebro y entonces recordó la luz violeta de la carretera.

Algo iba mal, porque le costaba moverse.

A lo lejos divisó un resplandor que se aproximaba: su Nodo había llamado al coche, que esta vez sí había respondido.

06 El minino de la Mainau

Tres horas y media después de embarcar en el aeropuerto de Miami, la azafata despertó a Adam porque estaban a punto de tomar tierra en Zurich. El vuelo estratosférico había sido un asco, lo mismo que su cuerpo y su aliento. Necesitaba asearse con urgencia pero en el Nodo le avisó de que el Saeta estaba esperando y él se enfureció.

«Joder», pensó.

Thomas odiaba la impuntualidad, pero sobre todo el desorden. Cuando algo salía mal, decía: «si no se está atento a lo de afuera, no quiero ni pensar cómo estará lo de dentro». Por ese motivo Adam decidió que, en la Mainau, iría directamente a su habitación sin avisar. Más tarde pretextaría las incomodidades de un mal vuelo, aprovecharía para asearse, descansar y ofrecer un Adam perfecto a la hora del desayuno. ¡*Tachán*!

Sin embargo olvidó decir al Núcleo del Saeta que no avisara al palacio y cuando aterrizó, todo el mundo estaba al corriente: Albert ya había hablado con Hedda, y ésta, ¡dios la librara de no hacerlo!, con el conde, que trasnochaba en la biblioteca viendo documentales en blanco y negro de los albores de la carrera espacial.

Por lo tanto, ¡no *tachán*!

Cuando Adam bajó del aparato, Albert se encontraba en el hall con los dos Nanos que le acompañaban dispuestos a llevar su equipaje: un fular y la bolsa de Hugo Boss. Aún no había dicho una palabra y ya había comenzado el escrutinio.

—El Saeta, ¡el S-S-aeta!

—Nada más, Albert. Solo traigo esto —dijo Adam.

—¿Le han robado, señor?

—No. Vengo en plan jipi.

—Ya-a veo, ya.

El mayordomo y los Nanos se dirigieron al piso de arriba para terminar de acondicionar la habitación. Hedda llegó enseguida.

—Si quieres puedes pedirle que desordene tu habitación —rió ella refiriéndose a Albert.

—No me toques las narices, Hedda, que he tenido un vuelo... —dijo Adam dándole un beso.

—¿Un vaso de leche? —y tomando su brazo, el ama de llaves se llevó a Adam a la cocina para ponerse al día.

—¿Qué te ha pasado muchacho? Un zombi es como la mujer del César: debe serlo y parecerlo. ¿Lo eres?

—Ya te lo contaré mañana. Me pasó algo en América... Estoy agotado, me llevé un buen susto en Miami.

—No sé si quiero saberlo. Hablando de susto, Julia comienza mañana el campamento.

—¿Dónde?

—En Susten.

—¿Suiza?

—Yes.

—La llevo yo.

Adam le preguntó por su sobrina y luego quiso saber si Hedda había encontrado lo que le encargó desde Miami. Pidió que no le dijeran nada a la niña, quería darle una sorpresa.

—Te echamos mucho de menos, Adam. Desde que te fuiste a Florida esto es como vivir en un panteón —dijo Hedda.

—Pero si con el tío siempre estáis de fiesta —bromeó Adam.

—Sí, un subidón —rieron los dos.

—¿Necesitas algo? —preguntó la gobernanta.

—Heredar —suspiró Adam, que había olvidado que Núcleo daría buena cuenta a su tío de todo lo que hablaran. Había regresado a la cuna del despotismo ilustrado.

Por fin se quedó solo y pudo echar una cabezada. Luego Núcleo lo despertó y los Nanos prepararon su desayuno. Mientras tanto Adam se acicaló y bajó a la cocina: había que ver la cara de Julia cuando él entró e hizo como si no la viera.

—¡Qué estoy aquí! —se afanaba la niña en lenguaje de signos, con la boca llena de magdalena.

Adam le contestaba que no veía a nadie, que le resultaba raro que Julia no estuviera y que qué joven era Hedda además de pequeña. Para Julia todo eso era la monda, no podía divertirse más; dio la vuelta a la mesa y saltó por detrás al cuello de su primo, quien acababa de dar un mordisco a una tostada con mermelada.

—¡Pero si eres Julia! ¡Qué guapa está mi niña y qué mayor! ¿Te casas ya? —preguntó Adam en lenguaje de signos sin dejar de enviarle besos.

—¡Qué no tonto! ¿Y tú? —Julia señaló con su dedo la barriga.

—Yo tampoco.

—¡Mentiroso! —rió la niña entusiasmada.

Adam le suplicó que cerrara los ojos y se fue hacia la alacena. Hedda que estaba preparada sacó lo que Adam le había encargado. Llevaba la caja en las manos, cuando su tapa se movió y asomó la cabeza de un gatito persa con un enorme lazo azul en el cuello. A Julia, que le había resultado imposible no mirar, se le abrieron los ojos como platos.

—Es Giovanni, tu regalo del cumpleaños pasado —dijo Adam una vez que la niña le arrebató la caja—. Y solo te quiere a ti —subrayó.

Julia olvidó el desayuno, a Hedda y a Adam. Parecía que fuera a estallar de lo contenta que estaba. Temblaba, espachurró al felino con tantas ganas que su primo pensó que lo iba a matar.

¡Cuánto extrañaba a esa niña! Hacía casi un año que no había pisado Alemania y volvía hecho un blandengue.

—¿Qué hago ahora? —preguntaba Julia con la mirada y con el gato agarrado bien fuerte, para que no se le escapara. Pobre.

—Necesita muchos cuidados pero como Hedda ya le ha dado de comer, ahora toca jugar. Prepara una caja más grande y mete algo mullido dentro que en un rato subiré a veros.

Julia desapareció.

—Hacía tiempo que no la veía tan contenta —murmuró Hedda.

—¿Qué tal está? ¿No progresa?

—No, sigue igual. Adam, ¿le dijiste a Thomas lo del gato? No le gustan las sorpresas —dijo Hedda bajando la voz.

—No le dije.

—¿Y entonces?

—Que se joda. Es una niña, por dios. No todo es llevarla a buenos médicos y darle alimento y educación. Habrá que malcriarla, digo yo, a ver si el gatito la anima.

—Lleva así...

—Lo sé. Bueno, ¿y el conde? ¿Se esconde? —rió Adam.

—Las serpientes se calientan sobre las piedras. Si no me necesita, señorito Adam —se apresuró a decir Hedda al ver que Thomas llegaba.

—*Charli, tango, foxtrot* —dijo Adam en voz baja.

—Buenos días. ¿Hedda?, ¿Adam? ¿El viaje bien? Cuando acabes de desayunar ve a la biblioteca. Tenemos que hablar. ¿Podrás acompañar a Julia al campamento? Tenía previsto pasar unos días allí y mientras tanto, preparamos tu partida —dijo Thomas. Luego giró sin esperar respuesta y desapareció.

—Yo también te quiero, tío. Que la lleve a Susten... ¿Mi partida? ¿Hacia dónde parto? —preguntó Adam subiendo el tono de voz.

Luego se tomó el café de un trago, sin pensar, siguió a su tío a la biblioteca y se sentó frente a él. Estaba preocupado con tanto suspense. Thomas le advirtió que escuchara con atención. Si tenía que preguntar algo, que lo hiciera sin reparos pues en unos días saldría para el Cinturón Principal. La excursión del *finde* a la Mainau, como Adam había sospechado en Miami, solo era un cebo y él había picado. ¿Hubiera podido evitarlo? ¿No? Pues eso. Sin embargo, Adam constató un cambio en el trato de su tío. Thomas pidió al Núcleo protección total para esta conversación y la IA bloqueó todo tipo de entradas y salidas de información, tanto físicas como lógicas. Estaban solos y aislados.

—Ahora podemos hablar —dijo Thomas.

—¿La casa no es segura? —Adam se estaba preocupando.

—Sí, lo es, pero lo que te voy a contar es de máxima importancia y no quiero arriesgarme.

Y así fue como Adam se enteró de que para asuntos graves el conde solo confiaba en la familia. Hizo que se fuera a Miami para que estuviera alejado de miradas curiosas y mantener su anonimato hasta el día que lo necesitara. Pues bien, ese día había llegado. Adam sabía que Thomas ejercía un control total sobre sus empresas. Desde la Mainau gobernaba un imperio que llevaba varios siglos prosperando generación tras generación en el seno de los Bernadotte. Primero fue el acero, luego la tecnología y ahora la minería espacial desde que consiguió el monopolio para la extracción de minerales en un cuadrante entero del Cinturón de Asteroides; una barbaridad.

—Adam, ya sabes que no somos como el resto de la gente, somos diferentes —dijo su tío—. Y ese, en parte, es el secreto de nuestra prosperidad. Pero mantenerla no es fácil. Nuestras empresas mineras proveen gran parte de los materiales superconductores al consorcio que está ensamblando la nave científica con destino a la Anomalía, principalmente *caoleno*. Cuando se llevaron a cabo las prospecciones me aseguré de tener la información más fiable posible y contraté una investigación paralela, al margen de la oficial, que localizó los mejores filones de todo el cinturón en un cuadrante determinado. Por eso solicité su explotación, pero esa información solo es nuestra.

—¿No estás obligado a compartirla con Naciones Unidas? —se extrañó Adam.

—¿La ONU? Ahora parece algo, pero haz memoria. Y en cualquier caso financié las prospecciones paralelas con mi dinero, por tanto no tengo nada que compartir. No sabes, claro, que ellos me enviaron una estimación de materia prima por debajo de la real.

—¿En serio?

—Calla y atiende. La producción ha bajado y el desarrollo de las plantas de energía de la nave científica se detendrá en un mes si no disponen de los materiales necesarios. Eso conlleva efectos colaterales, votación mundial para el aumento del presupuesto, seguimiento de la ONU, nuevas prospecciones, reubicación de refinerías y un largo etcétera: meses y meses de retraso sin hablar de los gastos. Y todo sin una justificación real. Núcleo y yo hemos llegado a la conclusión de la existencia de dos escenarios: uno, que la información me esté llegando mal, algo casi imposible porque está contrastada por nuestros agentes en el cinturón.

—¿Tienes agentes controlando a tus directores en el cinturón? —interrumpió Adam.

—Sí, y ahora tú serás el último eslabón: mis ojos y mis oídos. Tienes que obtener toda la información alojada en las mentes de nuestros agentes y de los directores que gestionan nuestras empresas. ¿Me sigues? Ya sé que parece de chiste, pero si tienes una idea mejor, estoy abierto a propuestas. Y a ti, si te sirve de consuelo, te estaré vigilando yo.

—Vale, vale. Entiendo que ya lo habrás intentado todo. ¿Y el segundo escenario?

—El otro escenario es que alguien nos esté robando.

—¿Robarte a ti? Imposible.

—Futuros chantajes, especulación, acumular riquezas, cualquier cosa. Necesito saber qué está pasando allí, pero me pondría en evidencia si fuera yo en persona. Necesito un trabajo sutil. Por eso te he hecho venir. En una semana tomarás la primera lanzadera al almacén orbital Cooper-Hawkings. Me da igual que sea china, europea, americana, india, de la ONU o privada. Tengo allí mi crucero, el Infortunio, esperando para llevarte a la estación en Marte, desde donde un carguero te transportará al cinturón. No podrás llamar la atención. Lo siento, chico, el viaje será incómodo.

—No te preocupes, tío, sabes que puedes confiar en mí. Por cierto ¿Por qué lo llamaste Infortunio?

—Núcleo se ocupa de que no aparezca en los registros. Lo mantiene permanentemente en el anonimato. Es mi yate fantasma y la superstición espacial mantiene alejados a los curiosos. Si se llamara Diamante, todo el mundo querría verlo. Bueno, volviendo al tema del viaje, iréis a Marte solos el piloto y tú. Es una persona de total confianza. Te ayudará en lo que haga falta.

—Es halagador que confíes en mí, tío. Muchas gracias.

Thomas miraba a Adam preocupado, porque sabía el alcance de lo que le pedía y que su sobrino no estaba muy entusiasmado con lo de viajar al cinturón.

—No me las des hijo. Te aseguro que no te premio con este encargo. Te quiero de vuelta lo antes posible. Vivo.

La biblioteca se desbloqueó. Adam se levantó y se despidió de su tío.

«¿Había dicho vivo?»

07 Sirenas en Susten

San Borondón, notre petit paradis.

Vos vacances à l'orée du bois

Susten – Leuk – La Suisse

—¡Ajá! —exclamó Pedro en su hotel de Ginebra—. Trino-nano-nainooo, nanino-nerooo. Mmm... —tarareó entrando en la ducha.

Estaba contento esa mañana.

Terminaría de arreglarse e iría a buscar a los McRae al aeropuerto: hoy aterrizaban procedentes de Miami. La loba acompañaría a Yifán hasta el campamento para dar su visto bueno y luego podrían centrarse en las conferencias del CERN. A ver si el muchacho se enderezaba. Afortunadamente el campamento era mixto. Pedro, de ascendencia cubana, no entendía los remilgos centroeuropeos y este era el lugar más liberal que había encontrado en doscientos kilómetros a la redonda. Como no quería enfrentarse a Danielle y el campamento estaba a una hora de Ginebra por el túnel 32, se había acercado a cotillear antes de que llegaran los McRae y le había gustado bastante. Así minimizaría las posibilidades de ser fulminado por su alteza.

—Y ahora una ducha, lavarse los *güevecillos* y al aeropuerto que el vuelo no tardará en llegar. ¡Míralos!, negros como los de un grillo —dijo levantándose la trompa para enjabonarse.

Otro día solo.

De las centroeuropeas mejor no hablar.

Mientras estos pensamientos estimulaban el núcleo *accumbens* del cerebro de Pedro, o lo que es lo mismo, su centro de placer, otro núcleo igual de *accumbens* se estimulaba dentro del Saeta que acababa de aterrizar en la Mainau. Thomas subió a la aeronave y esta despegó enseguida. Alguien aguardaba dentro. Dos mil metros por encima del suelo era el mejor sitio para que, dos personas a quienes nunca se había visto juntas en público, mantuvieran su encuentro en secreto.

—Vuelo hasta Milan, aterriza, media vuelta y regresamos. ¿Cuánto tiempo?

—Cuarenta minutos—informó el Núcleo de la aeronave.

—Bien. ¿Cómo estás? —Thomas se dirigía ahora al cincuentón rubio que se encontraba sentado en la butaca lateral.

—Bien, gracias. Es un placer verle de nuevo, señor.

—Tengo que pedirte algo —dijo Thomas sin evitar pensar lo bien que se conservaba el cabrón.

La conversación fue sincera, directa. Adam viajaría al Cinturón de Asteroides en una misión que Thomas no podía encomendar a nadie más. Temía que pudiera resultar peligrosa si las cosas se torcían, puesto que iba vigilar a los vigilantes de sus directores, así que su sobrino necesitaría protección. Alguien le estaba robando y si se atrevían a hacerle eso a él, siendo quien era, ¿qué no serían capaces de hacer con Adam más allá de Marte, a una Unidad Astronómica (UA) y media de la Tierra?

—Tu crédito será ilimitado durante los próximos veinte días, como el de Adam —dijo Thomas.

—Emplearé bien su dinero, señor.

—Lo sé. Siempre lo has hecho. Volveremos a vernos pronto para acordar los pormenores del viaje.

—Por supuesto —contestó el rubiales.

—Resulta difícil encontrar en quien confiar. Nunca me has fallado.

—Si no fuera así, le perdería como cliente.

Después de conversar durante el vuelo y tras haber hecho escala en Milán, el Saeta volvió hacia Alemania y aterrizó cerca de Constanza, en un lugar sin importancia donde esperaba un coche de la casa condal. Apenas hubo entrado Thomas en el vehículo, la aeronave salió hacia la Mainau dispuesta a recoger a Adam y a Julia, para llevarlos al campamento. Thomas se dejó ver por la ciudad y niqueló su coartada: aprovechó para gestionar un par de asuntos delicados, mantener las relaciones con las autoridades de Constanza, tomar unos vinos y continuar. Como es natural rió, fue muy amable y halagó a hombres y mujeres, mientras su mente repasaba los pormenores de la misión al Cinturón Principal. Adam iba a varear un avispero, pero los insectos no sabían que ese no era su verdadero depredador.

—Hola Pedro, estás más gordo. Te agradecemos lo que has hecho por Yifán. He de reconocer que el sitio está impoluto, es estupendo, de verdad —dijo Danielle después de pasar el dedo por una de las repisas del comedor del campamento delante de la encargada, a quien acto seguido entregó la toallita que había usado para limpiarse las manos. Esta no abrió la boca porque había sido aleccionada por Pedro cuando matriculó a Yifán.

Danielle no había querido ni deshacer la maleta: directos del aeropuerto al campamento.

—Peter —dijo el muchacho.

—Dime, campeón.

—Si este sitio es mixto, ¿dormirán las chicas con los chicos?

—Eso es lo que tu quisieras, bribón. Hay varios edificios: en este está el comedor y la sala de actividades y en otros, que están separados —dijo despacio, pinzándose la nariz y alzando la voz a un Yifán incandescente—, se encuentran los dormitorios. Vais a pasar mucho tiempo retozando fuera y el campamento también tiene piscina.

Cuando Yifán lo calentó con un puñetazo en el hombro, los dos iniciaron una pelea marcial en broma. Pedro fingió ser amanerado, su padre se partía de risa y a Danielle, que seguía a lo suyo, sólo le faltó levantar la tarima para ver si debajo había pelusas. Quince días por delante... La encargada del camping palideció.

Adam solía llegar tarde a todas partes y ese día no iba a ser una excepción, pero Julia estaba encantada de haberse saltado el protocolo de vuelo y que su primo le hubiera propuesto forzar a la aeronave a hacer una parada en Berna.

—Nos vamos a poner como gorrinos comiendo chocolate —dijo Adam guiñándole un ojo—. Para en Berna —pidió al Saeta.

—No podemos, señor, el protocolo de vuelo...

—Estoy enfermo —fingió Adam.

Julia procuró no moverse para no delatar a su primo y Adam dejó de respirar.

—Señor, puede respirar por sus propios medios. Hágalo. Por favor, señor —suplicó el Núcleo del Saeta.

Aterrizaron con prisas en una esquina del aeropuerto de Berna y justo cuando llegaban los servicios de emergencia,

Adam se recuperó. Bueno, ya que habían aterrizado darían una vuelta porque no habría una ventana de despegue hasta dentro de dos horas, dijo a Julia. La niña enloqueció y mientras tomaban un chocolate en la antigua pastelería Lindt del centro de Berna, Adam recibió un mensaje de su tío a través del enlace privado con algunos datos que, en ese momento, no quería analizar, pero que lo devolvió a la realidad y recordó que aún tenían que llegar al campamento.

—¿A qué no sabes por qué se llama San Borondón? —dijo Adam con los morros rebozados de chocolate.

—¿Es un santo? —dibujó Julia con las manos.

—San Borondón es una isla misteriosa que aparece y desaparece frente a las costas de Canarias, en el Atlántico. Forma parte de la Macaronesia.

—¿Y qué tiene que ver el campamento con la Macanoresia?

—Macaronesia. Pues que cierra tres meses al año.

—¿Cuáles? —signó Julia.

—En primavera y otoño. Ahora no, que estamos en verano.

Dicho esto, en Berna comenzó a llover. Un calabobos. Lo justo para incordiar, mojarte y ¡joder! ¡Cómo arreciaba! Adam pidió un taxi al aeropuerto y dado que llegaban tarde a la apertura del campamento, solicitó durante el vuelo un permiso especial para realizar un aterrizaje suave en sus instalaciones deportivas que, al encontrarse a las afueras de Susten, no molestaría a la población. En el camping se valoraban muchas cosas, pero la discreción era la más importante. Odiaban llamar la atención.

En San Borondón, Danielle, que estaba a su bola, había decidido explorar los alrededores de las instalaciones e inspeccionar el polideportivo. En un momento dado un Saeta que se le venía encima a toda velocidad, advirtió por megafonía:

—¡Apártese, señora!

—¡Menudos modales! —pensó Danielle azotada por el aire.

Tras el aterrizaje salió un joven del aparato a toda prisa pidiendo perdón, seguido de una niña que le hizo un gesto en lenguaje de signos.

—Pero ¿qué hace eso aterrizando ahí? —preguntó Isaac desde el comedor.

—¿Tienes idea de lo que cuesta el trasto? —comentó Peter con la boca abierta.

—¡Hala! —dijo Yifán. Era la primera vez que veía un Saeta de cerca. La hora de la despedida se acercaba y él no estaba muy contento.

Los monitores iban recogiendo a los niños para llevarlos a sus respectivas áreas del campamento. Las niñas al pabellón de niñas y los chicos al otro extremo de las instalaciones. Isaac y Danielle que hablaban con otros padres no dudaban de que unos días de campo les haría bien a los críos. Anne, una de las niñas nuevas vio a Julia despedirse de su primo en lenguaje de signos y entabló conversación con ella; tenía un hermano sordo y las niñas se cayeron muy bien al instante. Nadie más hablaba lenguaje de signos salvo un monitor, así que Anne y Julia serían cómplices durante el resto del campamento. Adam besó a su prima cien veces antes de despedirse prometiéndole cuidar de Giovanni con ayuda de Hedda, esperó a que el polideportivo se vaciara y se marchó.

Y así transcurrían los primeros minutos: presentaciones de chicos y chicas y sus diferentes mundos hasta que los monitores les indicaron que era hora de ir a dormir.

En la aldea de Susten, el primer día tocó actividades manuales y por la tarde clases y natación; el segundo, tuvieron torneo de listos y después de comer se fueron de excursión. San Borondón se encontraba junto a un bosque y el entorno era increíble. Los

Alpes supersalvajes, pero el parque natural parecía una plantación, un vivero de abetos equidistantes.

Agua, merienda, tiritas... Primero salieron las chicas y una hora después los chicos. Como hasta el tercer día no los iban a mezclar, cada grupo iría en una dirección diferente. Las chicas, más o menos ordenadas, caminaban en fila india y tonteaban unas con otras, mientras que un par de jóvenes monitores que se habían gustado durante los entrenamientos, decidieron quedarse atrás para darse un piquito que se convirtió en un buen magreo; quince minutos más tarde nadie vigilaba la cola de la fila. Puestos a decirlo todo, ella le veía como el padre de sus hijos y él tan sólo pensaba en dónde agarrar.

Así estaban las cosas cuando Julia y su amiga se escabulleron. No es que quisieran perderse, sólo jugar. El problema es que en terrenos escabrosos, intentar tomar un atajo para sorprender a todos no es como coser y cantar. Decidieron rodear una colina en vez de seguir recto y como la luz menguaba, se pasaron de rosca en una vuelta. No llevaban los Nodos porque se trataba de contactar con la Naturaleza, orientarse, sobrevivir y esas cosas de *girl scout,* así que después de andar un rato, Julia detuvo a su amiga para decirle que no reconocía el lugar y antes de terminar de hablar estaba chispeando. Comenzaron a agobiarse, ya no tenía gracia; se llamaron tontas una a la otra y, después de tranquilizarse, se abrazaron. Julia, que era más resuelta que su amiga, decidió que se cogerían de la mano para no perderse las dos y así, casi a oscuras pues sus tobilleras a duras penas alumbraban donde pisaban, empapadas, avanzaron más, un poco más, un poquito más, hasta que resbalaron por una pendiente y se fueron de cabeza al lecho de un río seco. Anne recordó que llevaba una pequeña linterna en la mochila y la encendió, a su luz descubrieron que se encontraban junto a un escalón de hormigón. ¿Un escalón de hormigón? Cuando Julia cayó en la cuenta de lo que podía ser, le entró el pánico y se agobió aún más porque su amiga se había torcido el tobillo y estaba llorando. Tenían que salir de allí, le dijo en lenguaje de signos, pero Anne sólo podía pensar en su tobillo.

—Tenemos que irnos —repitió Julia exagerando.

Anne negó con la cabeza mientras se agarraba el pie con una mano, pero Julia no permitió que se distrajera y la obligó a mirarla.

—¿Qué? —dibujó con las manos la amiga de Julia.

—Muerte —dijo Julia en el aire, alumbrándose con la linterna.

Anne se asustó.

¿Muerte?

La lluvia arreciaba y unas cuantas hebras de agua sucia se deslizaban pegadas a la pared de hormigón. Julia intentaba averiguar de qué manera saldrían de allí.

—¿El agua? ¿El frío nos matará? —preguntó Anne.

—No. Mucho peor. Tenemos que salir ya —gesticuló Julia.

A lo lejos, empezó a berrear una sirena. Apenas se oía el «guaa». Julia se quedó petrificada cuando la tierra comenzó a retumbar.

—Un trueno raro —dijo Anne, pues el ruido no cesaba.

—No es un trueno —respondió Julia, agarró a su amiga y comenzó a tirar de ella.

Anne cayó al suelo arañándose las piernas; Julia seguía tirando, arrastrándola con una fuerza impropia de su edad. La una gateaba, caía de rodillas sobre el lecho, sangraba y se trastabillaba entre las rocas; todo el afán de la otra era continuar y continuar...

—¿Qué es ese sonido? —gritó Anne a la nada.

—Sirenas —signó Julia.

—¿De qué avisan, Julia?

Sólo tirones por respuesta. Julia, en cuya cara se confundían las lágrimas con la lluvia, dirigía de vez en cuando hacia Anne una mirada llena de terror.

El temblor de la tierra se intensificó.

Julia buscaba un paso que les permitiera abandonar el cauce del río, por cuyo centro había comenzado a correr el lodo; tiraba y tiraba de Anne que seguía llorando de miedo. El temblor arreciaba, el trueno no cesaba, era un rumor ascendente, un eructo montañoso que bajaba por la garganta del valle. Las niñas intentaban subir por el terraplén, pero resbalaron una y otra vez hasta que Julia pudo agarrarse a una raíz. Jadeaba y respiraba con gran esfuerzo, Anne se le escurría de la mano pero finalmente logró sujetarla por la manga, la tela de la prenda aguantó y Julia consiguió auparla antes de que una gigantesca piedra rodara bajo sus pies. Ella se quejó, pero un par de segundos después enmudeció, porque el infierno entero había comenzado a vomitar por encima de la pared de hormigón.

08 El rebaño de monstruos de Illgraben

Pánico es lo que uno siente ante una amenaza de bomba o un atentado terrorista, pero lo que la encargada del camping experimentaba en aquellos momentos no era comparable al pánico. Era algo peor, más ancestral: los chavales de excursión y los monitores fuera, una tarde tranquila que siguió siéndolo hasta que volvieron de la excursión porque faltaban dos monitores y dos niñas. Era de esperar que estuvieran juntos, por eso cuando solo aparecieron los adultos con cara de «yo no he sido» se armó la marimorena. La encargada llamó a consulta al jefe de monitores. Desde fuera, al trasluz, se veía pasear una sombra al otro lado de la ventana. A veces se oían gritos y otras no se oía nada. Era un misterio.

—¿Qué la nieta del conde Bernadotte y otra niña han desaparecido? —preguntó en voz muy baja la encargada, después de levantarse despacio y acercar su boca a la oreja del jefe de monitores que estaba sentado enfrente.

—Sí, señora —respondió el hombre, que retorcía su gorro entre las manos.

—Para que no me queden dudas: ¿me está usted diciendo que Julia Bernadotte, la futura vigésimo tercera condesa de Mainau que está a nuestro cargo, bajo nuestra responsabilidad, es decir la nieta del conde Thomas Bernadotte, uno de los hombres más poderosos de Alemania, ha desaparecido?

—Sí señora, y otra niña. Cerca del cauce seco.

—¡Y otra niñ...! ¿Me lo dice usted en serio? ¡Está comenzando a llover y aún no sabemos dónde las han visto por última vez! —gritó—. Encuéntrelas ahora mismo aunque tenga que cavar túneles en la montaña con sus propias manos o le juro que no hallará un lugar donde esconderse ni en este ni en ningún otro sistema solar. Tenemos media hora o menos, gracias a esta maldita lluvia —dijo la encargada al borde de un ataque de nervios que trataba de disimular. Pero ¿qué había hecho ella para merecer esto? «¿Es qué todo tiene que pasarme a mí?», pensaba apretando los dientes—. Reúna a todo el mundo inmediatamente, junten a los niños si es que pueden hacerlo sin perder alguno. Que se quede un monitor con ellos. Quiero a los demás aquí. ¡Los demás aquí! ¡Ya!

—Sí, señora —dijo el encargado que no se le ocurría otra cosa más que contestar «sí, señora». El hombre estaba aterrorizado y tropezó con la silla al salir del despacho. Luego se puso a berrear en el patio.

—Todo el mundo dentro menos tú que te quedas al cargo de los chavales —dijo señalando a un joven que había acudido el último.

El resto de sus compañeros casi no cabían en el despacho. La encargada explicó la situación y advirtió que era prioritario encontrar a las niñas antes de que las sirenas sonasen y les aseguró que sonarían en breve porque a medida que pasaba el tiempo, la probabilidad de perder a las dos aumentaba. Iba por el «perder» cuando se oyó la primera sirena, la más lejana, situada en las entrañas de las montañas de Illgraben. La encargada sabía lo que significaba aquello y tuvo que apoyar un segundo los brazos en la mesa: se mareaba. Cada pocos minutos se activaría otra sirena más cercana, hasta que sonara la última que se encontraba junto al pueblo.

Habían fracasado antes de comenzar.

El derrumbe arrastraría todo a su paso.

La montaña se estaba desmoronando de forma gradual, como lo hacía desde tiempos inmemoriales porque, en invierno, el agua se colaba entre las grietas de las rocas se congelaba y al expandirse el hielo las rompía aunque las mantuviera unidas. Con la vuelta del buen tiempo, el gigantesco roquedal perdía su argamasa y cada vez que llovía, el fluir del agua lubricaba la piedra, la gravedad actuaba y así se producían desplomes de proporciones inimaginables, torrentes que arrastraban todos los años miles de toneladas de roca resbalando por el cauce del río. El barro lubrificaba el lecho seco y la pendiente hacía que la avalancha pétrea fluyera como un río pedregoso a más de veinte kilómetros por hora: imposible de parar. Cualquier cosa que se encontrase en ese momento en el cauce no tendría la más mínima posibilidad de salvarse.

El monitor que quedó a cargo de los chavales reunió en el comedor a los chicos y las chicas. Les explicó que había una emergencia, que dos niñas se habían perdido pero que las iban a encontrar.

Yifán, que había estado mirando hacia el bosque desde que llegaron, quería hablar con alguien pero nadie le hacía caso. Después de insistir un buen rato el monitor se mosqueó cuando el muchacho volvió a repetirle que sabía donde estaban las dos.

—Puedo encontrarlas, sé donde están.

—Yifán, por favor, cálmate y ve con los demás —el monitor pasaba.

—Sé que se han perdido y están en peligro. Yo —mintió Yifán, que veía a lo lejos la columna de luz que proyectaba Julia entre la vegetación— vi cómo se escondían porque estuvieron a punto de cruzarse con nosotros. Sé donde están.

—Bien, chico listo, ¿y donde están? —preguntó, por fin, el monitor.

—En el cauce seco del río. Un poco antes de llegar al puente colgante de madera, el Pont du Bhoutan. Señor, están en peligro. Si no las encuentran enseguida, morirán.

Dentro del bosque, agarradas a las raíces de un árbol que se balanceaba, las niñas vieron estupefactas a la luz de su linterna como por el cauce del río descendía algo a todo trapo. No era agua, sino piedras. Un fluir rocoso que bajaba a toda velocidad. Cuando ese algo llegó a la pared de hormigón que las había cobijado un rato antes se precipitó desde el nivel superior al de más abajo, muy cerca de donde ellas estaban. Al estruendo de la avalancha se sumó el chocar de las piedras contra el suelo, los temblores, el trueno, las sirenas y los gritos de las niñas porque todo su mundo sucumbía. La corriente pedregosa lamía las orillas del cauce como un rebaño de monstruos en estampida hozando la orilla, acercándose cada minuto un poco más al lugar donde se encontraban Julia y Anne. El árbol que les había salvado la vida cedía, se rendía y cuando ya habían perdido toda esperanza, Anne percibió a lo lejos un reflejo que enseguida se transformó en resplandor. ¡Luces y sombras que se movían! Anne no paraba de chillar y Julia de agitar la linterna hasta que las encontraron y las sacaron de allí maltrechas, ateridas, asustadas, pero vivas.

De milagro.

—¿Y tú sabías donde estaban? —dijo la encargada del camping a Yifán cuando hubo pasado todo.

—Sí, traté de decírselo a todos pero no me escuchaba nadie. Creo que al final, el monitor me atendió porque fui muy plasta.

—No nos malinterpretes, Yifán. Yo dije que cualquier pista sería estudiada, pero lo tuyo era como de ensueño, ¿una intuición? El monitor me dijo que había un chico que decía haberlas visto. No teníamos ninguna otra opción así que decidimos hacerte caso y, como ves, las encontramos.

—¿Dónde están? —preguntó Yifán.

—En la enfermería. Tienen algunos rasguños.

—Me gustaría ver a las niñas, sobre todo a una de ellas, a la que vi cuando se escondían.

—No puedes, están descansando, pero mañana las verás. Te lo prometo. Ve a cenar —pero pensándolo mejor salió al pasillo y habló con el monitor de Yifán, que esperaba fuera. Éste entró a buscarlo al despacho y los dos se fueron hacia el pabellón.

—No me dejan ver a las chicas y quiero verlas, al menos a una de ellas —se quejó Yifán al monitor cuando salieron del despacho.

—¿Por qué tienes tanta prisa? ¿Cuál es la que te gusta?

—La que no habla —dijo Yifán— No es que me guste, es que es especial y quiero saber como está.

—Bueno, pues haremos una cosa. Creo que te lo has ganado. Esperaremos a que la enfermera termine y cuando vaya a informar a la directora, nos colamos. Nadie se enterará. ¡Así las chicas podrán ver a su héroe! Si yo tuviera tu edad... —bromeó el joven, mientras le revolvía el pelo a Yifán, que exclamó entusiasmado:

—Muchas gracias. De verdad, muchas gracias.

Los compinches acecharon a la salida del barracón hasta que vieron que la cuidadora se dirigía hacia al despacho de la dirección. Un instante después ambos entraron en la enfermería.

—Le habrán dado un calmante. A lo mejor no está despierta —dijo el monitor después de leer unos datos junto a la cama, luego corrió la cortina despacio y Julia, que estaba tumbada de costado, se giró un poco aturdida—. Hola Julia, ¿cómo te encuentras? —le preguntó.

Como era de esperar, ella no contestó, pero al oír el «hola» de Yifán lanzó un grito angustioso que se oyó en todo el campamento. La enfermera y la directora acudieron al instante y allí se encontraron con los dos intrusos estupefactos. Y la niña, que al principio no dejaba de temblar, se fue calmando poco a poco hasta que mirando a su alrededor, preguntó:

—¿Mami?

Horas antes de la desgracia y a más de cien leguas de Susten, Danielle que se había comprado un «conjuntito» de leopardo que según la de la tienda era un suspiro, la mínima expresión, recibió una llamada en su Nodo cuando estaba a punto de salir del baño. Isaac y ella llevaban semanas esperando la ocasión de una tarde romántica y, todo hay que decirlo, dejar en el campamento a Yifán el día anterior había anulado muchas tensiones.

—Acepta.

—¿Señora McRae? —era la encargada del campamento.

—Soy yo.

—Soy la directora del campamento donde se encuentra su hijo. Tiene tres horas para venir a buscarlo. Él está bien, pero ha ocurrido algo y no puede permanecer aquí por mas tiempo.

—¡Pero si lleva poco más de un día!

—La esperamos en un par de horas. Adiós —y cortó.

Danielle dio un grito en el baño que excitó muchísimo a Isaac, quien se encontraba en la cama esperando una noche de lascivia. Agarró de nuevo el spray de menta y se echó en la boca la cuarta pulverización. Ya escocía. La cosa pintaba de muerte. ¡Qué mujer! Cuando vio a Danielle salir a toda leche del baño, con el picardías transparente de leopardo marcando sus curvas, Isaac creyó que le había tocado el gordo; extendió las manos hacia ella y la siguió por toda la habitación.

—¡Deja de hacer la carretilla elevadora! ¿Te has convertido en transpaleta? —exclamó Danielle, que pasó de largo como un tren bala hacia el armario, se quitó el picardías, cogió su ropa y se volvió de nuevo al baño. A ver cómo coño se quitaba ahora la purpurina del cuello y del pecho.

¿Qué? —dijo Isaac poniéndose en jarras.

—¡Vístete! Nos vamos a por tu hijo. Más vale que sea algo gordo, porque si no es que se ha muerto, yo misma ¡lo mato! Y guarda el trípode, por dios —añadió con una sonrisa al mirarle desde la puerta.

09 Alimañas entre el follaje de San-Borondón

Hay que joderse.

Entre el San Borondón, *notre petit paradis* de la página web y el San Borondón, *notre petit enfer* de la realidad, había tres diferencias: una palabra, un lapso de tiempo y Yifán.

Tras recibir la llamada de la encargada del campamento, Danielle e Isaac tuvieron que suspender sus preliminares, pedir el coche al hotel y avisar a Peter que lo recogerían de camino a Susten; pero mientras Isaac se arreglaba, Danielle exploró el minibar. Ciertamente necesitaría algo más que nutrientes para poder hacer frente a lo que se le venía encima. La botellita de ginebra le hizo gracia y se la pimpló de un trago. Como ella no bebía, a los diez minutos su mente empezó a sentir los efectos del alcohol.

—Si yo me hubiera llamado Ginebra, como la mujer del rey Arturo, hubiera podido decir que Ginebra se tomó una ginebra antes de salir de Ginebra —Danielle reía.

—¿Adoptar? —le dijo a Isaac poco después— Son tu sangre y les arrancarías la cabeza... —y así barbaridad tras barbaridad.

Ella sola se lo guisaba y se lo comía.

—Danielle me quemará vivo —se desesperaba Peter mirando el reloj de la recepción de su hotel.

Andaba de un lado a otro y se recolocaba el paquete a menudo. Era un tic de macho alfa: moreno, deportista y madurito, sus jeans habían hipnotizado a uno de los recepcionistas. Al chico el señor le parecía un poco mayor, interesante y sí..., majo. Es lo que comentó con su compañera de trabajo pero por dentro había pensado «me lo follaría aquí mismo».

Peter vio que un coche paraba en la entrada del hotel, se abría la puerta y no aparecía nadie. Se dirigió hacia él pues en su interior había reconocido a Danielle, pero cuando intentó subirse, al ver que ella no movía un músculo, dio la vuelta completa para acceder por la puerta opuesta donde se encontraba sentado Isaac, y como cuco en nido ajeno, lo desplazó hacia el centro. Isaac no dijo nada, solo atinó a fruncir el ceño. El coche inició la marcha y el de la recepción se asomó a la entrada para seguir al vehículo con la mirada.

Isaac, atrapado en su bruxismo no rechistó durante el trayecto y Peter, muerto de miedo, tampoco.

En el despacho de la encargada de San Borondón, que se había convertido en estatua de sal, la situación no mejoraba, porque Adam no paraba de vociferar y Thomas, con la mente en sus cosas, lucía el semblante de un moái... Cuando Adam finalizó, la encargada se excusó mil veces y dirigiendo su atención a Thomas dijo:

—Conde...

Thomas alzó la mano en plan «es innecesario», se levantó de su silla y se acercó a la puerta de salida.

—Ha sido usted muy amable —dijo.

Cuando los despidió, la encargada cerró con llave la puerta de su despacho. Sacó del cajón una petaca y la apuró de un trago. Era mujer muerta. No muerta de miedo ni nada de eso en sentido figurado, estaba literalmente muerta.

La única forma de que la institución y su empleo salieran indemnes, había sido mantener una historia coherente. Para ello necesitó la colaboración de los testigos, y dejó claro que: descuartizaría a quien se fuera de la lengua, devoraría a la enfermera o al monitor, a la otra niña no porque estaba aislada y Yifán estaba ya fuera de la historia. Así que mientras esperaban a Julia en el Saeta, Thomas dijo a Adam que era prioritario saber la verdad y solo había una: la de su nieta. El conde no creía que la encargada fuera ni culpable ni negligente, pero en todo caso había un elemento importante que se le escapaba: necesitaba saber cuál había sido el detonador de la recuperación de la niña. Julia no había hablado durante casi una década y si había comenzado a hablar ahora, estaba claro que debía ser por una reacción similar aunque contraria, a la que la hizo enmudecer.

Thomas quería saber qué había sido, por extraño que pareciera. Adam protestó y dijo que dejara a la nena en paz, que por hoy ya había tenido bastante. Él iría a verla por la mañana, casi se mata, ¡por dios! Pero estaba de acuerdo con Thomas en que lo que veía en los ojos de Julia no era terror sino sorpresa y confusión. Julia confiaba en él, así que conseguiría averiguar qué había ocurrido. Cuando Adam fue a verla al día siguiente esta se mostró reacia a hablar. No obstante, pidió a su primo que saliera con ella al jardín.

—Adam, quiero hablar contigo pero no en la casa. Núcleo se chiva de todo al abuelo —dijo la niña— ¡Se chivó de Giovanni!

—No me digas que te lo ha quitado.

—Hedda le dijo que si echaba al gato, antes tendría que echarla a ella.

—¿Le dijo eso? —Adam, que ya lo sabía, fingió sorpresa.

—Sí. Y al final me dejó tenerlo en mi habitación. Puedo sacarlo al jardín pero no puede deambular por el palacio.

—Bueno, es normal. Hay muchas cosas valiosas dentro. No querrás que rompa algo. ¿Te imaginas al gato trepando a un tapiz con las garras en la cara de Diana? A tu abuelo le daría un infarto.

—Primo.

—¿Sí?

—No es que recobrase el habla por la avalancha, aunque pasé mucho miedo.

—Y fuiste muy valiente. ¿Cómo sabías que ocurriría?

—Pues porque he ido al campamento otros años, tonto. Cuando nos perdimos y empezó a llover yo sabía lo que pasaría, pero no imaginé que caeríamos al cauce seco. Me asusté mucho cuando me di cuenta de dónde estábamos.

—¿Entonces qué te hizo hablar? —preguntó Adam.

—El niño.

—¿Quién?

—El que le dijo al monitor dónde estábamos. Vi en ese chico algo tan parecido a lo que yo sentía con mamá...

—Ese niño es... perturbador.

—Lo que noté fue que era gigante, primo, como una columna de luz alzándose hasta el cielo. Parecía preocupado, como si fuera mi amigo. También vi que sentía miedo por mí, y curiosidad... Eso fue lo que me hizo chillar, primo. Es el más grande de todos los que he visto, pero ¡una barbaridad de grande!

—Y ¿sabes por qué no has podido hablar hasta ahora? —preguntó Adam.

—Creo que el día en que mami desapareció, algo... Es que la sentí muy cerca pero de pronto desapareció. Pensé que si me quedaba callada ella volvería, pero al ver ayer la luz de ese niño me sentí muy triste porque comprendí que mamá no regresaría —dijo Julia entre sollozos.

«¿Quién será ese niño en realidad?» se preguntó Adam mientras abrazaba a Julia para desviar el hilo de la conversación—. ¿Sabes?, me resulta familiar pero no acabo se saber porqué.

—No quiero que el abuelo se entere. Dile que fue la avalancha lo que me hizo gritar.

—Pues no sé que decirte. Como no reciba un beso a cambio...

Julia se agarró a su primo y lo besó en la cara, en el cuello, hombros, manos, cogote, codos y espalda, hasta que él se rindió.

—Vale, vale. Escucha esto, Julia. Yo también lo sentí pero de una manera difusa, no llegué a saber lo que era exactamente, no consigo entenderlo del todo y lo peor de todo es que me resulta familiar.

—Era pura luz, primo. Nos rodeaba y por eso no lo pudiste percibir. La gente normal, quienes no son como nosotros, son pequeños. Mira, si el abuelo fuera como el palacio y tú como la isla, yo sería como el lago pero él..., ¡él como Alemania! Su luz me rodeó, es un ángel... pero me da miedo.

—Bueno Julia, trata de tranquilizarte, así será más fácil que el abuelo te deje en paz. Mira, yo estaré fuera unas semanas, pero después vuelvo directo aquí y podremos seguir hablando —le dijo Adam antes de besarla en la frente.

Durante el día anterior no todo el mundo había tenido la misma opinión sobre los ángeles.

—¡Demonio! *De-mo-nio*. Y ya estoy harta: *har-ta*. ¿Te enteras? —había dicho Danielle.

—En-te-ras —había replicado Peter.

—No me tientes, Pedro Sanchez, o te juro que no respondo.

Peter calló para siempre.

—Y tú, Yifán, no me vengas con tonterías. *Yonosabía, yonosabía.* ¿Pero en qué... estabas pensando? —gritaba la señora McRae— ¿Cómo se te ocurre meterte en la enfermería sin permiso? ¿Te haces a la idea de lo que he tenido que tragarme en el despacho de esa mujer?

—Déjalo, ¿quieres? —había intercedido Isaac.

—¿Dejarlo? ¡Qué me quiten la custodia! ¿Por qué ningún juez me la quita y así me ahorro un problema? ¡Qué me la quiten de una vez!

—Pues yo quiero quedarme en el campamento —había decidido Yifán.

—Antes te entierro vivo, ¡fíjate lo que te digo!

—Pero ¿qué dices mujer? —Isaac no se lo podía creer.

—Y puesto que tú tienes parte de culpa —ahora le tocaba a Peter—, lo metes en el primer vuelo a Miami y lo mandas con sus primos y sus abuelos.

—Pero es que yo no quiero...

—¿Pero es qué?, ¡qué! Se acabó, ya está bien, ¡hombre, ya!

Danielle había entrado en pérdida y era irrecuperable. Se retroalimentaba a cada minuto que pasaba y en esas circunstancias lo mejor era evacuar, así que Isaac el mudo y Peter el conquistador, también mudo en aquellas circunstancias, habían cogido a Yifán de la mano y se lo habían llevado hasta el coche mientras una Danielle imparable se dirigía hacia el despacho de la encargada para soltarle cuatro frescas. Cuando terminó con ella volvió donde la estaban esperando los demás y confesó:

—Ya he terminado de disculparme con esa mujer. Hala, volvamos al hotel.

En la Mainau Thomas escuchó con paciencia las explicaciones de su sobrino, las novedades sobre Julia..., aunque sacó sus propias conclusiones, que no tenían mucho que ver con lo que había oído. Sabía que Adam sólo le contaría parte de la historia, así que dieron por zanjada la cuestión antes de despedirse. Thomas se quedó en la biblioteca.

«Yo tenía razón sobre Louise. Era la madre perfecta para mi nieta», pensó.

—Te llama Wolfgang —dijo Núcleo.

—¿Quién? —respondió Thomas.

—El policía.

—Excúsame. Ahora no quiero a nadie ajeno a la familia en la casa —respondió Thomas.

—Ya está dentro señor.

—¿Qué ya está...?

Thomas se dirigió al hall y encontró al policía observando un Miró.

—Bienvenido, agente. ¿Se quedará a cenar? —ironizó el conde.

Su sonrisa paralizó al inspector.

10 La zorra y el cazador de Higía

—Adam, ¡Adam! —llamó el acompañante.

—¿Dónde esta? —respondió Adam que se había quedado dormido.

—¿Qué? Despierta hombre, estamos llegando a Higía. Has roncado como un caimán, chaval.

—Habrá sido la cena... He tenido una pesadilla de las de asustar.

—Anda, acicálate un poco y espabila que vamos a desembarcar.

En Higía sonaba raro hablar de días y de noches, aunque la simulación del sistema de iluminación intentaba paliar esta carencia. Adam y su acompañante se instalaron con la ayuda de Nanos; y a primera hora, dejaron su alojamiento para comenzar la investigación desde abajo, como Thomas les había recomendado, es decir, desde los puntos de extracción.

—Disculpe. ¿A qué ha dicho que viene? —había preguntado el *ingeminero*.

—Nos envía la compañía para evaluar los puestos de trabajo y su importancia en la cadena de extracción. Trabajamos en la optimización de procesos —explicó Adam.

—Pues yo les puedo asegurar que en lo que a nosotros se refiere no cabe más optimización. Pueden consultar las estadísticas diarias de los últimos años.

—Ya lo he hecho, pero me gusta contactar directamente con los operarios, porque a pie de obra uno averigua cosas que no encuentra en las estadísticas —puntualizó Adam—. Le doy mi contacto a su Núcleo. Estaremos en Higía unos días.

—Ok —contestó el *ingeminero* y volvió a colocarse en la cabeza el sistema de control de su grupo de robots. Parecía aliviado y les indicó donde encontrar a su superior.

Desde Higía, un grupo reducido de operarios controlaba un ejército de miles de robots que perforaban y extraían mineral de los asteroides. Adam advirtió al responsable de aquel regimiento que las reuniones, todas, quedarían registradas y que con sus declaraciones se estaban jugando el puesto. Después del rapapolvos confirmó con él que los datos facilitados por su tío coincidían al cien por cien.

Descartado el punto de extracción, al día siguiente irían a echar un vistazo a la refinería, en donde la labor de Adam sería más bien diplomática y la de su compañero, que a veces iba por libre, un misterio. Su tío había dado instrucciones por separado y lo único que sabía Adam era que debía confiar en él y que le brindaría protección en caso de que fuera necesario. No tenían idea de lo que les aguardaba en el cinturón.

En los filones localizados en los asteroides, el material extraído por los robots se cargaba en contenedores que, una vez llenos, se enlazaban a una estructura lineal autopropulsada y repleta de anclajes que partía cada cierto tiempo hacia la estación de procesado. En la refinería, Adam habló con los controladores encargados de supervisar emergencias, fallos técnicos, catalogación de los minerales extraídos y un sinfín de cosas más. Poseían un laboratorio de investigación muy avanzado y vigilaban la llegada del material. Los datos probaron que seguían trabajando con el ritmo habitual y obteniendo resultados similares.

Pues hasta allí, todo bien. Adam no había encontrado nada raro.

El último paso era el envío.

Los contenedores con el producto final salían sellados desde la refinería hacia la Tierra. Solo quedaba revisar la actividad de las empresas que se encargaban de la entrega.

Thomas había contado a su sobrino, antes de partir, que dos empresas subcontratadas llevaban a cabo el traslado del *caoleno* a la órbita terrestre porque así resultaba más rentable. Cuando se disparó la demanda seis meses atrás en la órbita de ensamblaje junto a la Tierra, hubo que contratar a una tercera, cuya existencia hizo que Adam y su colega comenzaran a sospechar.

—Adam —dijo su compañero durante una cena.

—«Jeg» —contestó Adam con la boca llena.

—Traga. He pensado en la nueva empresa que se encarga del traslado de material a la órbita de ensamblaje.

—Dime —respondió Adam después de beber agua.

—¿No es mucha casualidad que esta empresa, que construye los sistemas de transporte de mineral aquí en el cinturón, sea filial de una de las del consorcio que construye la nave científica?

—¿Xpacexpecial? Ya lo había pensado, pero es lógico que si están en el negocio no metan todos los huevos en la misma cesta. He hablado con sus dos representantes. El primero parecía llevar la voz cantante. Profesional como la copa de un pino. ¿Sabes? Me dio todo tipo de facilidades, hasta acceso a su Núcleo para que pudiera rebuscar lo que me diera la gana. Y el segundo es un enchufado familiar, pura imagen —concluyó Adam.

—¿Entonces sospechas de una directora de Transporte Minero Espacial? TME es una de las empresas más antiguas —afirmó su acompañante.

—¿Cómo sabes que es una tía? Yo no he dicho nada... No contestes, mejor no. Bueno, ella es la directora de logística y oculta algo pero no sé el qué. Puedes estar seguro de que no toleraré que me mienta. Su curriculum es inmejorable, siempre viste muy bien y ya firmaba yo por unos cincuenta así, pero ese destello de buen gusto en este vertedero no me da buena espina.

Adam jugaba con ventaja: había acariciado la mente de la directora de TME antes de quedar con ella. No sabía por qué, pero sus facultades se habían incrementado fuera de la Tierra, en ausencia de gravedad, y en aquella mente femenina perversa se topó con algo extraño que antes no hubiera podido detectar. Esa mujer derrochaba seguridad y celo en su trabajo, pero había un ladito oscuro bien oculto. Cuando Adam comentó con su tío lo que había descubierto, Thomas le dijo que volviera a la Mainau de inmediato, que había hecho un trabajo estupendo. Poco después, su acompañante recibió un mensaje de Thomas, respuesta a otro previo, confirmando que había llegado a la misma conclusión que él; también le enviaba nuevas instrucciones, entre las cuales figuraba que Adam no debía permanecer por más tiempo en Higía. Ya había enviado a El Infortunio a recogerlo.

Adam no tenía intención de quedarse allí: el sitio era horrible, asfixiante, una cueva dentro de otra cueva en el fin del mundo.

—¡Hombre!, si eres Alí Babá, el paraíso —le había comentado a su colega dándole un codazo, a lo que este respondió que él aprovecharía para disfrutar un poco más del viaje, mientras sonreía con cara de asuntos de faldas, así que Adam lo llamó bribón y ¡qué cabrón!, y se despidió.

Cuando Julia se enteró en la Mainau de que su primo volvía, no paró de mandarle notas con fotos y vídeos del gato. Tenía ganas de verlo y se entusiasmó al saber que se quedaría una temporada en Alemania y que viajarían desde allí a Lisboa y a Madrid, ciudades que ella no conocía. Julia estaba exultante con su recuperación y aseguraba a todas horas que nunca volvería a callar. Albert echaba mucho de menos el silencio, pero claro, no lo podía decir...

Desde la ventanilla de El Infortunio Adam observaba el complejo construido en Higía, que parecía más grande por dentro que por fuera. Cientos de ventanas y mucho trajín alrededor hacían que pareciera un panal de rica miel «donde dos mil moscas acudieron» como escribió Samaniego. No echaría de menos aquel lugar, no.

Si, cuando se marchaba, Adam hubiera mirado en dirección al polo sur de la estación, habría visto desde el espacio que a través de una de las ventanas se distinguía a dos personas en el bar. Una de ellas era un hombre que llevaba poco tiempo allí y tenía entre las suyas la mano de la directora de una de las empresas que trabajaban en el sector, lo que ciertamente no importaba porque en aquellos momentos no era sino una simple mujer necesitada.

—Preciosas manos. Me encantan tus dedos. ¿Bebes? —dijo él ofreciéndole su copa.

Ella se excitó una barbaridad.

«Joder. Que suerte he tenido con este rubiales», pensó. Un par de horas después ya no pensaba en nada. El hombre seguía jugueteando con sus dedos.

—Este pide pan, este dice que no hay, este dice que lo compremos, este dice «dinero no tenemos» y este, este que ¡se acabó! —siguió él, al tiempo que le cortaba el dedo.

—¡No está pasando, no me está pasando a mí! —exclamó la mujer, ahogada por la angustia y envuelta en un torrente de lagrimas al ver cómo su dedo gordo caía lentamente hacia un cubo. Una curva ascendente de dolor la llevó al borde de la pérdida del conocimiento.

Su verdugo estaba fascinado: ¡Tap! El dedo rebotó, subió hasta la mitad del recipiente y ¡tap! volvió a caer, dos o tres veces más. ¡Tap! ¡tap! Un reguero de gotas de sangre fluía desde la silla. Él taponó la herida con un adhesivo.

La mujer empezó a delirar: ¿Se desangraría? Él no lo permitiría ¿verdad? El dedo se regeneraría ¿no? ¿Dudas? Sí, tenía dudas, la duda sobre si crecería y hasta incluso…, ¡Dios que dolor! La mente de la chica era un maremoto.

—¿Te has desmayado? —preguntó el rubiales.

Allí donde estaban, Núcleo no les oía, tampoco acudirían ni los Nanos de seguridad ni los sanitarios. Higía parecía estar muerta. Solo quedaba gritar, pero la mujer no podía.

¿Cómo iba ella a sospechar?

Habían hablado, una cosa llevó a la otra y en el momento en que él le ofreció beber de su copa, ella perdió el control. El licor le supo raro.

—Relájate, no hay prisa —había dicho él.

Cuando despertó se encontraba inmovilizada, con sus brazos sujetos a los de una silla y las manos colgando. Él la puso al día: iría perdiendo un dedo tras otro hasta obtener la información que buscaba. Por entonces tenía los veinte pero ella se había puesto chula y unos segundos más tarde solo quedaban diez y nueve. No se desmayó de nuevo, porque aquel animal le había administrado algo que la mantenía despierta.

—Bueno, pues vamos a preparar el segundo dedo. Tenemos por delante un paseo muy largo —y le agarró un pie.

—¿Eh? ¿Qué? ¿Estás loco? —gritó ella mirando a su alrededor, buscando ayuda o algo que poder usar— Pero… ¿por qué? ¿Qué mierda quieres? ¡Joder!

Y supo que deliraba cuando, a pesar de lo que había ocurrido, se sintió atraída por su captor. ¿Qué narices le había puesto en la bebida? ¿Él estaba empalmado? ¿Qué demencia era esa? Encontró lucidez en un recuerdo: había oído hablar de una antigua droga: ¿cánnabis?, no. ¿Cómo era? ¿Cáñamo? Tampoco. Piensa, ¡venga!, piensa... ¡Caníbal!

—¿Me has puesto caníbal en la bebida? —preguntó ella angustiada.

—No sé de lo que me hablas, preciosa —respondió el monstruo, sonriendo.

Supo que había sido eso. Se quedó petrificada al ser consciente de que, con esa droga en su cuerpo, no tendría gobierno sobre sí misma; su excitación crecería a medida que esa mierda fuera invadiéndola, de manera que disfrutaría a través del dolor cada vez que perdiera partes de su cuerpo. En pocos días el caníbal destruiría su cerebro hasta matarla, si antes no le administraban un antídoto.

—Por favor —rogó.

Cuando el verdugo escuchó la súplica se detuvo, porque casi lo llevó al orgasmo, pero ¡es que aún no quería!, no había terminado el trabajo. Tendría que dejar de mezclar los negocios con el placer. Esto no era ni serio ni propio de él. Cortó y ajustó unas gomas para los muñones de la quejica mientras tarareaba. No podía permitir que la chica se desangrase. Si fallecía todo se complicaba, por eso activó dos pequeños Nanos sanitarios que llevaba consigo.

—Bueno, pues ya está —se dijo—. Si es que para cortar dedos tampoco se necesita tanto.

—¿Pero por qué me estás haciendo esto? No sé quién eres. ¡Qué cojones te pasa conmigo, cerdo! ¡Qué coño quieres!

—Caoleno.

—¡Qué te jodan!

—Oh, cielos, has dicho palabrotas —ironizó el criminal—. Que ¿qué cojones me pasa? Y ¿qué narices te pasa a ti —cortó otro dedo del pie. No pudo seguir con la conversación porque la pija, que se puso a berrear, no soltaba prenda—. Vamos, vamos, cariño. No seas así. Por cierto, y no me gusta repetir las cosas, porque entonces tendría que continuar haciendo lo que acabo de hacer, ¿te suena la palabra *caoleno*?

—¡Ahh! —ella quería desmayarse pero no podía.

—Se me está agotando la paciencia. Por cierto, bonita nariz... —ironizó.

Días después, en la Mainau, la información que acababa de recibir Thomas le permitió poner en marcha su plan para recuperar el control total de la extracción de *caoleno* en Higía. Un mensaje del Núcleo disparó una OPA hostil para adquirir las tres empresas de transporte cuyos servicios había contratado. Recuperaría su mineral y además de ajustar cuentas dolorosas, estaba seguro de poder evitar retrasos en la construcción de la nave científica.

—Pídeme lo que quieras. Te has superado —dijo Thomas cuando, en una conversación con su contacto en Higía, le confirmó que la directora había confesado—. ¿Te administrarás tu dosis ZIP?

—Cuando acabe de hablar con usted, Señoría.

—Bien.

—Es un honor colaborar con usted, lo digo de corazón.

—Ah, pero ¿tienes? —bromeó Thomas— Dile a tu Núcleo que me avise cuando estés de vuelta y nos vemos —el conde cortó la comunicación.

Al parecer, TME había estado robando a Thomas desde el instante en que comenzó a operar en el Cinturón Principal y aprovechó la aparición de Xpacexpecial para conseguir más beneficios. El procedimiento era sencillo: daba en el espacio el cambiazo a los contenedores con el *caoleno* de las otras dos empresas de transporte. Cuando las naves perdían contacto con sus bases al pasar detrás de algún cuerpo grande del cinturón, lo que ocurría con relativa frecuencia, aprovechaban ese momento para cambiar los contenedores originales por otros que transportaban una menor cantidad de producto refinado. Ellos tenían las claves, las naves y el personal adecuado. El motivo parecía evidente, se trataba de la próxima generación de propulsores para la industria espacial, pero Thomas no lo tenía tan claro. Albergaba dudas acerca de la verdadera razón del robo y de la identidad de los ladrones. Puede que incluso algún gobierno estuviera detrás. Tendría que investigar más a fondo.

11 Una cordera con piel de loba del Canadá

Ginebra ya no daba más de sí: el ciclo de conferencias había terminado después de dos semanas, las mismas que llevaba Yifán en América, en casa de sus primos. Pedro había pagado el vuelo del chico con tal de congraciarse con la mujer de su jefe y amigo. A pesar del gesto, ella no se había congraciado con él y en su momento le dejó bien claro que era lo menos que podía haber hecho, dadas las circunstancias.

Tan cariñosa como un escorpión.

El caso es que los McRae estaban en el hall del hotel, a punto de salir hacia Zurich, cuando Peter se presentó en la recepción más contento que un marica con dos culos.

—¿Y a qué viene este aquí? —protestó Danielle mientras veía acercarse a Peter.

—Ni idea. Hablé esta mañana con él y le dije que me mantuviera al tanto —contestó su marido.

—¿Os dejo a solas? —rió su mujer.

—Eres la madre de mi hijo, pero cuando te pones así... De verdad que a veces, Danielle...

—Venga, va.

Isaac dejó su jersey en la butaca y se levantó.

—¡No te levantes! —dijo Peter que venía enfilado.

—¿Qué haces aquí? Salimos ya para el aeropuerto. El coche está a punto de llegar.

—Tomemos un café. ¡Tres cafés! —pidió Pedro girándose hacia el camarero—. ¿No queréis saber lo que os vengo a decir?

Pedro esperó a que sirvieran los cafés, para desesperación del matrimonio y luego exclamó:

—¡Han encontrado más caoleno! ¡Grandes cantidades en un filón!

Isaac se quedó de piedra y Danielle, que ya tenía la taza entre las manos, la apuró de un trago. Estaba hirviendo.

—Explícate, por dios —dijo Isaac. Ella no podía ni hablar.

—Pues que acaban de confirmar el descubrimiento de un enorme filón en el cinturón y tenemos aseguradas las provisiones para cubrir nuestras necesidades, y las de otra nave si hiciera falta —dijo Peter rebosante de alegría, cogiendo a Isaac entre sus brazos y arrancándose con un vals imaginario.

Había sido tanta la tensión durante las reuniones de Ginebra, tantos los planes de contingencia estudiados, modificados y optimizados por el descenso en las existencias de *caoleno*, que en un momento dado había llegado a creer que se clausuraría la construcción de la nave y de todo el proyecto para explorar la Anomalía.

Danielle hubiera tenido más suerte que Isaac, porque su formación le aseguraba el pan: era especialista en interfaces de usuario y siempre habría que construir nuevos robots de ensamblaje o reprogramar los existentes para que realizaran nuevas funciones en este o en otros proyectos. Por eso la noticia fue la bomba que hizo que los tres se reconciliaran. Danielle abrazó a su marido, que no paraba de llorar, y también a Pedro, que había dejado de ser el enemigo.

Peter, que estaba tan contento o más que ellos, se apartó un poco mientras Danielle acariciaba la nuca de Isaac. Pero ella, que miraba hacia Pedro y a veces parecía humana, le hizo una seña con la mano para que no se fuera. «Si es que en el fondo no es mala», pensó este mientras engordaba de satisfacción.

Y así transcurrió un rato hasta que apareció el coche en la puerta del hotel. Danielle e Isaac se fueron a Zurich y Pedro dijo que descansaría un poco en su hotel, o quizá no, porque había quedado con alguien de la recepción, que al parecer tenía el día libre.

Durante el trayecto al aeropuerto, Isaac propuso a Danielle un cambio de planes para descansar de las largas y tensas jornadas en el CERN y de lo mucho que habían sufrido a causa del caoleno.

—Iremos a Canadá a ver a tus padres.

—¿De verdad? ¿De verdad, de verdad, de verdad?

—Que sí —dijo Isaac—. Habla con mi madre y que mande a Yifán desde Miami, que nosotros cambiamos estos billetes por otros. Al chico le hará mucha ilusión ver a tu padre.

—Y a mi madre —corrigió Danielle.

—Es cierto, y a tu madre. Es un encanto, pero sabes que Yifán siente pasión por su abuelo, así que díselo ya. Que haga la maleta o coja cuatro cosas y lo arregle con Núcleo.

—Te quiero mucho —dijo Dan.

—Y yo a ti, aunque me manipules como quieras.

—Pero si yo no he dicho nada —protestó Danielle haciendo pucheritos y pidió una conexión con su suegra para despacharla en medio minuto y llamar después a sus padres. Les diría que salían de Zurich y que estarían los tres en casa a la hora de cenar.

La excursión a Canadá fue un acierto. Los padres de Danielle eran chinos uigures musulmanes. Su padre, un imán, siempre había condenado cualquier forma de violencia, incluso la intelectual, y en un momento dado decidió irse lejos con su mujer para empezar de nuevo en un país tolerante. Surgió la oportunidad y se asentaron en Canadá. A Yifán su abuela le importaba, como es natural, pero le daba un poco de pena, porque no había sabido desprenderse del lastre cultural que arrastraba su sexo desde hacía siglos. Era una persona fría e introvertida; cumplía con las cosas importantes, pero parecía no tener sitio para la diversión. Creía que uno solo viene a sufrir a este mundo.

El muchacho se lo pasó tan bien en Canadá que a la vuelta estaba agotado y, como era previsible, a los cinco minutos se durmió en el avión. Siempre se dormía en los vuelos, pero lo que soñó en aquella ocasión le dejó una huella tan honda que cuando, días más tarde, Dan comprobó su diario, encontró que lo que leía parecía real.

«Hola diario.

Hoy estoy un poco triste xq echo de menos al abuelo. Bueno a la abu tambien pero mas a el. La semana pasada me conto en Canada q descendemos de personas grandes. No me acuerdo d los nombres pero es desde muchas generaciones.

Al volver d allí estuve con Krito durante el vuelo. Esta vez estaba mas cerca que nunca. N es q s hubiera puesto mi cabeza, sino q parecía haberse metido dentro. M sentia feliz y el vio que venia de casa de mi abuelo, al q x cierto dije que este año haria dos cursos a la vez. Mi abuelo m dijo q tuviera cuidado, no se xq, y q debemos emplear de la forma adecuada los regalos q Ala nos da. Nunca para robar, mentir y demas. Pedire permiso a papa y no dire a mi madre que estudiare doble hasta el dia de su cumpleaños: sera su regalo.

No se xq creo q Krito sabia q en mi familia habiamos sido muchos y muy grandes y cuando estaba con esto, como nunca avisa, pues m encontre hablando con un viejo q cuando m di cuenta resulta q n era mi abuelo sino el mismo del pueblo de los pescadores de medusas. El viejo me invitaba a mirar desde una explanada q habia x encima d su pueblo. Era x la tarde, eso lo se porque el sol era rojizo pero me señalo con el dedo hacia el suelo.

Un poco mas adelante empezo a removerse la arena y asomaron los extremos de miles de gusanos. Me asuste pero no quise parecer un cobardica y me obligue a seguir mirando. Eran como los gusanos que nacen en la carne en el laboratorio pero mas grandes y en cuanto salieron del todo comenzaron a hincharseles las tripas. Yo no he visto en m vida cosa + asquerosa. Se hincharon tanto que la tripa les iba a reventar, y cuando ya parecia todo perdido y + asco no podia darme, comenzo a flotar uno a lo lejos. Luego otro, 2 + y asi hasta q con los ultimos rayos d sol se levantaron todos del suelo. Me contaron q lo d la tripa era un gas q les permitia elevarse un poco y asi ser arrastrados por el viento hasta otro lugar donde pastar bajo tierra.

Jo, diario, tenias q haberlos visto. Resulta q al elevarse las lombrices, la luz del sol atraveso sus panzas, se descompuso en colores e ilumino el suelo. Es como ver unos gigantescos fuegos artificiales reflejados en el mar, pues los colores se ven proyectados en el suelo. Los gusanos no se elevaban mas que un palmo y cuando chocaban unos con otros o contra la arena, producian un rumor q parecia decir 'hula, hula' y por eso les llaman lombrices de Hula. Creo que era x el ulular del viento.

Me extraño q nadie los capturase, como hacian con las medusas pero luego m contaron que si remueves la arena de la superficie una vez que se van, encuentras unas bolitas que son sus excrementos. Son tan ligeras y resistentes que los barcos, las casas, las herramientas, todo lo q puedas imaginar esta hecho con eso.

Ojala pudiera dibujar algo que se pareciera a lo que vi. Era como ser mota de polvo en el interior del arco iris y entonces mi madre me desperto de un manotazo en el estratosferico.

Yo es que no se a quien ha salido esta mujer. Si la hubieras visto en Canada. Parecía un cordero 'si padre', 'lo que tu digas madre', querido x aquí, querido x allá. Pero chico, fue despedirse de los abuelos, prometerles mansedumbre y abnegacion eternas —no se lo que es abnegación— y al volver la esquina con el coche le falto tiempo para decirme que si me habia creido que por estar el abuelo delante y haber hecho lo q yo quisiera la cosa iba a quedar así...

¡Pero si yo no he hecho na!

El otro dia le dije a mi padre q mira q hemos tenido mala suerte con la cantidad d madres q hay x el mundo y haber tenido q tocarnos esta.»

Danielle se estaba afilando los dientes antes de pasar de página, porque estaba a punto de saber la respuesta de su esposo. No la pasó enseguida, quería deleitarse antes de averiguar, de una manera poco ortodoxa, pero totalmente fiable, lo que Isaac opinaba de ella. Volvió un poco hacia atrás para disfrutar el momento:

«¡Pero si yo no he hecho na!

El otro día le dije a mi padre q mira q hemos tenido mala suerte. Con la cantidad d madres q hay x el mundo y haber tenido q tocarnos esta.

Mi padre contesto que desde luego que...

Porras, otra vez mi madre berreando que baje a cenar. ¡Pesada es!»

Siete años después,

en Sudamérica...

12 Argentina y los guanacos fisgones

El aire de la Patagonia soplaba con fuerza sobre el parque eólico situado en las inmediaciones de Puerto Madryn. Julia se sentía un quijote entre tanto aspaviento, y se preguntaba qué pensaría la cuadrilla de guanacos que se había resguardado entre unas ruinas junto a la carretera, aunque de hecho, los guanacos apenas pudieron distinguir los rasgos de la ocupante del descapotable que pasó junto a ellos como una exhalación devorando aquella carretera desierta de la ruta nacional 3, recta como un paralelo y sin un árbol.

—¿El coche? —había preguntado Julia en Trelew.

—Un prodigio de aerodinamismo y confort —había respondido el *insectimorfo manifrotador* del establecimiento de alquiler, que se había dedicado a predar sobre su escote.

Puso la radio.

—«Buenahnoshesatodo radiochente de penivaldés. Soy Frank y lesha compañaré hasta las sinco treinta de la madrugaaada. Comensamos nuehtro programa. Hoy ehjuna de las noshes de julio mafrías y secas de la temporada y aunque lo paresca, no ehjtamo shablando de Miss Argentina, sino del clima. Pero primero, para Carla, su cansión…»

Sonaron los primeros compases de The Bodyguard y Julia se distrajo un poco, pero apagó la radio cuando Whitney Houston tomó aire para gritar el estribillo, porque prefería quedarse a solas con el viento.

Llevaba un año en Sudamérica investigando para su doctorado en lingüística. Su tutora en Alemania le había aconsejado trabajar sobre algunas tribus sudamericanas que llevaban siglos al borde de la extinción.

Antes de partir desde la Mainau hacía un siglo, Julia había tenido la más memorable e intensa de las broncas habidas con su abuelo: cuatro horas. Hedda se había visto obligada a dar el día libre al servicio para evitar un escándalo y poco después, oreja en puerta de biblioteca, ella misma abandonó el palacio como alma que lleva el diablo. Casi se deja el menisco en la baranda de la capilla camino del invernadero; allí se sirvió un licor.

—¡Qué lenguaje! Pero ¿dónde ha aprendido esta muchacha a hablar así? —dijo entre chupito y chupito.

Thomas, que acabó ronco, dejó claro que no aprobaba el viaje y que Julia era la única persona capaz de sacarle de sus casillas. Ella, a su vez, y debido a la frustración, le dijo que se marcharía por las buenas o por las malas a Sudamérica. El conde estaba convencido de que no lo haría, que «perro ladrador poco mordedor»; creía que tenía atrapada a su nieta en las comodidades de la jaula de oro donde vivía, pero en aquellos momentos Julia se asfixiaba en Alemania. Cuando se enteró, en medio de la bronca, de que Thomas había echado en vinagre a su tutora, ya no pudo contenerse.

—¿Ah sí? ¡Pues muy bien, abuelito!

—¡Pues vale!

—¡Pues bien!

—¿Es qué no te vas a callar nunca?

—No. Llevo una vida de extremos y tengo que recuperar años de silencio.

La joven desapareció de la biblioteca tras llevarse por delante una mesita. Pidió perdón a la mesa, no al abuelo, y se largó al invernadero. Allí se encontró con Hedda quien confesó que iba por el quinto chupito y Julia, para estupor del ama de llaves, le

112

pidió otro para ella; acababan de hacerse compañeras de juerga. También aprovechó para pedirle consuelo y dinero, en ese orden. Había llegado al límite con su abuelo y se iba a escapar esa misma tarde. Hedda podía ayudar o apartarse.

—Ayudarte, ayudarte... —interrumpió el ama de llaves con un agobio tremendo.

Por la noche Thomas preguntó.

—¿Se puede saber dónde está mi nieta, que no ha bajado a cenar?

—No está.

—¿Cómo que no está?

—Como que no está.

—¿Qué?

—Pues eso.

—¡Hedda, haz el favor! Mándala venir.

—¿De dónde?

—De donde esté.

—Es que no sé donde se encuentra. Se ha escapado, señoría.

—¿Qué se ha?

—Se ha largado.

—¿Y no me avisas de algo así?

—Yo siempre contesto a sus preguntas —protestó Hedda paladeando la artimaña—. Cuando se me pregunta, claro; si no se me pregunta, no hay nada que contestar.

—¿Me tomas el pelo?

—¿Yo? En la vida se me ocurriría, señoría —dijo Hedda, que esa noche tardaría en conciliar el sueño de purísima satisfacción.

Julia recorrió en bici los siete kilómetros que separaban la Mainau de Constanza. Para no levantar sospechas, desde allí tomó un tren a Zurich y de Zurich un vuelo hasta Paris. La experiencia le supo a gloria y en Francia se quedó a dormir. Fue en el Charles De Gaulle, a primera hora del día siguiente, cuando recibió el quincuagésimo mensaje de su abuelo. Ella esperaba una disculpa, que finalmente llegó soterrada bajo un código de crédito ilimitado, que decidió aceptar. Bien sabe Dios que estuvo tentada de no hacerlo pero... no podía negarse. Envió un corrosivo «gracias» al Núcleo de la casa condal que el abuelo encajó como pudo. Thomas también había sido joven y en el fondo de los fondos apreciaba que su nieta tuviera carácter. A su vez, Julia comprendió en Paris que el crédito de su abuelo bien valía una misa. Así que gracias a aquella decisión inteligente pudo viajar sin privaciones a América, realizar sus investigaciones y más tarde moverse por Argentina. Entre otras cosas, le esperaba una habitación y un baño relajante en el hotel Nuevo Rayentray de Puerto Madryn. París quedaba tan lejos...

Sus pensamientos la arrojaron de nuevo, sin avisar, a aquella carretera desierta de la Ruta Nacional 3. No se encontraba muy bien y pidió al coche que se detuviera al margen de la carretera, en una vaguada, antes de llegar a la ciudad. Necesitaba aire, así que mantuvo el coche descubierto. Se acordó de Paraguay y de Mbaracayú, donde descubrió que la realidad no es unívoca sino que ofrece diferentes puntos de vista.

Allí fue donde Julia maduró a la fuerza, en aquel increíble reducto exuberante, repleto de vegetación que se renovaba constantemente, donde el día a día transcurría a escasos metros de todo lo que caminaba, saltaba, reptaba, mordía, chupaba o acechaba a lo largo, ancho y alto de casi doscientas mil hectáreas de bosque atlántico. Había llegado protestando por todo, pero entabló amistades duraderas y se sintió realmente querida; nadie sabía de dónde venía ni quién era.

También fue en aquella reserva donde conoció a los aché, que en su propio idioma significa «persona verdadera». Cuando contactó con ellos su historia le conmovió: hasta el siglo XX habían sido perseguidos, cazados como bestias. Gentes de mirada limpia que habían rechazado el contacto con el hombre blanco que había venido a emponzoñar la tierra.

Desterró ese último recuerdo de su cabeza, tumbó el asiento para contemplar el cielo, y no vio un remolino polvoriento que pasó junto al vehículo con andares de borracho, pero sí el borrón de tiza que recorría el encerado de la bóveda celeste de un extremo al otro: la Vía Láctea, Mborevi Rape para los *aché*, el camino del tapir con su rastro de hojas secas...

Se sintió rara, el mareo no se le iba.

Pidió al coche que cerrara el techo porque tenían que continuar. El vehículo se puso en marcha, encendió las luces y sorprendió una sombra a cuatro patas que se aplastó contra el suelo al sentirse descubierta. La sensación de malestar aumentaba a medida que avanzaba hacia Puerto Madryn hasta que, en un momento dado, la conciencia de la joven se ausentó y ya no recordó nada más.

—¡Julia!

Alguien la zarandeaba.

Cuando volvió en sí recuperó el recuerdo de un destello que le había cegado y dejado inconsciente. Reconocía el interior del coche pero, para su sorpresa, no identificaba la cara ni la voz, del tío que se había metido dentro pasándose por el forro todos los sistemas de seguridad.

—¿Eh? —dijo aturdida.

—¡No te asustes, por favor! ¡Qué alivio! Al menos esta vez no te has puesto a gritar —respondió el intruso entusiasmado—. Soy Yifán. No es que te haya perseguido por medio mundo, te aseguro que ha sido casualidad. No sé si tú deberías estar aquí, pero lo mío es más extraño, porque estuve a punto de no venir y, sin embargo, en el último momento decidí cometer una locura y embarcarme en una pequeña aventura que, ¿cómo te diría?, resulta que ha dado frutos bastante inesperados. Yo no había puesto mucho interés en el asunto, pero como mi padre insistió en que viniera, porque el director del centro era un viejo conocido suyo, pues decidí hacer las maletas y plantarme aquí, pero te estoy aburriendo, vamos que te llevo al hotel, blablablá...

«Madre mía, no para», pensó.

—¿Te gusta el *kitesurf*? Cuando te recuperes ¿querrás que vayamos a la playa? Aquí hay unas olas estupendas. Tengo tablas y cometas.

«Menudo plasta, cielo santo, que dolor de cabeza...»

Pero resultaba que a Julia le gustaba el *kitesurf*.

13 [Cuando el escarabajo te Ronda]

¡Por fin en España!

¡Que harto estaba ya de tanto viaje!

Quique deseaba llegar a casa cuanto antes para tomar un bocado y relajarse, luego desharía la maleta.

No había querido esperar hasta el fin de semana para descansar en aquella antigua fábrica de hojalata del siglo XVIII que había restaurado y convertido en su refugio. Antes de salir de Madrid hacia Málaga había pedido a Núcleo que no lo molestara durante toda la semana y una vez en su casa de Ronda comenzó una desconexión como dios manda: pan de pueblo, tortilla de patata, ensalada de tomate, pepino y cebolla; y un buen vaso de vino. Después continuó con una siesta de las de pijama y orinal en su dormitorio, persiana abajo y puerta abierta, porque era verano y le gustaba escuchar el sonido de las chicharras envuelto por la penumbra del interior de la casa.

Ligero y confortado, se durmió en paz.

Despertó mucho después, de un sobresalto. Estaba tumbado en el suelo. Abrió los ojos y reconoció la pared interior de la capilla de su casa con la enredadera seca que la cubría: un fractal adherido al muro que formaba un entramado leñoso de vasos sanguíneos iluminados por la luna: se introducían en los boquetes y se extendían sobre los salientes, trepando a lo ancho y alto de aquel paredón...

Todo estaba a oscuras.

Quique se incorporó, se sacudió el polvo y permaneció sentado en el suelo hasta que se desvaneció el mareo que sentía y la vista se acostumbró a la falta de luz. Recordaba a duras penas los sonidos que había percibido en sueños; ruidos que, aunque parecían voces, no lo eran sino que los identificaba más bien como el susurro de algo áspero. Luego sacudió la cabeza para alejar esas ideas, que no eran sino eso, ideas extrañas, y se levantó.

Sin perder más tiempo salió de la capilla al patio, entró en la casa y se dirigió hacia el sótano, donde se encontraban las baterías de reserva que no pudo activar. ¿Por qué estarían agotadas?

—¿Qué ha ocurrido? —se preguntaba mientras se dirigía hacia la cocina. ¿Y ese olor tan fuerte que había percibido al entrar?

Buscó unas velas y un mechero que guardaba en el cajón de la despensa. Encendió una y comprobó que la mesa estaba sin recoger: había sobras de comida esparcidas por el tablero, la nevera abierta y sus recipientes derramados. Fruta mohosa, carne podrida y en el vaso de vino, hormigas muertas. Otras muchas, decenas, pululaban por el hule mezcladas con las moscas. Quique se empezó a agobiar: ¿le habrían drogado para robar? ¿Espionaje industrial? Eso era absurdo, en esta casa no había conexión con su Núcleo.

Revisó todas las habitaciones y acabó en la biblioteca. ¡Qué desorden! La colección de globos terráqueos por el suelo, libros maltratados, las ventanas abiertas, las cortinas arrugadas, unos cuantos cuadros ladeados... No recordaba que hubiera sucedido nada de eso.

Empezó a sentirse mal: tan pronto tenía frío como ardía; en el interior de su cabeza resonaban los golpes de puertas que se cerraban con violencia para impedir que alguien o algo entrase en su cerebro.

¿Quiénes eran? ¿Qué querían?

Debía de haber hecho caso a su hermana y haber instalado un acceso a Núcleo desde esta casa. ¿Por qué sus pensamientos se comportaban como saltamontes atrapados en un tarro de cristal?

—¿Qué me ha pasado? —se preguntaba.

De repente recordó que su coche se encontraba en el porche de la entrada y corrió hacia él. La carrocería de visión y grabación continua debería haber registrado todo.

—Ábrete —y cuando entró en el vehículo éste le mostró la fecha y hora.

¡Habían pasado cuatro días desde su llegada!

Solicitó al coche que le señalase cualquier cosa extraña que hubiera grabado y el vehículo le mostró un destello que había aparecido en el patio de la casa pocas horas después de llegar. No se veía a nadie en la pantalla, solo la claridad crepuscular y una luz violeta que pulsó seis veces consecutivas.

—¿Qué ha sido eso? —preguntó al coche.

Y entonces, mientras se proyectaban las imágenes recordó que ellos siempre aparecían entre destellos, que siempre querían lo mismo, algo que jamás les habían proporcionado ni su hermana ni él. De pronto se acordó de un golpe en la cabeza mientras dormía la siesta, antes de que su voluntad capitulara y fluyera adormilada entre respiraciones y susurros, envuelta en los mismos miedos de su juventud. El coche seguía mostrando imágenes y aparecieron de nuevo los destellos y luego una silueta rara que se acercaba, pero Quique tardó demasiado tiempo en comprender que lo que estaba viendo ya no eran grabaciones sino imágenes en tiempo real; que el vehículo le había avisado, pero que él no había escuchado sus advertencias, distraído como estaba intentando recordar algo que le había ocurrido desde que era un niño. Y su memoria pasó instantáneamente desde el coche a la cocina. Ahora se encontraba subido a una silla con la mirada nubla y una cuerda rodeando su cuello.

Quería moverse, pero no podía.

Fijo la vista en el suelo, vio un escarabajo que se aproximaba y ¡la silla voló por los aires! Una sensación desgarradora recorrió su médula hasta que la sangre dejó de fluir hacia su cerebro y la vista apagó. La muerte no le sobrevino enseguida puesto que la asfixia llega poco a poco, pero finalmente murió.

El escarabajo hubiera podido dar fe de que no había sido un suicidio, pero el bichejo se distrajo cuando algo le cayó del cielo puesto que la víctima había perdido el control de sus esfínteres.

Unos días más tarde, Mai, la hermana de Quique se presentó con su novia en el cortijo porque el Núcleo de su hermano le había alertado de la ausencia. Llegaron a Ronda al atardecer y se intranquilizó enormemente cuando vio el coche abierto a la entrada de la casa; sus temores se transformaron en certezas al entrar en la cocina. A duras penas su pareja consiguió mantener la compostura, luego la sacó de allí a la fuerza y llamó a la central de policía. Le indicaron que esperasen fuera la llegada de una patrulla que enviaban de inmediato.

Mai intuyó que quizá el coche había grabado algo y se dirigió hasta donde se encontraba estacionado, entró en el vehículo y le pidió una copia de todo lo que hubiera recogido. Al revisarla reconoció imágenes que no hubieran tenido sentido para nadie, salvo para ella y para su hermano.

Luego llegaron las autoridades.

Encontraron a las dos en la entrada de la finca y fueron todos juntos hacia la casa. En el trayecto, el coche patrulla casi aplasta a un escarabajo pelotero que se afanaba desde hacía días en hacer acopio de comida e intentaba no perderse orientándose en la oscuridad gracias a la Vía Láctea. Pero en un momento dado, el insecto abandonó la seguridad de la maleza y el destino, encarnado en cuervo, se lo llevó al lugar donde el ave anidaba, de modo que el único testigo vivo de aquel extraño encuentro entre Quique y unas consciencias raras, acabó en el gaznate de un polluelo.

14 La mosquita de la frambuesa en Puerto Madryn

¡Bip! ¡Bip!

Tenía una comunicación entrante.

—¿Quién es? —pregunto Julia con voz pastosa.

—Llamada interna del servicio del hotel —respondió Núcleo.

La habían arrancado de un pozo de sueño reparador y no se centraba; parpadeó varias veces: por dios, eran las siete de la mañana de un domingo.

—Acepta —dijo al Nodo—. ¿Si? —añadió soplando los pelos que se le habían metido en la boca.

—Buenos días, señorita Julia, le llamamos del restaurante del hotel, aquí se encuentra un jov...

—¡Quite! ¡Quite! ¿Julia? Hola buenas, soy Yifán. Igual estabas durmiendo.

—«Em...»

Yifán había tomado por el hombro a la camarera que estaba en la barra y se había puesto a hablar por el micrófono que ella llevaba prendido en la solapa. La pobre mujer tuvo que agarrarse al tirador del barril de la cerveza para no caer y al hacerlo abrió el caño salpicándose de espuma.

—¡Eh! —gritó.

—¿Eh? —dijo Yifán—. Perdone señorita. Julia, baja a desayunar, anda, que estoy en el hotel y huele a croissant y a café que alimenta. ¿Qué te pido? ¿Uno con leche? Ponte cualquier cosa, aquí la gente va informal. Yo mismo estoy en chanclas. ¿Voy cogiendo mesa? Una chusma se acerca al bufé.

Julia estaba tan sorprendida por el monólogo que le dio por reír.

—¿Julia? ¿Estás ahí? —preguntó Yifán hablando a la solapa de la camarera.

Y Julia venga a reír; vamos que no podía parar. Yifán se contagió; la camarera tampoco pudo contenerse y se olvidó de la cerveza; así que allí estaban los tres riendo a carcajadas. Julia, que no olvidaría fácilmente este despertar, le dijo a Yifán que sí, que café con leche y que le diera un minuto que intentaría ponerse algo por encima.

—No hace falta que te vistas si no quieres —bromeó él, y añadió ¿Te... pido café?

—Sí —dijo Julia—, solo, por favor.

—¿Sola?

—A ver si quien se lo va a tomar solo eres tú —bromeó la Bernadotte.

—Vale, vale. ¡Qué carácter!

Después de media hora y dos cafés, puesto que Yifán también se tomó el de ella, apareció Julia con unos jeans y una camiseta blanca. «¿Media hora para unos jeans y una camiseta?» Si decía algo era hombre muerto, así que no cometió ese error.

Hicieron algunas bromas con la comida y comentaron naderías, anécdotas de risa tonta. Se lo pasaron en grande poniéndose alimentos el uno al otro en sus respectivos platos. A Julia no le cogió por sorpresa que Yifán manejase los cubiertos a la velocidad de un cocinero japonés, porque se le veía muerto de hambre.

—¿Qué miras? —exclamó Julia, después de tragar.

—Nada.

—Que qué miras

—Que nada —rió Yifán.

—¿Entonces?

—Pues que me alegro de que nos hayamos encontrado. Es que yo nunca he creído en las casualidades y cuando ayer te sentí a lo lejos... Bueno, no me lo podía creer. Estás igual que hace ¿cuánto? ¿seis o siete años? Bueno, con mas tetas.

Ella tosió.

Julia no había pillado el tino a Yifán. ¿Era un provocador? No sabía qué hacer o qué pensar de este tío que estaba como una cabra y que, la verdad, le hacía gracia. Y es que Yifán, para ella, no era solo Yifán; era el recuerdo de su madre, su salvador, la persona que le había devuelto el habla. Él había cambiado su vida.

—¿No te sientes como cuando un perro encuentra a otro en un mundo de humanos? —sugirió Yifán.

—¿Quieres que nos olamos? —rió Julia enarcando bien las cejas—. «Piensa bien la respuesta», insinuaba.

—Por favor, qué ordinariez.

Pasaron un buen rato charlando, hablaron sobre Susten, ¡hacía una eternidad!; y cuando acabaron el desayuno Yifán preguntó:

—¿Tienes algo que hacer hoy?

—No, tengo el día libre —respondió Julia que acababa de coger un yogur—. Me agobian los lugares nuevos, llegar de noche a una ciudad que no conozco y solo soporto los calcetines cortos, con los largos no puedo. ¿Y qué haces tú en la Patagonia?

—Pues mi doctorado. Lenguajes...

—Anda ya. ¿Tú también?

—Pues sí. Pero ¿de que estamos hablando?, ¿qué lenguaje estudias tú?

—Pues lenguas, aprendo idiomas. Vengo de Paraguay. He estado con los *aché* aprendiendo su cultura y sus costumbres.

—¡Ah, bueno! Te refieres a lenguas de humanos.

—¿Cómo que «ah, bueno»? —se extrañó Julia.

—A ver, no me esperaba que fueran idiomas, como ahora ya no es necesario —aseveró Yifán.

—¿Y qué haces tú de tan necesario, si se puede saber?

—Intentamos entender la cultura de los cetáceos a través de su lenguaje. ¿Has visto alguno?

—¿Algún qué? —Julia comenzó a quitar la tapa del yogur.

—Alguna ballena.

—Sí.

—De cerca, quiero decir.

—No, ¿y tú?

—Yo sí —dijo Yifán, que sonreía.

Ella tardó un segundo más de la cuenta en comprenderlo y no pudo tragar la penúltima cucharada porque se atragantó; atizó un servilletazo a Yifán, aunque no lo alcanzó de lleno porque él se apartó. Buenos reflejos. Era inaudito. Este macaco la trataba fatal y, sin embargo, a ella le gustaba que se comportara con esa naturalidad. A ver qué pasaba cuando supiera quien era.

—Vamos a hacer una cosa —dijo Yifán olvidando el tonteo—, iremos a ver ballenas, pero hoy no, porque quiero que nos lleve un colega y no puede. Ya que tienes el día libre ¿te apetece que vayamos al chiringuito de un amigo? ¿Te invito a un *matesito*? Si enseñas más escote podemos comer gratis.

Esta vez Yifán recibió una torta bien sonora en la cara. Ella pensó que se apartaría, pero no: el chico se había distraído y no la vio venir.

—¡Ay! —exageró.

—¿Ha sucedido algo?

—Acaba de picarme un mosquito.

—¿Un mosquito?

—Mas bien una mosquita muerta.

—¿Tú es que no te callas ni bajo el agua? —preguntó Julia.

—Mujer, a ver si te aclaras, ¿lo nuestro no es la comunicación? ¿Nos vamos?

En la puerta del hotel habían estacionado coches de ensueño, vehículos por los que Yifán babeó como un cachorro. El Nuevo Rayentray era lujoso y cuando el muchacho se dirigió hacia el fondo del aparcamiento y abrió la puerta de aquella... cosa... sucia, repleta de trastos, con los cristales guarros y los asientos en los huesos, a Julia le encantó. Como no se iba a reunir con el jefe del equipo de investigación hasta el día siguiente, un poco de turismo en compañía era un plan perfecto. El coche arrancó y el climatizador exhaló nubecillas de polvo a través de las rejillas de ventilación.

—Y entonces ¿a dónde vamos? —preguntó ella bajando el cristal para respirar mejor.

—Pues a ver a Fernandón, al chiringuito.

—No he probado nunca un *matesito*.

—Mmm... Pues está muy rico. Te deja los dientes amarillos pero para eso está el cepillo de ultrasonidos.

—Guarro.

—Mujer yo te informo. Luego no digas que no te he advertido.

Fernandón resultó ser Fernandito y el chiringuito un tenderete alimentado por energía solar. Yifán hizo algunas bromas y Fer se las siguió.

—¿Y qué será de lo nuestro ahora que has venido con otra? —se quejó Fer.

Julia se puso como un tomate y trató de disimularlo con sus gafas de sol.

—¡Yifán, pero yo te quiero! —añadió Fer sobreactuando con un fuerte acento español latinoamericano—. ¿Y los niños? Ya llegaron las pruebas de paternidad de los gemelos: uno es tuyo y otro mío.

—No te preocupes, me haré cargo de mis responsabilidades —contestó Yifán—. Te amé mientras estabas rebuenísimo, pero ella —dijo mirando a Julia— está mejor.

La cara de la futura condesa fue un poema hasta que soltó una carcajada.

—Bueno, ¡tenemos ganadora! —dijo Fer, que se presentó y atizó dos besos a la chica.

—¿Qué he ganado?

—Eres la primera que supera nuestro test de inteligencia. ¿Qué queréis tomar?

—¿Nos preparas un mate? Para ella será la primera vez. Que sea el mejor. Después vamos a comer —pidió Yifán.

Julia reconoció que Yifán era exótico, ¡qué va!, guapo, muy guapo, alto, medio occidental medio asiático. Detrás de aquella fachada la condesa había encontrado una mente excepcional que, a duras penas, podía ocultar el potente halo de luz que la delataba.

—¡Menuda pesca! —dijo Fer al oído de Yifán mientras servía el mate.

Matesito a *matesito* llegó la hora de comer, Fer se retiró discretamente y ellos comenzaron a hablar en serio. Yifán habló a Julia sobre su pasado y ella a él sobre el vacío que sintió cuando faltó su madre y lo que supuso encontrar a un niño tan sagaz en un sitio como Suiza. Yifán le recordaba a su madre: grande, fuerte, de una luminosidad excepcional, cosa que le había aterrado en un principio. No estaba preparada para asimilar algo así. Luego la vida se complicó: estudios, abuelo, negocios familiares... Cuando uno deja atrás la infancia, el tiempo vuela.

Ninguno habló de forma explícita sobre sus facultades especiales, no tocaba. Llegó el asunto del viaje y Julia comentó que había pedido una entrevista con el responsable de su centro de investigación de ballenas por algo relacionado con nuevas formas de comunicación interespecies.

—¿A nombre de quién pediste la entrevista? —pregunto Yifán.

—De Julia.

—Hasta ahí llego. ¿Qué más?

—Julia Bernadotte.

Yifán escupió el mate. Parecía una ballena de secano resoplando a través de su espiráculo.

—Lo sabía —dijo Julia, quien esperaba la pose habitual: el hablarle de usted, los formalismos y el tratarla como si se fuera a romper. Siempre lo mismo. Mientras fuese Julia, fenomenal, en cuanto aparecía la condesa, a tomar viento la normalidad. Estaba más que harta.

—¿Eres la frambuesa? —afirmó Yifán con sorna.

—¿Qué frambuesa?

—Tienes mote.

—¿Cómo?

—Sí. Cuando nos llegó, yo no vi la identidad de quien pedía la reunión, pero mi compañero estuvo horas ensayando reverencias y haciendo el tonto por la sala con una manta de emergencias atada a la cintura y libros sobre la cabeza para andar mas tieso. Nos alegró el día.

—A mí no me hace gracia. Y además aún no soy condesa.

—Pero lo serás. Que sepas que hasta entonces te has quedado con «frambuesa», frambuesa.

Fer se acerco y preguntó si querían algo más.

—Yo un licor, de frambuesa —pidió Julia fingiendo seriedad.

Y así, entre unas cosas y otras acabó la jornada. Yifán se había marchado en aquella lata después de dejar a Julia en su hotel: se lo había pasado en grande. Quedaba mucho trabajo por delante, tenía que preparar la visita al centro de investigación, pero estaba tan contenta que lo pensó mejor y dejó la tarea para la mañana siguiente.

Nunca había conocido a un ser tan natural, tan auténtico y que no la tratara como al huevo Fabergé de su abuelo…

15 *Cladophoras* inteligentes en Florida

Un súcubo enjaulado y sin sedar.

Eso es lo que Danielle parecía a los ojos del Núcleo de la casa, que no paraba de sugerirle actividades con tal de que dejara de reorganizar el mobiliario. A ella, por lo visto, todo le sentaba mal. No obstante, la IA tenía muy claro que dispararía hasta su último cartucho antes de claudicar: guardaba un as en la manga.

A Danielle le molestaba estar encerrada en casa por una leve enfermedad, pero hacerlo un domingo recién comenzadas sus vacaciones, la mataba.

—Reposa, por favor —insistía Núcleo—... Que si quieres arroz, Catalina —apostillaba la IA viendo que Danielle pasaba.

Los dos primeros días no quiso tomar nada: cabezota, cabezota. Yifán estaba en la Patagonia centrado en terminar su tesis, llevaba meses con los de las ballenas y su ausencia era normal; pero ¿su marido? Vivía en la oficina, no paraba en casa y Danielle estaba empezando a tomárselo muy a mal.

—Sí, ya lo sé cariño. Tu nave —conciliaba con Isaac.

«La puta nave científica de los cojones que va en son de paz a tomar por culo y a meter el hocico en no se sabe donde», pensaba. ¿Y ella...? Pero ¡y ella!; ¿eh?, ¿es qué no significaba nada para Isaac? «Se pasa más tiempo con Peter que conmigo», se decía a si misma.

—¡Núcleo!, llama a Yifán —Danielle se estaba poniendo pesada.
—Está ocupado, te llamará luego —respondió la IA.

—Pues hala, hijo, ya me llamarás luego —le recriminó como si aquel pudiera oírla—. No me debes nada, total solo te he parido...

Le llamaron del trabajo para ver como estaba pero no contestó, no tenía humor. Había probado todos los *téses* del mundo y se había zampado en cacao el equivalente al PIB de un imperio mesoamericano, pero no encontraba ninguna satisfacción en nada.

—¡De vacaciones y enferma! ¿Será posible? —maldijo.

En resumidas cuentas, Danielle se encontraba en casa más aburrida que una mona y sin saber qué hacer. Así iban transcurriendo los minutos y ella se sumía poco a poco en sus pensamientos, sin hablar.

Núcleo decidió proyectar imágenes en tiempo real desde la órbita de construcción, a ver si se animaba. ¡Es qué no quería usar lo otro, porque si surgía una crisis mayor, no tendría con que atajarla. Y dudaba, todo lo que un Núcleo puede llegar a dudar.

Danielle miraba, sin ver, hacia una pared de la cocina donde apareció la cara nocturna de la Tierra vista desde una órbita baja, con nubes iluminadas por las luces de las ciudades sobre las que se encontraban flotando. A menudo se veían los patrones de los rayos de las tormentas y allá donde no había nubes, podían seguirse con la vista, desde el espacio, las líneas costeras de las naciones ribeteadas de luz. Llamaban la atención los desiertos, más oscuros que la fosforescencia láctea de los océanos, las auroras boreales tan etéreas... Cuando las superficies reflectantes de una estación se orientaban hacia el Sol, su reflejo cegaba pero no lograba ocultar del todo un enésimo amanecer. Uno hubiera visto, de haberse encontrado en el espacio, cápsulas de salvamento apiñadas bajo una estructura que orbitaba sobre Australia, resguardadas de la basura espacial, ocultas como los huevos arracimados de un pulpo bajo el techo de una cueva. Y más ciudades..., más estrellas, y la luna en todo su esplendor. Había robots que se afanaban sin descanso, repartidos por el exterior de muchas estructuras. De nuevo era de día y uno podía experimentar la sensación de una caída perpetua, con los azules y los ocres de la Tierra invitándote a bajar hasta ella como cantos de sirena. Continentes, naciones, ciudades, individuos y problemas que pasaban de continuo a toda velocidad y que, vistos desde el espacio carecían de importancia...

—Danielle —dijo Núcleo, que la había estado observando—. Tengo una sorpresa que te animará. Yifán siempre lleva su diario consigo, pero antes de irse a la Patagonia bajó la guardia al escribir uno de los últimos capítulos y lo grabé.

—¿Cómo dices? ¿Pero tú no tenías orden de fábrica de que a partir de los quince años prevaleciera la intimidad?

—Sí, pero tú la anulaste.

—¡Eres...! ¡Pónmelo! —ordenó Danielle entusiasmada.

—Quiero algo a cambio.

—¿Tú? ¿Qué necesidades tienes, aparte de las energéticas?

—Necesito que te animes.

—Ah... Vaya, vaya sorpresa.

—Yifán mejoró mis algoritmos para que fuera bastante natural.

—Pues sí que hizo bien el trabajo. Anda pónmelo en el salón.

—Muy bien.

—¿Núcleo?

—¿Qué?

—Te quiero.

—Yo también —respondió Núcleo en automático.

Y en la pared más grande de la habitación preferida de Danielle apareció un Yifán en pantalón corto de deporte. Danielle pidió a la IA que le preparara un chocolate y un Nano se lo llevó.

—¡Ya! —dijo Danielle.

«Ey Diario, como vas?

Se acabaron las vacaciones. Bueno, por fin mañana vuelvo a Puerto Madryn. ¡Qué ganas! Me asfixio aquí, jajaja. El otro día me pasó algo curioso con Krito y tengo que contártelo para aclarar ideas. Se me presentó como siempre, sin avisar, mientras dormía y me sacó de aquí para llevarme a su planeta. Aun no sé cómo lo hace.

Bueno el caso es que empezó a meterme en el rollo de sus estudios y es que habían terminado ya las clases y por lo visto en su planeta hacen unas carreras por los rápidos para ver quien será el Decisor. Verás, el equipo que vence decide donde ira toda la clase de viaje de fin d curso, así que Krito y Hopi se embarcaron en la competición porque Krito quería ir a la isla del Fin del Mundo, es una traducción literal y es q esta como en el rincón más remoto de su planeta.

Me metió junto a Hopi en una dichosa regata entre los rápidos, que casi me da un infarto, e hizo algo muy raro: trampa. ¡Hizo trampa! Pero supe que no era solo por ganar sino que lo necesitaba para conseguir otro fin. Casi me despierto del sueño dentro del sueño en la primera catarata: 50m x lo menos y no me habían dicho que las barcas llevaban alas. ¿Te imaginas lo que es? Resulta que cuando caes, salen alas por los lados y las puedes extender más o menos según quieras que aceleren. Es que es como el kitesurf pero mejor. Yo no he visto cosa igual. Te cagas de miedo por las patas abajo y por las patas arriba, da igual cuantas patas tengas, jajaja. Es genial.

Parece que a este tío lo de que el fin no justifica los medios le da igual. Te explico: vieron todas las estrategias de los otros echando un ojo a sus mentes y con esa ventaja ganaron. Así, sin más. Y lo más gracioso de todo es que después de conseguir lo que quiere les dice a todos que se van de fin de curso a la isla esa, cuando sabe que su especie le tiene miedo al mar. Cada vez que intentan entrar en él son atacados.

Qué cosas, ¿no?.

Aquí en la Tierra el agua es salada, pero es que a ellos el mar les da como una alergia que no pueden ni nadar, les paraliza a ellos y a sus máquinas. Krito estaba convencido, antes de ir a la isla, de que en el mar vivía toda una especie con capacidades como las nuestras, y se lo quería demostrar a Hopi.

Bueno, al grano.

El caso es que este y Hopi acabaron llevando a todos a la isla; una especie de parque natural con zonas valladas que mantienen a raya a los animales salvajes. Allí acamparon y antes de cenar Krito aderezó la comida de todos con unas hierbas que los dejaron K.O. Avivó la hoguera para que el fuego acompañara a sus bellos durmientes y él y un Hopi muerto de miedo se dirigieron a la playa. Lo que salió por la boca del pobre Hopi no puede reproducirse por es-Krito en la nuestra ni en ninguna otra lengua, jajajaja.

Bueno, el caso es que no quería entrar en el agua y Krito tuvo que arrastrarle. Cuando empezaron a caminar, el agua se fue aclarando. ¡Tócate! No es que se apartara, sino que se aclaraba, como si en ella nadase plancton o algo así pero no les atacaba. Había que ver la cara de Hopy y Krito me mareaba de tanto repetir 'te lo dije', así que se metieron en el agua, o sea que yo también fui para adentro y ahí fue cuando comencé a notar que algo colonizaba mi cabeza, una presencia que no se aprecia a nada conocido de la Tierra. Lo alucinante es que comencé a ver a través de ellas. Ni brazos, ni piernas, ni cabeza ni nada que puedas imaginar. ¡Son como musgos!, como las cladophoras japonesas. Yo flipaba: eran inteligentes pero de una forma distinta, así que llegué a pensar que Krito también había tomado de las hierbas que puso en la comida, pero no. Y ahora viene lo bueno.

¡Agarrare, que hay curva!

Esos musgos o lo que sean, dejaron claro de alguna forma que no entraría en el agua nadie mas que los que fuesen capaces de compartir sus capacidades y que no querían contacto más que con seres similares.

Bueno creo que lo entiendo pero no se como explicarlo.

De todo esto deduje que cuando alguien que no es como nosotros intenta entrar en el mar, no es que le ataquen, sino que se defienden.

Yo vi, Diario, a través de aquellos seres, o mejor dicho, esos seres me contaron como habían colonizado todo su sistema solar sin usar tecnología. Se habían asentado en todo lugar donde hubiera agua y mantienen una comunicación constante con todos los individuos de su especie. ¡La madre que los parió! Así que allí estaba yo dentro de Krito y esas mentes en Krito acariciándome como si yo fuera la rareza.

Me emocione y al hacerlo se asustaron. Creo que nunca habían sentido algo parecido. Me puse a cantar de puro contento, para mis adentros, claro. Estábamos bajo el agua y entonces sucedió: un silencio total. Volví a reproducir notas en mi mente, probé con El Mesías de Händel. Y debí recibir una descarga de su equivalente, creo que fue eso, porque flipe.

Yo, invadido por un musgo del que podría aprender una barbaridad y ¿los kritianos, que vivían en el mismo planeta que esa especie inteligente capaz de salir al espacio ni se habían enterado? Las especies de Krito y Hopi habían salido fuera de su planeta, pero cerca, como nosotros hace años.

Pues bueno, después de esta cosa del musgo en mi mente y mi mente en la de Krito, ahora viene lo bueno: va Krito y me deja con la miel en los labios. Se pira. Me suelta de sopetón en mi habitación, que casi me caigo de la cama. Como luego nunca explica nada... Ojalá que cuando saliera del mar sus compañeros les estuvieran esperando para que les explicasen el intento de suicidio. Ya quisiera yo haberles visto la cara.

Y estos días nada, así hasta hoy. ¿Me has contactado tú? Pues lo mismo. Yo no se por qué hace eso sabiendo que me sienta fatal. Ya te contaré, Diario.

Me iba a ir al gimnasio, pero me da pereza. ¿Y qué hace la vecina en su piscina en bolas? !Bufff...¡ Mejor me la pelo que para el caso sudo igual y si eso ya mañana iré al gym. Lo voy a hacer. ¡Qué! ¿qué no? Jajaja.»

Danielle se mordió el labio inferior: «¿será guarro?», pensó.

—Gracias Núcleo. Eres el único que se acuerda de mí —dijo Dan, que ya no bromeaba con el diario de su hijo—, pero hoy no me molestes más, que tengo que dar una vuelta a todo esto.

¿Viajar a través del espacio sin tecnología? Danielle se olvidó de todo en ese momento. Aquello merecía una reflexión.

—Núcleo, llama a mi marido.

—¡Hola, Dan! —dijo Peter contestando por Isaac.

—Pero, ¿qué haces tú en ese Nodo?

—Es que tu marido está en el baño y ha desviado...

—O sea, cagando.

—Mujer... —se agobió Peter.

—Entonces tenemos para rato. Cuando salga me llamáis. Quiero consultaros algo.

—¿Sobre qué?

—Luego —dijo Danielle y colgó.

Parecía mentira que Pedro siguiera picando después de tantos años, pero eso era parte de su encanto.

Lo que no había quedado recogido en el diario es que más que los viajes sin tecnología, lo que realmente le había fascinado a Yifán había sido su primer contacto con una mente plural.

16 Ballenas en Península Valdés

La llegada de Julia al centro de investigación como doctorando en lingüística y miembro de la familia Bernadotte tuvo muy poco en común con la excursión del día anterior. El director Flauriano había acudido temprano al edificio para supervisar personalmente los preparativos. Julia, además de estar interesada en los datos para sus estudios, había adjuntado una donación a la solicitud de entrevista, lo que adornaba la visita con matices inesperados.

El profesor había insistido a su equipo: el Núcleo del centro les instruiría en un breve curso de protocolo. ¡Ah! Y nada de greñas ni de jeans, ni camisetas, ni comentarios absurdos contra la nobleza: eran investigadores ante un colega y patrocinador. Todos deberían acudir bien vestidos. Aquello fue como dar una patada a un hormiguero, pero no se podía arriesgar. Sobornó al equipo con un día libre si todos cumplían. Alguien hizo un comentario poco serio.

—Si repites eso te inyectaré un tranquilizante, te disfrazaré de cría de león marino y te arrojaré yo mismo al agua en la playa de Punta Norte, donde se alimentan las orcas —dijo con falsa calma.

Todos aguardaban la llegada de la Bernadotte en el exterior del edificio. Parecían huérfanos de la inclusa ante la visita de algún benefactor. Era ridículo y anacrónico, pero Flauriano no había visto llegar tanto dinero a su proyecto de una sola vez en los últimos veinticinco años del Programa Horizontes, y menos sin haberse arrastrado, suplicado o prostituido mentalmente.

Buscar financiación era muy estresante y esta chica le había dado un respiro. Haría que se sintiera querida y admirada aunque para ello tuviera que usar la fuerza.

Por fin la futura condesa apareció.

A Yifán se le secaron los ojos cuando Julia bajo del Maserati que el hotel había puesto a su disposición. La metamorfosis había sido total y en tres pasos:

Tras abrirse la puerta del vehículo asomaron los tacones infinitos de unos Manolos Infortunio color granate, regalo especial de cumpleaños de su primo Adam. Lo que hace tener contactos... Después hicieron su aparición estelar dos piernas de ensueño, coronadas por una falda negra no demasiado larga ni demasiado corta, una chaqueta a juego y camisa blanca de aspecto informal. El encuentro en la tercera fase se produjo con las tetas, que no acababan de salir porque se las había puesto en la garganta. Bajo la camisa se adivinaba el canalillo.

La frambuesa, una planta colonizadora oportunista, se había convertido en el fruto prohibido.

«A ver si el jipi es capaz de encajar esto», pensó Julia con cierta maldad justo antes del desembarco. Se acercó al muchacho que estaba paralizado.

—Hola Yifán —dijo provocando.

Él se adelantó enseguida.

—Frambuesa... —reverenció con la cabeza.

Al levantar la mirada, Yifán le guiñó un ojo a Julia, quien vio una sonrisa en la cara del chicharrón, que le recordó a la de un crío frente a una bolsa de golosinas. Lo de este tío era increíble.

Flauriano tuvo un vahído porque no estaba seguro de haber oído lo que había oído: ¿había dicho frambuesa?, ¿condesa? Debía de haber oído mal porque la señora no se había enfadado. ¿Por qué hablaban tanto? ¿Qué narices estaba pasando entre esos dos?

—¡No me llames frambuesa! —dijo Julia en voz baja—. Y me debes una excursión para hacer *kitesurf* —el susurro puso a cien a Yifán.

—S..., sí condesa —accedió Yifán, que fingía tartamudear a causa de los nervios— N..., no condesa...

Lo estaban pasando en grande. Él, por inocente, que había esperado ver bajar del coche a la misma del hotel. Ella por ingenua pensando que iba a hundir al jipi *todovale* de la tarde anterior. Pero claro, es que Yifán y su uno noventa y tantos no se habían quedado atrás: pantalón oscuro, zapatos negros relucientes y una camisa de lino gris claro, como sus ojos. Todo adrede. Ella no podía parar de mirar a la camisa y a los ojos, a los ojos y a la camisa. ¿El pelo? Repeinado hacia atrás con raya a un lado, como si una vaca le hubiera lamido la cabeza varias veces en la misma dirección. Luego estaba lo del sol: por encima de la frente una línea blanca donde únicamente habían impactado un fotón o dos en meses. En el resto de la cara lucía un bronceado perfecto.

Era genial y Julia se lo hizo notar con una mirada de «¡ñam!»

Le daban ganas de meter la mano en esa mata de pelo y despeinarlo, pero la Bernadotte, que tenía experiencia en relaciones y al fin y al cabo representaba a la familia, se contuvo. Ya se lo revolvería después, porque ahora tocaban las presentaciones y aquí el que peor lo pasó fue el director, que no se enteraba de nada y pensaba que Yifán la estaba liando, como de costumbre. Julia saludaba a las chicas del equipo y él aprovechó para llevarlo aparte.

—¡McRae!, como estropees esto, te sacaré con mis propias manos los intestinos en cuanto se vaya la condesa, haré una bola con ellos y te la meteré en la boca.

—¡Ay! ¡Qué me clavas los dedos en el brazo! —dijo Yifán.

—Te crucificaré —amenazó Flauriano.

Luego soltó al muchacho porque Julia se acercaba. Ella había estado escuchando a todos y a cada uno de cuantos la habían recibido y quería estar a solas con el director un rato en su despacho. Una oportunidad inmejorable para averiguar cosas sobre Yifán.

—¿Un té, señora? —dijo el jefe.

—Si gracias, pero sírvame primero la leche, por favor —pidió Julia.

—¡Oh! ¡Qué inusual! —contestó Flauriano, sin saber muy bien qué contestar.

—Mi abuelo se sirve primero el té y luego una nube, no soporta que se haga al revés. Por eso yo lo hago al contrario.

—¡Qué interesante! Me arriesgaré también —dijo el profesor manteniendo la sonrisa pelotera.

—Bien, pues cuénteme sobre sus progresos —insistió Julia.

—¿Qué sabe usted sobre nuestro trabajo, excelencia?

La condesa abrió aún más los ojos cuando oyó el tratamiento.

—Núcleo me ha informado, pero me fío más de usted.

—Verá, Julia, nosotros estudiamos la ballenas pero no como animales, sino como se estudia a una sociedad. Queremos entender su lenguaje.

—¡Ah! —dijo ella.

—Y para llegar a entender su lenguaje debemos estudiar primero de qué manera está organizada su sociedad y descubrir los conceptos en los que se basa su vida.

—¿Cómo lo hacen?

—Pues gracias a un enjambre de Nanos subacuáticos que las acompañan y las graban desde todos los puntos de vista posibles monitorizándolas constantemente: movimientos, temperatura, sonidos, comportamiento, etc.

—¿No es invasivo? —preguntó Julia.

—No, no —contestó el director—. Los robots son muy pequeños, se camuflan a la perfección y están gobernados por sofisticadas inteligencias artificiales. No analizan los datos in situ, sino que

140

emergen cuando sus memorias están llenas, transmiten vía satélite y vuelven a sumergirse. Se van turnando y aquí, en este centro, es donde analizamos todo.

—Es fascinante —dijo Julia con verdadero interés.

—Un grupo de trabajo se encarga de entrenar a las IA para que analicen la información cruzándola, detecten interacciones, etc.

—¿En eso trabaja Yifán?

—¡Ah! Yifán... Bueno, él y su compañero son, por decirlo de alguna forma, genios. Pero vayamos al grano...

—¿De verdad? —preguntó Julia.

—De verdad ¿qué? —respondió con otra pregunta el profesor.

—Disculpe, me refiero a por qué los considera genios. ¿No se trata de un trabajo, sin más? ¿Por qué son genios?

—Majestad —Flauriano sudaba, estaba hecho un manojo de nervios... «¿Y por qué le ha dado a esta por Yifán?», pensó. Comenzó a tropezar con sus propias palabras—. Con... condesa, eso... ¿Qué estaba diciendo? ¡Ah! Ya; Yifán. Yifán y un compañero suyo son especialistas en modelado de datos. Ellos los empaquetan, por decirlo de alguna forma, se los dan a las IA y las entrenan para que los analicen desde todos los puntos de vista posibles, buscando interrelaciones, eso creo que ya lo he dicho... Comparan resultados, mezclan conclusiones y dirigen los ejercicios de estas inteligencias con el objetivo de mejorar sus procesos cognitivos. Aquí tratamos esta información con la pretensión de poder llegar a conclusiones demostrables. No sé si me explico doña Julia... —esta vez no se arriesgó.

—Ellos dos ¿ofrecen los datos a las IA para que utilicen todos los recursos a su alcance y busquen puntos que puedan identificar como conceptos base de la cultura de las ballenas?

—Exacto. Lenguaje gestual o corporal, incluso fenómenos auditivos... Cualquier cosa para intentar entenderlas.

—Pero eso, ¿no es un poco antropomorfo? —objetó Julia.

—Lo *antropotonto* es, más bien, pensar que su lenguaje tiene algo que ver con el nuestro. Ja, ja, ja —Flauriano rió con poco brío—. Es un absurdo. Verá, señora, que seamos mamíferos, que tengamos crías a las que amamantar, no quiere decir que las bases conceptuales de las percepciones del mundo por nuestra parte y por parte de las ballenas hagan que las dos especies lleguen a la misma conclusión sobre la interpretación de la realidad.

—Ni los humanos la interpretamos igual...

—Pues eso mismo digo yo. ¿Más leche?

—No gracias. Continúe. Estoy disfrutando mucho con esta conversación, Flauriano.

—Gracias, señora. Hemos descubierto que, por ejemplo, al hablar del agua, las ballenas tienen decenas de modos de definirla. Lo que han hecho los dos bioinformáticos no se había probado antes: han planteado las bases de una nueva teoría que se cimenta sobre un estudio asimétrico de datos. Ellos participaron también en la programación de los «pc's» que acompañan a las ballenas. ¿Lo pilla?

—Los precursores de la inteligencia artificial? ¿Ordenadores?

—Sí. El nombre se me ocurrió a mi. ¿A qué es ingenioso? Peces —Flauriano se detuvo.

Julia sonreía con amabilidad.

—¿Y durante cuanto tiempo las siguen?

—Durante años. Cada vez obtenemos más datos y mejores. Con estos dos chicos, señora Bernadotte, en el último año hemos avanzado décadas en la investigación y, por tanto, en la comprensión del lenguaje de las ballenas, lo que ha abierto las puertas, y esto es confidencial, al análisis de lenguajes de otros cetáceos y, por extensión, eso ya sería mucho más ambicioso, claro está, de todas las especies vivas distintas del hombre que pueblan el Sistema Solar.

—Pero... esto tiene implicaciones extraordinarias. ¿Insectos? ¿Plantas? ¿Hongos? ¿Bacterias?

—Todo. Toda vida precisa de alguna forma de explorar su entorno para buscar comida, reproducirse o defenderse y para ello es necesaria la comunicación. De momento es un secreto, ya sabe como es la comunidad científica y el planteamiento de estas ideas, bueno, ya no son solo ideas... Habríamos descubierto las claves de la comunicación para cualquier ser vivo. Todo esto tiene unas implicaciones que aún hacen que se me acelere el pulso cuando medito sobre ello, porque serviría como punto de partida incluso para un contacto alienígena.

—¿Y la clave de todo la tienen Yifán y su equipo? —preguntó Julia.

—Sí. Pero hay que ir poco a poco. De momento estamos a punto de poder entendernos con la ballena franca. Nada más.

—¿Nada más? ¿Una traducción real de lo que dicen? Caramba con el chinito —comentó Julia.

—¿Chiqué?

—Nada, cosas mías. Me gustaría conocer más sobre estos proyectos. ¿Sería tan amable de mostrarme el trabajo de los departamentos?

Julia se levantó de la silla. No necesitaba escuchar más. El profesor le abrió la puerta del despacho y comenzó la visita al centro. El trabajo que se estaba llevando a cabo como base para el estudio de las ballenas, abriría las puertas a nuevas líneas de investigación con implicaciones a todos los niveles, y quién sabe si sus descubrimientos podrían arrojar luz a lo que era ella. Este centro debía sobrevivir. El olfato empresarial heredado de su abuelo no paraba de enviar mensajes de alerta a la futura condesa, quien ya había decidido que no desperdiciaría la ocasión de controlar este proyecto.

—Profesor —Julia le agarró por el brazo.

—Dígame, señora —Flauriano estuvo a punto de reventar de satisfacción al verse así, y comprobar que su personal espiaba a través de las mamparas de cristal desde el interior de los despachos.

—¿Le gustaría tener un patrocinador permanente? Me refiero —prosiguió Julia— a que yo sería su codirectora, pero le aseguro que no interferiría en lo que se refiere al trabajo. No soy severa ni tirana, usted podría dedicar su tiempo a cosas más importantes que la búsqueda de dinero, ya que yo le proporcionaría todo el que necesite y esté debidamente justificado. Me consta que esa búsqueda es para usted una fuente permanente de estrés y me encantaría liberarle de esa carga a cambio de compartir conmigo sus descubrimientos.

El director se emocionó tanto que se detuvo.

—¿Me está proponiendo convertirnos en una de las empresas del consorcio Bernadotte?

—Sí.

—¿Su abuelo...?

—No Flauriano. Soy gestora de un fondo de inversión heredado de mi padre y estoy creando mi propio grupo dentro de la casa, pero no ambiciono poder ni estoy interesada en la manipulación, bueno, todo lo poco interesada que puede estar una mujer —sonrió Julia.

—Desde luego —y el director, cuyo cerebro funcionaba al tres mil por cien, imitó sus risas.

Flauriano estaba seguro de que no tendría otra oportunidad, la chica parecía un cerebrín. Su donación había dejado estupefacto a este hombre que a pesar de lo que le costaba obtener los fondos para la investigación y a la vez mantener la independencia del proyecto, valoraba mucho el hecho de poder trabajar sin presiones de otro tipo que no fuera la búsqueda del conocimiento.

—¿Me asegura que podremos trabajar con libertad?

—Entiendo sus miedos. Flauriano, soy una mujer de acción. ¿Qué le parecería firmar un convenio para el próximo año, renovable si así lo acuerdan las partes? Sería entre el centro y el Fondo Julia Bernadotte, nada de abuelos. Los fondos saldrán en un primer momento de mi propio patrimonio y más adelante de los beneficios que se obtengan de las posibles aplicaciones industriales de lo que descubramos, descontadas mis ganancias, claro está.

—Muchas gracias por su interés, condesa. ¿Iniciamos la visita?

—¡Oh! No es necesario, no quisiera robarle más tiempo. Hagamos una cosa: mi Núcleo le enviará ahora mismo las condiciones del convenio a firmar. Estúdielas con el suyo mientras yo visito el centro y en una hora volveré a su despacho. Le aseguro que ese documento le alegrará el día. Me gustaría que sea Yifán quien me enseñe el centro, si usted no tiene inconveniente, claro.

—¡Por supuesto!, Yifán. Pero le advierto que no se deje engatusar, condesa. Veinte minutos con ese chico y conseguirá de usted lo que quiera, se lo aseguro. A veces creo que me lee la mente.

—¡Cómo es usted, Flauriano! —y le regaló un beso en la mejilla con cariño, apoyando adrede la palma de su mano en la nuca del profesor.

—Disculpe, condesa.

No es que fuera una persona muy mayor, pero lo cierto es que hacía meses que Flauriano no disfrutaba de una erección tan espontánea, así que se soltó de Julia e hizo como que tenía prisa.

—Núcleo, que venga Yifán de inmediato —ordenó—. No se mueva de ahí, condesa, voy a buscar una bata de su talla para que se la ponga durante la visita.

Mejor dejarla un momento desatendida que parecer un pervertido. Pero ¿de dónde había salido ese repentino flujo de sangre hacia las cavidades cavernosas de su pene? Flauriano se emocionaba siempre que conseguía dinero para su proyecto, pero nunca se dio la circunstancia de que lo consiguiera de una mujer así. No tuvo control sobre la «cosa».

—Hola —dijo Julia cuando vio aparecer a Yifán.

—¡Ey! ¡Fram! ¿Dónde está Flauriano? —preguntó intrigado.

—Creo que se ha empalmado. Le di un beso fraternal en la mejilla, le propuse convertirme en vuestra patrocinadora y se esfumó.

—Entonces no te hagas ilusiones. Ha sido por el dinero.

—¿En serio?

—Sí. Yo creía que era un broma. Siempre que venía de alguna reunión para buscar fondos y los había conseguido decía al entrar: «hoy vengo empalmado». Pues se ve que no era broma.

Y los dos se echaron a reír.

17 *Kitesurf*, Mborevi Rape sobre el Atlántico

—Hola...

—M..., hola... —escuchaba Yifán en su cabeza. Era un voz tan dulce.

—¿A qué se está bien en la cama un martes? —susurraba.

—Bien... —Yifán tenía los ojos cerrados.

—¿Te gusta la fruta? Están ricas las frambuesas, ¿verdad?

—Con yogur, sí... —añadió Yifán.

—Pues ¡levántate, gil! ¡Qué tienes que ir a currar y Julia acaba de enviarme un mensaje! Dice que está abajo en el coche, esperando —dijo Fer.

Yifán abrió los ojos de forma instantánea, su torso entero se irguió en la cama sin modificar apenas la postura de las piernas, como impulsado por el resorte vampiresco usado por el conde Orlok en «Nosferatu: una sinfonía del horror» allá por el 1922. Yifán residía en el centro de investigación, pero aquella noche se había quedado a dormir en la casa de Fer después de tomar la última en el hotel de la Bernadotte.

—¡Eh! ¡Julia! —gritaba Yifán apartando a Fer de la ventana—. ¿Qué haces aquí? ¿Has desayunado?

—¡Hola! —saludó ella—. ¿Tu Nodo está mudo o qué? Espera que subo.

—No, no subas, ¡ya bajo yo! —gritó Yifán, pero ella ya se dirigía hacia el edificio.

«Seguro que no quieren que suba porque es una leonera», pensó.

—No subas, ¡esto es una leonera! —gritó Yifán desde el interior.

—¿Está subiendo? —se desesperaba Fer.

—¿Y qué más da? —dijo Yifán—, no me salgas ahora con esas, que Julia no es de cristal. Además, viene a buscarme a mí, ni se dará cuenta.

—Pero ¿tú has visto cómo está todo?

—Espera que quito de aquí los calzoncillos, y ya está. ¿Ves?

«Este tío carece de sentido común», pensaba el argentino horrorizado, justo antes de que llamaran a la puerta.

Cuando abrió estaba muerto de vergüenza.

—Hola, Fer —la joven le dio dos besos y otros dos a Yifán—. Por cierto —mintió mirando a su alrededor—, parece mi habitación.

La cara de Fer era un poema.

—¿Tenéis café? No me tengo en pie.

Que sean dos —dijo Yifán—. Cafés —apostilló dirigiéndose a Fer.

Fernandón, que llevaba un rato sin saber donde meterse, simuló estar ocupado fregando unas cucharillas y unas tazas. Limpió la mesa y puso unas servilletas y tres mantelitos. Todo muy formal.

—Bueno, ¿cómo es que has venido? ¿Te vienes al centro de investigación? El director estará encantado si te puede sacar algo más —aclaró Yifán.

—Pues va a ser que no. Ayer te conseguí el día libre en el centro. Le dije a tu director que quería que me enseñaras ballenas y no puso ninguna objeción, así que alquilé tablas y cometas. También llevo comida, tienda y sacos. Me prometiste un día de *kitesurf*.

—Desde luego estás en todo. Dame un segundo para que me reponga. ¡Ya! ¡Fer! ¡Desfibrilador! —pidió Yifán y Fer apareció haciendo el tonto con las manos en alto.

—A ver, monín, que si la montaña no viene a Mahoma, Mahoma irá a la leonera para llevarle a Golfo Nuevo a practicar *kitesurf*.

Enseguida terminaron de desayunar y Julia y Yifán partieron en el coche hacia la playa, dejando a Fer flotando en su nube. Después de un buen rato sin poder controlar las cometas a causa del viento racheado de tierra, decidieron dejarlo. Ya habría más días, así que se fueron a comer, pasearon por la playa contándose tonterías del trabajo, de sus vidas, de los estudios y demás y, a sugerencia de Yifán, decidieron ir a un lugar en donde él le mostraría una puesta de sol espectacular.

—¿A esto llamas un sitio con menos gente? —preguntó la Bernadotte cuando llegaron al acantilado desierto a veinte kilómetros de la ciudad. «Seguro que es una treta para estar solos», pensó, pero la verdad es que merecía la pena.

—¡Vaya! Te has dado cuenta de que estamos solos. ¡Qué perspicaz!

—Te advierto que soy tercer dan de Karate.

—Y yo primer descuartizador —Yifán hizo como si eso no tuviera importancia—. Anda, ven al borde del acantilado, que no te voy a empujar.

Julia obedeció.

Se encontraban en un lugar resguardado del viento por una colina, con las vistas al mar. Allí el atardecer mezclaba continuamente una amplia gama de colores cálidos sobre el frío gris del Atlántico. Al fondo se veían las luces de la ciudad y más lejos, las nubes de una borrasca que recorría el océano creando a su paso un desbarajuste de rayos y truenos. La tienda comenzó a instalarse y emitió un destello cuando hubo terminado. Hacía fresco y Julia se arrebujó con los brazos de Yifán. El Sol se hundía en el océano.

—A ver si vemos el rayo verde —dijo él.

—¿Te gusta Julio Verne? —preguntó ella.

—Me apasiona.

—Pues mi abuelo es un incondicional de sus novelas. También disfruta mucho con los documentales antiguos en blanco y negro sobre los inicios de la carrera espacial. En la biblioteca de la Mainau los tenemos todos y también mucha documentación de Julio Verne. Contiene información interesante; incluso más que interesante, diría yo.

—¿Sabías que fue el único autor de ficción capaz de prever algo parecido a internet? —afirmó Yifán con su pregunta.

—Sí. ¿Y tú sabías por qué su relato «Viaje a la Luna» es tan real?

—No.

—Algún día te contaré lo que no se publicó de ese relato —Julia se hizo la misteriosa.

—La mujer de Verne quemó todos sus archivos —y como Julia sonreía, añadió—. ¿No tendrás una copia?

—Sí, y no son copias. No sé cómo los consiguió mi abuelo. Yo misma se lo pregunté, pero lo único que me respondió cuando me los enseñó fue: «No quieras saberlo».

—¿Qué pensaba tu abuelo? ¿Miraste dentro de él?

—No. ¡Puag! No me interesa tanto Verne como para entrar en ese cenagal. Además, tú no conoces a mi abuelo. Él.., su mente es; acceder a ella es algo superior a mis fuerzas.

—Es la primera vez que hablamos de eso.

—Lo sé, pero ya va siendo hora, ¿no crees? —preguntó Julia.

Yifán silbó.

—Bueno, y ¿algún otro secreto mundial que yo deba saber? ¿*Multiversos*, extraterrestres, Dios? ¿Duermes desnuda? ¿Eres gay?

—Sí, sí, no, sí y sí —respondió ella.

Habría que haber visto la cara de Yifán.

El resplandor de la puesta de sol se extinguió al final de la conversación y con el apagón aumentó la sensación de frío.

Entraron en la tienda y se tumbaron sobre los sacos de dormir.

—Julia.

—¿Qué?

—Bueno, ya sé que lo de condesa y esas cosas deslumbran a otros chicos, pero es que a mí me gustas —dijo Yifán.

«¿Esto me está pasando a mi?», pensaba ella.

—Oye, eres mono, pero es que, verás. ¿Y si yo fuera gay?

Yifán palideció. ¿Cómo podía haber sido tan prepotente?

—Pues ya que estamos entre iguales, ¿me prestas un sujetador? —dijo él—. Siempre he querido saber qué se siente con uno de esos puestos. No sé, esa sensación de poder...

—¿Pero qué dices? —Julia se liaba.

—Bueno, me gusta mucho la ropa de chica... ¡Para quitársela! —Yifán puso cara de depredador.

—¡Eres lo peor! —Julia lo apartó de un empujón.

Y Yifán se alejó hasta el otro extremo de la tienda para comenzar a acercarse imitando a un gran gorila, hasta que Julia se puso a tiro y él se abalanzó.

La chica fue muy rápida y como Yifán tenía mas cosquillas que ella, Julia venció. Ella estaba radiante, era *kryptonita* sentada sobre ese supermán, pero tuvo que hacerse a un lado porque no podía parar de reír. Yifán se incorporó apoyándose en los codos para verla mejor.

—¿Sabes? Hacía tiempo que no lo pasaba tan bien, pero ¿puedo ser sincera contigo?

—Dime

—Necesito saber, Yifán.

—Lo que quieras.

—¿Seguro? No me refiero a que me cuentes cosas. Me refiero a que me dejes ver.

—¿Estas segura? —dijo Yifán.

—No lo sé, pero si no te lo pido, me arrepentiré. Y ni siquiera te garantizo que yo pueda abrirme para ti. Han sido muchos años a la defensiva, mi abuelo... Pero recuerdo el día en que te conocí en San Borondón.

—Nuestro pequeño paraíso —ironizó Yifán.

—Más bien purgatorio —puntualizó la condesa.

—Ven —Yifán pasó el brazo bajo el cuello de la chica, ella cerró los ojos y se acercó a él.

—¿Qué somos en realidad, Yifán? Seguro que te lo has preguntado más de una vez.

—Techo —dijo él. Y la parte superior de la tienda se abrió aumentando la temperatura interior para contrarrestar el fresco de la noche. El resplandor de las luces de Puerto Madryn quedaba oculto detrás de las paredes sintéticas y Yifán dijo a Julia, que permanecía con los ojos cerrados:

—Mira.

Ella los abrió y vio un salpicón enjambrado de estrellas sobre la oscuridad del cosmos: Mborevi Rapé.

La visión de ese espectáculo hizo que Julia temblara de emoción.

«Ahora», sintió ella, y Yifán se abrió.

Lo que esta concesión supuso para Julia no puede explicarse con palabras, puesto que la comunicación se establecía de consciencia a consciencia. Una caricia no hubiera sido tan suave. Lo individual perdió protagonismo porque, cuando Yifán devino permeable, Julia pudo acceder a la intimidad de aquel ser, a lo que era en realidad, para descubrir que él se había expuesto por primera vez. Un caleidoscopio de sensaciones la abrumó. En el interior de Yifán había encontrado las claves de otro ser diferente, de otra inteligencia a la que no se atrevía a mirar: era Krito que la observaba; y en la percepción de la realidad de Krito Julia encontró trazas de preocupación. ¿Angustia? ¿Temor? ¿Recelo? ¿Qué era aquello? Pero Yifán, le indicó que continuara, que siguiera explorando su interior y no se detuviera en aquel lugar.

18 La mofeta voló sobre el Golfo de México

Uno podría pensar que el tentempié de queso y pavo disecado que habían servido en el avión no estaba tan mal, porque lo cierto era que a nueve mil pies de altura sobre Brasil no había mucho donde elegir. Julia, que se había quedado traspuesta durante el vuelo de Puerto Madryn a Miami, pronto se despertó. Yifán dormía junto a ella a pierna suelta. «Cinco minutitos más», pensó. Acomodó el respaldo del asiento y se volvió a dormir con una sonrisa que cierta pesadilla se encargó de borrar de golpe.

—¡Julia! —dijo Yifán.

—¿Qué? ¿Eh?

—Una pesadilla.

—¿He roncado?

—No, por dios —ironizó Yifán—. Esos de ahí lo han pasado en grande oyéndote hablar en *aché*. ¡Ay! —había recibido un pellizco.

—Guárdalo para cuando no haya.

—¡Sí no he dicho nada!

—Pero lo ibas a decir.

—¡Ibas...! —se burló él.

Julia lo achicharró con la mirada y luego giró la cabeza hacia la pared pantalla del avión para ver el exterior. Yifán, que se había acercado hasta rozar su nuca con la nariz, se detuvo allí un par de segundos sin tocarla y, después, sus labios se posaron una sola vez sobre la piel.

—Por cierto que hay algo que no se me va de la cabeza —confesó la condesa después del escalofrío.

—¿Qué es? —preguntó Yifán.

—Pues...

—Dímelo. Y no pongas esa cara.

—Es Krito —La burbuja tecnicolor en la que Yifán flotaba, estalló—. ¡Ahora el de la cara eres tú! Anda, no seas tonto —regañó Julia cariñosamente—. Cuando me dijiste que esa parte de tu mente no estaba disponible, lo entendí y lo respeto, pero...

—¿Pero? —repitió Yifán.

—Me invitas a tu casa, me vas a presentar a tu familia, pero de Krito, algo tan importante en tu vida, no sé casi nada.

Yifán no esperaba algo así, la condesa lo había pillado desprevenido, y se agobió. El caso es que había previsto, incluso imaginado, el escenario ideal: se lo contaría a solas en su habitación, con Núcleo delante, con sus diarios a mano, ella comprendería, él sufriría un poco, luego harían el amor... ¡No en un vuelo atestado de gente!

¿Por dónde empezar? ¿Cómo traducir a palabras una vida entera de afecto, que, por otra parte, le había acarreado tantos problemas?

Recordó una frase que su madre, Danielle, le dijo a su padre hace muchos años: ¡Es un cabeza de chorlito!

¿Y si ahora Julia, la primera chica que realmente le interesaba, la que era como él, y a quien había permitido entrar en su mente tampoco entendía quién era Krito?

—¿Estás bien? —dijo ella.

Yifán callaba. Ni siquiera había oído la pregunta.

«¿Cómo he podido ser tan torpe? Si lo estropeo con Yifán...», pensaba Julia.

—Krito es mi amigo —dijo por fin el muchacho—. Pero solamente puedo verlo yo, solo habla conmigo.

Y lo hizo con tanta valentía, con tal convicción, que en ese momento Julia entendió la importancia que Krito tenía en la vida de Yifán y no sucumbió a la tentación de hablar enseguida.

—No es terrícola, ni siquiera sabría decirte si se encuentra en el Sistema Solar o en nuestra galaxia. Y ahora pensarás que estoy loco y saldrás huyendo.

—Pues ni lo uno ni lo otro, ¿tú estás tonto? Además, a esta altura, tampoco me puedo escapar —respondió una Julia que rebosaba ternura y aprovechó el momento para retirar el reposabrazos y girarse hacia Yifán, quien esbozaba una media sonrisa que parecía más bien una disculpa.

—Me convertí en el hazmerreír del colegio —continuó el metro noventa y tantos—, en el esperpento del instituto y para cuando llegué a la Universidad ya nunca hablaba de ello en público. Durante mi niñez todos se burlaban de mí y yo tuve que aprender a reírme de la situación.— ¿Qué habrías hecho tú en mi lugar?

Cuando Julia oyó esta pregunta no supo qué contestar, mimó a Yifán con la mirada y cuando le besó en el brazo para mitigar su dolor, él se derrumbó.

— Krito desaparecía de mi vida durante semanas, sin avisar, yo me sentía engañado, atrapado entre dos verdades o entre dos mentiras..., Julia. ¡Me sentía traicionado! ¡Yo era un niño y llegué a pensar que los demás tenían razón!

Yifán había llamado la atención de algunos pasajeros al levantar la voz. Julia le pidió que se calmara.

—¿Sabes? Cuando Krito desaparecía la desesperación era tal que me quería morir —susurró—. Luego volvía a aparecer, se largaba de nuevo y así un montón de veces «que si sí, que si no...»

—Pero eso no tiene sentido, Yifán.

—Lo tiene. Núcleo descubrió que las desapariciones de Krito coincidían exactamente con las de la Anomalía.

—¿Qué? ¿Estás seguro? —exclamó Julia.

—Núcleo cree que la Anomalía es una nave tripulada por la raza de Krito, pero no tenemos idea de lo que hace ahí. ¡Ah! Y luego está lo del miedo, pero de eso no me he dado cuenta hasta hace poco.

—¿Una nave...? ¿Y qué es eso del miedo? —Julia se sentía abrumada por tanta información sobre algo tan íntimo como extraño.

—Antes de desaparecer, percibo que Krito tiene miedo, preocupación o algo parecido. No sé si teme por mí, por él o por los que son como nosotros. ¡O todo a la vez! No lo sé.

—¿Nunca habéis hablado de eso?

—No, él decide lo que me quiere mostrar o lo que quiere ver de mi vida. ¿Entiendes ahora el porqué necesitaba una calificación *cum laude* para mi doctorado, al precio que fuera, con tal de viajar en la nave científica hasta la Anomalía?

—Pero si para ti es tan importante viajar hasta allí, ¿por qué no se lo pides a tu padre?

—A mi padre dejé de hablarle de Krito hace tiempo —respondió Yifán envalentonado porque ella le creía—, para él ya sólo es un recuerdo de mi niñez y no puedo utilizar lo que ahora sé para pedírselo. No quiero que se vuelva a preocupar por el estado mental de su hijo y menos cuando la nave está casi lista. Conociendo a mis padres, antes que enchufarme para ir en la nave, me mandan a buscar el arca de la alianza o las minas del rey Salomón.

—Mi abuelo tiene la concesión en el Cinturón Principal para la extracción del *caoleno*, que es imprescindible para los motores de la nave científica y siempre hemos estado al tanto de lo que sucede con la Anomalía. Ya sabía que aparece y desaparece pero nunca habíamos encontrado la más mínima pista sobre la causa de ese comportamiento. ¿Especulaciones?, todas, pero ninguna idea consistente. Quizá pueda utilizar sus contactos para incluirte en la tripulación.

—No, de verdad. No quiero que nadie meta las narices en mi vida por ningún motivo, ya he tenido demasiado de eso durante años. Además gracias a un gran amigo de mi padre, Peter, conseguí saber qué tipo de profesionales eran los más solicitados. Y fue mi padre quien me sugirió lo de la comunicación, lo de la investigación con las ballenas en Puerto Madryn.

—Entonces ¿llevas años planificando ser parte de la tripulación de la Arrowhead?

—Sí y haciendo cosas de las que no me siento orgulloso. Pensé en meterme en la mente del tribunal que me va a examinar, practiqué durante meses tratando de insuflar ideas en mentes ajenas y descubrí que necesitaría una vida entera para adquirir esa habilidad. Después coincidí con Rober en el centro de investigación y vi que muchas de sus ideas eran tan buenas como las mías: las necesitaba para asegurarme una plaza en la Arrowhead y las cogí. Pensarás que soy un cerdo pero me llevó meses encontrar lo que necesitaba.

—Yo no creo que el fin justifique los medios, pero también creo que hay circunstancias excepcionales en las que para conseguir un bien mayor hay que romper las reglas.

—Me he asegurado que, gracias a Peter, Rober vaya en la nave científica, aunque lo tenía más fácil que yo.

—Rober no es como nosotros, ¿no? —preguntó ella.

—No —respondió Yifán—. Es un genio pero no es como nosotros. Julia, en esta vida todo tiene algún propósito. Y creo que coincidir con Rober me va a ayudar a encajar lo de Krito conmigo; el viaje hasta la Anomalía me ayudará a esclarecerlo. ¿Tú sabías que yo nunca he podido contactar con él?

—¿Nunca? Si me has dicho que desde pequeño... —se asombró Julia.

—Siempre me contacta él mientras duermo. He intentado hablar con él miles de veces pero, ¡nada! Por la razón que sea, disfruta de algún tipo de ventaja.

Julia decidió que ya era suficiente. Su primo Adam, que también vivía en Miami, acababa de llamar pero ella no había contestado y lo cierto era que necesitaba hablar con él por un asuntillo, así que le devolvió la llamada. Yifán le dijo que invitara a Adam a cenar a su casa.

—Oye, —sugirió Julia cuando terminó la llamada—, y ¿no te gustaría traer al mundo a un Yifanito?

—¿Eh? ¡Ni hablar!

—*Yifanito, Yifanito...*

La señal luminosa de seguridad se encendió: dentro de treinta minutos aterrizarían y en quince nadie podría levantarse de sus asientos.

—En serio, Julia —Yifán alzó un brazo para permitir que el cinturón de su asiento se ajustara—, ¿entiendes por qué debo ir? Antes esperaba ilusionado los contactos de Krito, pero hace tiempo que me resultan inquietantes y debo averiguar por qué.

No había terminado de hablar cuando una madre con un bebé muy pequeño pidió perdón a la condesa al pasar junto a ella camino del baño: le había golpeado el brazo sin querer.

—¡Ay, qué mono! ¿A qué es muy mono? —preguntó a Yifán.

—Mono. Sí —respondió él.

—¿Quieres cogerlo? —preguntó la madre a Julia.

—¿Puedo? ¿De verdad? —se entusiasmó la futura condesa.

El bebé rió las cucamonas de la Bernadotte, que iba hecha un pincel. Un segundo después de hipar, el pincel se convirtió en un cuadro de arte abstracto. Para la composición el autor había usado como base bilis de primera calidad y un biberón entero a medio digerir para las tonalidades más superficiales. El olor convirtió la obra en una pieza tridimensional, el momento de inspiración pasó e inmediatamente después llegó el berrinche. Yifán, a quien todo esto había pillado por sorpresa, permanecía boquiabierto. Un segundo antes era dueño y señor de la novia perfecta; un parpadeo y Julia se había transformado en mofeta: el pelo hecho una plasta, la camisa negra y blanca vomitada por dentro y por fuera. ¿La pobre madre? Paralizada. Su mirada saltaba de Julia a Yifán, de este al bebé y del retoño a Julia. Ninguno de los tres supo qué hacer.

—No tiene importancia, lo primero es el bebé —reaccionó la condesita mostrando una espléndida sonrisa mientras aupaba al bebé hacia la madre, quien se disculpó de tantas formas que sólo faltó que lo hiciera en bable.

La camisa no pudo autolimpiarse, todo tiene un límite; el tiempo se esfumó, el lavabo ya no era una opción, el avión había aterrizado y las maletas estaban de camino a casa. Núcleo informó a Yifán que sus padres aguardaban en tierra y que, por cierto, su madre se había preparado a conciencia para la ocasión. En la terminal, junto al resto del pasaje, Julia y Yifán aparecieron cogidos de la mano cuando se abrieron las puertas de la zona de llegadas. Al otro lado Danielle, que parecía la reina de Saba, exclamó estupefacta:

—Isaac: ¿«Eso» es la condesa?

—No sé —respondió McRae, que se encontraba a su lado.

—Hola —se adelantó Julia—, ustedes deben de ser los padres de Yifán. Es un placer. No se molesten en disimular. Acaba de vomitarme encima un bebé. Si me disculpan un momento voy a asearme un poco y a comprar una blusa. ¿Dónde estará el salón de belleza?

Danielle, que había conseguido deshacerse a tiempo de su asombro, se acercó a Julia y le plantó dos besos.

—Por favor, tutéame. No te preocupes, te acompaño, conozco este aeropuerto como la palma de mi mano. Prácticamente vivo en él. Llámame Dan —dijo Danielle para asombro de padre e hijo y luego se puso a caminar junto a Julia a quien recomendó ir primero al salón de belleza, mientras ella buscaba una blusa.

Isaac inspiró aliviado: todo había sucedido tan rápido que se había perdido la mitad de lo ocurrido. «Menudo pivón» dijo con la mirada a Yifán antes de que los dos se abrazaran mientras Danielle desafiaba a los transeúntes del aeropuerto en plan «mi amiga, la condesa».

—¡Mamá, no me has dado un beso! Os esperamos aquí tomando un café —voceó Yifán, que había sido ignorado por su madre. Si esperaba removerle la conciencia, iba dado.

—¡Vale! —respondieron las dos.

—Papá, ¿te apetece un café? —invitó Yifán.

—Que sea doble. Hijo, ¡no imaginas qué dos días, desde que dijiste que venías acompañado! Tu madre exprimió a Núcleo. Ha empleado tanta energía investigando a los Bernadotte que nos van a multar por exceso de consumo.

Yifán volvió la cabeza hacia donde se habían dirigido las mujeres, pero ya no se las veía: se las había tragado un torrente de turistas histéricos. Con su padre no habría problema, pero era de vital importancia que Julia y su madre se llevaran bien; en ese momento cualquier otra cosa carecía de importancia.

19 Mariposas catedralicias de Mbaracayú

Mmm... La cena, la cena...

Se celebró en Florida, en Miami... en casa de los McRae... a trescientos ochenta mil kilómetros de distancia del Mar de la Tranquilidad, nunca mejor dicho.

¿Por dónde empezar?

¿Por el «me pierdo» de Isaac, la metedura de pata de Danielle, la de Adam, la de Peter, la de Julia, la salida de tono de Núcleo o el momento en que Yifán flipó?

Los padres de Danielle, que se encontraban allí de paso, se limitaron a disfrutar del espectáculo, dieron buena cuenta de la exquisita comida, y un Rioja excepcional les engordó la lengua. Su hija les había convencido para que aún no se acostaran.

—La velada será inolvidable —les dijo Danielle.

Y lo fue.

Yifán, que era previsor, había puesto al día a Julia durante el vuelo.

—Mi padre es un pedazo de pan —había dicho—, mi madre especialista en interfaces de usuario, programación de IA y agente doble...

—¿Cómo?

—Espía mis diarios. Núcleo me lo ha contado —afirmó Yifán—. Es como una fijación. Mi abuela y ella también son como nosotros pero nunca lo han asumido. En vez de entrar en mi mente, a mi madre lo que le gusta es la vieja escuela: fisgar. Por cierto, que mis abuelos estarán también en la cena y me hace mucha ilusión que los conozcas. ¿Te había dicho que son musulmanes de China?

—Uigures.

—Sí. Emigraron a Canadá porque nunca soportaron las imposiciones.

—Vaya... ¡Antes de que se me olvide, Yifán! Voy a confirmar con Adam lo del regalo para tu madre.

Julia contactó con su primo a través del Nodo; parecía hablar con él mediante frases sin sentido: «¡Primo! [...] Sí, de camino. [...] No [...] Te veo en casa de Yifán. Oye, ¿tienes lo de Danielle. [...] Plasta eres. Que sí, que te quedes a cenar. [...] No, ninguna hermana. Como los míos pero azul turquesa» y cosas por el estilo. Julia estaba feliz.

—¡Mi madre va a cenar con los pies sobre la mesa! —exclamó Yifán, que había comprendido parte de la conversación.

Después del accidentado aterrizaje todo se había arreglado y la familia pasó un día agradable en Miami. El Tiempo de los Desastres había pasado, pero ninguno sospechaba que había comenzado la Era de las Meteduras de Pata. Yifán fue el primero que la metió por ocultar a su madre que Julia y él solo pasarían un par de noches en Miami.

—Tu madre se va a cabrear —se alarmó Isaac.

—Ya, pero hasta entonces ni mu papá. Tengamos la cena en paz.

Julia le había asegurado a Isaac que los Saetas actuales eran capaces de posarse en un jardín sin ruido ni estropicio, pero a Isaac eso le daba igual, ya los causaría su mujer cuando se enterara de que los chicos se marchaban. Al padre le preocupaba que Yifán se largase a hacer turismo en vez de estudiar. Sólo faltaban unas pocas semanas para la defensa de su tesis ante el tribunal.

Peter metió la segunda pata, porque llegó con retraso a la cena y no coló la excusa que ofreció a Danielle. Sí, la camisa arrugada y el pelo alborotado daban a entender que la hora se le había echado encima, que venía con prisas, sin embargo, los restos de carmín en sus labios probaban que además del tiempo se le había echado encima alguna otra cosa. Cuando Danielle le llamó la atención, Pedro salió disparado hacia el baño «será una calentura», le había dicho a Dan, quien respondió a voces que más bien parecía el efecto de un calentón. Por el camino atropelló a Isaac, fue presentado a Julia y desapareció.

No había pasado un cuarto de hora cuando Núcleo informó que Adam estaba en la puerta. Isaac fue a recibirlo y los dos se quedaron de piedra al saludarse. Julia, que se percató de que Yifán no se había molestado en comentar con su padre quien era Adam, hizo de la tercera metedura de pata un momento de lo más natural.

—Sr. McRae, le presento a mi primo Adam que fue el responsable de que expulsaran a su hijo de aquel campamento de Susten, en Suiza, cuando éramos pequeños —dijo una Julia muy profesional. Los dos la miraron.

Encantado y encantado.

—Adam, éste es Isaac, el padre de Yifán, el niño que nos salvó la vida a mi amiga y a mi en San Borondón, cuando lo de la avalancha de piedras de Illgraben. Recuerdo que mi abuelo se puso histérico —añadió Julia dirigiéndose a Isaac— y Adam, el pobre, no tuvo más remedio que obedecer. Piensa que para mi abuelo soy la vigésimo tercera condesa Bernadotte. A veces creo que ni si quiera sabe que soy una mujer.

Núcleo, que gracias a Danielle se había convertido en un obseso del protocolo, se lo apuntó: vigésimo tercera condesa Bernadotte.

Adam, que sabía lo del Saeta hasta Europa, aprovechó la ocasión para unirse al vuelo. Iría con ellos a Roma y desde la

Ciudad Eterna continuaría hacia la Mainau para ver a Thomas, que le había pedido que espiara durante la cena y le contara después.

—He traído tu paquete de un número menor, «primo Adam, por favor, por favor» —dijo Adam en tono de burla—. Y que sepas que te espío por orden de tu abuelo.

La de Danielle fue la quintaesencia de las meteduras de pata e incluía un alardeo visual. La señora de la casa había pedido a Núcleo que reprodujera allí mismo el comedor de la Mainau y Julia, que lo vio de refilón al pasar hacia el salón, palideció. La chica no dijo nada, pero su cara alarmó a Yifán, quien tuvo un bis a bis con su madre, que pidió a Núcleo que cambiara aquella decoración por otra más zen: una vista del lago Constanza y los Alpes.

Danielle se disculpó después de haber escuchado la explicación de Yifán sobre la relación, un tanto tensa, entre Julia y su abuelo. Sabía que su madre había investigado a escondidas a su futura nuera y a su consuegro, y que se sentía frustrada porque apenas había encontrado información. Thomas no aparecía en la red, salvo datos oficiales; pero es que Julia tampoco. Las IA del conde habían despistado a Danielle y esta estrategia de la casa condal, que tenía como objetivo hacer desistir a los curiosos, provocó el resultado inverso: volver loca a una madre que no era capaz de saber donde se estaba metiendo su hijo y eso..., eso Danielle no se lo iba a permitir a nadie. Así que inició un pulso informático entre Miami y la Mainau que desencadenó tempestades en el Atlántico. Ninguna pelandrusca sería lo bastante buena para su Yifán; menos mal que el chico se quedaría unos días en casa con ella y podría meterlo en vereda con la ayuda de Núcleo, a quien había amenazado con la reprogramación, si se iba de la lengua. Núcleo opinaba que, conociendo a Yifán, como se enterara, se pasaría un lustro sin hablar a Danielle.

—¡Cállate! —le ordenó Dan— ¡Qué sabrás tú de ser madre!

Núcleo no supo qué contestar: este golpe bajo le había dolido y había desencadenado una sucesión de errores impropia de él. A partir de ese momento le dio por llamar a Julia «señora vigésimo tercera condesa Bernadotte» pensando que era lo correcto. Cuando la aristócrata le dijo que por favor no le llamara «condesa Bernadotte», pasó a dirigirse a ella como «señora vigésimo tercera», cosa que a Julia le hizo muchísima gracia, de modo que pidió que no lo corrigieran. Las risas inundaban la sala cada vez que Núcleo la llamaba. El pobre, además, después de lo de la decoración, había recibido órdenes contradictorias por parte de Danielle, así que lanzó el primer plato, una lubina al horno con salsa holandesa y guarnición de verduritas al dente, veinte minutos antes de tiempo, junto con los entrantes. Fue todo un éxito.

—Y cuéntanos, Julia. Creo que has estado en Sudamérica —dijo Danielle cuando flojearon los halagos sobre la lubina.

—Pues sí, necesitaba investigar para mi tesis.

—¡Qué interesante! ¿Sobre qué trata exactamente? —preguntó Peter.

—A ti quien te interesa es la ponente —bromeó Yifán.

—Mejorando lo presente —respondió un Peter decimonónico que inclinó la cabeza en dirección a la madre de Danielle—, mi interés es puramente académico.

Danielle se giró hastiada en dirección a su madre a tiempo de ver cómo ésta se ruborizaba: vaya, vaya... ¿Quién lo hubiera dicho?

—Se titula «La evolución del lenguaje» —dijo Julia—. «O del significado de las palabras en función de la evolución humana, frente a la transformación conceptual del lenguaje debido a su homogeneización por el uso global de inteligencias artificiales en la comunicación». Uno de los puntos fuertes es el estudio de lenguas minoritarias, como el vasco o el *aché*. Por eso decidí trasladarme a la reserva de Mbaracayú.

—¡Ah! —dijo Peter.

Núcleo hizo saltar el aviso del segundo plato: capón asado relleno de manzana y frutos secos.

Más halagos.

—Esto está exquisito, Danielle —subrayó Julia.

—Tonterías, unas sobras y cuatro adornos, nada mas.

Núcleo, que lo había preparado todo, al oírla hizo un zoom hacia el rostro de la señora de la casa, pero claro, un zoom es imposible de traducir.

—¡Julia, cuéntales de Mbaracayú, anda! —dijo Yifán.

—Me encantan las historias —suplicó Danielle.

—¿De verdad? Pues para empezar he de decir que llegué un mediodía a la reserva de Paraguay, que había llovido por la mañana y que el camino de entrada al bosque atlántico estaba embarrado.

—¿Aquello no es selva? —preguntó Isaac.

—Es como la selva pero más frío y un poco más seco. Al poco de adentrarnos entre la vegetación con el 4x4, nos recibió Spiderman desplazándose a toda mecha entre el follaje, compitiendo en velocidad con nuestro coche. Se encontraba a mi altura. Yo no supe que pensar de aquello hasta que, en un claro me di cuenta de que era alguien disfrazado, subido en la caja de una camioneta que circulaba en paralelo: era el animador local, según el conductor y al parecer solía amenizar los cumpleaños de los niños.

—¡No! —dijo Adam divertido.

—Hija, ¿qué es un *spiderman*? —preguntó su madre a Danielle.

—Nada, *niáng*. Luego se lo cuento.

—Poco después, un ave que salió a nuestro paso levantó tarde el vuelo en mitad del camino, impactó contra el morro de la camioneta y el huevo que llevaba dentro se le salió yendo a estamparse contra el coche: desparramó su contenido sobre el parabrisas y la clara y la yema cristalizaron sobre él porque estaba ardiendo de calor. El sistema de autolimpiado tenía sus límites y no estaba preparado para este tipo de casos, así que tuvimos que parar y retirar los restos nosotros mismos. Al bajar del coche observé algo extraño: el camino de tierra estaba cubierto por hojas secas. Eso no cuadraba. ¿Verano y hojas secas? Eché a correr hacia ellas y se apartaron a mi paso; pero en el interior de un bosque no hay viento. ¿Qué estaba pasando? Todas, hasta donde alcanzaba la vista, se fueron volando.

Los comensales no rechistaron.

—¡No eran hojas! —dijo Julia por fin—, sino mariposas que libaban el agua del suelo, pero en aquel momento no entendí lo que ocurría. ¿El mundo era ingrávido y la hojarasca flotaba? Las mariposas alcanzaron el techo del bosque y su masa voló bajo la bóveda de cañón que formaban las ramas de los árboles. La luz del sol las atravesó imprimiendo colores en el aire, destellos de vidrieras vivas que acababan de estallar en el interior de una catedral efímera.

La velada se desarrollaba de manera muy satisfactoria. Todos parecían contentos, pero Adam y Julia acababan de recibir a través de sus Nodos un aviso: el Saeta estaba cerca.

Núcleo, que iba a lo suyo, anunció con poco tacto, o mejor dicho ninguno, que un Saeta procedente de Europa llamaba desde la estratosfera y pedía permiso para aterrizar en el jardín, junto a la casa.

Un ángel pasó.

Yifán se atragantó.

En la comisura de los labios de McRae se gestaba una sonrisa, un mensaje silencioso que cualquiera hubiera podido traducir como: «la que se avecina».

A Julia se le había pasado el tiempo volando y por un instante no supo qué decir.

—¡McRae! —gritó Danielle.

—¿Eh? Contestaron padre e hijo al unísono.

—¿Qué sabes de esto? —insistió Dan mirando a su marido.

—¡Pero si yo no...!

—Es culpa mía —dijo Julia—. Adam, ¿te importaría darme la bolsa que has traído? ¿Nos disculpáis un momento? Danielle, por favor, ¿puedes acompañarme al dormitorio? Cosas de mujeres.

Los padres de Danielle se lo estaban pasando realmente bien. En su casa de Canadá nunca sucedía nada y como hoy habían hecho la vista gorda al vino... ¡Qué Alá los perdonara!

—¿Más vino? —ofreció el padre de Danielle—. Es un vino español —recalcó.

Todos acercaron sus copas felices por tener algo que hacer. Diez minutos después, aparecieron suegra y nuera cogidas del brazo.

—Mamá, ¿has crecido? —preguntó Yifán.

—Julia me ha explicado algunas cosas. No las entiendo todas, pero me ha prometido mandarte en unos días de vuelta para acá. Luego compró mi alma.

—¿Has sobornado a Danielle? —Peter se quedó estupefacto.

—Tú nunca me has tentado con zapatos.

Dan caminó alrededor de la mesa, pasó de largo y se fue hasta el vano de la puerta para situarse bajo el dintel, adentrarse un poco en el hall y subir los dos primeros peldaños del tiro de escaleras. Puso los brazos en jarras y pidió a Núcleo luces directas a sus pies. Julia la siguió. Caminó hacia donde estaba Danielle y se situó junto a ella, enlazó un brazo con el de la madre de Yifán y el otro lo dejó caer. Ambas adelantaron sus pies mostrando sus «Infortunio» girando a un lado y a otro el calzado. Esta representación espontánea arrancó el entusiasmo de quienes permanecían sentados a la mesa, que silbaban y aplaudían. Yifán estaba impresionado por la forma en que Julia había conquistado a su madre, conseguido que no se enfadase porque se iban a Roma y amenizado la velada.

A Julia le había salido bien la jugada con Danielle pero, como no era nada tonta, se dio cuenta de que quedaba un punto sin resolver: a su primo le pasaba algo con Yifán y no se trataba de lo sucedido en el campamento. No era el momento de revolver el agua de un lago en calma, pero algo pasaba.

Ya tendría tiempo de aclararlo durante el vuelo.

20 Un secreto y tres polluelos sobre las Azores

Baveuse.

Yifán no podía quitarse la palabra de la cabeza mientras miraba el plato con la tortilla francesa a medio cuajar que Julia había pedido al Núcleo del Saeta: para mí *baveuse*, por favor. No se lo quitaba de la cabeza. Pero ¿cómo podía gustarle eso a alguien? Adam y él habían encargado cada uno un sándwich de atún con unas cuantas rodajas de tomate y agua para beber.

Mientras los Nanos servían la comida, Julia, como quien no quiere la cosa, pidió a su primo que le explicara lo que le ocurría con Yifán. Adam, que se sorprendió por lo directo de la pregunta, pretendía no haber dado ninguna pista sobre los motivos de su sorpresa, pero se atragantó y comenzó a toser.

—Núcleo, elimina toda la información relativa a los pasajeros de este vuelo desde el despegue de Miami hasta que lleguemos a Roma. Confírmame que has entendido lo que te pido —ordenó Julia.

—¿Qué ocurre? —preguntó Yifán.

—Nada quedará registrado, tampoco se transmitirá información de ningún tipo fuera de este vehículo —respondió Núcleo.

—Bien —asintió ella—. Pues ya me dirás cuando acabes de toser, primo... —Julia guiñó un ojo a Yifán y continuó con la tortilla.

Si Yifán hubiera podido mostrar mayor asombro con sus cejas, estas hubieran acabado de diadema.

—Esto... ¿Os viene de familia? —preguntó Yifán.

—¿Qué? —respondió Adam.

—Lo del tacto y dar rodeos —ironizó.

—No querido. Es exclusivo de Julia y desde bien pequeña —explicó Adam—. Los rodeos son lo mío. Por cierto, ¿habéis decidido qué hacer en Roma? ¡Tenéis que ir al Panteón!

—¿Por? —dijo Yifán.

—Allí esta enterrado Rafael. ¿Sabías que nació y murió un Viernes Santo? —informó Adam—. No el mismo día, claro, cada uno de un año distinto —bromeó.

—Adam... —Julia se impacientaba.

—Alcanzó la perfección con un cuadro inconcluso: La Transfiguración —continuó el primo—. Representa los tres estados de la conciencia humana.

—¡Oye ya! —Julia se enfadó—. Conozco Roma mejor que tú y veremos todo lo que haya que ver, pero ¡haz el favor de contestar a mi pregunta!

Un silencio intenso, denso como el barro de un cenagal, dificultaba la huida de Adam. Pasaron los segundos, un minuto. Nadie hablaba.

—Pues... yo —Adam se rindió—. Prima, ¿por qué me haces esto?

—¡Porque este —dijo Julia señalando con el tenedor a Yifán— no es ni como tú ni como yo. Es mucho más que cualquier cosa que hayas imaginado y por eso fue capaz de romper el bloqueo mental que me provocó la desaparición de mi madre. ¿A qué no puedes verlo?

—No.

—¿Ni a través de mí? —Adam negó con la cabeza—. Pues lo verás, sea como sea —sentenció ella.

—¿Sabes, Yifán? —dijo Adam—. Cuando era más joven, a menudo sufría cefaleas en Miami. Cada cierto tiempo se me venía encima una especie de tsunami que me atropellaba, me envolvía, después me tiraba al suelo, luego me sepultaba y para terminar me arrojaba a la inconsciencia durante un buen rato. ¿Sabes qué era?

—¿Cómo voy a saberlo? —contestó el muchacho.

—Anoche averigüé que la causa eras tú. ¿Te suenan de algo barcos que vuelan?

—¿Qué? —Yifán dejó de comer.

—Hablé con vuestro Núcleo familiar —confesó Adam.

—Pero si no tienes autorización —protestó Yifán.

—Claro que tengo, me la dio tu madre.

Julia miraba a ambos. Sabía lo difícil que esto era para su primo y entendía el desconcierto de Yifán, pero necesitaba a sus dos chicos con ella, que todos confiaran en todos y quería cerrar ese triángulo cuanto antes.

—Tu madre estaba tan agradecida por el regalo —continuó Adam—, que aproveché la ocasión: «Son preciosos, muchísimas gracias. Núcleo: Adam es como de la familia así que, si necesita algo, que no me lo tenga que pedir a mí».

—¡Dios! —exclamó Yifán.

—Verás, cuando entré en tu casa y nos presentaron, experimenté una sensación muy extraña, la misma que he tenido tantas veces en Miami y que cesó hace más de un año. Me he enterado de que te fuiste a Puerto Madryn.

—¿Y dices que eran como ataques o algo así? —preguntó Yifán.

—¡Acababa tirado en el suelo o encima de la mesa! Daba igual que estuviera en casa, de fiesta, dando clases nocturnas o conduciendo. En la Universidad nadie me creía. Seguro que algunos pensaban que me drogaba. Llegaron a diagnosticarme narcolepsia. ¿Sabes lo que significa que piensen que estás como una cabra?

A Yifán se le rompió algo por dentro, cuando comprendió el esfuerzo que esta conversación debía de estar suponiendo para Adam.

—Sí. Claro que sé lo que significa.

—Pregunté por ti a Núcleo —confesó el primo de Julia—, estuvimos charlando y aunque no me dijo mucho llegué a la conclusión de que el origen de mis problemas eras tú. Pero no he logrado comprender el motivo... —Adam no pudo continuar y fijó la vista en las paredes del Saeta. En aquel momento le hubiera gustado desaparecer.

—Mírame —le dijo Yifán con muchísimo cariño—. Julia tú también. Adam, ¡eh!, Adam; mírame...

Y entonces se dejó ver.

Para Adam fue como enfrentarse a sus demonios con un cristal de por medio. Yifán lo cogió mentalmente de la mano, le mostró su potencial interior y luego fue con él hasta la puerta de la estancia en donde Krito descansaba, la entornó y dejó que Adam viera un poco de lo que allí había, lo suficiente como para comprender las cosas que eran más difíciles de explicar con palabras, pero sin sobrepasar el límite de su capacidad. Luego tiró de él, lo sacó de allí y le dejó descansar. De haber sucedido en otro lugar y sin previo aviso, Adam hubiera podido pensar cualquier barbaridad sobre esta experiencia, incluso haber dudado, pero desde el principio su cuerpo lo tuvo bien claro y no esperó para volver a las andadas. Recordó los mareos, las migrañas, los desvelos, pero esta vez fue capaz de digerir toda esa información y asimilar la belleza singular de aquel chico que era como el leviatán del libro de Job: «...no hay poder sobre la Tierra que se le pueda comparar, fue criado para no tener temor de nadie: mira debajo de sí cuánto hay de grande, como quien es el rey de los más soberbios animales».

Cuando Adam asimiló la existencia de Krito, esa revelación le dejó sin habla y en cuanto lo tuvo claro se giró hacia Julia, tomó su carita entre las manos y dijo:

—Julia, tu abuelo no puede enterarse de esto. No puedes llevar a Yifán a la Mainau. ¿Recuerdas lo que te conté cuando viajé al Cinturón?

—¿Qué te veías muy grande? —dijo Julia.

—Sí. Pero lo que me intriga es que no estamos de viaje. Cuando salí de la Tierra me sentí mentalmente igual que un fortachón arrogante. Yifán, sin haber salido de aquí es mucho más grande de lo que yo he sido fuera de la Tierra. Tu abuelo no se puede enterar, ¡prométemelo!

—No se enterará.

—Peque —Adam hablaba a Julia con ternura—, no tienes ni idea de lo que es capaz tu abuelo. Y no quiero hablar más. Necesito llegar descansado a Alemania, no puedo permitirme el lujo de que sospeche algo y te aseguro que me va a interrogar en cuanto aterrice. Me preguntará por qué has pedido al Saeta un vacío informativo total y tendré que mentir de forma convincente. Diré que habéis estado haciendo guarradas. Puede que la excusa cuele y de momento no quiera saber más.

El Saeta se había posado en Roma y cuando se elevaba de nuevo rumbo a la Mainau con Adam dentro, éste, dirigiéndose a su prima exclamó:

—¡Mantén a salvo a Yifán!

21 Minotauro y arpías ciudadanos de Roma

Las nubes ennegrecían a medida que el día se iba consumiendo; definitivamente se había estropeado y Julia, que había vivido otras tormentas en Roma, no lo dudó.

—Nos vamos —dijo. Y tiró de la mano de Yifán.

—¿Por qué? —balbució él.

Estaba extasiado frente al torso Belvedere en el Museo Pio-Clementino y se vio arrastrado en contra de su voluntad en dirección a la salida.

—Es una sorpresa —respondió Julia.

—¡Pero si acabamos de entrar! —suplicó el muchacho sin quitar ojo a las esculturas etruscas que iban dejando atrás.

—¡Qué nos vamos!

Descendieron la doble escalera helicoidal de Momo tan rápidamente que no hubieran llegado antes a la calle si se hubieran arrojado al vacío desde los pisos superiores de los Museos Vaticanos. Atravesaron en un tris la Piazza San Pietro y recorrieron de punta a punta la Via della Conciliazione hasta situarse junto al Castel Sant'Angelo. Desde allí cruzaron a la carrera el río sobre un puente repleto de estatuas: parecían dos religiosos azuzados por el diablo. Después zigzaguearon por las calles de la ribera izquierda, a la que habían llegado sin respiración, mientras rachas de viento jugaban al despiste con la media melena de Julia en la Piazza Navona.

Ella continuaba arrastrando a Yifán.

Era mediodía y no se veía ni un alma, porque un cumulonimbo con apariencia de hongo nuclear, que se había instalado sobre la ciudad, amenazaba con arrojar su carga sobre ella de un momento a otro.

Con su objetivo a tiro de cañón, las primeras gotas de lluvia quisieron hermanarse con un Tíber que en aquellos días fluía anémico. O se apresuraban o se iban a calar. Calles, fuentes y aleros pasaron bajo, alrededor y sobre ellos a medida que la luz teñía de amarillo la atmósfera, disfrazando la Roma moderna con el aspecto de la capital imperial de un mundo antiguo en donde el Panteón, que sobrevivía a duras penas, serviría a ambos de refugio. Si Apolodoro de Damasco hubiera levantado la cabeza y visto el estado en el que se encontraba su obra maestra, hubiera suplicado que lo volvieran a enterrar no sin antes haberla mandado limpiar bien a fondo de los crucifijos y de los cadáveres acumulados. En el interior del templo convertido en iglesia reinaba la calma y se disimulaba el escándalo de la conquista de los cielos por seres mitológicos griegos: sobre los tejados bramaba el Minotauro, entre las calles fluía el aire batido por las alas de arpías enloquecidas y Zeus se desahogaba lanzando rayos.

Atravesaron la Piazza della Rotonda a toda prisa para refugiarse en el pronaos, entre las columnas, y justo cuando Yifán iba a entrar en el Panteón, Julia lo retuvo.

—Espera. No mires dentro. Fija la vista en el suelo. ¿Qué ves? —se encontraban bajo el dintel de la puerta de entrada.

—¡Con la que esta cayendo no veo nada! Círculos y cuadrados de mármol —rectificó Yifán que permaneció callado durante un rato—. ¿Es qué han puesto una fuente en el interior? —preguntó.

—¡Ya puedes mirar! —exclamó una Julia melodramática.

Desde el techo del Panteón, a través del óculo en el centro de la cúpula, se derramaba con serenidad una cascada perfecta que caía hasta desaparecer en el sumidero de bronce que había en el suelo. Fuera reinaba el caos; no habían cesado ni el viento ni la lluvia que azotaban con rabia el edificio como lo venían haciendo por los siglos de los siglos; pero dentro, el yugo de la arquitectura había conseguido amansar los elementos. La luz, domeñada y atrapada en cada gota que caía formaba un gran cilindro que iluminaba la charca más exquisita de la cristiandad.

Un pájaro, que volaba en el interior del edificio, rompió la simetría del momento con su aleteo y con las salpicaduras de luz que esparció durante la huída, porque no tuvo más remedio que sumergirse en aquel manantial aéreo para nadar contra corriente. El ave quería salir de allí a toda costa, quizá había percibido que algo había cambiado.

—No te muevas —suplicó Julia—. No.., te.., muevas.

Un escalofrío la recorrió entera para terminar alojándose en su frente con la decidida intención de engendrar una jaqueca.

—¿Te encuentras bien? —preguntó Yifán.

—Están aquí. ¿Los has visto?

—Sí, son dos mentes similares a las nuestras.

—No es la primera vez que los tengo cerca —respondió ella

—¿Cómo?

—Los he visto a veces, cuando he venido a Roma a casa de mi tío. Me duele mucho la cabeza.

—Son... —Yifán no encontraba el calificativo.

—Grandes —murmuró Julia—. Como ves, no eres el único que guarda secretos.

El mareo se agravaba.

Se encontraban junto a la tumba de Rafael y Julia tuvo que apoyarse en el mármol. Vio de reojo como la cascada se doblaba. ¿Una ilusión? O era que su mente desatenta, debido a la migraña heredada de su madre, le estaba jugando de nuevo una mala pasada.

Necesitaba fijar la vista en algo y lo hizo en el epitafio: *ILLE HIC EST RAPHAEL TIMVIT QVO SOSPITE VINCI RERUM MAGNA PARENS ET MORIENTE MORI*: «Aqui yace Rafael. Cuando vivía, la Madre Naturaleza temió ser vencida por él, pero cuando él murió, lo hizo ella también». Julia no se sostenía, se caía y apoyó la espalda contra la pared.

Uno de ellos se acercaba.

Yifán se estaba preocupando, sostenía a su novia por el brazo y ella respiraba cada vez más deprisa.

—¡Julia! —llamó el desconocido.

Pero el mundo se oscurecía alrededor de la joven, que fijó la vista en un alzacuellos y ya no recordó nada más.

Despertó bajo un techo alto del que colgaba una gran lámpara de aspecto muy antiguo y muy dorado. Luego se giró en la cama. Reconoció la habitación y la caligrafía de la nota manuscrita sobre la mesilla: «El desayuno está servido en el patio interior. Todo va bien. Vístete y baja cuando despiertes. Han venido Seiya y Hugo. Te amo».

¿Todo va bien? ¿Seiya y Hugo?

La luz era rara. Julia consultó su Nodo y se enteró de que, desde lo del Panteón, había transcurrido casi un día. La tormenta se había disuelto, ahora el sol cegaba y tenía más hambre que un glotón. Pensó que no habría en el mundo desayuno capaz de saciar su apetito, se levantó, cogió ropa del armario y se aseó. Luego terminó de vestirse y salió al pasillo, tomó la escalera y al pisar el mármol del primer escalón la condesa se dio cuenta de que iba descalza y tuvo que volver a su habitación: la nota de Yifán la tenía alterada. Se recompuso y comenzó a bajar de nuevo. Sobre las mesas del patio renacentista del hotel se posaban, y salían volando, ladronzuelos que robaban las migajas de los platos. Entre columna y columna del claustro florecían clivias naranjas y

179

amarillas. Las aspidistras aportaban un verde oscuro al conjunto haciendo más amable la dureza de la piedra en un lugar donde el olor a café recién hecho reinaba sobre todo lo demás. Entre bollos, quesos, frutas y otras viandas, se encontraba Yifán de espaldas, charlando con un desconocido. Julia deseaba averiguar quién era, pero antes necesitaba una buena dosis de cafeína para que su mente volviera a funcionar.

—¡Buenos días! Soy Seiya. Nos vimos brevemente en el Panteón. Es agradable verte recuperada —dijo el cura japonés, que se le había aproximado—. ¿Té?

—¡Gracias! No, café, por favor. Espero no haber recibido antes de tiempo la extrema unción —replicó ella mirando la sotana.

—Temí que por un momento fuera necesario —dijo el japonés siguiéndole la broma—, pero Yifán nos aclaró que sólo necesitabas unas horas en los brazos de Morfeo.

Se acercaron a la mesa donde Yifán se encontraba enfrascado en una conversación con un hombre mayor que él. No se había dado cuenta de la presencia de Julia, que se acercó por detrás, le dio un beso en la coronilla y le preguntó si no pensaba hacer las presentaciones.

—Perdóname —se disculpó él mientras ambos se levantaban — Parece que ya conoces a Seiya.

— Hola, yo soy su pareja, Hugo.

—Pues yo soy Julia, el continente de una jaqueca y también tengo pareja pero no te voy a revelar quien es —dijo por el simple placer de ver la expresión de Yifán—. Disculpadme: necesito comer algo.

—¡Por favor! —Seiya acercó una silla.

En la mesa había de todo y Julia tomó una rebanada, metió el cuchillo en el recipiente de la mermelada y comenzó a untarse el dedo gordo de la mano con la que sujetaba el pan.

—Te estás… —dijo Seiya.

—¡Ya! Ya se que me estoy… Me cuesta enfocar la vista.

—No te preocupes, cuando eso ocurre se le agudiza el oído —bromeó Yifán.

—Mi, mi, mi, mi, mi —se burló ella antes de que su novio se acercara a darle un beso que la condesa fingió despreciar.

Yifán, que estaba centrado en lo suyo, soltó a bocajarro:

—Por ahora todos hemos tenido suficiente con el numerito del Panteón. No queremos más jaquecas, así que vamos a contarte nuestro plan, a ver que te parece.

—Mientras hablábamos con tu novio, hemos llegado a la conclusión de que no ha sido fácil para ninguno admitir lo que somos —dijo Hugo—, y por eso también queremos hablarlo contigo. Julia —continuó—, llevamos años intentando contactarte. Siempre nos habías eludido. Ayer, sin embargo, tus miedos habían desaparecido y eras tú quien nos buscaba.

—Hugo y Seiya son muy similares a nosotros y... —dijo Yifán.

—Bueno, ¡esperad un momento que me estáis agobiando! —cortó la condesa tomando la mano de su novio—. Mira Yifán, lo cierto es que te arrastré hasta aquí sin decirte nada porque necesitaba que tú también los vieras. Lo que no esperaba era toparme el primer día con vosotros. Antes me asustabais, pero desde que me reencontré con este —miró a Yifán—, ha cambiado mi perspectiva acerca de lo que somos. Yifán...

—Dime.

—¿Saben algo de Krito?

—No.

—¿Qué deberíamos saber? —preguntó Seiya.

La chica, que daba vueltas a una idea en la cabeza, comenzó a acariciar con ella la mente de Yifán y continuó porque él reflejaba tranquilidad.

—Nos gustaría compartir con vosotros algo que nos preocupa —dijo Julia—. Necesitamos otros puntos de vista diferentes para intentar entender. Bueno, el caso es que Yifán precisa ayuda; en realidad, quizá todos nosotros la necesitemos.

Seiya y Hugo la miraron intrigados.

—Bonito circunloquio, ¿y si vamos al grano? —dijo el cura.

—Siempre que estéis seguros —añadió Hugo.

—Quiero que Julia os muestre algo —continuó Yifán.

—Pues vosotros diréis.

Ella cerró los ojos para desterrar de su cabeza pensamientos superfluos y durante unos instantes devino permeable. Hugo y Seiya se miraron con cara de preocupación después de haber percibido tan sólo un destello de Krito.

—¡Un momento, un momento! No podemos hacer esto aquí, con tanta gente alrededor; tenemos que alejarnos —interrumpió Hugo—. Estaremos mas tranquilos en nuestra casa del lago Trasimeno.

—Descansad esta tarde, haced turismo. ¿Habéis visto los Museos Vaticanos? —propuso Seiya en quien la excitación por saber había dado paso a la prudencia.

—No —contestó Yifán.

—Sí —dijo Julia al mismo tiempo.

—¿En qué quedamos? —preguntó Seiya—. Da igual, os recogemos mañana por la mañana y pasaremos el fin de semana en el lago. Está a una hora en coche de aquí. Lo van a disfrutar ¿verdad? —dijo Seiya volviéndose hacia su novio, que no respondió.

El cuerpo de Hugo estaba allí, pero su mente no.

22 Bacterias en la Umbría

La noticia de la muerte de su abuelo impidió a Yifán conciliar el sueño, y lo llevó hasta la terraza para poder respirar. Había cerrado los ojos para acostumbrarse a la exigua luz matutina en otra noche sin luna y al abrirlos descubrió que desde aquella posición privilegiada, en lo alto de la Issola Maggiore del lago Trasimeno, la casa de Seiya parecía flotar a la deriva sobre un breve mar de nubes bajo un cielo que empezaba a teñirse de colores.

—¿Qué haces levantado tan temprano? —preguntó Seiya, que apareció con un plátano en la mano—. Si pensabas desayunar con Aníbal te encuentras en el sitio adecuado, pero llegas muchos siglos tarde.

—No pensaba —rió Yifán.

—«Allí, en la odilla denfente, juto acia donde midaz» —le indicó con un gesto de cabeza el japonés, que tenía la boca llena—, «mudiedon quicemil domanos en el dociento diecijiete» —tragó.

—Doscientos diez y siete antes de Cristo —precisó Yifán—. La culpa fue de esta niebla.

—Bueno, yo no diría tanto. Aníbal engañó a los romanos encendiendo hogueras lejos, al norte, y por eso cuando Cayo Flaminio Nepote madrugó para atacar con sus legiones, no imaginó que al cruzar el desfiladero las tropas de Aníbal se encontrarían junto a ellos, ocultas entre la niebla, ni que se derramarían por las laderas como una escorrentía de muerte. La niebla le vino de perlas, pero fue Aníbal quien los mató —dijo el secretario del papa y se santiguó.

—¿Por qué te has santiguado? —preguntó Yifán.

—Porque el alma, una vez que se inflama y toma conciencia de sí misma, es inmortal. Dos días, dos milenios... ¿Qué importancia tiene eso para la vida eterna? ¿Crees que hubiera sido diferente si hubiera sucedido ayer?

—No. La verdad es que tienes razón.

—Pues eso —apostilló Seiya—. ¿Te gusta la historia?

—Mucho. Y además la Umbría no es sólo Aníbal; también es Giotto, Il Perugino... —y calló porque no quería resultar pedante.

—¿Y a Julia también le gusta?

—¡Tanto como a mí!

—Pues entonces hemos acertado con el día que os tenemos preparado —dijo antes de dar otro bocado a la fruta.

Observaron en silencio el resplandor del alba. Ardía por detrás del cielo en tonos pastel, mientras ráfagas de aire desbarataban las conversaciones entre las hojas de los árboles, y el rocío, que había humedecido la isla, lo impregnaba todo con un olor rancio a tierra mojada, a algo antiguo que emanaba de las bacterias del suelo.

—Es el mejor momento del día —dijo el japonés.

Los Apeninos se veían a lo lejos.

—Querías mucho a tu abuelo, ¿verdad?

La pregunta convirtió a Yifán en un gigante con pies de barro.

—Le echo mucho de menos —respondió—. ¿Sabes? Teníamos un huerto en casa. Cuando no eran las plagas, eran los perros, o los gatos... Al parecer, todo estaba en contra de nuestro huerto, pero nos encantaba cuidarlo juntos. Yo... Me arrepiento de no haber pasado más tiempo con él.

Seiya acarició la mente de Yifán y cuando averiguó que no quería estar solo, decidió proponerle algo.

—Aún hace fresco y esos dos duermen como troncos. ¿Te apetece correr? Tenemos un paseo que da la vuelta a la isla.

—¿Y correremos bajo palio? —bromeó Yifán.

El japonés enarcó una ceja.

Diez minutos después se encontraron en la puerta principal. Yifán había pedido al Núcleo de la casa que imprimiera unos pantalones cortos, una camiseta de media manga con el cuello cerrado, capucha y deportivas. Para su sorpresa, el sacerdote parecía estar en muy buena forma y, a juicio de Yifán, que le gustaba demostrarlo, porque había aparecido en la puerta embutido en unas mallas negras y brillantes de cuerpo entero, sin mangas, y con las zapatillas a juego.

—Chico, pareces un monje —le dijo el cura.

—Y tú un *gigoló*.

—¿Te gustan mis zapatillas? —preguntó Seiya levantando una pierna y girando el pie para que Yifán viera bien el calzado.

—¡Qué zapatillas más bonitas! —ironizó el muchacho—. Oye, la ropa que llevas es una pasada.

—Si. Negro tanzanita, la he diseñado yo —se hinchó el vanidoso—. En media hora habremos dado tres vueltas a la Issola Maggiore; unos seis kilómetros —Seiya miró de arriba abajo a Yifán mientras calentaba dando saltitos, y consciente de su corpulencia añadió—: que sean tres cuartos de hora.

La ropa les informó que tenían el tono óptimo para correr.

—La inmodestia es pecado, padre —advirtió Yifán.

—Y la envidia también —Seiya dijo esto y puso pies en polvorosa.—. ¡Maricón el último! —gritó.

El caso es que Yifán había perdido antes de comenzar. No era lo mismo mover una cabra que un tren de mercancías y así se lo hizo saber la cabra, que ya le sacaba ventaja. El cuarentón japonés corría como el demonio; él no aguantaría media hora a esa velocidad.

—La forma apropiada de correr es a un ritmo que le permita a uno hablar sin perder el aliento y sin que su ropa se vuelva loca controlando la presión arterial —sentenció Seiya.

—Lo que usted diga, Santidad, pero vaya más despacio. Oye, Seiya, en serio, ¿tú crees que la muerte avisa?

—No. Nuestra vida pertenece al Señor. Sin embargo, creo que, en un momento dado, somos capaces de saber cuándo estamos preparados.

—Se encontraba tan bien hace unos días... —Yifán resoplaba—. No lo entiendo.

—Tu abuelo quiso comprobar que todo estaba bien en la familia. Esperó para veros por última vez, conocer a Julia y luego tomó una decisión.

Yifán tenía su propia opinión acerca de las creencias personales de cada cual, y una especialmente ácida sobre los postulados de la Iglesia católica, pero Seiya lo había dicho con cariño y lo agradeció.

—No le des más vueltas, hijo: quiso descansar. ¿Le negarías eso a tu abuelo?

Yifán reflexionó y no respondió, pero planteó otra cuestión al cura.

—Teniendo en cuenta lo que somos, ¿cuál crees que será nuestra relación con la muerte?

—Vaya, por lo visto no soy el único que busca ese grial. Céntrate en correr y deja tu cabeza en paz. Dedicaremos el día a relajarnos, haremos turismo y aprovecharemos para conocernos mejor.

Mientras que Yifán y Seiya corrían, Hugo había subido a despertar a Julia. No dejó que Núcleo lo hiciera, porque según su teoría, cuando te ves con tus invitados por la mañana, recién levantado y sin arreglar, desaparece toda la tontería y construyes con ellos una relación a futuro de lo más natural.

Hugo no tenía por qué saber que Julia, cuando estaba sola, a veces dormía boca abajo y del revés; así que después de haber llamado a la puerta lo bastante fuerte como para tranquilizar su conciencia y lo suficientemente suave como para no despertar a Julia, entró a cotillear en la alcoba que estaba en penumbra. Allí donde Seiya hubiera visto un rayo de luz brillante, como el de una anunciación, que se colaba entre las cortinas y hendía la atmósfera, Hugo solo encontró partículas de piel muerta y ácaros en suspensión flotando en el aire de un dormitorio que necesitaba ser ventilado. Despertaría a su huésped.

Lo que creyó un hombre junto a la almohada, en realidad era la planta del pie de Julia, que Hugo agitó con suavidad. Al contacto con los dedos, la pierna de la chica se dobló por la rodilla en un acto reflejo y su talón fue a parar contra la cara del argentino, que se había inclinado sobre la cabecera de la cama para susurrar «Julia, Julia...».

El talonazo cayó con fuerza y provocó que las chiribitas brotaran alrededor de Hugo. El argentino retrocedió, tropezó con la alfombra, se agarró a la cortina y la barra de metal de la que colgaba cayó al suelo.

—¿Qué coño...?

Julia, que se había levantado de inmediato envuelta en la sábana, tuvo que usarla para detener la hemorragia de la nariz de Hugo, mientras los Nanos recién llegados se preparaban para restañarla.

—Oye, y este reloj ¿es lo único que llevas puesto para dormir? —dijo él, por decir algo.

Hugo tenía la cabeza hacia atrás y la muñeca de su invitada frente a los ojos.

—¡Sí! ¿Qué pasa? —respondió Julia a la defensiva—. ¿No te parece lo bastante sexy?

Después de ese «sí» macarra, a Julia le dio la risa, Hugo se contagió y ninguno pudo parar durante un buen rato. Sentados en el suelo con tanta tela alrededor, entre sábana y cortina, aquello parecía un nido con dos polluelos.

—Anda, deja que me vista y bajemos a desayunar.

Durante la excursión posterior, Yifán pudo desquitarse del ultraje sufrido en los Museos Vaticanos y permaneció durante más de una hora contemplando el «Políptico de San Antonio» en la Galería Nacional de Umbría. Después visitaron catedrales, castillos, palacios, iglesias...; comieron en Cittá della Pieve y se volvieron a casa para cenar. En el momento en que pisaron la isla, Núcleo comenzó a preparar la cena, pero un grupo de lugareños que paseaban cerca del embarcadero se puso a hablar con ellos y cuando llegaron a la casa, les cayó una buena bronca. La IA les espetó que la comida se había estropeado y eso, eso, no tenía perdón de Dios, así que se enfadó y tuvieron que sentarse a esperar.

Después de quince minutos de conversación, aún no se habían dado cuenta de que un céfiro templado envolvía con sus ráfagas la Issola Maggiore, que la agonía del día había aliviado el bochorno, silenciado a las chicharras, restituido la calma y difuminado el paisaje, transformándolo a última hora de la tarde en un borrón endrino. La ausencia de la luna intensificaba el brillo de Venus, cuya órbita aparente lo situaba entre el borde azul oscuro del cielo y un crepúsculo de tintes granates. A su alrededor, el resto de las estrellas parecían candelas.

Núcleo seguía de un humor de perros porque, necesitaba algo más de tiempo para volver a preparar la cena, así que pidió a Hugo que los entretuviera.

—¿Y qué quieres que les cuente?

—Me la pela —respondió la IA.

Hugo echó la cabeza hacia atrás con las manos en la nuca, en plan «no puedo...» y al hacerlo se fijó en el brillo del planeta.

—Voy a contaros una historia porque al parecer la cena va a tardar un rato —dijo con sorna—. Es la epopeya de una pequeña fortuna en rublos que viajó cuarenta y dos millones de kilómetros para descubrir que Venus estaba hecho de la misma materia que las tapas de los objetivos de nuestras cámaras — Hugo miraba el diamante vespertino—. Antes de que los rusos lanzasen las Venera, se creía que las nubes que envolvían a nuestro vecino ocultaban una selva tropical, pero cuando el módulo de aterrizaje de la Venera 14 se posó en la superficie del planeta, no aguantó operativo más que un par de horas en aquel infierno. Una vez en Venus, la sonda expulsó las tapas que protegían los objetivos de sus cámaras. Pues bien, el brazo del sensor que la nave dejó caer para analizar el suelo, fue a clavarse en una de ellas. Solo disponían de un intento y ¡zas!, acertó de lleno. Una fortuna, como ya dije, y cuarenta y dos millones de kilómetros para analizar una tapa.

—¿Eso es cierto? —preguntó Yifán a carcajadas.

—Sí, sí que lo es —respondió Seiya.

Hugo apuró su copa de un trago antes de preguntar de nuevo a Núcleo por la cena y como éste no respondió, maldijo por lo bajo.

—Oye, Hugo —dijo Julia—. Y hablando de todo un poco, ya que sois más sabios que nosotros...

—Quieres decir más viejos —puntualizó Seiya.

—¿Qué somos? —dijo Julia.

La pregunta pilló por sorpresa a Hugo, a Seiya y a Yifán. Ninguno de los tres supo qué contestar, hasta que el argentino rompió el silencio.

—Bueno, algo sí que sabemos. Sabemos que no somos humanos comunes, sabemos que somos capaces de ver las mentes de otros e intercambiar conceptos, ideas... ¿Cómo decirte...? El entendimiento produce pensamientos, ¿no es así?

—Sí —respondió Julia.

—Tú piensas cosas —siguió Hugo—. Un humano cualquiera nunca sabrá cuales son tus verdaderos pensamientos. Si mientes, si amas o le odias, si eres un traidor... Tiene que fiarse de lo que tú le quieras contar. Pues bien, en nosotros eso es imposible, porque accedemos a esa parte de la mente de las personas que es donde los conceptos se generan y se almacenan y por eso hemos llegado a la conclusión, aquí el secretario papal y yo, de que las personas como nosotros somos seres cognoscentes, capaces de compartir conocimiento, conceptos, ideas, no palabras. No nos comunicamos con palabras. Tampoco suponemos lo que piensan quienes son como nosotros, sino que sabemos y compartimos lo que queremos directamente a través de nuestra mente, siempre que partamos de la misma base conceptual. Existe una parte de la mente de Seiya que yo apenas comprendo y a él le ocurre lo mismo con la mía; además ambos sabemos que hay cosas que no nos apetece aprender ni aprehender el uno del otro.

Hugo hizo una pausa para que estas ideas calaran en Julia y en Yifán.

—Esta capacidad nuestra es tan difícil de explicar como contar a un niño lo que es el chocolate sin que lo haya probado antes. Si me apuras, en realidad no sé lo que somos, ni por qué lo somos. Eso si hablamos de nosotros, es diferente si me preguntas sobre Yifán, porque creo que este chico está por explorar.

—La cena se servirá en un rato —anunció Núcleo.

—Bueno, pues vamos a cenar. Por cierto, y cambiando a un tema que no me dé dolor de cabeza, ¿sabíais que el Trasimeno forma parte de la red *Living Lakes?* —dijo Hugo señalando hacia el lago e indicándoles que se acercaran a la mesa.

—El lago Constanza, donde está la Mainau, también —dijo Julia.

—¿Qué es *Living Lakes*? —preguntó Yifán.

—Es una organización más que centenaria que protege la mayor parte de los lagos de todo el Sistema Solar. Al principio sólo eran los lagos de la Tierra, pero hoy en día están incluidos lagos tan peculiares como los de Titán, que son de metano, o lunas enteras como Europa o Encélado...

—¿Falta mucho para la cena? —preguntó Seiya a Núcleo.

—No —respondió Núcleo—. No falta nada para la cena. Unas ensaladas que he tenido que volver a preparar porque en su momento fueron frescas y crujientes pero a la media hora ya habían perdido la gracia, como otros.

Núcleo envió a los Nanos a servir la cena en la terraza dando por concluida la afrenta de los humanos. Encendió las antorchas y las velas, llenó las copas con vino de la Umbria y de postre ofreció deliciosos *peruginos*. Los chicos se deshicieron en alabanzas a Núcleo quien se limitó a informar a los señores, tratándolos de usted, que se habían servido unos licores en la zona de descanso.

—¿Quién ha definido la personalidad de este Núcleo? —preguntó Yifán deslumbrado.

—Adivina —respondió Seiya mirando a su novio—. ¡Vamos a los sofás!

23 Y Venus se convirtió en luciérnaga

A esas alturas de la noche, tirados en los sofás, Yifán había llegado a la conclusión de que se encontraba entre verdaderos amigos. Habían intimado y había descubierto que Hugo y Seiya, cada uno con su carácter, eran gente limpia y honesta. Algo de diversión, un poco de cultura, una buena comida y una cena sin luna, a la luz de las estrellas: no podía haber ido mejor. Repasaba el día con la cabeza recostada sobre las piernas de Julia: le divertía la relación de Núcleo con Hugo y admiraba la falta de complejos de Seiya, que se encontraba enfrascado con su novio en una conversación que no parecía muy divertida.

—¿En qué piensas? —preguntó Julia en voz baja.

—Lo voy a hacer —dijo él—. Dejaré que vean a Krito porque necesitamos compartirlo con ellos.

—Hazlo ahora —le animó la condesa.

—¿Ahora?

—Sí, poco a poco, como quien no quiere la cosa. Si avisas se van a sugestionar.

Julia tenía razón, pero ¿cómo integrar a Krito en esa relación?, ¿cómo condensar, sin asustar a esos dos, más de veinte años de amistad en un momento? Yifán era consciente de que se trataba de un asunto delicado. Desde su infancia hasta la llegada de Julia, cada intento por contarlo había resultado un fracaso. Así pues, a falta de una estrategia mejor, decidió hacer caso a su novia y soltar lastre. Abriría su mente a los tres, y a la vez...

—¿Crees que será prudente hacerlo ahora? —preguntó Yifán.

—No sé —mintieron los labios de Julia, mientras sus ojos decían lo contrario.

Alentado por ella y fortalecido por la energía que le proporcionaba el agua de aquel lago, aquella fuente de vida, Yifán se lanzó al vacío sin red y decidió poner en marcha un plan para seducir a sus amigos antes de mostrarles a Krito. Que fuera de noche y que los habitantes de la isla estuvieran durmiendo evitó distracciones en el hilo de sus pensamientos. Era superior a los tres, lo sabía, y Julia estaba en lo cierto: aquí y ahora eran el lugar y el momento perfectos. Así que no lo dudó más y pulsó un interruptor imaginario que puso su plan en marcha.

El fin de semana transcurría como un agradable paseo en barca, y Yifán no quería estropearlo. Por eso, con sumo cuidado hizo que los otros tres dejaran de percibir el mundo con sus propios sentidos para que poco a poco lo hicieran a través de los de él. Seiya se percató de que ocurría algo, porque se había mitigado el brillo de las estrellas hasta hacerlas desaparecer: sólo Venus permanecía encendido. Cuando quiso reaccionar, sus mentes, la suya junto con la de Hugo y la de Julia, volaban por los aires convertidas en briznas de hierba que el viento esparció sobre el lago Trasimeno antes de volver a reunirse en un punto escogido por Yifán dentro de su cerebro. Después hizo que Venus descendiera del cielo y se situara entre ellos: su aspecto y tamaño aparente no habían variado, pero en realidad ya no era el lucero. En aquel momento hizo que percibieran la longeva y profunda amistad que le unía a Krito.

Yifán sabía por Julia el rechazo inicial que suponía el contacto extraterrestre, pero consiguió tranquilizar a sus amigos utilizando recuerdos: remembranzas de amor sexual para un Seiya muy joven en una tarde de verano; la más pura memoria de amor fraternal para Julia gracias al calor de un abrazo de infancia en la cripta de la Mainau; y a Hugo le hizo saber que conocía su complicada relación de amor-odio con la vida desde el día en que saltó de aquel avión después de sabotear su traje de vuelo, tras haber tomado la que creyó su última decisión. Ignoraba que en su grupo de salto había un tal Seiya, secretario papal y aventurero, un cura raro, respetuoso, pero que sufría enormemente porque había visto lo que pensaba hacer aquel hijo de Dios. Él lo salvó cuando percibió que, ya en caída libre, en el último momento, Hugo se había arrepentido de aquella decisión.

Yifán no los juzgó.

Llamaba la atención de los tres la luz que flotaba y giraba entre ellos a gran velocidad.

En un momento dado, Yifán detuvo en seco aquel punto al rojo blanco y lo fijó en el espacio. Era luz amaestrada que temblaba a causa de interferencias que le impedían concretar con exactitud su definición y su localización. Esa radiación era Krito. Yifán lo tocó y los invitó a hacer lo mismo; la percepción de los tres fue que aquella luciérnaga irradiaba un helor desconocido. Al hacerlo sobrevino el rapto, el quid de la cuestión: veinticinco años de amistad se volcaron en las mentes acurrucadas en torno a aquella singularidad. Yifán se había alejado para que cada uno de ellos experimentara a Krito a su manera: necesitaba saber cuáles serían sus reacciones, sus puntos de vista y sus conclusiones. Únicamente Yifán supo del escalofrío que recorrió a Hugo o de la alegría que Julia experimentó frente a los fuegos de artificio que este segundo acercamiento al alienígena había producido en su interior. Pero se sintió turbado por la reacción de Seiya, que había declinado la invitación a salir de allí por dos veces consecutivas. Permanecía inmóvil, hipnotizado. Por algún motivo había encontrado y se había asomado al interior de algún punto de inflexión en Krito; el cura estaba asustado y el miedo había provocado que las emociones se apoderaran de su mente y tomaran el control, paralizándolo. Yifán observaba que el cuerpo de Seiya había comenzado a temblar.

Entonces recordó una conversación con su sicólogo: «Cuando uno está acobardado, asusta a los demás. Puede que Krito esté acobardado pero que no tenga intención de asustar. El miedo es contagioso en los mamíferos y por tanto en los humanos. Este fenómeno se denomina 'traspaso social' y es posible que Krito sienta miedo por algún motivo y tu te hayas contagiado».

Yifán desalojó de inmediato a Julia y a Hugo de su mente y extirpó la de Seiya de un tirón. ¿Y qué le había hecho comportarse de esta manera? Recordó el resto de la conversación con el sicólogo:

«—El miedo tiene un propósito, hijo.

—¿Cuál?

—Aprender.

—¿Para qué?

—Porque en la vida no hay segundas oportunidades. Existen quienes dicen no tener miedo a nada... pero si no te da miedo que se te venga un autobús encima, entonces morirás»

Y mientras tiraba de los tres hacia afuera, Yifán supo que no podía permitir que el miedo se pervirtiera en fobia, dado que las fobias llevan a la irracionalidad. Acababa de comprobar la reacción de los tres, cada una distinta de la otra, por lo que vio mas claro que nunca que, desde la Tierra, no podría resolver el enigma que rodeaba a Krito; su única pista llevaba hasta la Anomalía, allí descubriría la verdad.

—¿Qué ha sido eso? —exclamó Hugo desorientado.

Ahora estaban a salvo, libres de aquel remolino alienado en el que habían quedado atrapados. Se les estaba pasando la sensación de mareo y confusión experimentada después de haber sido expulsados de la mente de Yifán. La realidad se había estabilizado y todos estaban calmados. El muchacho les concedió un momento antes de preguntar:

—¿Os habéis planteado si se puede conocer la naturaleza de un miedo sin experimentarlo de primera mano? —preguntó Yifán.

—Lo desconocido da miedo —dijo Julia.

—La maldad es una forma de miedo que me da rabia y me paraliza —continuó Seiya.

—La mente —aseveró Hugo—, los pensamientos dan miedo, porque la inteligencia es el arma más poderosa del Universo.

Y ahí es donde surgía el problema porque Yifán no sabía qué tipo de miedo les provocaba Krito a los demás. ¿Krito temía algo, temía por ellos o les tenía miedo? Yifán no lograba ver más allá de una sensación, de un mensaje de peligro cuyos destinatarios quizá fueran ellos.

—Yifán tiene razón: debe intentar comunicarse con Krito de tú a tú. Si vas allí y estás decidido a tomar la iniciativa por primera vez en una conversación, ¿crees que os podréis entender? —preguntó Seiya.

—¿En algún momento de las últimas dos décadas te has planteado si Krito ha sido sincero contigo? —dijo Hugo—. No quiero que me veáis como el abogado del diablo, pero soy más viejo que ninguno. Hablamos todo el tiempo de Krito como de igual a igual, pero su mente, o lo que sea que albergue esa conciencia, es sin duda diferente. ¡Yifán, es extraterrestre! ¡Aparece y desaparece con la Anomalía! No sabes cómo piensa, si es agresivo o perverso, si te está usando para sus propósitos o si incluso planea conquistar la Tierra. ¡Qué sé yo! Te has fiado de un tipo a quien no has visto nunca, que habla contigo cuando duermes y te cuenta las cosas a medias, de forma indirecta... Y para más inri, cada vez que se desvanece, te deja como regalo el temor. ¿No te das cuenta de que eso no es normal? Podrías... ¡ser el anfitrión de un parásito cerebral y ni siquiera te habrías dado cuenta!

Tenía razón y Yifán no podía rebatir sus argumentos. Lo de Krito era un presentimiento, una preocupación, algo semejante a la tensión que flota a tu alrededor cuando estás a punto de recibir una mala noticia.

—Conozco a Krito desde que tengo recuerdos. Es como si él me hubiera elegido para contarme algo y me niego a pensar que todo haya sido un engaño —protestó Yifán.

El muchacho se levantó del sofá y caminó hasta el borde de la terraza, necesitaba moverse o le explotaría la cabeza. ¡Sus diarios lo dejaban claro! Había investigado desde Miami, con la ayuda de su Núcleo y no había encontrado nada significativo sobre Krito salvo su relación con las idas y venidas de la Anomalía. Apoyado en la barandilla, de cara al lago, una ráfaga de aire pareció pasar a través de Yifán y entonces, cuando comenzaba a calmarse, escuchó a Hugo comentar en voz alta.

—Lo que tú percibes en tu mente como Krito no es garantía de que el «bicho» sea así. Cualquier madre ve guapo a su hijo.

—¡No lo llames bicho! —respondió Yifán, que no había podido controlarse—. Yo... tengo un mal presentimiento, creo que estamos en peligro y me agobia no ser capaz de ver más allá. Cuando era pequeño me sentía solo. Tuve problemas en casa desde que Krito apareció, pero en este último año las cosas han cambiado mucho, porque volví a encontrar a Julia, ella me presentó a Adam, luego os conocí a vosotros...

Yifán se calló porque no quería resultar grosero con sus anfitriones. Se tomó un poco de tiempo para ver cómo decir exactamente lo que tenía que decir, sin ofenderlos. Al final lo pensó mejor y decidió prescindir de subterfugios.

—Veréis: os he visto por dentro y percibo que ocultáis algo y no sé lo que es. No lo hice a propósito.

Yifán lo percibió de inmediato y Julia también. Seiya miraba preocupado a su novio devorado por la ira. ¿Sería posible que Yifán hubiera descubierto su secreto, su hallazgo?

—Pero ¿tú de qué vas? ¡De qué vas! —gritó el argentino fuera de sí.

El muchacho, que no esperaba esa reacción, se sintió violento.

—¿Y a ti qué es lo que te pasa? —preguntó Seiya a Hugo—. Sabías que esto podría ocurrir con él, ya lo habíamos hablado. Yifán es superior a todos nosotros. ¡Lo sabías desde que los vimos en el Panteón!

—¡Joder! —dijo Hugo y se marchó en dirección a la cocina levantando una mano como si recogiera en el aire una pelota y antes de desaparecer gritó señalando con el dedo a Yifán:

—¡Tú! ¡Has entrado en mi mente sin permiso, hijo de puta!

Yifán suplicó a la tierra que se lo tragara y se sentó junto a su novia. Como no sabía qué hacer miró su mano, que Julia estrujaba. Ella apretaba muy fuerte, sin darse cuenta.

—¡Hugo espera! ¡Hugo...! ¡Mierda! —Seiya fue tras él, pero antes de entrar en la casa dijo—: Disculpadle. Todo esto nos ha superado. Mañana desayunamos aquí, a las diez. Sed puntuales. Estáis en vuestra casa, no os sintáis incómodos, son cosas que pasan.

—Seiya, yo... —dijo Yifán.

—No se lo tengáis en cuenta —y se marchó.

—¡Mi abuelo! —dijo de pronto Julia—. Seguro que tiene información. ¡Todos estos años desaprovechados! —se dirigía a Yifán—. ¡Tengo que ir a la Mainau, y hablar con Adam y con Hedda para ver cómo puedo hacer las paces con él! Vamos a dormir. No puedo más.

—No sé Julia, creo que se me ha ido de las manos.

—No te preocupes.

—Pero pedí perdón... No fue mi intención.

—No te preocupes por Hugo, estará bien.

24 La cierva herida y el cazador perdido en Madagascar

Durante más de tres siglos, el salón de baile había sido la estancia mas importante de la Mainau.

—¿Habrá algo más ridículo e innecesario que un salón de baile? —había preguntado Thomas a Hedda.

—Mientras usted sea conde, desde luego que sí, pocas cosas habrá más ridículas e innecesarias en esta casa.

—¡Pues eso! —resolvió Thomas.

¡Y allí que trasladó la biblioteca y los fondos que guardaba! Cuatro décadas después de aquella conversación las paredes de la sala continuaban forradas de tesoros; en el centro los sofás y entre ellos, sobre un pedestal, Felipizkono: desnudo femenino de bronce que ejecutaba una voltereta. Un manto de lana gruesa alfombraba el suelo escondiéndolo bajo dibujos de dodecaedros como símbolo del *Multiverso*. Nada había cambiado en cuarenta años salvo la disposición de la mesa de trabajo, que ahora se orientaba hacia el ventanal para que la vista descansase sobre el lago y las montañas. Desde aquel remanso de paz, Thomas controlaba su imperio.

Aquella tarde el conde, por extraño que pudiera parecer, había decidido sentarse en uno de los sofás. Tenía visita y quería recibirla creando la ilusión de que se trataba de una reunión de igual a igual.

Dado que el visitante se retrasaba, pidió al Núcleo de la casa que reprodujera el «lamento de la cierva herida», su pieza preferida de arpa, mientras esperaba.

—Dos minutos para la llegada del Saeta —informó Núcleo.

Del interior de la aeronave bajó un individuo que se dirigió hacia la puerta principal de la casa: un viejo conocido que había prometido volver y que venía a cumplir su promesa.

—Buenas tardes. Mi nombre es...

—Se-eeñor Wolfgang —se adelantó Albert, que se encontraba delante de la puerta principal.

—Tengo una cita... —contestó el huésped, pero Albert ya se había dado la vuelta.

—Sí-i-game —indicó el mayordomo después de haber estudiado al visitante de arriba abajo: «Esa ropa no es la apropiada».

Cuando Albert franqueó la doble puerta de la biblioteca. Thomas, que se encontraba sentado en el sofá, no abrió los ojos hasta que el arpa dejó de sonar.

—Maravillosa, ¿no? —dijo sin levantarse.

Albert indicó a la visita que entrara. Él se marchó y cerró la puerta.

—¿Música Japonesa? —Wolfgang no tenía ni idea. Su anhedonia musical hacía que en el fondo le diera igual.

—No. Arpa de un orden; una sola hilera de cuerdas. *Complainte de la Blanche Biche*, «el lamento de la cierva herida». Es anónimo, del siglo XIII. ¿Se imagina? Esa persona creó una de las melodías más bellas que existen y ni siquiera sabemos quien fue ni si compuso otras piezas. ¿Le apetece un té?

—Gracias, no —respondió Wolfgang—. He venido...

—Siéntese, por favor —invitó Thomas—. No, en ese no, en el de enfrente.

—Iré al grano, señor. He venido porque se han hallado nuevas pruebas relacionadas con la desaparición de su nuera y me gustaría aclararlo con usted.

—De eso hace más de una década. Espero que no se trate de un interrogatorio.

—No, claro que no, además hace tiempo que no soy policía.

—¿Entonces lo suyo es vocacional? ¿Su profesión imprime carácter como los sacramentos? —sugirió Thomas con sarcasmo.

Wolfgang no supo qué contestar. Llevaba días ensayando su discurso pero, lo que en casa le había parecido brillante, un plan sin fisuras, ahora no tenía fuste. En cualquier caso debía demostrar a Thomas quién era y jugar sus cartas, ya que en realidad no tenía nada que perder.

—Pues usted dirá —le animó el conde ya que Wolfgang no arrancaba.

—¿Reconoce este objeto? —el visitante sacó algo del bolsillo de su chaqueta y se lo entregó.

El conde no dijo nada.

—Titanio.

Thomas miraba la pieza y Núcleo, que no perdía detalle le indicó que se trataba de «espuma de titanio coincidente al noventa y nueve por ciento, dada la forma y el tamaño, con la que implantaron a su nuera Louise en la pierna».

Estas veintisiete palabras impactaron en la cabeza de Thomas como veintisiete balas.

—¿Qué es? —dijo Thomas con serenidad y se lo devolvió.

El expoli le contó una historia que puso los pelos de punta al conde: meses atrás, la organización *Living Lakes*, de la que, como bien es sabido, formaba parte el lago Constanza, había enviado al lago sus robots subacuáticos para realizar mediciones de los niveles de contaminación del agua y para tomar muestras de fauna y flora. En esta ocasión, una sonda detectó y recogió del fondo la pieza de titanio en cuestión.

—Louise desapareció cuando yo aún era un novato, señor, y esto es todo lo que quedó de ella —aclaró Wolfgang que siguió contando al vigésimo segundo conde Bernadotte, «Thomas el estupefacto», que nunca había dejado de investigar el caso. Por lo visto había averiguado que el mismo día que desapareció su nuera, también lo hicieron un avión de la compañía para la que trabajaba y uno de los coches de la Mainau. Thomas no había digerido aún la mitad de lo que Wolfgang le había contado, cuando el expoli añadió que hacía años había tenido una interesante entrevista con la madre de una empleada que había trabajado en Londres como secretaria de su nuera.

—Pero Nina desapareció poco tiempo después que mi nuera —se extrañó Thomas, porque él la había buscado a conciencia—. No pudimos encontrarla.

—Cierto. Yo localicé a su madre y ésta me confesó que Nina le había dicho antes de desaparecer que estaba convencida de que Louise estaba muerta, y de que usted debería haber sabido que aquella madrugada volaba hacia la Mainau. Las dos trabajaban en lo mismo, y si Louise había desaparecido, la siguiente sería ella. En una ocasión, estando de visita en casa de su madre conseguí hablar con Nina. Se comunica con ella a través de QuantumLives, para que nadie pueda rastrearla. Esa mujer sabe algo que la aterroriza —dijo Wolfgang—. Los asuntos de familia me aburren, señor, pero las matemáticas no, porque todos sabemos que dos mas dos siempre son cuatro, ¿no?

Wolfgang había cruzado las piernas. Se sentía más relajado, pero la mirada de Thomas le hizo replantearse su postura, aunque no la rectificó.

Thomas opinaba que no todo estaba tan claro como creía el expoli, porque la normativa interna de la Mainau impedía a Núcleo registrar si los vehículos de la casa llevaban pasajeros o no. Ni siquiera él tenía acceso a esa información. Y es verdad que explotó un avión sobre el Canal de la Mancha, pero iba vacío.

—Intento comprender qué tiene que ver todo esto conmigo —confesó el conde.

—Verá, señor, he pedido esta reunión porque estoy harto de una vida anodina, en una ciudad insulsa, con un salario mediocre —y se irguió para continuar, mientras el conde se esforzaba por abrirse paso entre el cenagal de aquella mente ambiciosa, y averiguar a cuánto estaba esta mañana la espuma de titanio—. Quiero hacer otras cosas —dijo Wolfgang—. ¡Soy capaz de mucho más!

«¿Me está retando? ¡Qué mal se expresa este hombre!» pensó Thomas que había encontrado entre tanta arrogancia y a base de hurgar, el propósito real de la visita. Una visita arriesgada, por cierto; pero quien no llora no mama. Estaba empezando a caerle bien este pelele y esa idea le hizo sonreír para sus adentros.

—No tiene importancia... —respondió, cuando Wolfgang preguntó si se aburría al verlo sonreír.

—¿Y qué se deduce de las investigaciones de la policía?

—Nada, señor. Porque la policía lo ignora todo, incluso esta entrevista. No tengo por qué darles cuenta de mi vida.

Thomas meditó un rato y aprovechó para mirar de nuevo dentro de la mente de Wolfgang, un individuo con bastante potencial, por cierto.

—Amigo mío, admiro a los hombres como usted. Vivimos tiempos difíciles que han convertido en lobos a los corderos. Usted y yo no somos tan diferentes: ambos somos supervivientes. La confianza escasea, los problemas van y vienen, todo se complica cuando uno menos lo espera... Verá, Wolfgang, necesitaría a alguien que me resolviera asuntos sin tener que informar al mundo. Es usted una persona persistente, decidida, diría yo.

—Me halaga, señor —sonrió el expoli.

—Aprecio a las personas inteligentes y comprometidas, pero la lealtad está por encima de todo. Hay algo que no pude cerrar en su momento y que quizá esté relacionado con la desaparición de mi nuera. Usted ha demostrado estar interesado... ¿Aceptaría este encargo?

—Ya he olvidado lo que me va a decir a continuación, señor —ironizó Wolfgang.

—Bien, bien. Hace años, una de mis empresas sufrió contratiempos relacionados con la desaparición de cargamentos enteros de caoleno.

—En el cinturón —dijo Wolfgang—, sí, recuerdo lo de la paralización de la construcción de la nave que iría a la Anomalía.

—Una empresa subcontratada para dar apoyo al consorcio me robó y la pillé, pero no recuperé todo el caoleno. ¿Sabía que sin ese material los motores *warp* no funcionan? Puede que mi nuera descubriera antes que yo las intenciones que tenían y que eso le costase la vida cuando venía a informarme... Si hubiera sido así, creo que sería justo pagar a sus verdugos con la misma moneda, no sé si me entiende.

—A la perfección.

—Por supuesto que contacté con la policía, pero no sirvió de mucho. Ahora sé que la intención de quienes estaban detrás de aquella empresa era construir una nave que se adelantase a la científica.

—¿Con qué finalidad?

—Ser los primeros en explorar la Anomalía, en apoderarse del conocimiento foráneo y desvelar sus secretos para venderlos al mejor postor. Es arriesgado pero hay mucho en juego,

Wolfgang. Quizá tecnología extraterrestre. No son aficionados: me ha costado mucho averiguarlo. En definitiva, necesito recuperar mi caoleno e impedir que esa nave llegue a su destino. Me repugnan las escabechinas, la falta de sutileza, no quiero muertes, pero me sentiría defraudado si esa nave llega a partir.

—Si me permite, señor, se me ha hecho tarde —informó Wolfgang al tiempo que se levantaba—. Ha sido una visita interesante. Nos veremos pronto.

—Wolfgang... —dijo el conde.

—¿Sí?

—Albert espera a la salida: vamos a facilitarle un Nodo que será su ángel de la guarda, uno al que usted podrá pedir lo que quiera.

—Así lo haré. Gracias, señor.

El Saeta partió, la casa recobró la calma y Thomas se asomó al ventanal de la biblioteca para que su vista descansara sobre el lago. Le había satisfecho la entrevista, porque le había dado la oportunidad de hurgar en la mente de aquel hombre y convencerse de que el expoli había aceptado las posibles razones de la muerte de su nuera.

—Espero que sea consciente de que ese Nodo está controlado por mi Núcleo y de que mi Núcleo también soy yo —dijo el conde en voz alta.

Anochecía sobre la Mainau y el Saeta se acababa de marchar. Albert, que se había demorado en la puerta principal para seguir con la vista el despegue del aparato, observó a la luz de los focos que iluminaban la casa, que el suelo de la explanada se encontraba de nuevo plagado de hormigas. Ordenó a los Nanos jardineros que las fumigaran.

25 Yayas y medusas con uso de razón en Filipinas

Cuando Seiya entró en la cocina de la casa del lago a la mañana siguiente de que Hugo se hubiera marchado de la terraza dejando a su paso una estela radiactiva, y de que Julia y Yifán se hubieran convertido en estatuas de sal sobre los sofás, encontró al argentino con el culo apoyado en el borde de la encimera, de brazos cruzados y con la mirada perdida.

—¿Estás bien? —le preguntó.

—No —respondió él—. Esto no me gusta. Me he pasado veinte años levantando barreras para protegerme de la gente que me juzgaba; ahora llega éste, echa un vistazo, percibe lo que hay dentro y ¿ya está? ¿Así de fácil? ¡Me ha revuelto las tripas!

—Sé lo que es Yifán, no me lo tienes que recordar, pero carece de maldad. No te ha juzgado, sólo dijo que había visto algo y que no lo pudo evitar. ¿Te diste cuenta de lo que hizo anoche? ¿Tienes idea de lo que ha supuesto para él?

—¡Pues claro! Pero... Me pone de los nervios que con gente como él nadie esté a salvo.

—¡No! Mira...

—Es que me siento como si me hubieran violado.

—¡Qué no! —explotó Seiya—. Que él no entró en tu mente sin permiso, sino que ocurrió lo que ocurrió porque éramos nosotros quienes estábamos dentro de la suya. Nos dejó ver lo importante que ha sido para él encontrarnos. De todas formas, céntrate, ahora mismo lo que importa es Krito.

—¡Vale, vale! No necesito un sermón a estas horas y ¿sabes qué? Creo que Krito es el hermano que Yifán nunca tuvo, y por eso siempre estará de su parte. Julia es distinta, es menos naif... Lo de ese chico es muy raro. Tengo la sensación de estar ojeando una revista en la misma habitación donde se encuentra un niño jugando con un cañón.

—No seas tan desconfiado.

—¿O qué? —Hugo estaba a la defensiva.

—¡O te acuso de intrusismo profesional! —bromeó el cura—. Mira, vamos a tranquilizarnos y a desayunar... Explícale a Yifán lo que tengas que explicar para que pueda entender tu reacción de anoche, pero ten clara una cosa: tarde o temprano necesitaremos ayuda de estos dos —dijo Seiya dándose la vuelta —. Hugo, lo que sentí cuando Yifán nos dejó entrar en su mente no fue miedo de Krito, sino una sensación distinta, de urgencia. Creo que él solo es un emisario. Si lo que he percibido es real, y a eso sumamos lo que sabemos, pronto vamos a necesitarnos los unos a los otros. Creo que Krito intenta decirnos algo, pero su mente es diferente a las nuestras y por eso precisamos de una comunicación más directa y clara con él para entenderlo. Yifán tiene razón en querer viajar hasta la Anomalía si es que existe una probabilidad de que Krito se encuentre allí. La existencia humana es efímera, Hugo, y no me puedo creer que estemos perdiendo el tiempo de esta manera.

—¿Te estás poniendo en plan *curita*?

—Cuando estábamos en la mente de Yifán, Krito se desdobló para mí y me llevó hasta un abismo, me tomó de la mano para que no cayera dentro y me permitió echar un vistazo hacia el acantilado que había debajo. Mis pensamientos me llevaron una y otra vez hasta el infierno cristiano. El problema es que lo recuerdo pero mi recuerdo no es claro, porque ha sido la primera vez que he visto el interior de una mente que no es de la Tierra y te aseguro que lo que me mostró no parecía muy agradable.

Fuera, en la terraza, Yifán y Julia se habían sentado en los sofás. Habían llegado un rato antes, pero cuando vieron que sus anfitriones hablaban en la cocina, decidieron no molestar. Yifán se tumbó con la cabeza apoyada sobre las rodillas de Julia y cerró los ojos. Poco después se removió inquieto. Seiya, que los observaba desde la ventana, le había hecho un gesto a Julia con la mano.

—¿Va todo bien? —voceó ella.

A su pregunta solo contestaron los vencejos.

Seiya salió de la cocina con una jarra de zumo y vasos en las manos, los depositó en la mesa de la terraza, volvió a entrar y esta vez vino con una bandeja de pan tostado, queso, miel, mantequilla y mermelada de naranja amarga.

—No os mováis, ya podemos nosotros —dijo.

—¡Ay, perdón! —Julia hizo amago de levantarse.

—¡Anda! siéntate, no seas tonta.

Hugo apareció con unos cuencos con frutos secos. Parecía un chaval a quien su madre hubiera regañado.

—¿Y los Nanos? —preguntó Julia, que saltaba con los ojos del queso a la miel y de la mermelada a las tostadas.

—Nos gusta hacer cosas de humanos de vez en cuando —ironizó Seiya—. Bueno, queremos contaros algo con respecto a lo de anoche, pero primero ¡a desayunar!

Lo hicieron con tranquilidad, se miraban unos a otros disfrutando del tentempié y de los convencionalismos sociales. ¿Habéis dormido bien? ¿Té? ¿Leche? ¿Más mermelada? Cuando terminó el desayuno, se sirvieron otro café.

—Os hemos ocultado información —dijo Hugo.

—¡Hala! Sin preámbulos —exclamó Seiya.

—Hay más como nosotros —recalcó el argentino.

—¡Estaba seguro! —Yifán cogió un puñado de nueces—. ¿Cuántos mas?

—No lo sabemos. Tengo dos... O sea, tenemos un par de IA trabajando en esto —confesó Hugo—, las llamamos Yayas. Una de mis pasiones desde que era joven ha sido la programación cognitiva y programé una IA para que fuera analítica, lógica; la otra es casi esquizoide. Las envié a buscar por la red; llevan ya un tiempo en ello. Bueno, a decir verdad, buscan, rastrean y comparan. Encontraron que el abuelo de alguien —Hugo miró a Julia—, había buscado antes que nosotros, pero, hasta donde sabemos, no había obtenido resultados importantes. Por eso, desde la primera vez que supimos de tus visitas a Roma intentamos contactar contigo, pero lo único que conseguimos fue asustarte hasta que el otro día os vimos juntos y nos dimos cuenta de que algo había cambiado.

—¿Y por eso nos encontramos casualmente en el Panteón? —rió Julia.

—En efecto —respondió el secretario del papa—. Déjame recordarte algo que ya sabes: durante los años en los que la humanidad se centró en encontrar una solución para librarnos de los meteoritos, el pánico se adueñó del planeta y los índices de natalidad se desplomaron durante décadas, especialmente entre quienes eran como nosotros. Hugo y yo fuimos de las primeras generaciones que nacieron tras el parón.

—Pero ¿cómo habéis averiguado que hay más? ¡No me digas que habéis consultado las bases de datos genéticos! —interrumpió Julia—. Que yo sepa sólo es legal en ambientes de investigación muy controlados.

—Tienes razón —dijo el argentino—. Seiya tuvo que hacer «por casualidad» un estudio relacionado con la población de la Tierra para el Vaticano.

—¡Espera! —exclamó la condesa, agarrando a Hugo por el brazo—. ¡Las Yayas rastrean nuestro origen porque ahí está la clave para comprenderlo todo!

—¡Sí! ¡Qué lúcida! —dijo Hugo con admiración.

—Oye y ¿cómo trabajan? —Preguntó Yifán con la boca llena.

—Libre albedrío —respondió Hugo—. Les dijimos que buscasen cualquier cosa a lo largo de la historia. No sé, descubrimientos arqueológicos, tesis extravagantes, ovnis, milagros, *ooparts (out of place artifact,* artefacto fuera de lugar), apariciones, magos... Les pedimos que cruzasen los datos hasta encontrar relaciones entre ellos y que descartasen lo demás. Gracias a sus contactos, Seiya peinó tres de las cuatro bases epigenéticas continentales, pero los datos anteriores al siglo XX son escasos —informó Hugo. Mira, aquí, que somos cuatro gatos, venimos de tres continentes: tú europea, estos dos de ascendencia asiática y yo americano. Cuéntales, Seiya.

—Bueno, el dinero abre puertas pero la... llave que hay bajo mi sotana nos ha abierto todo tipo de candados —explicó Seiya. Julia no daba crédito a lo que oía y Yifán alucinaba. ¿Había sugerido lo que creían que había sugerido?

—Sé lo que estáis pensando —dijo Hugo—, y estáis en lo cierto. Hemos invertido mucho tiempo y esfuerzos en este asunto. Aquí Su Santidad...

—Susan, para los amigos —terció el cura.

—...Cree que es hora de compartir lo que hemos averiguado —Seiya se levantó, se acercó a Hugo por detrás, besó su nuca y lo abrazó. Permaneció así un instante, con la barbilla sobre el hombro del argentino, mejilla contra mejilla, y aprovechó para darle las gracias envueltas en un «te quiero» lleno de cariño.

A Julia y a Yifán les desconcertó el cambio de actitud de Hugo. Estos dos habían permanecido con la mente abierta y les habían dejado ver sus sentimientos. Había sido como observar de cerca la pureza de un diamante extraordinario.

—Bien, y ¿qué es eso que tenéis que enseñarnos? —preguntó Julia.

Ninguno habló, pero Seiya se sentó junto a su novio y le cogió la mano.

—Las Yayas buscaron en toda la red hasta que encontraron una frase: «... acarició la mente de Morga...» —dijo Hugo.

—¿Qué? —a Julia se le encogió el estómago.

—Esa frase fue escrita en árabe hacia el siglo XVII, según las Yayas —aclaró Seiya.

—Es el registro más claro y más antiguo que han podido encontrar —añadió Hugo.

—¿Dónde la encontraron? —preguntó Yifán.

—En España, en la Qunka musulmana, la fortaleza del siglo VIII que más tarde sería la ciudad de Cuenca. Su casco histórico anida en la cima de una pared vertical de piedra entre las hoces de dos ríos: el Júcar y el Huécar y allí, junto a la torre árabe de Torremangana, se encuentra el Seminario Mayor San Julián, pegando a la iglesia de la Merced que alberga la Biblioteca Clemente de Aróstegui, donde se guardan los fondos bibliográficos del Seminario Conciliar, los que en realidad nos interesan.

—¿Habéis estado allí? —preguntó Yifán.

—Sí —dijo Seiya—. El fondo de la biblioteca se ha nutrido durante siglos con las donaciones de nobles y aristócratas. Cuando se catalogó a finales del XX, muchos de los libros necesitaban ser restaurados y al desmontar los primeros ejemplares, sus restauradores se dieron cuenta de que en algunas de las tiras de cuero que sujetaban las tapas por debajo de los lomos, es decir los nervios, se veían letras árabes escritas a mano.

—¿Los habían reciclado? —preguntó Yifán.

—¡Exacto! —se entusiasmó Hugo—. Al parecer, alguien había decidido siglos atrás que, en vez de quemar los libros de los infieles, aquellos pergaminos podían cortarse en tiras y ser reutilizados. Los nervios de los libros recién encuadernados iban debajo de las tapas, nadie se daría cuenta y el encuadernador se embolsaba un dineral.

—¡El inquisidor a quemarlos y el encuadernador a facturar! —Yifán estalló en carcajadas—. ¡El obispo diciendo misa sobre el altar de la catedral y en los nervios del misal, el Corán!

—Al fin y al cabo tratan de lo mismo ¿no? —terció Seiya.

—¿Por qué crees que a la catedral de Cuenca se le cayó la fachada? —bromeó Hugo.

Seiya les dirigió un gesto de reproche y los dos dejaron de reír. Por lo visto no todos compartían el mismo sentido del humor.

—Se han recuperado libros árabes enteros —comentó Seiya—, una biblioteca dentro de otra, pero los encuadernadores trabajaban para distintos clientes y por eso les está costando tanto a las Yayas completar los textos. Debe haber trozos de libros árabes en lomos de otros volúmenes de bibliotecas privadas sin informatizar, así que por eso les pedí que novelasen sus hallazgos y que los completasen con otras fuentes de la época.

—Cuando descubrieron que «alguien» había acariciado la mente de «alguien» pedí a las Yayas que se centrasen en aquello. Seiya tuvo que usar sus contactos para que me permitieran un acceso ilimitado a la biblioteca del Seminario —dijo Hugo—. Cada día que pasa avanzamos un poco más. Entre esto, el Archivo de Indias, el Archivo Histórico Nacional de España con los documentos de la Inquisición... Veréis, la monarquía de Felipe II ha sido la que más información ha generado y guardado en la Historia de la Humanidad antes de Internet. España lo ha conservado todo, pero el descubrimiento de un libro: «*Description du pénible voyage fait entour de l'univers ou globe terrestre par Olivier du Norod d'Utrech, général des 4 navires*», publicado en 1613, traducción del holandés al francés y conservado en la Biblioteca del Congreso de los Estados Unidos fue fundamental para completar la primera laguna: era el libro de viajes de Van Noort, el holandés causante de que «alguien» acariciase la mente de de Morga. Era el primer registro y las Yayas consiguieron completarlo.

Julia había permanecido boquiabierta durante tanto rato que la boca se le había quedado seca, y a Hugo, que sintió de pronto en su cabeza una increíble presión mental debido a la apabullante necesidad de Yifán por saber más, le fue imposible reprimir un grito de porcelana que hizo reír a Núcleo en voz alta: «será mariquita», pensó la IA.

—¡Perdón! —dijo Yifán—. Hugo, lo siento de verdad, no he podido controlarlo...

Esta vez el chico vio ternura y comprensión en la mente de Hugo, que sonrió con la intención de quitar importancia a ese asunto.

—Venid —atajó Seiya.

Camino de la biblioteca Hugo no paró de dar órdenes a Núcleo. Discutía con él constantemente.

—¿Qué os lo lea? —protestó la IA.

Como era una orden directa no le quedó más remedio que acatarla y empezó a leer, después de carraspear, tal y como a él le gustaba hacer.

Durante los instantes previos a la lectura, los Nanos sirvieron bebidas, las luces se atenuaron y Núcleo simuló encender la chimenea porque era un teatrero: la danza de las llamas, su luz imperfecta, el crepitar de la leña y el olor a madera quemada causaron el efecto deseado. Al fin y al cabo, los humanos eran tan predecibles... Esperó a que todos se hubieran callado; ni que fuera un director de orquesta, y comenzó:

∞ ◆ ∞

Tenía gracia.

Únicamente a los grandes barcos españoles les estaba reservado el privilegio de poder encomendarse a santos, porque ante la amenaza de naufragio ¿dónde vas a comparar la potencia de un «¡Señor! ¡Salva al San Diego!», con la de «¡Salva al Azores, Señor!»

No hay color.

El San Diego, que se encontraba repostando mercaderías al amparo del fuerte de Cavite, podía intimidar a quienes nunca hubieran visto un galeón a la entrada de la bahía de Manila. El aspecto de aquella mole de madera, cuerdas, clavos y velamen, repleta de gente que entraba y salía afanándose y gritando, impresionaba a ojos inexpertos, aunque en realidad su armazón, que ya había sufrido los rigores del Pacífico, a duras penas se mantenía de una pieza. Dos veces al año los comerciantes tentaban su suerte, e ignorando la ley, con la habitual sobrecarga, apelotonaban sus mercancías en las bodegas de los galeones de manera tan prieta como la del hilo en un tapiz de Flandes. En cada viaje invertían lo que poseían con la ilusión puesta en fabulosas ganancias y con tal de aumentar sus beneficios trataban con chinos, japoneses, musulmanes, nativos y hasta con simios o medusas, si los hubiera con uso de razón. Así, a medida que transcurrían los días y se iba llenando ese pozo sin fondo, murió noviembre y diciembre empezó a devorar las últimas semanas del año de Nuestro Señor de 1600. El casco del San Diego se iba hundiendo y los viejos residentes de Cavite, sin otro perejil que mondar, consumían las horas opinando sobre las ventas, apostando intenciones acerca de los futuribles del viaje y deleitándose con las ganancias del cuento de doña Truhana, como en el Conde Lucanor, pues la mayor riqueza de estas islas consistía en encontrarse junto a la China y a Cipango, entre tierra de volcanes y especias.

En esto andaba la mente de Miguel cuando oyó unas risas cercanas. Estaba con el hábito remangado sentado sobre un amarre, jugando a coger con los dedos de los pies las sogas. Y es que algunas jóvenes que deambulaban por el puerto en busca de negocios fáciles, susurraban entre ellas dirigiendo sus miradas hacia el monje. Si no fuera por la sonrisa que siempre anidaba en su cara, diríase que Miguel era poco atractivo, pero su boca carnosa, lo excepcional de sus dientes perfectos y su porte recio aún provocaban sofocos en señoras y doncellas, todas ellas meretrices. Poco les importaba su condición de religioso, querían su especial bendición... Miguel era inteligente, poseía un don extraño que al parecer casi nadie tenía. Para él, el mundo, que era grande, muy grande, se encontraba poblado por seres pequeños que albergaban almas similares a candelas.

De pronto un pensamiento inundó su mente: la avaricia; la que se respiraba a diario en las noticias sobre los piratas holandeses que merodeaban por las islas y que al no poder con Manila, jugaban al ratón y al gato en mar abierto sin perder de vista la costa, esperando un premio gordo: el galeón. Había sido tan grande el esfuerzo de España tras el descubrimiento del Nuevo Mundo... Y ahora, después de la conquista, de haberlo arriesgado todo, otras naciones se lo querían robar. Era una situación difícil de soportar para los españoles, y tarde o temprano tendrían que contraatacar. Mientras Miguel cavilaba había cambiado la rutina de carga del San Diego. Pero «¿dónde irán con un cañón?», pensó, y se preguntó qué sería lo próximo.

Pues fueron otros veinticinco cañones más.

Catorce piezas irían al San Diego y el San Bartolomé, mas pequeño, que estaba amarrado al lado, engulliría doce. Junto al fuerte, las discusiones se impusieron a la razón y tanto militares como civiles reñían a partes iguales en el muelle. La intención del pirata estaba clara: dejando pasar el tiempo en naderías, conseguiría dos galeones a la vez: el que llegaba y el que partía.

Un relámpago anunció su trueno y Álvaro, su hermano pequeño, tardaba.

El viento arreciaba, comenzó a chispear y la gente desapareció. Un momento después, como si Vulcano hubiera cogido impulso, un gran martillazo hizo temblar de miedo a los corazones menos gallardos; a saber: grumetes, desviados, niños y mujeres, clérigos..., las alimañas también palidecieron. El viento arreció mientras una tromba de agua se abalanzaba con rapidez desde las colinas sobre la bahía.

Miguel, ajeno a todo, recordó a su madre. Tan mayor... Le preocupaba desde hacía días. Mientras pensaba en ella tuvo un momento de debilidad, la lluvia abofeteó al monje y sus lágrimas se diluyeron en el agua que caía del cielo.

— ...elón!

— ¡..guelón!

— ¡Miguelón! ¡Anda ya! ¿Me oyes?

No muy lejos, junto a la puerta entreabierta de la taberna, Alvaro intentaba llamar su atención resguardado de la lluvia bajo el alero de la entrada.

— ¡Pero entra! —gritaba.

— ¡Voy! —respondió Miguel, y regalándole su mejor sonrisa porque eso exasperaba a su hermano, se levantó sin prisa para dirigirse hacia la taberna.

El monje volvió la vista hacia la tormenta, aspiró el olor metálico del aire. A su alrededor, un carnaval: el San Diego se mecía como un borracho en tierra firme, salpicando de espuma el muelle, y el tifoncillo, que ya estaba encima, se afanaba por envolver al mundo en oscuridad. Para él, sin embargo, se trataba de un delicioso momento de paz, sin nadie a la vista: un mundo salvaje, de belleza en estado puro.

—¿Tú estás tonto o qué? —dijo Álvaro agarrándole con fuerza por el brazo.

— ¡Qué me haces daño! ¿Quieres parar?

— ¡Entra de una vez! Siempre igual —protestó el pequeño.

— ¡Ya voy! —respondió Miguel; «siempre igual», pensó.

A la vista del jolgorio, los abrazos y saludos con los que fueron recibidos en el interior de la taberna, era evidente que los hermanos gozaban de gran popularidad. Pidieron vino, miraron pechos y tocaron el culo a hombres y a mujeres entre risas inocentes que se acrecentaron al recibir no pocos ni veniales insultos. Se sentaron en la mesa más discreta, si es que eso existe en alguna taberna y se abrieron el uno al otro porque habían sentido la oscuridad del holandés. El presagio de lo que se avecinaba oprimía su pecho y, visto lo visto en otro tiempo, no era complicado imaginar lo que su madre sufriría, pero para tratar esos asuntos no había mejor sitio que una taberna capaz de hacer sorda cualquier pared. La crisis que se avecinaba tendría un alto precio para todos, pero más para Inés. Si algo se complicaba... Su mente era fuerte, sí, pero se hallaba atrapada en el cuerpo de una anciana...»

26 «¡No queráis ser manjar de pescados en el Pacífico!»

Núcleo había terminado de leer el texto y se calló. Las cuatro páginas mostradas en las paredes de la biblioteca aún seguían visibles; el silencio, que se había instalado en la habitación, perduró hasta que la voz de Julia espantó la magia de aquel momento.

—¿Es... auténtico? —preguntó.

Hugo, que se había girado hacia la chimenea como quien no quiere hablar del tema, apoyaba el codo en el brazo del sillón y el mentón en la palma de su mano.

Seiya asintió con la cabeza varias veces seguidas.

Yifán iba ya por la segunda lectura y no parecía importarle derramar lágrimas de felicidad. De nuevo había dejado atrás la carga del galeón, las ambiciones de los de Manila, la avaricia de otras naciones y estaba releyendo el episodio del San Diego moviéndose en el puerto como un borracho en tierra cuando preguntó:

—¿Dónde se acaricia la mente de alguien? —y añadió—: Quiero seguir leyendo, ¿no hay más?

Seiya sonrió y Yifán descubrió que el «yo» interno de Hugo, el «yo» egoísta luchaba contra su generosidad natural; esa lucha le hacía sentirse mal por haber desvelado su secreto, y aún peor por los sentimientos que albergaba frente a quienes le habían abierto de par en par sus corazones. Hubieron de pasar algunos minutos hasta que se tranquilizó.

—Tenemos más —dijo por fin.

—Hugo... —añadió Julia.

Él miró a su amiga con una expresión difícil de descifrar. Se sentía culpable y agradecido a la vez, porque mostrar todo esto a sus nuevos amigos estaba siendo en realidad una liberación.

—Unas cuantas páginas más —desembuchó el argentino.

—¡Ay Dios! —exclamó Julia.

Antes de que Hugo extendiera la mano con una sonrisa pícara en la cara, Julia se había quitado el Cartier, que volaba hacia él.

—¡Quédatelo!

—¡Núcleo, muéstranos el resto! —pidió Hugo.

Una brecha de luz rasgó la penumbra del lugar.

Alguien entró en la casa como una exhalación y cerró la puerta con la pierna, jadeando tras el estruendo del portazo que hizo girar las cabezas. Luego vino lo de la jarra... Otra más; el agua de la costosa jarra china que se hizo pedazos contra el suelo, mojó las baldosas sobre las que se retorcían boqueando los valiosos peces rojos de contrabando. Inés, que se encontraba agachada junto a la lumbre, se llevó un susto de muerte.

«¡Pero! ¿Qué le pasa a este muchacho?», pensó.

Con las prisas por buscar refugio después del primer cañonazo, Juan, un joven medio español, medio chino, de ojos verdes y piel morena, acababa de entrar en la casa como un huracán. Inés desvió la mirada hacia el suelo, palpando con los ojos el charco, como si intentase hallar respuestas, mientras Li se apresuraba a remediar aquel desastre.

—¿Cuánto crees que cuestan estas jarras? —dijo Inés.

—Lo siento, chacha —respondió Juanito—. ¡Pero es que...!

—«Losientochacha, losientochacha». ¡Te voy a arrancar los higadillos!

—¡El San Diego, el San Bartolomé...! —señaló eufórico el muchacho con los brazos extendidos hacia la puerta.

Ella nunca le reñía en serio porque era su predilecto y él lo sabía

—Chacha, están...

—¡Si! Ya sé: están, están...

Juan temblaba. Vio cómo los peces agonizaban. En el suelo yacían fragmentos arqueados de cerámica rojiza con dibujos de dragones. El chico miró hacia los lados recorriendo la estancia, enfureciéndose con el alboroto que montaban los gorriones de java en su jaula.

Desde hacía más de cinco años, Juan y su madre, una sangley, vivían con Inés. Repudiada por su amante español, Li acudió a Inés en busca de protección. Inés los acogió a ella y a su hijo, sintiéndose madre de nuevo en la madurez.

—¿Ingleses? —preguntó Li harta de todo, mientras ponía en un balde con agua los peces que aún vivían.

—No, holandeses —respondió Inés, luego se giró hacia Juan y preguntó: —¿Y estos dos? ¿Qué? ¿En Manila?

—No. Están aquí en Cavite, chacha —dijo Juan mirando por la ventana—. No me quisieron llevar.

—¿Y eso por qué?

—No lo sé. Álvaro no estaba y Miguel salió corriendo y me dijo que no lo siguiera.

Inés sabía por experiencia que cuando uno está en el fin del mundo no dispara por diversión. Corrían rumores acerca de un asalto, pero los cañonazos se oían tan cercanos que, sin duda, procedían del fuerte. Comprendió que pasarían muchos meses antes de que la Metrópoli asolada por la peste se hiciera cargo de lo que allí ocurría, así que poca ayuda podían esperar de España salvo el amparo de la Santísima Trinidad. Desde que el archipiélago fue conquistado por los españoles, el afán de ingleses, portugueses, y otras «eses», por apoderarse de esta última adquisición se había acrecentado, porque las islas, a las que llamaron Filipinas en honor a Felipe II, eran en realidad la puerta de acceso de Europa a las especias. Y a medio globo de distancia de España, ¿qué sabrían de todo aquello en el corazón de Castilla, en El Escorial?

Inés, mujer vital, risueña, de pelo negro y buen porte, pasados los cincuenta, tenía la mente desbordada. Añoraba el alboroto matutino del mercado del Parián, extramuros de Manila ¡Qué singulares se veían ahora los días de madrugar hasta la capital para iniciar los regateos; el tacto de la seda entre las manos, la admiración por los exquisitos marfiles y las porcelanas; clavo y nuez moscada de Indonesia; benjuí: la resina de incienso de Siam con su olor a vainilla, lujos que, de vez en cuando ella se permitía. No recordaba la cara del vendedor de alfombras persas que sonreía de continuo bajo los soportales, sin perder de vista a las muchachas que se apelotonaban junto al brocal del pozo... Monjas, enaguas, velos, el torso sudoroso del pocero, la humedad, gente en el suelo con cestos de pan. Y chinos, chinos por todas partes, algunos vendiendo té por las calles con su palo a la espalda y los cubos colgando.

Era martes, 12 de diciembre del año de Nuestro Señor de 1600 para ser exactos. Rondando por la zona desde hacía meses se encontraban los dos barcos de van Noort: El Mauritius, armado y casi destrozado y el Eendracht, menos principal, únicos supervivientes de una flota de cuatro enviada desde Rotterdam, que deambulaban juntos por ahí en un medio asedio del holandés que, no atreviéndose con Manila, llevaba semanas lanzándose contra todo lo que navegara en el Pacífico: españoles, chinos, japoneses, tiburones o delfines, daba igual. Bajo su tiranía se atacaba a todo lo que entraba o salía por la bocana de la bahía. Filipinas, en pie de guerra organizaba su defensa y don Antonio de Morga, que se autoproclamó almirante para la ocasión, había requisado y armado precipitadamente lo que tenía más a mano: el San Diego, el galeón de Manila cargado hasta las trancas de mercancías. No hubo tiempo de aligerarlo y lo armaron con cañones tomados del fuerte. También se enrolaron para navegar como soldados varios centenares de hombres ansiosos de destacar y que acabaron dentro del barco apiñados como piojos en costura. El San Diego escoró a un lado, sólo un poco, y zarpó. Le siguieron más tarde el San Bartolomé y algún sampán. Dos días después de haber soltado amarras, el jueves 14, aun seguían sin noticias del enemigo y todos andaban alborotados: en cubierta los petos perdían lustre y las armaduras brillo.

En casa de Inés, sin embargo, sobraba la calma. Los chicos se habían marchado temprano, el tiempo andaba revuelto y la colonia en guardia. Inés y Li oteaban el horizonte una vez más, intentando adivinar. Luego se sentaron a la mesa para rezar, como cada mañana, entendiendo que desde la ventana aportaban poco a la victoria española o a la derrota del holandés.

Inés buscó bajo el mandil su rosario y sin sacar la mano del bolsillo lo agarró.

—Ave Maria, gratia plena... —rezó distraída.

Li se giró extrañada cuando escuchó la plegaria por segunda vez. Decidió preparar algo de comer. Había pan y aceitunas en la botija, así que salió al corral y entró poco después con un par de tazones de leche de cabra. Ofreció uno a Inés y cuando ésta lo probó, su olor y su sabor la trasladaron de inmediato a España, a Castilla, hasta su casa, tanto tiempo atrás... Directa al otoño, al calor de la lumbre frente a la mesa de la cocina nevada de harina recién esparcida, al frío de fuera, al cielo azul de La Mancha sumergida en la sequedad del aire. Un cuenco de almendras. ¡Qué aroma! De aquello hacía una eternidad. Por aquel entonces las cosas no iban bien, pero a ella le daba igual mientras estuviera junto a su hermana.

—¡Teresa! ¿Cuántas veces te he dicho que Inés está castigada? ¡Cómo vuelvas a darle tu cuenco de leche, serás tú quien se quede sin desayunar! —gritaba Arquelia, la mujer del capataz, totalmente fuera de sí.

Allí había comenzado todo, cincuenta años atrás en Uclés. Habían discutido y la pequeña Inés derramó su tazón en un ataque de rabia. No actuó bien y aun así, Teresa la abrazó para consolarla. Aquel gesto de amor había sido su primer recuerdo de la extraña capacidad que poseía para ver en el interior de la gente; fue una percepción del alma de su hermana, cuyo brillo la deslumbró, la primera manifestación de una naturaleza extraña.

«Si fuera más joven», pensaba Inés ahora en Manila... ¡Señor! Necesitaba ver a Teresa una vez más. Este anhelo la arrancó de su ensueño y la arrojó con brusquedad a la realidad. Sin querer golpeó el tazón y vertió parte de su contenido sobre la mesa.

Li la observaba y supo que algo iba mal.

Y es que Inés sabía que, durante la madrugada pasada, la flotilla había puesto rumbo al sur y que las habladurías afirmaban que el enemigo debía de encontrarse cerca del islote Fortún.

Había sido una noche profundamente oscura pero al amanecer, cuando el horizonte se teñía de oro y sangre, desde el San Diego se avistaron dos velámenes.

Inés conocía la determinación de Antonio de Morga, el oidor de la Audiencia de Manila, y su interés por triunfar para hacer méritos ante el rey puesto que deseaba el traslado a México. Ella percibió como aquel amanecer el corazón de don Antonio se dilataba al divisar los barcos y como las órdenes de abordaje se iban fraguando en su interior. Supo entonces hasta qué punto ese hombre anhelaba la victoria y vio con claridad que para evitar el desastre, debería manipular su mente, lo que no le resultaría fácil dado lo lejos que se hallaba.

A primera hora de la mañana, a quince leguas de distancia, la Mauritius holandesa disparó y acertó al galeón español con dos piezas de artillería causando graves daños. De Morga, lejos de arredrarse, cargó velas y embistió tan fuerte contra el barco de van Noort que el San Diego, herido de muerte, quedó enganchado a su rival. Los españoles lo abordaron, ¡cinco a uno!, mientras los holandeses se apresuraban a esconderse en su castillo de proa, junto al polvorín. Al creerse perdidos prendieron fuego al barco con la intención de morir matando.

Desconocían que el San Diego estaba condenado.

Inés, consciente de lo que ocurría y a la vez dispersa en mil detalles, solo percibía en su cabeza, desde su casa, que el desorden y la locura se habían instalado en los dos navíos. Buscó con su mente entre el caos del galeón y encontró a de Morga horrorizado, oculto en su camarote tras un colchón. Pensó que la cordura había abandonado a don Antonio, así que abrió en canal su mente, que encontró en blanco. Ella intentó comprender lo que ocurría, por qué los hombres no reconocían la autoridad de su Almirante. Además se había declarado un incendio en el Mauritius y una vía de agua en el San Diego. «¿Pero qué he hecho yo para merecer esto?», pensaba de Morga.

Y allí mismo, entre los pensamientos desbocados de aquel hombre, Inés percibió cómo se trenzaban por primera vez decenas de hilillos que se arracimaban, como las hebras de una soga en torno a un todo, que para ella no era sino un pensamiento que se estaba fraguando.

Inés pasó de aquella mente conocida a la de Van Noort, que se hallaba encerrado bajo el puente del Mauritius con su tripulación, junto al fuego declarado. Pero esa mente, a diferencia de la de de Morga, estaba repleta de determinación: al holandés la muerte no le importaba y este descubrimiento la alarmó. Con infinita dulzura acarició de nuevo la mente del oidor español intentando alentar su espíritu. Desde Cavite comenzó a desenredar los hilos de la soga de su razonamiento. Al sentirla, de

Morga se asustó, pero Inés no hizo caso y luchó sin descanso contra la parálisis del español. Quiso poner orden en los pensamientos de aquel hombre, carne de horca como siguiera con la tripulación ociosa y sin ejercer su autoridad.

De uno al otro, de de Morga a van Noort y de van Noort a de Morga, Inés no cesaba de manipularlos. Bien para que el uno no alimentase el fuego, bien para que el otro tomara el mando. Con tanto ir y venir de mentes, el holandés notó un vahído que atribuyó al calor y al movimiento de la mar. Por otra parte, no era normal que el español hubiera abordado al holandés para luego no actuar. Así que van Noort alimentó en su cabeza la intención de usar el incendio para acabar con aquella situación. Era un gran riesgo, pero sería mucho peor si eran capturados. Nada, pues, tenían que perder, de modo que, haciendo caso omiso a la interferencia de Inés, azuzó el fuego en el Mauritius y al espesarse el humo, aumentó el griterío español. Bien sabe Dios que el polvorín estuvo a punto de estallar porque al holandés, de aspecto poco hombruno, bigote y perilla, no le importaba, ya puestos, ni despedazar a centenares de hombres ni que los dos barcos acabaran destruidos.

Para Inés, equilibrar ambas mentes sin imponerse a ninguna de ellas suponía un doble esfuerzo, pero al menos cuanto más tiempo influyera en ellos, mayor sería la esperanza de que se salvara algo.

Li, que se encontraba junto a ella, no se atrevió a tocarla.

Las manos de la española se agarrotaban al agarrarse al tablero de la mesa y sus dedos perdían el color. Tenía los ojos ausentes y sudaba, y en lo poco que Li alcanzaba a entender, no había cordura en su discurso.

Mientras tanto, en el barco, algunos hombres del San Diego descerrajaron la puerta del camarote de Morga para sacarlo a la fuerza hasta cubierta. Se vería obligado a actuar: sabía que todos no le obedecerían, pero debía ordenarles algo y, para variar, entre todas las órdenes posibles escogió la peor. Inés, que lo había visto venir, hizo un último esfuerzo y rebuscando entre la chusma encontró la mente de un religioso que por fortuna, fluía en su misma dirección, la colonizó con las fuerzas que le quedaban hasta casi agotarse y fue así cómo el padre Santiago, jesuita, experimentó un ligero éxtasis, tomó en su mano un crucifijo y dirigiéndose a todos, en la certeza de que Dios inspiraba sus actos, exclamó: «¡Cristianos Españoles! ¿Dónde está ese brío?

¡Mirad que esta causa es de Dios! ¡Morid, morid como buenos soldados de Jesucristo, y no queráis ser manjar de pescados! ¡Mirad que de dos males que nos amenazan, el menor es entrar en esa nao del enemigo, que si navío perdemos, navío ganamos!»

Algunos españoles, alentados por las palabras del monje entraron en la Mauritus, pero en ese momento el piloto del San Diego gritó que podía llevar la nave hasta la isleta de Fortún, a dos leguas cortas de distancia. Y entre el incendio y el agua, Morga resolvió hacer caso de esta segunda opción. Así, metiendo la pata, literalmente, hasta las profundidades del océano, para no morir presa del fuego, el San Diego se separó del Mauritius que era quien lo mantenía a flote. En unos segundos el caos se adueñó del galeón porque se fue a pique con los hombres a bordo y las mercancías dentro. Y así fue cómo empezaron a morir ahogados los primeros españoles que no sabían nadar. A estos siguieron quienes sabían nadar, pero presa del pánico se arrojaron al agua con armadura, sin escuchar los consejos de los criados que suplicaban que se las quitaran. Otros, los que se lanzaron al agua desnudos; pedían misericordia al holandés que había conseguido apagar el fuego, pero tampoco hubo piedad para ellos, pues dejaban este mundo alanceados desde el Mauritius por orden de van Noort, que ya había recobrado el control de su barco.

Desde Cavite Inés sintió la angustia de la tripulación española, el júbilo de van Noort y su éxtasis de placer al ordenar la masacre de los náufragos.

—¡Alanceadlos!, ¡reventadles los sesos con los remos! —ordenó.

El San Diego se hundió.

El monje que exhortaba a los españoles pudo agarrarse a un tambor que flotaba y desde el Mauritius se distinguía, entre las cabezas de los vivos y los muertos, la suya con tonsura. Morían amigos y conocidos de Inés; sus almas arrancadas de cuajo enloquecían, pues no habían guardado la permanencia debida en este mundo mientras Van Noort huía con el barco maltrecho y el corazón henchido.

—¡No! No, no... ¡Así no! —gritó Inés llorando de dolor.

Li, que la observaba en silencio se propuso llevarla a la cama. Preparó paños, agua, sal y vinagre, y algo de comida para cuando se calmara.

Al atardecer de aquel día todo había terminado e Inés dormía. Por fin Álvaro y Miguel aparecieron. Venían corriendo desde el puerto. Comentaban los sucesos del asedio, el horror del hundimiento del San Diego con una fortuna en mercancías y la milagrosa salvación de de Morga y unos cuantos más. Sabían que su madre había intervenido y estaban preocupados. Juan y Li esperaban sentados en los escalones del porche, junto a la puerta de la casa, en silencio.

—Lo ha vuelto a hacer —dijo Li mientras iba hacia ellos—, y ahora delira; no hace más que apartar abejas a manotazos y gritar que dejen en paz a Al Hakam. Esta vez está durando demasiado.

Derramándose como un torrente, Li comenzó a relatar lo que había sucedido.

Los hermanos habían sospechado que su madre intervendría y que, con tal de proteger a su familia, no contaría con ellos, pero no habían imaginado hasta que punto se implicaría Inés. Pues bien, ahora ya lo sabían. Cenaron poco y después se reunieron los cuatro junto a su lecho.

Allí estaban, pasmados, preocupados por aquella mujer que poseída por unas raras fiebres, no hacía más que dar manotazos al aire e insultar a los insectos

∞ ◇ ∞

Los nervios hacían que el Cartier diera vueltas en la mano de Hugo. A pesar de que lo había leído unas quinientas veces, la fuerza del relato se mantenía intacta. Trató de no fijarse en la conmoción mental de Julia y de Yifán, pero le resultaba imposible. Hubiera sido más fácil ignorar la luz del sol durante el día. Recordó que, cuando las Yayas le mostraron el texto por primera vez, no pudo dormir durante aquella noche.

Hugo miró a Julia para decir algo pero ella le pidió un momento, con un gesto. La chica había comprendido por qué Hugo se había puesto como se había puesto y por ese motivo se levantó, se dirigió hasta donde estaba el argentino, le plantó un beso y le abrazó para susurrarle al oído un «gracias» lleno de emoción.

—Es un beso de amantes castos —dijo él mirando a los demás.

Y después de esto, ¿qué tocaba?

Julia se sentó junto a Yifán. Lo que había ocurrido este fin de semana era de ciencia ficción, se sentían abrumados por la responsabilidad que había recaído sobre los cuatro al compartir sus conocimientos. Después de digerir el hallazgo de las Yayas y sellar algunos malentendidos, dieron un paseo por la isla y volvieron a la hora del almuerzo. Durante la comida se tomaron decisiones: Hugo quería afinar sus búsquedas, Julia iría a la Mainau para recuperar el contacto con su abuelo, Yifán volvería a Miami para exponer su tesis de forma presencial, como era obligatorio en su universidad, y Seiya se atrevió a contar, durante los postres, lo que recordaba sobre Krito. Había meditado sobre el contacto alienígena en la mente de Yifán, pero esta vez lo había hecho desde una perspectiva teológica y anunció que lo que Krito les estaba intentado decir, según su parecer, tenía la pinta de ser una llamada de atención o un aviso para todos aquellos que fuesen como ellos, así que deberían encontrar a más de sus iguales.

Pero ¿dónde?, ¿cómo hacerlo?

—Pues asistiendo a eventos multitudinarios, que es la forma más rápida de contactar con mucha gente al mismo tiempo —propuso Hugo.

—Ya, pero es que no hay una feria mundial de frikis, cariño —objetó Julia con sorna.

—Tenemos que encontrar lugares donde se reúnan miles de personas. Falta mucho para las próximas olimpíadas, pero dentro de poco se celebrará la fiesta del Hombre Ardiente a las orillas del lago Titicaca. Esta fiesta tiene una vertiente lúdica y otra faceta intelectual. Irán miles de personas y no estaría de más echar un vistazo.

No cabía duda de que los acontecimientos se estaban precipitando y todos tuvieron la sensación de que una avalancha se les venía encima, así que decidieron verse de nuevo antes de que Yifán partiera hacia la Anomalía. Si era admitido en la tripulación de la nave científica estaría dos años fuera y aún quedaban muchas cosas en el aire, así que a Seiya se le ocurrió que se reunirían en Sintra una vez que el muchacho hubiera defendido su tesis. Debía asistir a una recepción por el nombramiento del nuevo nuncio para Portugal y no le quedaba más remedio que representar al Vaticano. Todos se verían de nuevo allí.

—Pues bien, nos veremos en el Palacio da Pena —fueron las últimas palabras de Seiya antes de dar el fin de semana por acabado.

27 Un jaguar en la sierra de Sintra

Y andando el tiempo, llegó en Miami el día de la defensa de la tesis y la calificación *cum laude* para Yifán, que según Peter, prácticamente ya formaba parte de la expedición que partiría hacia la Anomalía. Yifán deseaba volver a Europa para reunirse con su novia y vería a los demás en la recepción a la que les había invitado Seiya por el nombramiento del dichoso nuncio del papa en Portugal.

Para Yifán sería su primera vez en Lisboa, la primera en la península Ibérica.

No imaginó que, situado entre la desembocadura del Tajo y la orilla del Océano Atlántico, sobre la sierra de Sintra, el Palacio da Pena se presentara visto de lejos como un señuelo para los delirios de la razón; como un conjunto de piedras preciosas arrojadas desde el cielo sobre un manto de terciopelo vegetal. Sus cúpulas doradas, sus almenas y agujas, sus amarillos, sus ocres, grises, azules y rojos surgían de repente entre la vegetación, como un castillo de fuegos artificiales que acabara de estallar y representase el triunfo de la imaginación sobre lo racional, porque nada es convencional en ese palacio al que se accede por una carretera repleta de curvas que atraviesa el parque natural en el que se asienta.

Si aquel día algo llamaba la atención entre tanta belleza, era otra obra de arte de una naturaleza bien distinta: el Jaguar descapotable XK8 del 2002 que recorría aquella carretera con un argentino al volante y una parejita detrás. Según Hugo, no es que la vía tuviera curvas, es que había sido como recorrer con el coche la doble hélice del ADN de Pantagruel; pero debía reconocer que el viaje había merecido la pena porque, únicamente desde el patio de los arcos del palacio, uno podía tener el resplandor anaranjado del atardecer al alcance de su mano. Desde allí se podía contemplar como el occidente engullía los restos del día en tanto que las tinieblas, que se aproximaban desde oriente, habían comenzado a devorar con su avance el extremo opuesto de la Península Ibérica. Aquella noche, el aire fresco y la ausencia de nubes permitirían que al final de la velada pudieran verse las Lágrimas de San Lorenzo, esas que te conceden un deseo.

—¿Y qué deseos ni deseos te van a conceder unos micrometeoritos que arden en la atmósfera? —se burló Hugo durante la recepción. En aquel momento iba calentito y por la tercera copa.

Julia se había empeñado en ir de Lisboa a Sintra en un descapotable antiguo y lo había conseguido. Por eso, Hugo estaba de un humor de perros. El de la tienda de alquiler de vehículos les había ofrecido una manta, porque sabía que por las tardes, en la subida hasta el palacio, siempre refrescaba a causa de la vegetación y la humedad que llegaban desde el océano Atlántico.

Le hicieron caso por no discutir, pero lo cierto fue que la manta les vino de perlas. ¿Que cómo habían acabado así?

Después de comer, Julia y Hugo, que se habían arreglado enseguida, se encontraban en el hall del hotel esperando a que Yifán bajara, cuando oyeron a sus espaldas *oes* de admiración y gritos de sorpresa. Giraron las cabezas para ver qué pasaba y encontraron a McRae en mitad de la escalera, conversando muy animado con unas jóvenes orientales que se hacían fotos con él y apostaban sobre lo que podría, o no podría llevar debajo.

—¿Va con eso a todas partes? —exclamó Hugo al ver a Yifán vistiendo su kilt.

—No. Se lo ha encargado al Núcleo del hotel. Tu dijiste que en las recepciones de la curia siempre hay que ir de gala, y lo que él lleva puesto es el kilt de ceremonia de los McRae.

—Hoy desde luego no será por falta de faldas. Oye ¿y sigue la tradición a rajatabla?

—No pienso contestar a eso.

Rescataron a Yifán, se subieron en el descapotable y pusieron rumbo hacia Sintra.

Hugo iba de esmoquin, muy serio, y Julia vestía de largo, una creación de alta costura púrpura calavera. Además llevaba un echarpe. Ella, que era una excelente botánica por tradición familiar, disfrutó de lo lindo cuando llegaron a las puertas del parque natural de Sintra, donde se encontraba ubicado el palacio. A medida que avanzaban con el coche identificaba los ejemplares junto a los que pasaban. Aunque no pudo hacerlo durante mucho rato porque la luz menguaba, amenizó con anécdotas una clase magistral que dejó asombrados a sus dos acompañantes.

—...y luego están esos de ahí, los *ginko biloba* que ya existían en el jurásico. ¡Mira, robles! La palabra la usaban los romanos tanto para la madera dura como para indicar fortaleza de ánimo. *¡Sequoias sempervirens!* El nombre les viene del indio cheroqui Sequoiah, quien inventó un alfabeto para su tribu y *sempervirens* por sus hojas siempre verdes. ¡Yifán! ¡Hugo! ¡A la derecha! Helechos arbóreos y tejos; ¡mirad las camelias! —gritaba entusiasmada.

No hubo forma de hacerla callar.

Obligar a Hugo a ser el chófer que los llevara a la recepción había sido el precio exigido por Julia como compensación por haberle chafado el reencuentro con su novio en Lisboa. Mientras Yifán exponía su tesis en Miami, ella había pasado quince días en la Mainau con su abuelo; quince días imaginando el apasionado beso del reencuentro en el aeropuerto de Lisboa, el posterior rapto que llevaría a cabo su caballero para largarse los dos al hotel dispuestos a convertir la habitación en una sucursal homologada del infierno. Le enseñaría Lisboa, comerían en algún restaurante de la parte alta de la ciudad y después bajarían a ver el monasterio de los Jerónimos de Santa María de Belem, para quedarse boquiabiertos con ese exvoto ofrecido a Dios por Manuel I de Portugal para conmemorar el regreso de la India de Vasco de Gama, comandante de los primeros barcos que navegaron hasta allí directamente desde Europa.

—El cinco por ciento de lo obtenido por la venta de las especias orientales, salvo pimienta, canela y clavo, se destinó a su financiación así que, imagina las riquezas que llegaron hasta aquí —explicaría Julia a Yifán mientras paseasen por el claustro, después de haberse producido su hipotético, cinematográfico y deseado reencuentro.

Julia adoraba Portugal y Lisboa era su debilidad.

¡Pues no pudo ser!

Y no lo fue, porque Hugo se había retrasado en Roma, así que llamó a Julia cuando ella aún estaba en Alemania.

—Ya sé que estás deseando ver a Yifán para daros la paliza, pero a la ida me recoges, que tengo mucho trabajo aquí. Las Yayas han descubierto algo muy importante que os tengo que contar y necesito aprovechar hasta el último segundo —le había dicho.

Así que a la pobre no le quedó más remedio que pasar con el Saeta por Roma de camino a Lisboa para recoger a Hugo. Recogieron a Yifán, merendaron los tres en el puerto y descansaron un poco en el hotel antes de marcharse al evento.

—Más amor tengo yo y me toca compartirlo con la Iglesia, así que no te quejes, que vais a cenar gratis en palacio —le había dicho Hugo a Julia cuando su novio estaba aterrizando.

Y es que a la vuelta del Trasimeno, Julia había aprovechado que Yifán estaría un par de días con ella en Roma para ir de compras. Al de Miami se le salieron los ojos de las órbitas en el primer probador, porque Julia necesitaba ropa: hacía tiempo que no veía a su abuelo y quería causarle una buena impresión.

—Estoy convencida de que cree que me he vuelto medio salvaje.

Que si este gris perla de Paolo Plinio para que me vea seria cuando hable con él; que si el rojo de Valentino para la recepción que querrá dar en palacio a los premiados con el Nobel...

—Ellos creen que cuando muera mi abuelo habrá un vacío de poder —dijo Julia ocupada en doblar y acortar el bajo de una falda.

—¡Ja! —se le escapó a Yifán.

—¿Qué?

—Nada... Eres una persona preparada, honesta, con un gran sentido de la responsabilidad, muy humana, amiga de tus amigos, pierna de tus piernas...

—¡Oye!

—Dime —respondió él con los ojos pegados al bajo, que seguía menguando.

Y luego vino lo de la ropa interior, Dior y Chanel. En fin, que aquello estaba siendo como el *sacco di Roma* por las tropas del Emperador Carlos I de España y V de Alemania, pero pagando.

—¿Y zapatos? —preguntó el muchacho por decir algo.

—No son mi fuerte. Adam me los compra en Miami. Dice que no tengo gusto y que si fuera por mi, iría en playeras con traje de chaqueta —respondió Julia detrás de una cortina que no ajustaba del todo.

Llevaba puesto un conjunto interior azul turquesa y unos zapatos de tacón.

«¿Compra holográfica? ¡Y un jamón!», pensó Yifán imaginándola vestida y desnuda a la vez.

Julia no se marchó a la Mainau hasta que dejó Roma en los huesos. Había hablado con Adam y después con Hedda, a quien le dio un vuelco el corazón cuando se enteró que su niña volvía. Aprovechó, ya puestos, para soltarle la bronca del siglo por no haberse visto más, cosa que era de esperar. Luego le preguntó por todo, pero todo, todo... Al parecer las noticias volaban pero ya tendrían tiempo de hablar.

—¿Has avisado a tu abuelo? —preguntó el ama de llaves.

—No. Quiero darle una sorpresa —respondió Julia.

—Llama antes, ya sabes que no le gustan las sorpresas.

—Precisamente por eso.

Se presentó sin avisar.

Cuando su abuelo llegó a palacio, ella se encontraba en la biblioteca y Albert, que esperaba en la puerta principal, comunicó a Thomas que una desconocida le aguardaba.

Ante la insistencia del conde, que ya sabía de sobra quién era, Albert, que también lo sabía, le indicó a Thomas que, según Núcleo parecía ser una lugareña reclamando sus derechos de paternidad. Thomas no supo como encajar el comentario. A pesar de los años, el mayordomo seguía siendo un misterio y Hedda, que había oído llegar al conde, se hizo la encontradiza en el hall y también le informó de la visita, a lo que él respondió que ya sabía que le estaban esperando.

—Espabila, Hedda, que te encuentro distraída.

—Pues no será debido a su encanto natural —respondió el ama de llaves, que se dio media vuelta sin esperar respuesta.

Pero ¿qué le pasaba hoy a todo el mundo? Tan contento como venía de su desayuno de trabajo con el nuevo empleado. Había quedado impresionado por el éxito de un encargo, que le había puesto en bandeja y a buen precio cierta empresa cuyas acciones se estaban desplomando porque acababa de perder sus instalaciones en órbita.

Durante aquel desayuno de trabajo, Wolfgang entró a formar parte, sin saberlo, de las posesiones del conde, quien había manifestado, antes de que se enfriara el café y después de pedir a los Nanos que volvieran a servirle más huevos revueltos, su interés por enviar a un jefe de seguridad en la nave científica que partiría hacia la Anomalía: vigilaría a un tal Yifán, cazafortunas de América, que andaba detrás de su nieta y del cual ignoraba cosas que a su juicio no se debían ignorar. Lo que el expoli nunca sabría es que bajo esta fachada de celos, se escondía el interés por saber qué se le había perdido en la Anomalía al chico que dos décadas atrás había hecho hablar a su nieta. ¿Qué sería eso tan importante capaz de separar a dos enamorados? ¿Por qué Julia lo aprobaba? ¿La suerte sonreía a Thomas y le había puesto sobre la pista de algo grande?

«Céntrate», se dijo.

Su nieta acababa de llegar.

«¿Qué querría?», se preguntaba mientras recorría los ocho pasos y medio que separaban la escalera principal de la puerta de la biblioteca.

Julia sonrió cuando la mano de su abuelo se posó en el picaporte sin sospechar que desde que aterrizó, ella había estado evaluando y manipulando su mente. A decir verdad, a ella no le había hecho gracia, pero no le quedaba otra opción y cuando exclamó «¡abuelo!», el rostro de Thomas, que había discutido hacía tiempo con una niña y ahora se encontraba frente a una mujer, dejó traslucir con claridad que ya lo tenía en el bote. Ella le dio un fuerte abrazo. Thomas no se lo esperaba, pero el contacto con su nieta enterneció al conde. Al fin y al cabo, todo lo había hecho por ella: los sacrificios, sus desvelos... Era su proyecto de vida desde mucho antes de su nacimiento, el proyecto por el que lo había arriesgado todo. No dejaría que nadie se la arrebatara. Le había dado libertad precisamente para poder recuperarla y, tal y como había previsto, había acertado.

Julia había experimentado un escalofrío al contacto con la mente de su abuelo. Tembló durante el abrazo y Thomas lo achacó a la emoción del reencuentro pero ambos se equivocaban.

Y mientras eso ocurría en la Mainau, cientos de kilómetros más al sur, las IA también tenían en el bote a Hugo porque acababan de encajar otra pieza del puzzle que estaban investigando. Él les pidió un resumen para poder contar en Sintra lo de los textos recién completados sobre la familia de Inés en Filipinas. Luego se lo pensó mejor y pidió la proyección total, ya que únicamente había echado un vistazo rápido días atrás. ¿Cómo seguía? ¡Ah!, si: «Yo te apoyaré...», que es lo que le había dicho un tal Al Hakam a Inés.

28 Una rapaz, [funerales] y el río Bedija

∞ ◆ ∞

Inés se recuperaba poco a poco.

El esfuerzo realizado durante la contienda del San Diego contra el holandés le había dejado exhausta. Lo había intentado con todas sus fuerzas pero, lo cierto es que no se pudo salvar mucho. «Yo te apoyaré... » oyó decir a Al Hakam en sueños, con tanta nitidez como si él aún viviera y le pareció sentir la presión de la yema de sus dedos acariciando su nuca, como solía hacer en Uclés. Cada vez anhelaba más poder descansar junto a él.

Inés había decidido que no se movería de la cama hasta pasado un buen rato. Se quedaría allí quieta disfrutando entre las sábanas sin alertar a la familia. Quería espiar, cotillear, a ver si conseguía oír algo de lo que decían. Le encantaba sentirse traviesa.

«¿Y ahora qué?», pensó. «¿Los chicos?: que cómo se le ocurre hacer eso, madre, la próxima vez no tendrá tanta suerte...»

«¿Qué hubiera dicho Al Hakam?». Y rememorando los días que vivieron en Acapulco, escuchó de nuevo la voz de la persona a la que más había amado cuando tuvieron que tomar un barco para marcharse de allí: «No me importa que las cosas cambien mientras permanezcas tú».

Buscó en su pecho el broche de plata que Al Hakam había recibido de su madre con tierra de Al Andalus y lo retuvo un momento entre sus manos. Con ese broche, el morisco le había dado todo cuanto poseía de material en este mundo y aunque los ojos de Inés se cerraron, su mente la retrotrajo a aquel momento.

Li entró en la habitación, dejó en la mesilla un plato con queso y aceitunas, arregló algo junto a la cama y se marchó enseguida pues la creyó dormida. Cuando Inés olió la comida abrió los ojos poco a poco para comprobar que estaba sola, tomó una aceituna y se la llevó a la boca. ¡Qué golosina! El fruto giraba entre su paladar y la lengua, fresca y jugosa.

—¡Te pillé! —dijo Juan, que se había quedado tumbado en el suelo, junto a la cama.

A Inés le crujieron los huesos del susto y casi se atraganta. Lo último que esperaba era ver la cabeza del niño a la altura de la suya y menos cuando pensaba que no había nadie en la habitación. Empezó a toser y Juan tuvo que alcanzarle un poco de agua.

—Algún día... —comenzó a decir Inés.

—¡Chacha! ¡chacha! —dijo el muchacho dando un salto de alegría y subiéndose a la cama para abalanzarse sobre ella y estrujarla sin piedad. Casi derrama el agua.

—... el día que me recupere —Inés lo amonestaba—, aunque tenga que esperar para ello a la segunda venida de Nuestro Señor Jesucristo, te pillaré yo a ti y serás tú quien no podrá escapar. Recibirás tu merecido hasta que no quede miembro intacto unido a tu cuerpo y echaré los restos a un muladar. ¡Demonio! —le dijo con un gesto serio nada creíble.

—Chacha, creía que te morías —dijo Juan.

—Anda, anda... Exagerado. Ayúdame a incorporarme pero no avises todavía a los demás, que quiero estar contigo un rato para preguntarte algo.

—¿Qué quieres? —dijo Juan con su mundo al revés: ¿la chacha le pedía consejo?

—Verás, aunque no me voy a ir aún al otro mundo, algún día os dejaré.

—No chacha. Tú no te puedes morir —afirmó Juan totalmente convencido.

—Hermosón, es que eso no depende de mí.

—Pero es que, ¡yo no quiero!

—Cielo —Inés tomó su cabeza y le plantó en la cara, en un segundo, cuatro besos castellanos de lo más sonoros—. No hablemos ahora de eso porque no es la cuestión.

—¿Entonces?

—Pues verás, como estos días han sido duros —Inés cambió radicalmente de tema— he decidido que, ¿cuándo es domingo?

—Pasado mañana.

—Pues vamos a convertir el domingo que viene en jueves lardero, pero chitón, es un secreto.

—Para lardear hay que asar carne.

—Tengo dinero escondido por si hace falta. A estos ni mu —Inés le guiñaba un ojo.

Juan estaba exultante por la complicidad con su chacha, por verla recuperada y con ganas de hacer cosas. Era un juego que le encantaba. El chaval le dio un beso y se dispuso a abandonar la habitación, tan contento que daba gusto verlo.

—Nene, —llamó la chacha.

—¿Qué?

—¿Cuánto tiempo llevabas ahí?

—No sé. Desde que madre te puso en la cama.

—¿Por qué?

—¿Y si me hubieras necesitado y yo no hubiera estado?

Inés no atinó a decir nada y cuando quiso aclarar la vista secándose los ojos, aún se movía la cortina, pero Juan ya no estaba. Enseguida le venció el sueño y se sumió en un duermevela en el que revivió una reciente conversación con sus hijos.

—Tiene que contar su vida, madre —le decían.

—¿Para qué? —se oyó a sí misma responder.

—Porque vendrán otros con los mismos dones que nosotros: parientes, hijos nuestros, extraños si llega el caso... Gente que estará perdida porque no sabrán lo que son. Personas que al menos podrán beneficiarse de nuestras experiencias madre, gente que no tendrá que comenzar de cero, como nosotros —argumentó Miguel.

—Hijo, somos aberraciones. Cuando vivía en Uclés, la Inquisición... —e Inés se trasladó de nuevo a Castilla por segunda vez en pocos días pero, en esta ocasión el recuerdo era menos amable que el de Teresa en la cocina.

—Madre —replicó Miguel—, no somos bestias y el futuro es más incierto para nosotros que para nadie, pero podemos aprender de lo vivido. Constantemente me pregunto si la abuela y tu tío fueron los primeros y por qué tu tío acabó volviéndose loco. No conocemos a nadie más como nosotros, por lo que nadie nos ha podido guiar, pero eso no puede volver a ocurrir. Es responsabilidad nuestra tutelar a quienes nos sucedan, madre. Tú has luchado continuamente por la supervivencia, sabes como es este mundo. Nuestro linaje ya se ha multiplicado y debemos darles a tus nietos toda la ventaja que podamos. Sólo existe una herramienta que uno pueda llevar consigo a todas partes como único equipaje: el conocimiento. Es nuestra única ventaja.

—Pero hijo, no podemos pensar que otros vendrán para encontrarse con esto mismo. Eso sería crudelísimo y no creo que Nuestro Señor... —dijo Inés.

—Pero es que ya estamos aquí, madre, ya hemos venido otros y somos hijos tuyos, iguales a ti en todo. Tras nosotros vendrán más y ellos necesitarán saber... No eres eterna madre, Dios no quiera para mí ese castigo —bromeó Miguel—, pero piensa que si estás aquí, ahora, es posible que esto forme parte de un plan divino cuyo alcance se nos escapa. Los designios del Señor son inescrutables —dijo el monje.

Inés se recuperó y entre unas cosas y otras llegó el peculiar domingo que Juan y ella habían convertido en jueves lardero.

Ese día madrugaron y después de una buena caminata, los cinco se detuvieron a media mañana sobre una colina cuya orilla daba a un lago interior. Eligieron una sombra desde donde poder contemplar el agua porque cerca de ella se sentían más tranquilos y acamparon allí. La comida abundaba, la sobremesa resultó divertida, se metían los unos con los otros y una vez todo recogido, se dispusieron a disfrutar de una siesta. Recordaron dichos, refranes, poemas y hasta Li cautivó a la familia con canciones de su tierra. Estuvieron contentos durante todo el día, pero al atardecer Inés experimentó una extraña sensación que le hizo soñar despierta; un rumor que crecía y parecía venir desde muy lejos, algo que le resultaba familiar y la distraía de lo que estaban haciendo.

Li intuyó que algo raro pasaba. No sabía qué era, pero no perdía de vista a Inés, que últimamente la tenía muy preocupada. Su respiración era cada vez más pesada, pero ¿por qué?, ¿qué le ocurría esta vez para que fuera diferente a las otras?

Y al mismo tiempo que Li cavilaba, como si sus pensamientos hubieran estado a la intemperie, Inés comenzó a murmurar cosas y a buscar con los ojos en el suelo. Li no entendía las palabras que decía: no era castellano ni algarabía, parecían inventadas. Era como si llamase a su hermana. Ahora decía algo, un momento después gritaba, lloraba o reía.

—¡María Santísima, las venas del cuello! —exclamó Li llamando la atención de los demás.

Juan miró a su madre, Li a Álvaro y a Miguel que estaban aturdidos. Se preguntó qué hacer y ellos le dijeron que nada, que luego le contarían. Pasó un buen rato, e Inés no se tranquilizaba; repetía «Tere» una y otra vez: «Dios mío, Tere, no...»

—¡Teresa! —gritó de repente a pleno pulmón.

Todos se conmocionaron.

—No cariño, no, Teresa, aún no. ¡Te lo ruego Señor! ¡Es mi hermana..! —suplicaba y lloraba, y maldecía y rogaba, y se asustaba y temblaba como si experimentase sueños vívidos.

Juan no lo pudo soportar más y se lanzó hacia su chacha, se sentó detrás y la abrazó recostándola para calmarla, acariciándole el pelo, y obligándole a descansar la cabeza en su pecho.

—Ya chacha, ya...

Al día siguiente Li, preguntó a Miguel, que estaba remendando sus sandalias, qué explicación había para que Inés estuviera tan abatida, tan en silencio.

—Tu madre apenas me habla.

—Ni a nosotros —respondió él.

—Lleva así desde ayer.

—¿No te ha contado nada? —Miguel había dejado de prestar atención a la reparación de su calzado.

—De vez en cuando me sonríe pero solo habla con Juan. Miguel, ¿qué ocurrió el domingo? Si no me decís nada me voy a volver loca.

—Pues no sé que decirte...

Miguel observó primero el horizonte y luego a una Li tan acobardada como un ratoncito y que esperaba cualquier noticia. «Qué lastimilla», pensó. No hacía falta ser un lince para ver que la mujer se consumía imaginando lo peor. Entonces recordó lo que su madre le había contado de Li: su soledad, sus problemas, el nacimiento de Juan. ¿Qué hubiera sido de ella sin Inés, que la quería como a una hija? Miguel comprobó que estaban solos e hizo un gesto con la mano: «ven aquí».

—Li, sabes que en nuestra familia poseemos un extraño don que nos permite ver el interior de las personas, navegar entre sus ideas y compartir lo que sabemos con quienes son como nosotros.

—Sé que sois capaces de ver el Chi, la energía vital que impregna el Universo. Sé que existe, pero yo no lo puedo ver, Miguel.

—Verás, no sabemos con exactitud que fue lo que ocurrió el domingo pasado.

—¿No?

—Te lo contaría si lo supiera, pero nunca nos había ocurrido algo así. Al caer la tarde sentimos durante un momento, por decirlo de alguna forma, que nos faltaba el aire. Al principio fue un vahído, algo sutil, raro y a la vez familiar.

—¿Cómo?

—¿Alguna vez has estado en el mercado del Parián y te ha sonado la cara de alguien sin saber quién era?

Ella asintió con la cabeza.

—Pues algo así.

Miguel no lograba explicarse mejor.

—¿Era vuestra tía?

—Lo parecía. Estaba cerca y lejos a la vez.

—Pero ¿era Teresa o no? ¿Tú la conociste?

—Era muy pequeño la última vez que la vi en Uclés.

—¿El domingo te dio miedo?

—No.

—¿Y por qué temblabas?

—¿Tienes idea de lo grande que es la Tierra, Li? Mi tía y su familia viven en Europa en una ciudad llamada Nuremberg, en el otro extremo del globo. Tan lejos que cuando aquí en Filipinas anochece, el Sol está por salir allí. Sin embargo sentíamos muy cerca a Teresa, junto a nosotros —confesó Miguel.

—No imaginas lo que es estar ahí contemplando vuestros cuerpos sin gobierno —Li no se guardó nada—. Tu hermano y tú embobados, y tu madre escarbando con el pie en el suelo, mirando por momentos al cielo y a su alrededor, buscando algo sin hallar nada, gritando a tu tía como si la tuviera al lado.

—Es que la tuvimos al lado —dijo Miguel—. A veces pienso que ha muerto, que eso es lo que ocurre con nosotros cuando vamos al cielo, pero el caso es que no era un sentimiento de muerte lo que experimentamos.

Miguel le habló a Li de las reticencias de su madre a rememorar su vida pero él estaba convencido de que tarde o temprano sus hermanos, él mismo o quienes vinieran después necesitarían saber.

—No nos gustan los recuerdos —dijo Miguel.

—¿Por qué?

—Nosotros no recordamos, Li, lo volvemos a vivir todo de nuevo, por completo, y existen situaciones que no queremos revivir.

—¿Entonces? —preguntó Li más calmada.

—Pues tendrá que ser un acto de generosidad por su parte, no podemos obligarla. Volverá a vivir la misma dicha y el mismo dolor. Sin embargo su vida ha sido demasiado rica como para dejar que se pierda en el olvido. ¿Qué hubiera sido del paso de Nuestro Señor por este mundo sin los evangelistas? —sentenció Miguel.

Li entendió que desconocían si sus extrañas mentes eran un don o un castigo, que morirían como todo el mundo y que el alcance de sus facultades era finito. Por eso, había explicado Miguel, les turbó tanto la presencia de Teresa, porque, de algún modo, había vencido sus limitaciones.

Teresa sintió, según Miguel, que ángeles de luz violeta la habían arrobado, elevado y elevado sobre el suelo envuelta en una esfera de cristal, y que en su embeleso le habían mostrado la redondez de la Tierra, momento en el cual sintió sus dones: sus sentidos se habían agrandado tanto que había sido capaz de verlos en Filipinas desde Núremberg y hablar con su hermana Inés una última vez. Teresa había conocido por ciencia infusa algunos de los secretos de la noche perpetua y de las leyes que rigen el gobierno de la creación, de las estrellas, de los planetas y de unas islas de luz que se encontraban repartidas a lo largo de la oscuridad del firmamento.

Según contaba el monje, Li supo que la hermana de Inés se encontraba en éxtasis y que les dijo que ojalá algún día llegaran a comprender lo que había intentado decir, que creyeran lo que les hablaba porque no era una demente.

—La percibimos —dijo Miguel— como si estuviera volando en compañía de seres extraños y luego, simplemente, desapareció. Quizá la emoción de lo que estaba sucediendo la había dejado exhausta y se apagó, pero justo antes de hacerlo envió a nuestras mentes tres conceptos: Otros, saber, de nos.

¿Otros saben de nos? ¿Nos buscan otros? ¿Debemos saber de otros? ¿Los demás deben saber de nosotros? ¡Era un acertijo para dementes! Álvaro y Miguel especularon si su tía habría escrito un libro sobre su vida, y también lo hicieron acerca del momento en que Teresa se apagó e Inés, que había tenido la certeza de que su hermana había muerto, de que ya no volvería, comprendió que debía contar su historia a sus hijos, porque si Teresa no había puesto su vida por escrito, nadie tendría jamás una prueba de su existencia. Al fin y al cabo, de cuantos vivamos en la Tierra, lo único que perdurará será el recuerdo... si es que alguien nos recuerda.

Un par de días después, una tarde cualquiera, Inés comunicó a la familia que contaría su historia y la forma en que lo haría: ella hablaría y todos escribirían recogiendo los acontecimientos de la forma más literal posible para no contaminar el texto. Harían cuatro copias: castellano, sefardí, árabe y mandarín. Los chicos habían decidido mandar recado a su hermana Juana, que muchos años después de enviudar se había casado con el dueño de un sampán, para que acudiera lo antes posible a Cavite, pero empezarían enseguida a trabajar en el manuscrito, no esperarían su llegada, porque a Inés le habían entrado las prisas.

—No comenzaré con mi nacimiento, ni con el nacimiento de mi madre, sino a partir del momento en el que el destino comenzó a urdir un plan para que diera con mis huesos en Filipinas —dijo Inés, quien comenzó a dictar mientras los demás copiaban:

En un lugar de la Mancha de cuyo nombre me acuerdo perfectamente, Uclés, existe frente a la puerta blasonada del Este una fuente con cinco caños y abrevadero donde las sanguijuelas son legión. El riachuelo Bedija, que nace en el manantial dedicado al dios Airón, bordea el pueblo, que se resguarda del viento en la pendiente de una colina sobre la que se yergue el monasterio que es cabeza de la Orden de Santiago. Su mole, renacida de entre las ruinas de un viejo castillo musulmán y construida también con sillares tomados a la ciudad romana de Segóbriga, roba a los paisanos todo atardecer.

El sol templa la fachada principal al mediodía, pero en Castilla, al inicio de la primavera, las noches aún son frías. Todas y cada una de ellas mi tío, que era monje, cumplía con el ritual antes de que se alzasen las tinieblas.

Clac, clac, se oían dos golpes consecutivos de picaporte en cada puerta. Hierro sobre hierro. Siempre dos, con sus ecos. Después respiración y jadeos y el arrastrar de pies rozando el suelo.

Clac, clac al poco rato, y lo mismo de nuevo.

También se escuchaba el aullar del viento, los pasos retumbando entre las bóvedas e incluso el silencio: aquella noche ya solo quedaban dos puertas por comprobar. Una era la de las escaleras que conducían hasta la sacristía: cerrada. La otra daba acceso al coro de la basílica. Sólo un ¡clac! y la puerta se abrió al empujar. El tío Venancio entró.

—¡Ave María purísima! —susurró al vacío implorando que no hubiera respuesta pues la alternativa era peor. Nadie respondió, gracias a dios. Le enfadaban estos descuidos del organista. ¿Para qué querría ese hombre las llaves?

—¡Schhh! —algo chistaba.

Un escalofrío recorrió su cuerpo, las vísceras se contrajeron, el hálito se evaporó de su boca y la sangre huyó de sus venas. No gritó, no pudo. Una ráfaga de aire frío procedente de lo alto le envolvió el cuerpo. ¿Por qué no habrían reparado aún el cristal roto del ventanal? Venancio se asomó a la barandilla para observar desde lo alto la basílica, que todavía estaba por terminar.

—No te temo, Satán —dijo para sus adentros el monje muerto de miedo—. ¡No te temo Satán! —gritó.

—Atán, atán —respondió el eco.

—¡Ssssschh! —escuchó mucho más cerca.

Miró hacia el altar y a las pechinas de la cúpula, desde donde lo vio descender y flotar. ¡Cielo santo! Un espectro se acercaba levitando en el aire, envuelto en la claridad de la luna. Despedía un halo de blancura irreal, pasó de largo y siguió su trayectoria en busca del agujero en el ventanal a través del cual salió a la noche.

De tan natural como lo hizo, Venancio, que se había arrojado al suelo para evitar ser raptado, dedujo que para aquel fantasma no era la primera vez. Ya fuera, el aparecido miraba a su alrededor girando la cabeza en ángulos imposibles. «¿Dónde estás, ratón?», pensó la lechuza que, al otear el horizonte, descubrió las chispas de una hoguera encendida a lo lejos en las afueras del pueblo, junto a un pequeño campamento con varios hombres cerca y otros pocos junto al riachuelo. Luego sobrevoló la muralla, dejó atrás y arriba el monasterio planeando hacia campo abierto y desapareció.

Así la rapaz fue la primera en enterarse de la llegada de los moriscos procedentes de Al Andalus que estaban siendo repartidos por la Mancha. Los que el ave estaba viendo se quedarían en Uclés, pero en vez de entrar de inmediato en el pueblo, se habían detenido a cavar una fosa para uno de sus compañeros. No pudieron ahondarla más allá de la cintura de un hombre. Hacía tan sólo unas horas que Al Hakam, uno de ellos, había notado como el cuerpo de su amigo se volvía cada vez más pesado. Un brazo había resbalado desde su hombro por la espalda, sin voluntad de aferrarse a nada. Tropezaron los dos y cayeron. Un soldado que cerraba la fila se adelantó, pero al llegar donde se encontraban dio media vuelta y los ignoró. Un morisco que se moría entre los brazos de otro no era nada. Después de caminar tantos días a través de las interminables llanuras onduladas de Al Mansha, el moribundo hubiera podido llegar a Uclés pero, aunque aún le quedaban fuerzas, falló la voluntad.

La fosa que habían cavado sus hermanos para enterrarlo era en realidad poco más que un agujero vaciado con prisas. No podían evitar que el agua se filtrara porque el Bedija venía crecido. El remojo y el cansancio aterían los pies y las manos de los que cavaban con ramas secas, dolor y sin herramientas: no podían más. El recuerdo de su tierra, la rabia y la humillación les infundían fuerza y una vez terminado el foso, susurraron temblando de miedo unas palabras en algarabía. No tenían ni un sudario para envolver al muerto.

La impaciencia de los soldados hizo que no les quedase más remedio que enterrarlo tumbado, acurrucado, como si lo enviaran de vuelta al vientre de su madre y sin espacio suficiente para que pudiera incorporarse la primera noche tras el entierro, para responder a las preguntas de los ángeles.

∞ ◇ ∞

29 Buitres disfrazados en el Palacio da Pena

Las máscaras cayeron en Sintra cuanto los Nanos camareros aparecieron con las bebidas y las fuentes con viandas. Resultó que los salones del palacio estaban llenos de buitres disfrazados de pegasos.

—¿Qué te parece la recepción? —preguntó Julia.

—Como todas —respondió Hugo.

—¿Y el sitio?

—Ideal.

—¿Y el catering?

—Hepburn —bromeó él.

—¡Hugo! —exclamó Julia.

—¡Qué!

—Oye, ¿tú sabes por qué han elegido este sitio?

—Porque el nuncio es de Sintra y el Palacio Nacional da Pena, un símbolo.

Hugo contó a Julia que Seiya le había explicado que el palacio se había construido siglos atrás sobre la ruinas del convento manuelino de los Jerónimos. La capilla, dedicada a Nossa Senhora da Pena, Nuestra Señora de la Pluma, había formado parte del recinto sagrado que el terremoto de 1755 casi había borrado de un plumazo. Tan solo quedaban en pie cuatro piedras del edificio original cuando Fernando Augusto Francisco Antonio de Sajonia-Coburgo-Gotha lo descubrió en una excursión que realizó con su mujer, María de la Gloria Juana Carlota Leopoldina de la Cruz Francisca Javier de Paula Isidora

Micaela Gabriela Rafaela Gonzaga de Braganza y Austria, es decir María II de Portugal. Fernando II, rey de Portugal *iure uxoris* (por el derecho de su esposa), a quien llamaron «el rey artista», convirtió el lugar, años más tarde, en una joya del romanticismo que agrupó todos los «re» y todos los «neo». Redescubierto el lugar, reconstruida la parte del monasterio que se pudo salvar, la obra fue todo un reto, un empacho de estilos por orden de su majestad: neorenacentista, neogótico, neoislámico... En fin, una locura pseudomanuelina que posteriormente se convirtió en Patrimonio de la Humanidad junto con el parque natural en el que se encuentra: la sierra de Sintra.

—Vaya... —dijo la Bernadotte.

Julia, que había dejado de escuchar hacía rato, se distrajo observando a los invitados, sin percatarse de que Hugo se había marchado: «Voy al baño», había creído oír. Así que ahora estaba sola, mientras la orquesta interpretaba el *Vidi Aquam* de Filipe de Magalhaes y decidió buscar a Seiya. Lo encontró en el Salón Noble conversando con un grupo de cuatro. Le hizo una seña y cuando el secretario del papa la vio, comenzó a caminar hacia ella con disimulo, mientras respondía a un interlocutor.

—No estoy de acuerdo, Su Eminencia Reverendísima —decía a un cardenal mayor que negaba con la cabeza—. ¿Cambiaría en algo la doctrina de Nuestro Señor si se probara que el cristianismo es un judaísmo helenizado? Lo importante es el mensaje, da igual como se llame. La miel ha sido dulce durante los últimos cien millones de años y la mayor parte de ese tiempo ni siquiera ha tenido un nombre.

Julia, con más experiencia que nadie en escapar de los círculos de sociedad, acudió al rescate de Seiya, porque la noche avanzaba pero ellos no. Hugo no había querido adelantarles nada de lo que les había prometido contar hasta tenerlos a todos sentados.

—Dígame usted —dijo Seiya cuando la tuvo al lado.

—Tenemos que reunirnos ya. O terminas con tus eminencias o los nervios acabarán conmigo —susurró ella a su oído fingiendo comentar frivolidades.

Cuando Seiya la presentó todos se interesaron por ella y también todos entendieron perfectamente que el japonés se dedicase en exclusiva a la heredera de los Bernadotte, que acababa de localizar a Yifán con la mirada, quien no había encontrado mejor forma de pasar el rato que comparar el vuelo de su falda con el de la sotana de un joven obispo.

—Pero ¿y Hugo? —dijo Seiya, quien pidió a Núcleo que indicara a su novio que le esperaban en el Salón Árabe, donde podrían hablar tranquilos.

Tardaron un buen rato en llegar hasta el salón porque los invitados los retrasaban constantemente; para cuando llegaron, Hugo ya descansaba en la sala, sentado en una de las sillas de madera labrada con filigranas vegetales y tapizada en rojo que se encontraba de espaldas a la ventana. Seiya tuvo que pedirle que se levantase, «esta no es tu casa y los muebles son centenarios», y a Yifán que se alejara del trampantojo de columnas y arabescos que decoraba las paredes y el techo, en concreto del fresco alrededor de la puerta de entrada.

—No, no puedes tocar... No, no son columnas... Sí, la pared es lisa... —esto es demencial, pensaba el cura.

En momentos así, a Seiya le costaba entender el proceso gracias al cual un cerebro que brilla se convierte en un cenutrio. Yifán, que estaba boquiabierto mirando los frescos del techo, comenzaba a decir algo a su novia cuando el argentino les interrumpió.

—Las Yayas han encontrado otra correlación entre las desapariciones de la Anomalía y... Bueno, es que esto es... extravagante —concluyó Hugo.

—Sólo hay una relación entre la Anomalía y Krito: yo —interrumpió Yifán.

—No —aclaró Hugo—. Hay una más.

—¿Cuál?

—Abducciones.

—¡Venga ya! —exclamó Yifán.

Después de eso, no se oyó ni una mosca, todo quedó en suspenso, incluso frases a medio pensar.

—Ab... —dijo Seiya mirando fijamente a Hugo.

—Abducciones —completó el argentino.

—¿De las de toda la vida de los marcianos? —preguntó Julia

—Sí, de las de toda la vida. Cada vez que la Anomalía desaparece, poco después se denuncian abducciones, lo que me lleva a pensar que Krito, o quienes sean como él, se están llevando gente de la Tierra para hacer «no se qué». La Yaya Esquizoide me dijo que lo de Teresa, la hermana de Inés, tenía la pinta de haber sido una abducción en toda regla.

—¡Anda ya! ¿Y qué más? —soltó Yifán.

—Creo que vienen, nos abducen, hacen lo que tengan que hacer y se vuelven a ir. Del por qué, no tengo idea.

—O sea, que según tú, Krito viene y va a la órbita de Neptuno como quien sale a buscar setas —dijo Yifán molesto.

—Desde que la Anomalía fue descubierta por el sistema YAHVEH —explicó Hugo, que había ignorado el comentario de Yifán—, cada vez que se ha largado, su desaparición ha coincidido en el tiempo con alguno de los encuentros denunciados en el planeta, y lo mejor de todo es que se conocen abducciones desde los inicios de la carrera espacial. Incluso antes, según me han dicho las Yayas, si tenemos en cuenta milagros, pasajes de la Biblia o textos antiguos relativos a la búsqueda de la inmortalidad como el Gilgamesh o el Majabahárata y en concreto el Bhágavad-guita, que relata la comprensión de la verdadera naturaleza del Universo. Cellini mismo, en su biografía, «Vida», relata que una vez que estaba de viaje, al volver a Florencia vio unas vigas de luz que se encontraban flotando sobre la ciudad y en 1561 en Nuremberg, cilindros y bolas de fuego lucharon sobre sus cielos, también había cruces, algunas incluso se estrellaron contra el suelo. Comprobadlo si queréis.

—¡Lo que faltaba! —exclamó Yifán mosqueado.

—Lo que Hugo intenta explicar es que probablemente, la Anomalía nos observaba desde el principio de los tiempos. El Gilgamesh es un texto sumerio y el Majabahárata indio, de tradición oral, y la tradición dice que es tan antiguo como la misma Humanidad.

—Pues la idea que yo había tenido hasta ahora de los abducidos es que eran frikis —intervino Julia, que seguía a lo suyo.

—Y entonces, ¿desde cuándo dices que nos observa? —preguntó Yifán.

—No lo sabemos. Y eso que hemos cribado los archivos vaticanos por si acaso —aclaró el cura.

—Todo esto es estremecedor —dijo la condesa.

—Sí. Da cosa... —añadió Seiya.

—Pues bien, mientras algunas estabais en Alemania cenando con los Nobel —Hugo miró a Julia—, otros seguíamos trabajando—. Si la Anomalía abduce humanos, alguna relación tendrá con Krito —respondió Hugo mirando a Seiya.

—¡Qué no! ¡Qué ya os he dicho que Krito no es malo! ¡No lo metas en el mismo saco que a la Anomalía! —protestó Yifán que estaba bastante alterado.

—A ver, Yifán, blanco y en botella: la Anomalía es un objeto transneptuniano cuya órbita bordea el cinturón exterior y coincide con el acantilado Kuiper y que además se encuentra siempre alineada con la Tierra y el Sol: está claro que nos vigila, luego tendrá algún interés en los humanos, digo yo.

—Sé que permanece alineada a la vez con la Tierra y el Sol, por eso se desplaza a una trigésimo céntima... —dijo Yifán fuera de sí.

—Tricentésima —le corrigió Julia.

—Tricentésima parte de la velocidad de la luz. Ese ha sido el problema de la expedición desde el principio: cómo estudiar algo que se desplaza a tal velocidad —observó Yifán.

—¿Y cómo lo vais a hacer? —preguntó Seiya.

—Saltaremos delante y detrás, porque no podemos navegar a su lado, así que iremos dejando sondas a intervalos a lo largo de su órbita, para que la estudien a su paso.

Seiya les preguntó si es que no había otra forma de alcanzar semejante velocidad, y lo cierto era que sí, pero llevaría tantísimo tiempo conseguir impulso para una nave hasta llegar a los mil doscientos kilómetros por segundo...

—Bueno —dijo Hugo—, si la montaña no viene a Mahoma, Mahoma deberá ir a la montaña. Existe una forma de aclarar todo esto: entrar a cotillear en la mente de los abducidos para ver qué les ha ocurrido, o qué creen que les ha ocurrido. Averiguaremos si es real o fruto de su imaginación. Las próximas reuniones de abducidos son en la capital de Ucrania, Kiev, y otra dentro de tres días en España cerca de la frontera con Portugal en una antigua ciudad llamada Mérida —Hugo lo confirmó a través de su Nodo.

—Pues yo no puedo quedarme más, ya tendría que estar en órbita —dijo Yifán.

—Yo tampoco, vuelvo al Vaticano —añadió Seiya—. Lo más lógico es que vayáis Julia y tú —dijo mirando a Hugo—, así que antes de partir para América os pasáis por Mérida, que está en Extremadura, aquí al lado.

—Yifán —dijo Hugo—, no te lo tomes a mal, pero es que sigo dándole vueltas y no sabría dónde situar a Krito si fuera cierto que está relacionado con los abducidos. Lo siento, pero no sé que pensar. Puede que no sea malo, pero los hechos son los hechos y las Yayas solo los contrastan.

Durante un buen rato nadie habló. Todos estaban amedrentados por el alcance de las noticias que acababan de darles Hugo y las Yayas. Finalmente Yifán, habló para exponer una reflexión en la que no faltaron argumentos en defensa de Krito, ligados a los hechos recién descubiertos.

—No me vais a convencer de que Krito es malo. Puede que la raza de Krito se encuentre en la Anomalía y puede que nos abduzcan. Puede que busquen algo y no sepamos qué es, pero también puede que Krito, entre los de su raza, sea como nosotros entre los humanos y que nos esté avisando de algo. ¿Es que no lo veis? Intenta protegernos porque nos ve como hermanos, aunque sus congéneres nos consideren otra cosa.

—Yifán —dijo Seiya—, viajar a la Anomalía e intentar hablar con Krito en este momento me parece un sacrificio, pero también es un acierto. Mientras tú viajas hasta allí, seguiremos indagando y te mantendremos al tanto para que cuando llegues dispongas de la mayor cantidad de información posible.

—Pediré a las Yayas que creen un perfil de abducida para ti —dijo Hugo refiriéndose a Julia—. Eres mejor que yo para este trabajo. Tienes una mente más práctica, sin contaminar.

Volvieron a la fiesta, pero se les habían pasado las ganas de juerga. Su reloj del fin del mundo se había adelantado y no había tiempo que perder, así que aguantaron un rato más por educación, pero no esperaron hasta la llegada de las Lágrimas de San Lorenzo para pedir sus deseos, puesto que cada día veían más claro que sólo se cumplirían aquellos sueños por los que hubieran luchado.

Julia se angustió al subir al coche, no podía parar de hablar acerca de lo que se podría hacer o no. En realidad era más consciente que nunca de que Yifán se iba, de que se iba ¡ya!

Hugo se puso al volante y Julia le informó que el coche podía circular en modo automático, si se lo solicitaba. «¿Será...», pensó Hugo. La gracia duró un ratito pero pronto se esfumó. Sólo el apasionado beso de Yifán consiguió devolver el encanto a la montaña e hizo que Julia se acurrucase junto a él en el asiento trasero. Recorrían de nuevo el parque natural, de vuelta a Lisboa, sin subir la capota. El sonido del vuelo del viento sobre las copas de los árboles contrastaba con los chasquidos de las gravas aplastadas contra el pavimento por los neumáticos del Jaguar. En aquellas zonas donde la bóveda del bosque se hallaba incompleta, el resplandor de la luz zodiacal aclaraba la negrura de la noche.

De pronto el bosque desapareció y se encontraron a cielo abierto bajo el camino del tapir con su rastro de hojas secas del cielo guaraní.

—Yifán, quiero que lleves este colgante —dijo Julia.

—Tu colgante no. Te lo dio tu madre.

—Sí, pero quiero que me lo guardes, es más que un colgante. Me lo dio por si me alguna vez me perdía. No quiero perderte.

—Julia... yo no —ella le cerró la boca con un beso.

—¿Y si Hugo tiene razón? —le preguntó Yifán más tarde.

Su novia no supo qué responder.

Cuando estaban llegando a Lisboa, Julia y Yifán comentaron con Hugo los nuevos textos redactados por las Yayas, pero lo que ninguno de los tres sospechaba era que mientras ellos estaban en la fiesta, las IA se habían superado al encontrar en un archivo privado la información necesaria para completar un pasaje en el que les parecía llevar un siglo trabajando. Una vez completo lo enviaron a cada nodo a través de sus Núcleos. Era otro bloque de información que les hacía sentirse más cerca de cumplir la misión encomendada por Hugo, su mentor.

—¿Y qué título le ponemos a esta entrega? —preguntó una Yaya a la otra.

—Abejas —dijo la lógica.

—¿Y por qué abejas? —preguntó la esquizoide.

La otra ni contestó.

30 Abejas pecoreando por Uclés

Las abejas habían acribillado a su hijo en un santiamén.

—¡Madre! ¡Madree! —gritaba Marino sudando a chorros con su pequeño en brazos. Llegaba agotado y con el alma en vilo. El crío no paraba de dar arcadas.

Marino había entrado en el patio de la casa grande apartando el portón de una patada. Su padre, que era el capataz y que estaba muy delicado de salud, le seguía sin resuello por la cuesta de la calle principal.

El niño había estado toda la mañana jugando en la era, se había caído por el terraplén y había ido a parar sobre una colmena haciéndola rodar. Gran parte de las abejas se encontraban pecoreando, pero aún así había decenas y decenas dentro de la colmena. El caso es que al destruir su refugio, el crío las excitó y le atacó una nube rabiosa. Marino estaba removiendo la parva cerca de allí, ayudado por su padre y los dos se alarmaron al oír unos gritos. Cuando vio la escabechina Marino solo atinó a envolver con su cuerpo el de su hijo con tal de protegerlo, pero ya era imposible evitar que aquel infierno venenoso entrara en el niño, así que se alejaron corriendo del lugar.

—¡Arquelia! —voceó entre resuellos el capataz, que acababa de entrar en el patio de la casa tras su hijo—. ¿Dónde estás, mujer? ¡Santísimo Cristo!

—¡Señor, solo es un crío! ¡Es lo único que me queda! Es un crío —y Marino rompió a llorar.

Pidió a su padre que le abriera la alcoba de abajo para poder tumbar al niño; luego apoyó los labios en la frente del pequeño, que ardía.

—¡Llame al médico, padre! —pidió Marino al capataz, pero éste no se podía mover; le faltaba el aliento.

Arquelia, que se encontraba en el corral de la vecina, oyó las voces y los llantos de su hijo que a esas horas debería estar en el campo.

«Algo feo ha pasado», pensó.

Dejó a la vecina con la palabra en la boca y se escapó. Rodeó descompuesta el jaraíz y entró en la casa. Desde la calle solo se veían los claveles colgando de los tiestos. Ella y su marido llevaban décadas ocupándose de los señores y ahora que habían llegado los moriscos a la Mancha se habían hecho cargo de unos cuantos para dar ejemplo en el pueblo a instancias de Venancio, el tío de Inés y de Teresa, que era diácono en el monasterio cabeza de la Orden de Santiago.

Teresa en Inés, que estaban en el piso de arriba, no supieron que pensar cuando escucharon el alboroto en el patio. Inés dejó a Miguel con su hermana y se lanzó escaleras abajo.

—Arquelia. ¿Qué pasa? —preguntó mientras bajaba la escalera procurando no tropezar en los peldaños.

—¡Mi nieto! —dijo la abuela, que apoyaba una mano en el brocal del pozo y se oprimía el pecho con la otra—. Le han picado las abejas.

—¿Habéis llamado al médico?

—No lo sé —contestó Arquelia.

—Ve a la cocina, calienta agua en un perol y prepara otro de agua fresca. Saca rodillas limpias —voceó Inés que ya se dirigía a la calle para buscar al matasanos.

Inés buscó entre las mentes del pueblo la de don Isabelo, que estaba en su propia casa y en ese momento le hizo sentir un mal presentimiento, que el pobre achacó a la edad. Ella había salido a toda prisa y corría con tanta furia cuesta abajo que se le enredaban las faldas, así que decidió alzarlas sintiéndose parte del viento, como trasladada en andas. La calle de las Angustias, por donde bajaba, describía una leve curva que le impedía ver a dos mujeres subiendo con sus botijos llenos de agua. Iba con la cabeza tan llena de cosas que ni siquiera previó el accidente y apenas habían hecho un alto, apenas comenzado las mujeres a cotillear, cuando escucharon las zancadas y tras el ruido la vieron asomar: pero ¿cuándo se había visto a una mujer trotar con tal brío, las faldas remangadas, las enaguas a la vista, el pelo suelto, y que llamaba a voz en grito «¡Don Isabelo! ¡Don Isabelo!», seguida por tres galgos?

Se estampó contra las dos.

Un «santiago matamoros» hubiera sido más discreto.

Los botijos no tuvieron ninguna posibilidad y, desde luego, sus dueñas tampoco. Los unos esparcieron agua y fragmentos por el suelo y las otras escupieron maldiciones de las que solo quedó impune la Madre del Cordero. Inés pidió perdón, se recompuso y continuó sin hacer caso al vocerío de tan preocupada como iba. Cuando llegó a la puerta de don Isabelo, gritó «¡don Isabelo!» con más fuerza y aporreó la madera hecha una furia. «La Santa Inquisición» pensó alguien en el interior.

—¡No soy la Inquisición Manuela, abra, que soy Inés! —gritó ella.

La mujer del médico se santiguó al caer en la cuenta de que la voz era de hembra. ¿Qué pasaría?

Entre tanto, en la casa grande, a Teresa le resultaba imposible estarse quieta y bajó al patio con Miguel en la cintura y su hija entre las faldas. Al ver a Arquelia en aquel estado se la llevó hasta la cocinilla vieja. Allí comenzaron a calentar el agua. Gracias a Teresa la abuela se tranquilizó aunque no podía dejar de pensar en la desgracia. Se disponía a preguntar sobre Inés, quien parecía no llegar nunca, cuando ésta asomó la cabeza con el médico a rastras y lo empujó hasta la alcoba para que pudiera ver al niño.

El espectáculo era dantesco.

Marino había quitado los aguijones al angelito, que estaba hecho un eccehomo, pero el veneno ya corría desde hacía un rato por sus venas. El pobre crío silbaba al respirar, tenía la garganta muy hinchada y parecía que Satanás le había acariciado las partes del cuerpo que habían quedado expuestas. Don Isabelo no sabía por donde empezar. Su cara lo decía todo y cuando terminó el reconocimiento se llevó al capataz fuera para hablar con él a solas.

—He visto casos como este y sobreviven unos pocos. Yo no puedo hacer más, solo rezar. ¿Y tú cómo estás?

—Mal, don Isabelo, me encuentro mal.

Don Isabelo se santiguó y salió al patio a tomar aire. Estaba muy afectado porque había traído al mundo al chico pero a su madre la perdió en el parto. Alrededor de la cama se hizo el silencio. Ni siquiera Marino, el padre del niño lloraba, porque ya no tenía lágrimas. Alguien comenzó una salve y el resto siguió.

—Se muere señora, ¡se me muere! —dijo el abuelo a Inés.

Un corro de gente taponaba la entrada de la casa. Venancio acababa de llegar alertado por alguien del pueblo y una vez en la alcoba se puso la estola de diácono e inició otra retahíla de oraciones. Miró con angustia el cuerpo enrojecido y los moratones del niño, sus ronchones, las heridas... ¡La garganta! Pidió un milagro al Señor. Entretanto Arquelia hizo una seña a Inés para que saliera. Nadie se dio cuenta.

—Inés, yo lo he visto obrar milagros. Conoce remedios para muchas cosas —dijo Arquelia en voz baja dentro de la cocinilla vieja.

—¿A quién? —preguntó Inés.

—A uno de los moriscos. Se llama Al Hakam.

—Si me estás pidiendo permiso, haré más que eso, te acompañaré a buscarlo y me da igual lo que piense la gente.

—A mí también me da igual. Él es una buena persona, mi niña. El Señor nos lo envió y me da igual a quien rece.

—No se hable más. ¡Aligera! —dijo Inés que pensaba que el tiempo se les acababa.

Para su sorpresa, cuando llegaron a las casas de la orilla, donde vivían los moriscos hacinados, descubrió que el pensar de aquellas gentes no era de esclavos. Arquelia había sabido de la ciencia de Al Hakam, quien le había explicado que la brujería no existe, que en la naturaleza todo es obra de Dios. Con ella se sentía tranquilo pero Inés, con su presencia, intimidaba al cordobés. En un momento dado y al ver que no avanzaban, Inés tomó la palabra, no para imponer, sino para rogar y al final convencieron al joven quien las siguió hasta el centro del pueblo con su libro de remedios.

—¿Qué es ese libro? —preguntó Inés.

—Es un «Tacuinum Sanitatis». Lo usan los viajeros porque recoge muchos remedios para la salud y el bienestar.

Al Hakam llevaba consigo casi todo lo que necesitaba, pero preguntó a Arquelia si alguien podía traer barro fresco del Bedija. Antes de terminar la frase, Inés ya había salido seguida por Marino, que no podía estar quieto por más tiempo. Poco después volvió Teresa con más rodillas y agua fresca. Tenían que conseguir que le bajara la fiebre.

Todos salieron de la habitación.

El morisco no aseguró nada a Arquelia. Meó en un recipiente y puso dentro algunos trozos de cebolla que comenzó a machacar. Habían perdido demasiado tiempo. Fuera se preguntaron si eran ungüentos para ahuyentar al diablo, pero el cristiano nuevo que lo oyó, sacó la cabeza al patio y respondió a los cristianos de viejo que al diablo se le ahuyenta con el padrenuestro.

—¿Es qué no saben nada? ¿Nada de nada? —comentaría más tarde el cordobés a otro de los de Al Andalus.

Y así se marchitaban las horas.

Inés volvió con el barro del río acompañada por Marino, quien también trajo sanguijuelas de la fuente, por si acaso, y fue recogiendo a su paso cualquier cosa que le resultara interesante, todo «por si acaso». Siendo el padre no podía pensar con claridad. Al Hakam tomaba, de la bolsa que llevaba, ora unas hierbas ora otras, las ponía en agua a hervir y empapaba allí los paños. Cada hora un sinvivir. Inés salía y cada vez que volvía, el morisco se giraba aunque la puerta enfrentara sus espaldas.

Al Hakam no tenía el mismo don que las hermanas, pero Inés intuyó que en él había algo capaz de percibirla como un ser excepcional. Ella dedujo por la destreza con que trabajaba, que no era la primera vez que combatía esta clase de problemas. Su hijo Miguel era también pequeño y si se hubiera tratado de él...

En silencio, junto a Arquelia que rezaba, estaba su marido, que se había dormido; el hijo de ambos, Marino, el padre de la criatura asaeteada por los insectos, que no paraba de dar vueltas por el patio; y Venancio, de quien nadie sabía si dormía o meditaba con los ojos cerrados. A Inés le fascinaban las manos de Al Hakam porque no eran las de un campesino aunque se ocupase de los viñedos propiedad de su familia en Uclés. Le pareció un hombre tímido, inteligente y apuesto. Sus manos eran de maestro o quizá de erudito. No hablaba un romance perfecto pero lo hablaba bien para haberlo aprendido tan rápido. ¡Cielo santo! Debía parar o acabaría desvariando. Estos no eran pensamientos propios de una viuda. Inés cayó en la cuenta de que era tarde y que con tantos alborotos nadie había comido en todo el día, así que se levantó, fue a la despensa, sacó leche, chorizos, queso y pan. Pensó avisar a todos, pero una maldad venial se le pasó por la cabeza. Primero picó ella algo mientras preparaba las cosas y cuando las viandas estuvieron listas guardó en un paño pan, aceitunas, queso y un huevo. Llamó a todos a la mesa y dijo que ella cenaría después de llevar algo a Al Hakam, quien seguro se encontraba hambriento.

Inés habló con él, ¡era tan tímido! No es que fuera guapo, es que era hermoso y... algo sucedió... Después de ver la preocupación del morisco, el desespero, la mella que hacía el cansancio y el temor a ser descubierto por gentes no tan comprensivas, tuvo que dar la razón a su tío y a Arquelia: en el corazón de esta gente no había maldad, pero es que el de Al Hakam era especial. Cuando ya asomaba la aurora, Inés le dijo que durmiera un poco, que ella vigilaría al niño: no estaba peor.

Salió de la alcoba, dio las buenas nuevas a todos y los envió a descansar. Cuando volvió junto al lecho encontró al morisco dormido a los pies de la cama del niño y ella se sentó en una silla frente a él. Contempló su pelo, la frente, las cejas tan negras, su nariz, los labios y aquellas orejitas bien pequeñas. El pecho de Al Hakam subía y bajaba, su respiración aceleraba y se calmaba. Inés disfrutó viendo sin ser vista y sucumbió a la tentación de abrir una rendija en la mente del cristiano nuevo para asomarse un poquito a aquella alma y descubrir que relumbraba.

Luego cerró esa puerta mental sin molestar, sintiéndose libre de amar cuando, en realidad, ya era cautiva.

Al Hakam soñaba y no sabía que alguien vigilaba sus sueños. En un momento dado su cuerpo se sacudió y un mechón de pelo negro se descolgó desde su frente hacia la cara tapando parte del rostro de aquel ángel. Inés se acerco y lo retiró temblando por si la descubrían, pero poco después el cabello volvió a deslizarse otra vez.

«Vaya por dios», pensó y sonrió como no lo había hecho en mucho tiempo.

31 El cigoñino emérito de Proserpina

Y en Mérida llegó el día de la reunión de los aducidos.

El Saeta, con Hugo dentro, había pasado desapercibido hasta ese momento escondido entre las encinas, junto al embalse romano de Proserpina. Era bastante tarde cuando Julia llamó al aparato que, tras obtener la autorización pertinente, puso rumbo a la ciudad. Un cigoñino, que había visto en la aeronave una grandísima amenaza, se aplastó contra el suelo del nidal hasta fundirse con el mismo, a pesar de que sus padres no dejaban de crotorar para calmarlo. Minutos después el Saeta recogía a Julia junto a las ruinas del templo de Diana para sobrevolar Portugal, el Océano Atlántico y poner rumbo a América, al Festival del Hombre Ardiente, ¡al Burning Man!

Durante el vuelo nocturno a Bolivia, Julia reconoció a Hugo que tenía razón porque había logrado casar lo averiguado en Mérida con lo que ya sabían. La ocurrencia de investigar la reunión de la decena de abducidos le había permitido averiguar que todo lo que contaban era cierto y, desde luego, aterrador; y cuando hubo acariciado las mentes de algunos de los congregados, halló sensaciones similares en ellas: pulsos de luz violeta, siseos y bisbiseos de lenguas extrañas, incursiones físicas y mentales, así como similitudes en el *modus operandi* con el que se habían llevado a cabo los asaltos.

—Hugo —dijo Julia—, creo que no ha sido casualidad que entre tanto personaje extraordinario haya encontrado a uno de los nuestros: una chica que apenas habló durante la reunión.

—¿De los nuestros?

—Sí, se llama Mai, y aunque tenía su mente cerrada a cualquier tipo de contacto, decidí entrar en ella de la forma más sutil posible. Lo que allí encontré me sobrecogió; me sentí como ella se había sentido, como una presa indefensa ante un depredador desconocido. Su hermano había compartido con ella el recuerdo de que algo que no era de este mundo los buscaba desde que eran jóvenes y nunca habían averiguado la razón.

—¿Desde jóvenes, has dicho? —preguntó Hugo.

—Al parecer las torturas nunca habían logrado su objetivo y por eso sus verdugos habían ido a por ellos una y otra vez. Mai no paraba de preguntarse por qué habían hecho con su hermano lo que hicieron.

—¿Qué le hicieron? —preguntó Hugo.

—Pues según la policía Quique se había suicidado en su casa de Ronda, pero según ella, su hermano nunca hubiera hecho algo así de forma voluntaria: lo había sido asesinado y le daba igual lo que dijeran los forenses. Lo habían dejado expuesto, colgado de la viga de la cocina y entre alimentos podridos durante días porque querían que ella lo encontrara en aquel estado lamentable.

—¿Intentaban amedrentarla? —preguntó Hugo pensativo.

—Es posible que sí, pero lo que consiguieron fue que se mudara a vivir al centro de España, al Mar de Castilla, que desde que lo recuperaron hace un siglo ha vuelto a ser la extensión de agua más grande del interior de la Península Ibérica, y Mai también se siente mejor cerca de agua. Te lo mostraré...

Julia abrió su mente y permitió que Hugo participase de las sensaciones, certezas y miedos que había experimentado la pobre infeliz; ambos sabían que necesitarían mucho tiempo para analizar toda la información obtenida en Mérida, esto era solo un adelanto.

A cambio de sus recuerdos, la condesa había restituido la paz en el interior de aquella mente atormentada plantando en Mai dos semillas: la de la fe para el presente y la de la esperanza para el futuro. Luego terminó la reunión, intercambiaron sus datos de contacto, todos se despidieron de todos esperando verse pronto y aunque Julia hubiera fingido estar acostumbrada a asistir a estos encuentros, se marchó de allí muy afectada. Por eso no quiso seguir reviviéndolos.

—¿Será prudente contarle todo esto a Yifán? ¿Qué estará haciendo allá arriba? —se preguntó Julia en voz alta.

—Flotar. Literalmente. Te digo una cosa, Julia: yo no me meto dos años con mi madre en una nave ni muerto —bromeó Hugo—. Por cierto, que estamos llegando a La Paz y amanecerá en unas horas, así que pronto embarcaremos en el zepelín solar hacia el lago Titicaca. ¡Al Burning Man!

—Hugo, echo muchísimo de menos a Yifán. ¡Y no me digas que si el tiempo se pasa volando, que si patatín, que si patatán! Dos años son una eternidad. Yo seguiría hasta el Titicaca en el Saeta —dijo Julia.

—¡Ni se te ocurra! —respondió Hugo—. El Burning Man es una experiencia radical, un «vive y deja vivir», sin dinero, sin materialismo, exento de avaricia, de maldad... A los organizadores les ha costado mucho retomar el espíritu inicial del festival corrompido hace un siglo por multimillonarios estrafalarios, como para que aparezcas tú ahora con el Saeta. Y, Julia...

—¿Qué?

—Patatín o patatán, el tiempo se pasa volando, créeme...

¡Qué bien se estaba en el bar del aeropuerto, sin pensar, sentados en una mesa y con un *cafetito* entre las manos...! Julia había pedido al Núcleo del Saeta que le contara lo que había averiguado sobre el festival y que se lo leyera ahora que se encontraban haciendo tiempo en La Paz.

El Festival del Hombre Ardiente se celebraba desde hacía mucho y, como cada año, los organizadores levantaban en algún paraje semidesértico una ciudad temporal de tiendas de campaña, que congregaba a decenas de miles de personas llegadas de todas partes del planeta. Esta vez los organizadores lo celebraban junto al Titicaca, para conmemorar el bicentenario de la recuperación del lago gracias al empeño de Living Lakes.

Una semana de amor, arte, cultura, conocimiento, diversión, música... Estos eran los entresijos de una fiesta durante la cual todos los asistentes debían ser autosuficientes, ya que no se permitían ni el uso de dinero ni el comercio: era una utopía creada para compartir.

La última noche se quemaría una representación humana de madera situada en el centro del asentamiento y al día siguiente la ciudad provisional comenzaría a desmontarse para no dejar rastro.

—¿Te imaginas? Nosotros dos, siete días y más de cien mil personas entre las que rebuscar —dijo Hugo—. Tendrás tiempo para pensar. Siempre he querido asistir a una de estas celebraciones. Y hablando de pensar, a mi esto de las abducciones, Krito y la Anomalía, me huele cada vez peor. Las señales están ahí pero me da la impresión de que no las vemos, como si faltase algo. Por eso he pedido a las IA que evalúen mediante epigenética, y usando las bases de datos de la Tierra, si existe alguna relación entre los abducidos, sus familiares y quienes descendemos de Inés, porque me atrevería a asegurar que esto tiene toda la pinta de que nos están buscando.

—¿Lo dices en serio? —exclamó Julia.

—Pues sí. Y si decides contar a Yifán lo de Mérida, al menos no le cuentes esto que te acabo de decir porque tengo que asegurarme.

—Vale, pero lo de Mérida..., no sé qué hacer. Quizá le perjudique saberlo.

—Si yo fuera él, querría saber lo que ha ocurrido.

—A ver, ¿y qué hago?

—Al menos dile que las abducciones son reales —recalcó Hugo—. Tampoco hace falta que entres en detalles, que bastante tiene con la Anomalía.

—Pues sí... El caso es que estoy hecha un lío.

A varias unidades astronómicas (UA) de La Paz, la nave científica había rebasado la órbita de Marte gracias al mejor motor *warp* sublumínico existente hasta la fecha y se dirigía hacia Saturno pero, desde donde se encontraban en aquel momento, los telescopios de la Arrowhead no detectaban más que las principales lunas de entre el par de centenares que tenía el planeta. Encélado, la perla que guardaba vida marina en su océano interno bajo una corteza de kilómetros de hielo, era una de ellas, el cuerpo del Sistema Solar con el albedo mas alto puesto que reflejaba casi el cien por cien de la luz solar que le llegaba. Harían un alto allí para descansar, avituallarse, recoger a otros miembros para el equipo, concluir cálculos y relajarse un poco antes de continuar el viaje. Después escaparían de la influencia del campo gravitatorio del planeta de los anillos para saltar desde allí a la órbita de la Anomalía y situarse delante de ella para depositar una estación de estudio que la analizara a su paso; volver a saltar de nuevo realizando la misma operación, y así hasta puntear su órbita para dejar vigías permanentes que pudieran recoger información fiable sobre lo que era esa «cosa». En cada ocasión dispondrían de una pequeña ventana de estudio hasta que la Anomalía los rebasara, pero ahora lo que importaba era Saturno.

Danielle, que había aceptado el puesto de jefa de personal antes de comenzar el viaje, se había dado cuenta de que quizá había estado forzando al equipo desde el inicio de esta aventura, o como había dicho Yifán durante una discusión con su madre, «desde seis meses antes de despegar». En un arranque de «a mi no me contestes», le recordó a su hijo que en la nave todos eran subordinados, meros insectos, y que ella era su reina.

—¿Vosotros creéis que me he pasado? —preguntó después Danielle a Isaac y a Peter.

Silencio como respuesta.

Pues bien, así estaban las cosas, por tanto «torbellino Dan», decidió seguir el consejo de su hijo y montar un picnic en el auditorio de la Arrowhead para que la gente se relajase y pudieran disfrutar de unas horas de distracción. Pidió al Núcleo de la nave que ocultara las butacas para que todos estuvieran en pie y entendieran desde el primer momento que se trataba de una reunión informal. Danielle tomó la palabra frente a una imagen de Saturno aumentada y proyectada en tiempo real.

—¿Hay algún cura entre nosotros? —nadie respondió—. A mi espalda —Danielle señaló hacia atrás—, el Santo Prepucio.

El auditorio se quedó pasmado pero poco después estalló en carcajadas y la jefa de personal continuó.

—Saturno se conoce desde antiguo, como sabéis, pero no fue hasta el siglo XVII, poco después de que Galileo probara su telescopio, cuando se descubrió que el planeta tenía anillos, circunstancia que aprovechó el teólogo griego Leo Allatius, para defender su estudio *De Praeputio Domini Nostri Jesu Christi Diatriba* (Discusiones sobre el Prepucio de Nuestro Señor Jesucristo). En él argumentaba que cuando Jesús subió a los cielos, su prepucio, separado del cuerpo en el momento de la circuncisión, también ascendió. ¿La prueba? Voilà —y señaló la holografía—. En aquella época no se conocía la existencia de los agujeros negros... ¡gracias a Dios!

La fiestecita fue un éxito pero Yifán se marchó pronto porque se encontraba desorientado desde que se habían alejado de la Tierra. Había notado cómo sus capacidades se transformaban mientras viajaba en la Arrowhead: unas veces se sentía muy cerca de Julia, otras comulgaba con seres vivos de la Tierra o de otros lugares del Sistema Solar en donde nadie hubiera sospechado que existía vida, cosa que se guardaba para sí. Esto le recordaba su relación con Krito, la forma de comunicarse con él, así que decidió intentarlo con Julia. ¿Por qué no?

Pero no fue el único que abandonó la fiesta. Wolfgang, encargado de la seguridad de la nave por obra y gracia de Thomas, también lo hizo. Su objetivo era no perder de vista al chico, así que como McRae se había ido a su habitación, él podría continuar revisando el contenido de la última información que la madre de Nina le había hecho llegar a petición de su hija.

32 Pollitos de brea en La Paz

En Bolivia, Julia seguía dándole vueltas a lo de contar o no a su novio lo que había ocurrido en Mérida. Cuanto más lo pensaba más se agobiaba y como no sabía qué hacer decidió darse un respiro y relajarse porque últimamente dormir no era para ella sinónimo de descanso. Se acomodó en las butacas de la sala de embarque con los pies en alto y la intención de echar una cabezadita. Hugo también pensaba en las abducciones y, por supuesto, en el festival, por eso, como tenía la cabeza ocupada tardó un poco más que Julia en darse cuenta de lo que ocurría y no lo hizo hasta que ella sufrió un sobresalto.

—¿No has notado un...? —dijo ella.

—Sí..., sí, sí —afirmó Hugo—. ¿Qué ha sido eso?

Ambos habían experimentado un sentimiento familiar, nada en concreto, la verdad; más bien una voltereta mental, algo onírico, como cuando estás a punto de dormirte y oyes voces o que alguien pronuncia tu nombre y luego resulta que no hay nadie; pero el caso es que esta vez sí había sido algo, y por explicarlo de alguna forma, Hugo convendría con Julia que sus mentes habían quedado subsumidas en la de Yifán, expandida hasta un punto en que él parecía estar en todas partes.

«Pero... ¿qué delirio era ese? ¿qué alucinación?», se preguntaban Julia y Hugo mirando en su interior. «¿Era, en realidad Yifán quien les hablaba?»

—¡Soy Gigante! —había dicho McRae poco después de comenzar el viaje—. ¡Desde aquí veo la Tierra, Núcleo, y en ella a todos los que son como yo!

Eso había sido hacía poco, y ahora Hugo se preguntaba qué les estaba pasando a Julia y a él, que veían a Yifán por doquier. El de Miami, que había sentido como se expandía su mente a medida que disminuía la influencia gravitatoria de la Tierra, les hizo comprender mediante un soplo de lucidez lo que ocurría: que sin gravedad se había sentido crecer su mente cuando la Arrowhead aún no había llegado a la órbita de Marte.

—¡Creo que es la gravedad la que limita el alcance de nuestras capacidades y por eso siempre era Krito quien me hablaba! —siguió especificando.

—¿No será el mal del espacio? —preguntó Núcleo.

—Déjame ver si puedo localizar a Julia o a Hugo...

Pero no pudo ser.

Estaba claro que necesitaría practicar porque todo lo que percibía era como las imágenes estáticas y borrosas de luces que hubieran sido fotografiadas mientras giraban en torno a él a gran velocidad, así que dedicaría parte de su tiempo en la nave a afinar la puntería hasta que lo consiguiera.

Y al final lo logró.

A Hugo le sorprendió el fenómeno mucho más que a Julia, porque Adam le había comentado a su prima que cuando estuvo en el Cinturón sus facultades habían mejorado pero a la vuelta volvió a ser normal. Ella no recordaba que hubiera sido, según su primo, algo tan extraordinario, pero eso era lo de menos, porque Adam no era comparable a Yifán. Ahora sabía a ciencia cierta que su novio estaba bien, que esto formaba también parte de lo que eran.. que él la quería.

Y después de experimentar todo esto, tanto Hugo como Julia sintieron el impulso de buscar una rareza en la sala de zepelines del aeropuerto de la Paz. Yifán les había urgido a investigar esa singularidad, porque no podía seguir hablando con ellos a causa de la rotación de la Tierra. Y allá que se fueron los dos en cuanto Yifán se esfumó, no sin antes mostrarles dónde debían dirigirse, gracias a la imagen que había obtenido en la pantalla de su camarote de la Arrowhead: era el muelle de amarre de zepelines en el aeropuerto de La Paz, a más de diez kilómetros del lugar en donde Julia y Hugo se encontraban en ese momento.

—¿Diez kilómetros? —preguntó Julia.

—Sí, pero es que tenemos que ir allí de todas formas, así que aligera, que esto es un aeropuerto y se nos puede escapar lo que quiera que sea.

Cuando llegaron a aquél área satélite del complejo aeroportuario, algo que vieron junto a un ventanal de la sala de espera les llamó la atención: las mentes de dos personas que se encontraban junto a él, proyectaban una única columna de luz. Hugo se puso más nervioso que un pez fuera del agua y Julia no salía de su asombro porque desde el otro extremo de la sala, que no era muy grande, cuatro pares de ojos marrones, propiedad de dos negros idénticos, delgados y altísimos los observaban sin pestañear.

—¡Gemelos! —dijo Julia.

—Como dos gotas de brea —respondió Hugo.

A Julia no le extrañó que al aproximarse a ellos, la columna de luz que Yifán creía una, en realidad fuera geminada. Intentó tranquilizar a Hugo, que no cesaba en sus conjeturas, pero como era imposible, le agarró de la mano con fuerza y le arrastró directamente hacia aquellas esculturas de ébano, que adoptaron poses muy masculinas al ver lo que se les acercaba. «Menudo par de pollitos» pensó Julia, pero se equivocaba. A medida que la distancia se acortaba, dos sonrisas asomaban a la cara de los gemelos cuyos ojos irradiaban una luz especial. Un pensamiento transitorio, de los que no vienen a cuento, cruzó por la mente de Hugo: «al menos cuando Seiya me pregunte sólo tendré que describir a uno».

—Frambuesa... —el negro de la izquierda ofreció su mano.

—No es que tenga superpoderes, es que lo llevas escrito en la frente —se disculpó el negro de la derecha. Luego fingieron buscar algo alrededor de sus maletas y, como iban vestidos igual, preguntaron al terminar—. ¿A que ya no sabéis quién es quien?

Esta broma consiguió romper el hielo de una forma tan espontánea que Julia quedó encantada con los jovencitos, pero no logró desviar la atención de la condesa de algo que le había asombrado: ¿Cómo era posible que estos dos hubieran podido entrar en su mente sin que ella se hubiera dado cuenta? No eran comparables a Yifán. Así que les preguntó de una manera muy directa.

—No hemos entrado en tu mente. A veces nos movemos en un nivel diferente de percepción. Por cierto, me llamo Deimos. Soy la personificación del terror según la mitología griega.

—Eso. O un satélite de Marte —bromeó Julia—. Y tú debes de ser Fobos —dijo estrechando la mano del otro satélite—, la personificación del temor y el horror.

—Según la mitología griega, y según mi madre —respondió Fobos.

—Pues este es Hugo —presentó Julia.

—Es un nombre germano que personifica la perspicacia, la brillantez y la inteligencia —aclaró el argentino.

—Habrá que ver si tenían razón —bromeó un gemelo—. En realidad nuestros nombres son normales, pero preferimos los motes. Nos los puso mi madre porque desde pequeños fuimos confundibles e ingobernables. ¿Qué significa Julia?

—Pues viene de una de las mas viejas familias de patricios de la Antigua Roma, descendientes de Eneas, padre de Rómulo y Remo... —los chicos simularon aburrirse y bostezar.

—Nos gana —dijo uno.

—Sí —confirmó el otro.

—Se nota que tiene, no sé, más clase.

—Totalmente de acuerdo.

—Otro nivel.

—¡Basta! —protestó Julia—. ¿Es qué no podéis parar?

—No te enfades, que solo nos metemos con las guapas —uno de los dos arrastró la «s».

Hugo decidió invitarles a tomar algo, a ver si se callaban, esto podría prolongarse hasta el infinito. ¡Vaya par! Y así fue como se conocieron y entablaron amistad. A medida que la confianza crecía, Hugo les confesó que le tenían muy intrigado, porque era la primera vez que encontraba algo así. ¿Qué percepción era aquella que operaba en un nivel diferente? ¿Era algo en lo que ellos habían trabajado? ¿Acaso su condición de gemelos había sido determinante? ¿Es que nunca terminarían las sorpresas?

Pues no.

Los hermanos les contaron que ya nacieron con ese don, que nunca lo trabajaron y que aún quedaba lo mejor: tenían una hermana autista con un leve síndrome de Asperger, con la que compartían sus extraordinarias facultades.

—¿A estas alturas con Asperger? Pero si se puede tratar en el feto —se asombró Hugo.

—Sí —respondió Deimos—, lo sabemos, pero mi madre es muy religiosa y mi padre prudente, así que la una porque tenía que aceptar lo que Dios nos enviara, y el otro por miedo a que investigaran a la familia, el caso es que ambos aprovecharon esa excusa para no tratar a Leiza, a quien mi madre puso ese nombre que significa «consagrada a Dios».

—Y por suerte no fue tratada —añadió Fobos.

—¿Pero tú eres consciente de lo que estás diciendo? ¿Te parece bien que no se haya tratado a vuestra hermana? —se sorprendió Julia.

—¿Has conocido a alguien como ella? —dijo uno de los gemelos.

—No, pero sé lo que significa ser autista —Julia no encontraba explicación a esa barbaridad.

—No, no... Me refiero a que si has conocido a alguien que tenga nuestras capacidades y además síndrome de Asperger.

—A nadie.

—Verás, resulta que entre nosotros tres, su autismo tiene un efecto... potenciador.

—¿Potenciador? ¡Venga hombre! —saltó Hugo, que había averiguado más cosas en los tres últimos meses, que en toda su vida.

—Para que lo entendáis. Nosotros somos unos saltimbanquis a la hora de pensar y el autismo de Leiza, nos centra cuando pensamos juntos los tres a unos niveles alucinantes. Lo que no conseguimos en días de trabajo se logra con mi hermana en un rato. Los Asperger carecen de empatía, de habilidades para la vida en sociedad y por eso se centran en sí mismos. Ella eligió desarrollar sus investigaciones en sociología y quiso hacerlo con el mejor: un profesor colombiano que imparte clases en la ciudad de Medellín; por ese motivo decidimos acompañarla desde África a Sudamérica y aprovechar para estudiar en la misma universidad algo diferente a la ingeniería: neurolingüística, que es una rama muy útil para los ingenieros a la hora de comunicar mente y máquina. Estudiamos juntos y a veces pensamos juntos —dijo Fobos.

Hugo estaba boquiabierto.

—¿Y la habéis dejado sola? —preguntó Julia.

—No, ¡qué va!, tenemos un pequeño ejército de Nanos terapéuticos. Es que Leiza nos regaló una semana de vacaciones por nuestro cumpleaños.

—¡Ah...! —exclamó Julia pensativa—. ¿Y ella que investiga exactamente?

—Pues el arte de prever comportamientos sociales a futuro a través del estudio social de la historia y la forma de representar todo eso con las matemáticas. ¿Os acordáis de la «sicohistoria» de Asimov? Es algo parecido, pero a corto plazo y no es ficción. Ser especial le hace ser objetiva y su objetividad le da ventaja al investigar, además de avanzar más rápidamente al pensar junto con nosotros cuando nos necesita.

—¡Espera, espera! —interrumpió Hugo—. Es la segunda vez que decís «pensar juntos». ¿Qué es eso de que pensáis juntos? ¿Vosotros dos? ¿Los dos? ¿Los tres? ¡Vamos! ¡Yo, llegado a este punto, necesito alcohol! —y pidió un chuflay con doble de gaseosa y muchas rodajas de limón a un Nano camarero de la barra de al lado.

—¿En serio te has pedido un chuflay? —preguntó Julia.

—Sí ¿qué pasa?

—Nada, nada... Pídeme un té, por favor —y guiñó un ojo a los gemelos que se estaban divirtiendo un montón—. ¿Queréis tomar algo? —preguntó Hugo. Los dos negaron—. A ver, entonces ¿me estáis diciendo que los tres podéis pensar como una sola mente.

—Sí —respondieron al tiempo.

—Y eso ¿qué quiere decir?

—Pues a ver... —reflexionó Deimos—. Imagina una canción: para cantarla juntos, todos tenemos que conocer la melodía, la letra... Pues esto es lo mismo pero poniéndote a pensar sobre alguna materia de estudio que conozcamos todos.

—Me encantaría ver cómo funciona —pidió Hugo.

—Podemos enseñároslo en el Burning, aquí hay demasiado jaleo.

—¿Y lo habéis intentado con alguien que no fuera vuestra hermana? —dijo el argentino.

—Sólo con un primo pequeño que tiene un nivel similar al nuestro, pero con él, el tema de momento se limita a videojuegos —confirmó uno de los gemelos— ¿Por qué no probamos nosotros cuatro? —sugirió.

De repente algo cambió en la cara de los africanos. Se les notaba preocupados. Su carácter divertido, su espontaneidad y sus bromas se habían esfumado.

—¿Qué ocultáis? —preguntó Deimos.

Los nodos de Julia y Hugo les acababan de enviar un archivo de las Yayas, quienes habían remitido también una copia a Yifán. Hugo fue a decir algo, pero en el aeropuerto sonó un aviso de embarque urgente para el zepelín al Titicaca nombrándoles a los cuatro. Era el tercero pero ellos habían estado tan enfrascados en sus cosas... Habían hecho callar una y otra vez a sus Nodos como el «cinco minutitos más» de quien apaga el despertador. ¿Destino? La fiesta del Hombre Ardiente. ¿Destino? La excusa perfecta para no tener que responder en ese momento a los gemelos y poder pensar una estrategia.

—Oye, os vemos en el lago y hablamos sobre eso que creéis que ocultamos. Os vamos a contar algo que pensaréis que es irreal. ¿Quedamos para comer en cuanto nos instalemos?

—Vale —dijo Deimos que seguía con los ojos la trayectoria de avance de un ser espectacular.

—¡Eh! ¿Nos sentamos con ese pibón? —sugirió Fobos.

—¡Hecho! ¡Hasta luego! —y los dos salieron disparados tras una melena de pelo liso castaño.

33 El ácaro sedente del Titicaca

—¿A Higía? ¡A Higía! —había gritado Julia al aire justo antes de desembarcar.

Acababan de llegar al Titicaca.

Hugo, que ya tenía la pierna derecha en la rampa de descenso, dio un salto hacia atrás y volvió a meterla dentro del zepelín: no lo pudo evitar. Era de los que pensaban que las mujeres estaban medio locas por definición, pero de ahí, del tópico, a gritar como una energúmena en medio de la cola...

No llevaban ni cinco minutos posados junto al lago cuando a Julia le llegó un mensaje de Thomas. Ella le había pedido formación y responsabilidades, y ahora él la enviaba a aprender con los directivos de la base minera más importante que tenían las empresas de la familia en el cinturón: a Higía. A la órbita entre Marte y Júpiter a tres UA del Sol. Allí, en aquella roca muerta repoblada con Nanos y humanos, a disfrutar de la compañía de doscientos millones de asteroides monísimos para acariciar... ¡A la frontera del sistema solar interior...! ¡A tomar por culo! Si su abuelo quería deshacerse de ella, mejor que hubiera puesto veneno en la comida o hubiera pagado a un asesino a sueldo.

—Lo primero es instalarse —dijo Hugo, que vivía al margen de la charleta de Julia y solo oía «blablablá...».

Entregó la tienda automontable a un Nano que les precedió por el aire hasta el lugar indicado por los organizadores del festival. Ellos le siguieron en dos bicicletas que recogieron poco después de desembarcar y cuando llegaron al lugar asignado, el Nano se detuvo, hizo descender su carga hasta el suelo y se largó a toda prisa mientras la tienda se desplegaba y se armaba.

—Pero ¿cómo se puede tener tan mala suerte? —exclamó Julia, que seguía erre que erre.

—Escucha —dijo Hugo mientras se desabrochaba la mochila—, míralo de esta manera: aprenderás un montón y estarás mas cerca de Yifán.

—¿Me tomas el pelo? ¿De verdad has dicho que estaré más cerca de Yifán? —Julia ensartó a Hugo con la mirada mientras este inspeccionaba los alrededores—. ¿Qué hay de malo en la Tierra? Y encima va y me dice ¡qué salgo en cuatro semanas desde la Guayana Francesa!

Un payaso zancudo pidió paso.

—Piénsalo bien, chica, Higía es el centro neurálgico del imperio de tu familia, donde se toma cada decisión, donde reside el verdadero poder. No te quejes.

—Te estás ganando un bofetón, y no bromeo —dijo Julia sonriendo.

—Nena, de todas formas, te pasa lo que te pasa por bocazas ¡Eh, tú! —una tía en patines casi se los lleva por delante—. ¿De verdad hacía falta soltarle aquello de «... y para demostrártelo haré lo que tú quieras»? —preguntó Hugo.

—Pensé que si no le ponía condiciones, todo iría mejor.

—Pues ahora tendrás que apechugar con las consecuencias. Y lo peor es que, a estas alturas, ya no puedes decir que no. Al menos vas de macho alfa.

—Gracias por los ánimos, princesa —contestó la viva imagen de la indignación, mientras continuaba sacando de las mochilas sacos para dormir, comida, ropa, apaños para el aseo...

—¿También tendremos que curtir nuestras propias pieles para vestirnos? —había preguntado Julia con sorna.

—Puedes ir desnuda si quieres: nadie se fijará —respondió Hugo, que se había quedado en zapatillas y hacía como si pretendiera salir así de la tienda.

—¿No irás a...?

—¡No mujer, no! Ahora me visto.

Cuando los gemelos les enviaron la localización de su tienda ya habían terminado de instalarse y Julia comprobó que se encontraban a veinte minutos de los pollitos negros, así que decidieron dar un paseo hasta allí.

Una vez fuera pidieron información a los Nodos, que les dijeron durante el paseo que, en las zonas de ocio, la organización había dispuesto esculturas, tornados artificiales para volar, castillos hinchables, dragones submarinos para navegar bajo el lago, norias, camas elásticas, pistas de patinaje y todo tipo de atracciones. Además de los puntos de recogida y entrega de bicis y planeadores, también existían dispositivos de impresión para todo tipo de artículos de primera necesidad, así como Nanos médicos, informadores, y mil cosas más. A diferencia de otros años, esta vez, la escultura del hombre a quemar era una doble hélice de ADN hecha, a su vez, de cuerpos humanos desnudos entrelazados en una espiral color carne diseñada por un maestro fallero de Valencia, incondicional del Burning Man.

Habían quedado en visitar a Deimos y Fobos, aunque comer con ellos era en realidad una excusa para hablar, explicarles lo que habían descubierto hasta el momento y ponerse a trabajar para esclarecer qué era eso de los hermanos pensando a tres bandas.

—Tengo curiosidad por ver cómo funciona —dijo Hugo, mientras se dirigían hacia la tienda sin sospechar lo que se iban a encontrar.

Y al girar en un cruce de calles, frente a ellos, rodeada por una multitud de curiosos, apareció la tienda... o lo que fuera eso. Julia no quiso pestañear para no perderse nada y a Hugo comenzó a picarle el cuerpo. ¡Era un ácaro sedente!, gigantesco, semienterrado en un pequeño cráter y con proyecciones holográficas externas que simulaban estar ardiendo. No encontraron ni las palabras para describirlo ni la entrada, hasta que sus Nodos les indicaron que debían atravesar una de las bocas ribeteadas de pinchos y tentáculos, que fascinaban por su realismo.

Unos niños que había cerca prestaban tanta atención a todo que sus helados se habían derretido y resbalaban por las muñecas, los brazos y los codos. Estaban encantados y ofrecían al bicho los barquillos. Cuando un tentáculo se acercaba, ellos retiraban las manos, reían por la emoción, se abrazaban a sus padres y lo volvían a intentar. Una locura. Pero se quedaron atónitos cuando Julia y Hugo se metieron por aquella boca horrorosa, el ácaro los sorbió, los dientes masticaron, y la tienda escupió ropa y calzado simulados antes de eructar.

Pero si el exterior de la tienda era un infierno, su interior el paraíso: las paredes eran la selva, el cielo su techo y el suelo, flexible y transparente, era el techo de un enorme acuario con peces de colores, algas, pequeñas gambas rojas y blancas, caracoles, hipocampos...

—En realidad es una cama de agua —dijo Fobos—. Ya sabéis que el agua nos relaja.

—¡Y a las tías les encanta! —añadió Deimos.

—¡Menudos tunantes estáis hechos! ¿Alguna vez os tomáis algo en serio? —preguntó Julia—. ¿Toda la tienda es una cama?

—No, ¡sí! —dijeron los dos a destiempo.

—Oye, veréis —dijo Hugo—, Julia y yo hemos estado hablando durante el vuelo y nos gustaría saber qué es eso de pensar juntos. ¿Podemos probar con los quipus? Le he estado dando vueltas y creo que todos hemos estudiado algo relacionado con el lenguaje: Julia lenguas más muertas que vivas, vosotros un máster de neurolingüística y yo, que soy *geneantropólogo*, estudié paleografía.

—Tu lengua sí que va a estar más muerta que viva —dijo Julia dirigiéndose a Hugo—. Por cierto, que incómodo es esto; se me duermen las piernas.

La alemana y el argentino se habían sentado en el suelo y se movían como tentetiesos; mientras que Deimos y Fobos los observaban tumbados.

—¿Los quipus son esa escritura compuesta por cuerdas con nudos? —preguntó Fobos.

—Sí —respondió Julia—. Un sistema de escritura usado por el imperio Inca: una cuerda principal de la que cuelgan trenzas de lana o de algodón, semejante a un collar de nudos con cuerdas secundarias. Son uno de los enigmas sin descifrar de las civilizaciones precolombinas. Hay quien dice que se trata de un sistema de escritura en más de dos dimensiones pero nadie sabe qué contienen.

—¿Y de esto no existe ninguna piedra rosetta como la de los jeroglíficos egipcios? —preguntó Fobos.

—No —negó Hugo— El trenzado, los colores, la forma de los nudos, la separación en las cuerdas..., todo cuenta —añadió Julia balanceándose.

—¿No te recuerdan a la descripción que hizo Inés de los pensamientos de Morga, cuando accedió a su mente en el camarote del San Diego para intentar evitar la masacre?

—¿Qué? —preguntaron a la vez los dos negros.

—Hugo, cuéntales —dijo la condesa.

—¿Os parece que os contemos primero el montón de cosas que hemos averiguado? Luego seguiremos con lo vuestro —dijo Hugo.

Y Hugo comenzó a relatar lo que habían averiguado.

Poco después de comenzar a hablar, Fobos pidió al Núcleo de la tienda que no dejara entrar a nadie. Después el argentino resumió en una hora los hitos más importantes de la historia que tenían detrás: el encuentro con Yifán, su reencuentro en Roma con Julia, los descubrimientos de las Yayas...

Por último, Julia abrió su mente para que conocieran de primera mano a Krito y lo averiguado en Mérida.

Aquel momento sería uno de los más importantes en la vida de los gemelos, el momento de la inocencia perdida y el instante en el que ambos supieron que ya nada sería igual.

Antes de irse a comer, Hugo y Julia complementaron estas revelaciones con la lectura de la última entrega de las Yayas, el envío de datos que tanto les había alterado en el aeropuerto de La Paz, cuando les cambió la cara frente a sus nuevos amigos.

34 Y Belcebú reinó sobre la Tierra

Durante el año de Nuestro Señor de 1573 el diablo había cambiado de rutina y había decidido establecer su reino en la Tierra disfrazándolo de invierno. En estos dominios entronizó como regente al frío, con poder para causar quemaduras por el hielo. La treta le había salido bien a Lucifer, puesto que cosechaba ánimas a mansalva: por un lado las de los infelices que condenaban de continuo a Dios por la ruina de los campos y, por otro, las de los hombres justos que dejaban de serlo a causa de tanta penuria. También eran suyas las almas de las mujeres que morían entre dolores, maldiciendo en el parto; así como las de la madres que llenaban España de retoños muertos que iban directos al limbo sin haber recibido el primero de los sacramentos. Y junto con estas, las de un sinfín de réprobos.

A tal punto llegó el deterioro de las relaciones humanas con la divinidad que hasta al mismo rey Felipe II, tan devoto, que gobernaba sobre una cuarta parte de la población del globo, le costó aceptar la voluntad de quien fuera su Señor el día que murió su hermana, doña Juana de Austria, que siempre había sido un apoyo incondicional para el monarca. Era difícil sobrevivir en la España europea de aquella pequeña Edad de Hielo y por tanto también lo era sobrevivir en Uclés, aunque en la casa de Inés la dificultad no llegaba a ser penuria.

No es que estas circunstancias fueran causa de su agravamiento, pero tampoco ayudaban a Álvaro, el capataz, que ya vivía de prestado gracias a los cuidados de Al Hakam.

Después de haber salvado a su nieto del veneno de las abejas, el morisco se había ganado su confianza y mientras se ocupaba del pequeño, se dio cuenta de que el abuelo padecía otras dolencias e hizo a Inés y a Arquelia partícipe de sus temores, llegando poco después a la conclusión de que aquel soportaba un dolor intenso, a pesar de la ausencia de quejas y la máscara de amabilidad que mostraba.

A ojos de Al Hakam su estado era lamentable pero ¿qué decía el capataz cuando se le preguntaba? Pues que si los lunes era el frío, los martes las preocupaciones, los miércoles la pierna, el remusguillo en el estómago de los jueves, la cabeza que no para los viernes, el sábado algún golpe y uno o dos domingos llegó a sentirse mejor. Cualquier cosa era válida menos la verdad. El enfermo no lo comentaba con nadie, pero sabía que se moría y Al Hakam presionó y presionó hasta que el capataz confesó porque quizá más que potingues, lo que necesitaba era desahogarse.

El caso es que cuando obtuvo la confidencia, el cristiano nuevo se puso manos a la obra. Al principio hubo alguna esperanza porque su paciente mejoraba, pero últimamente había empeorado y el amante de Inés, que tuvo que abandonar casi todos sus libros y pócimas en Córdoba, sólo pudo dedicarse a paliar el dolor.

Ni Álvaro ni el morisco eran personas de muchas palabras, pero se entendían con miradas y gestos. En el silencio radicaba precisamente su entendimiento.

Los días fueron y vinieron rápidamente hasta que uno cualquiera, que amaneció nublo, el dolor se disparó y al anochecer, cansado ya de luchar, el marido de Arquelia tomó la decisión que había estado posponiendo durante tanto tiempo.

—No me queda mucho, Arquelia —dijo a su mujer—, y no quiero que mi vida se desperdicie en este mundo asqueroso. Quiero ser útil una última vez.

—Pero, ¿qué tonterías son esas? —protestó ella.

—He pensado mucho en Inés. ¿Habéis encontrado alguna solución?

—No. Si intentamos algo podemos perderla y además quiere dar a luz a ese hijo. No sé que es peor.

—Pues yo sí. ¡Llámala!

—Pero...

—Llama a Inés. Y que también venga Marino. Os necesitaré a los tres. No tengo miedo a morir y lo que quiero hacer no me da respeto.

Álvaro extendió la mano, su mujer la tomó y miró aquel brazo que una vez había sido tan fuerte, que había trabajado tanto durante toda su vida de sol a sol... Nadie se merecía eso.

—Ya veo que no bajas la guardia —dijo ella.

El capataz empezó a toser. Le faltaba el aliento.

Arquelia había sido testigo de como los años habían caído de golpe sobre su marido y lo ayudó a incorporarse para aliviar el ahogo.

—No pienses ahora en eso y descansa, hermosón —dijo ella, a quien le resultaba insoportable no poder mitigar su padecimiento. Arquelia necesitó un instante para recuperar fuerzas y las encontró al asomarse al recuerdo de una tarde de noviembre en un pajar varias décadas atrás.

No lo sabía, pero su marido, que permanecía con los ojos cerrados recuperando el aliento, acababa de tener los mismos pensamientos.

—¡Qué pena! —se dijo Álvaro—, llegar tan tarde a la conclusión de que después de esta vida no hay nada; todo este esfuerzo para alcanzar la inexistencia... Los buenos ratos pasados, el cariño, los sentimientos experimentados, las pasiones vividas, nuestras obras, los hijos, los anhelos, las dichas y desdichas; de todo ello solo quedará el testimonio de un cascarón vacío cuando el alma abandone el cuerpo. Es decir: nada.

—¿Qué mascullas? —preguntó su mujer—. ¿En qué piensas?

—En ti y en un pajar —mintió Álvaro.

Arquelia sonrió.

—Me acuerdo muchas veces de lo mal que lo pasé cuando lo de las abejas.

—Ya...

—¡Cómo venía el crío!

Y Belcebú comenzó a malmeter en la cabeza de la mujer, pues primero maldijo el día en que se enamoró, si es que ese era el precio a pagar, y maldijo después la situación en la casa: Inés sin marido y embarazada de un morisco. Si se fugaban nunca descansarían... Si lo supieran en el pueblo, si llegara a oídos de la

Inquisición... Arquelia se obligó a dejar de pensar. ¡Ya estaba bien!, y se fue a buscar a Inés y a Marino.

Álvaro tenía pensado lo que les iba a decir: primero que no interrumpieran y segundo que prestaran atención a lo que vendría después. La noche ya se había echado encima y desde el momento en que el capataz decidió compartir su idea, el destino de todos quedó fijado sin posibilidades de marcha atrás. Cuando terminó, se hizo el silencio, pero Inés no dejaba de pensar ¿cómo podía ser que la felicidad, al llegar por partida doble, se ahogara nada más nacer? El esfuerzo para relatar el plan que había ideado fue tan ingente para aquel hombre, su contenido tan turbador, que acabó agotado y se durmió. Todos abandonaron la alcoba.

Marino se quedó arropando a su padre y les dijo que iría enseguida, así que las mujeres salieron al patio. Hablaban en susurros, turbadas por lo que acababan de oír. Y lo peor de todo es que sabían que Álvaro tenía razón. Subieron a la galería, y allí se les unió Marino. Durante un buen rato Inés sólo atinaba a refugiarse en los brazos de Arquelia sin hallar consuelo en sus manos que peinaban sus cabellos, le acariciaban el rostro, enjugaban sus lágrimas o gesticulaban con determinación intentando encontrar soluciones al problema.

Inés no podía remediarlo: se sentía culpable por haber quedado encinta. La gente le importaba poco, sin embargo la posible actuación de la inquisición contra Al Hakam la atormentaba. Su marido muerto en batalla, ella viuda y con un niño pequeño... Nunca creyó que algún día volvería a conocer el amor, hasta que aquellas abejas asesinas la convencieron de lo contrario. Si no huía con Al Hakam, si se quedaban en el pueblo, no sobrevivirían.

Usaron todos los remedios conocidos para impedir el embarazo, pero ni Al Hakam ni Inés pudieron arrebatar a la Naturaleza lo que, por alguna extraña razón, por algún motivo incomprensible, había deseado con tantísimas ganas.

35 Gato manchego y olor a socarrado

∞ ◆ ∞

Le retorció el pescuezo sin miramientos, a sangre fría, pero no logró acabar con él y se formó un verdadero escándalo a su alrededor mientras el reo luchaba por salvar la vida y, presa de la desesperación, clavaba las uñas en el brazo de Arquelia.

—¡Ven aquí, «anaclán» de uña negra! —maldijo ella.

Cogió un cuchillo por el mango, sujetó la cabeza del pollo contra la mesa y allí mismo lo decapitó. Ni examen de conciencia, ni dolor de corazón, ni propósito de enmienda. El cuerpo del animal, vivo pero sin cabeza, se zafó de las manos de Arquelia y corrió dejando tras de sí un reguero de sangre hasta que cayó al suelo tras golpear la puerta de la cocina. El gato de la casa seguía el desarrollo de los acontecimientos con interés, desde el alféizar.

—Este pollo no es normal. Juraría que me estaba leyendo el pensamiento —dijo la mujer en voz alta. Inés estaba junto a ella.

Metió al ave en agua hirviendo, después comenzó a desplumarla y por último la socarró. El olor que impregnó el aire se convirtió en un faro para los galgos, que surgieron de la nada frente a la puerta de la casa que estaba abierta, entraron al zaguán y se tumbaron en el suelo a esperar, por si acaso. Ajena a los pensamientos caninos, Arquelia llevaba dándole vueltas en la cabeza durante toda la mañana a la solución propuesta por su marido. ¿Cómo convencerían a Al Hakam?

Cada vez que los dolores de Álvaro se mitigaban un poco, el capataz hablaba sobre el asunto con su mujer, con su hijo y con Inés, intentando hallar posibles fisuras que pudieran poner en peligro su plan, e Inés se preguntaba a menudo si no habrían perdido todos la cabeza.

Marino había insistido en que si su padre moría en casa, no podrían ocultarlo, doblarían a muerto, acudiría el pueblo entero y ni ella ni Al Hakam tendrían la más mínima oportunidad.

Un saludo en el patio interrumpió los pensamientos de Inés.

—¡Voy! —dijo Marino desde donde estuviera.

Arquelia e Inés vieron llegar a Venancio.

—No pienses más, hermosona —dijo Arquelia sin dejar de mirar al patio.

—Pero ¿es que no vamos a tener nunca un momento de paz? —preguntó Inés.

—Eres joven, niña, y tienes toda la vida por delante, pero créeme cuando te digo que a cierta edad ya no ves a la muerte como a una enemiga. Paseas de vez en cuando con ella, le cuentas tus penas y no te voy a decir que la desees, pero tampoco te angustia su presencia. Y aunque ahora te parezca una barbaridad, muchos encuentran consuelo en ella.

—Le doy muchas vueltas, Arquelia. ¿Te has preguntado alguna vez qué es la Eternidad?

—¿Cómo?

—Sí, que si te has preguntado qué es la Eternidad.

—Bueno, pues el cura dice que Dios es eterno, la eternidad no tiene principio ni fin...

—No me refiero a eso. Verás, yo creo que la Eternidad comienza con la muerte. Hasta entonces nuestro tiempo en este mundo tiene un principio y un fin pero la Eternidad es una contradicción en sí misma en tanto en cuanto no se trata de un momento, sino de un estado singular de las cosas en donde no existe el tiempo. No importa cuando lleguemos a la eternidad. Da igual cuando muramos, porque todos estaremos juntos en la gracia de Dios en el mismo momento. La Humanidad entera aparecerá en un santiamén frente a Él, llegarán todos a la vez ante Nuestro Señor tanto Adán como el último de los mortales, aunque desde nuestro punto de vista sus muertes se hallen separadas por un sinnúmero de años. Eso es lo que pienso —dijo Inés.

—¡Jesús!, niña. ¡Qué desvaríos! Tanta lectura te ha sorbido el seso.

—El tiempo es un apaño nuestro para no enloquecer, algo que necesita el cuerpo mientras es mortal, porque no tiene otra forma de orientarse. Pero el alma es inmaterial y no necesita esa medida.

—Pero hija, ¿esas ideas no serán un peligro? La Inquisición... —dijo Arquelia preocupada.

—He hablado de ello con Al Hakam. Un tal Averroes y yo opinamos lo mismo. Él estudió el pensamiento humano en profundidad y Al Hakam me ha contado que a este sabio musulmán le intrigaba y a la vez le fascinaba que seres mortales como nosotros pudiéramos llegar a formular verdades universales y eternas. Creía en la unidad del alma de todos los hombres en Dios.

Sonó la campana de la iglesia, como para darle la razón a Inés. «¡Gracias a Dios!» se dijo Arquelia, que se santiguó. No quería oír más.

—Bueno, me voy al corral, estate pendiente de la lumbre —dijo. Se levantó, dio media vuelta y se marchó. «¡Virgen de las Angustias!», pensó.

Inés se había dejado llevar y había quedado atrapada un buen rato en las reflexiones con Arquelia, quien caminaba aprisa hacia el corral muy preocupada por lo que contenía la cabeza de su niña, que mientras la observaba marcharse, no pudo resistir la tentación de entrar en la mente de aquella mujer, que era todo bondad y vio la gran preocupación que guardaba en su interior tanto por ella como por el morisco.

A la mañana siguiente Inés fue a ver al enfermo. Según su mujer, Álvaro no había pasado mala noche. Quería decirle que era más que un padre para ella y un montón de cosas más que se le pasaban por la cabeza, pero solo hablaron de trivialidades, recordaron tiempos pasados y al final fue él quien la tranquilizó.

—Hija, lo que quiero hacer por vosotros no hubiera servido de nada si se hubiera hecho en contra de tu voluntad. ¿Cómo podría irme y dejarte sumida en este infierno? —dijo el capataz.

—Pero si es algo bueno ¿por qué me atormenta?

—Porque somos humanos y me quieres —dijo él—. Me iré pronto Inés. Mis males no tienen remedio y quiero poner condiciones a la muerte, quiero ser su domador. Tienes que entender que esto se acabó. Míralo de esta forma: moriré sin dolor gracias a Al Hakam, rodeado de mi familia y sabiendo que vosotros dos estaréis bien. ¿Qué más puedo pedir?

Los sentimientos desbordaban a Inés.

—Quiero hacerlo —dijo Álvaro agarrando la mano de su niña para que ella sintiera su determinación.

Inés no atinaba a decir nada.

—Por cierto, me ha contado Arquelia lo de Averroes. Ha sido una pena no disponer de un encantamiento capaz de plasmar su cara sobre un lienzo para la posteridad.

—No me hables... —murmuró Inés con una enorme sonrisa escoltada por dos lagrimones.

—Anda, vete. Y cambia esa cara, que mi mujer pensará que es culpa mía y por no oírla...

—Sí —dijo Inés al retirarse de la cama.

—Hija: ¿qué hubiera sido de nosotros si mi nieto llega a morir? Yo hubiera dado la vida por él y Al Hakam no solo salvó la suya sino que también prolongó la mía más de lo que yo merezco. Vivo de prestado.

Inés acarició la mente de aquel hombre, que había conseguido disfrazar su pesar, y lo reconfortó con sensaciones de paz y valor; Álvaro le lanzó un beso con la mano, se le veía cansado. Inés lo arropó y salió. La felicidad futura de Inés y Al Hakam reconfortaba al capataz y reponía sus fuerzas de modo que, cuando Arquelia apareció en la alcoba un rato después, le dijo que pondrían en marcha el plan y que qué había para comer.

—Para ti, no sé. Pero yo te voy a comer a besos. Y si te quedaran mas fuerzas... ¡ay, si te quedaran más fuerzas!

—Prueba —respondió el capataz.

Mereció la pena solo por ver la cara de su mujer.

Inés, que se había puesto a regar los claveles en el patio por hacer algo, saludó a su tío Venancio quien entró en la alcoba como una exhalación. Últimamente pasaba más tiempo en aquella casa que en el monasterio. Al rato salió Arquelia con prisas, en dirección a la calle, guiñó un ojo a Inés y con la excusa de pedir prestados unos ajos se puso a hablar con la vecina de enfrente. Con esta maniobra se aseguraba de que en un par de días, máximo tres, todo el pueblo supiera que su hijo y ella acompañarían a su marido a Burgos, a la behetría de Villegas, donde pasarían un tiempo con su cuñada, la mala, «la que se quedó con tó». Él quería hacer las paces porque no se encontraba bien y más pronto que tarde acabaría presentándose ante Nuestro Señor. Partirían próximamente. Inés también se iría, viajaría a Nueva España poco después: quería empezar de nuevo; ¡que disgusto! Terminada la conversación, Arquelia entró en la casa e hizo una seña a Inés para que subiera a la galería.

—¿Y a eso ha venido el tío? —preguntó Inés.

—Yo lo veo de otra forma —dijo Arquelia sin perder la calma— Creo que el aviso de tu tío nos va a venir muy bien.

—Pero ¿por qué la Inquisición quiere interrogar a Al Hakam?

—Es un morisco —respondió Arquelia—, un cristiano nuevo, un infiel, que para el caso es lo mismo y encima médico. En el pueblo le tienen envidia y alguien lo ha denunciado. Mucho han tardado, la verdad. Hace unos días Venancio oyó pronunciar su nombre al prior, mientras dictaba una carta para el Inquisidor. Casualidad o no, quién sabe. Gracias a Dios que tu tío se entera de todo. No sé cómo puede cuidar de las puertas, atender el palomar, supervisar las obras en la basílica y ocuparse de la intendencia, pero el caso es que encontró el momento para espiar entre los documentos del prior y allí encontró la carta sin terminar junto con el testimonio escrito de la denuncia a la Inquisición.

—¿Y cuánto tiempo tenemos? —preguntó Inés.

—No mucho, la verdad. Así que nos vamos en cuanto podamos. Hablaré con Al Hakam.

—Repasémoslo una vez más. Estoy hecha un atajo de nervios.

—Será un manojo.

—¿Eh?

—De nervios.

—No te entiendo, Arquelia.

—Ay, niña, es igual, déjalo. A ver: Marino, mi marido y yo saldremos todos pasado mañana temprano con el carro de la casa, y Venancio y tú con el del monasterio. En el pueblo ya saben que pasaremos por Mondéjar, que iréis a ver a tu tía Eufrasia y que Venancio aprovechará para llevar a cabo unos recados en el convento de San Antonio de parte de su prior —

expuso Arquelia—. Siempre es preferible viajar en compañía que solos, así que a nadie le extrañará.

—¿A cuánto está Mondéjar?

—A una jornada.

—¿Y luego vosotros continuáis hasta Guadalajara?

—Sí, eso diremos a la Eufrasia. Que iremos a Guadalajara, pero seguiremos juntos y... lo haremos poco después —a Arquelia le costaba continuar e Inés le cogió la mano—. Allí nos separaremos.

—¿Y el tío y yo nos volvemos luego con el cuerpo?

—Venancio y tu os volvéis a Uclés con el cadáver en el doble fondo del asiento del carro del monasterio —le recordó Arquelia.

—¿Y el nene?

—Se queda con sus primos. Mi hijo y yo continuaremos hasta Villegas, donde diremos a mi cuñada que mi marido murió en el pueblo y que por eso hemos ido a verla. Ella es muy mayor así que no existe ninguna posibilidad de que envíe alguien a preguntar a Uclés. De hecho ni siquiera sabemos si vive. De todas formas, como siempre quiso quedarse con todo y nosotros no le vamos a reclamar nada, callará. En Villegas estaremos un tiempo. Suficiente como para que Al Hakam y tu os podáis marchar.

—Arquelia, ya sabes que no os va a faltar de nada porque os vais a quedar mi tío, tu hijo y tú al cargo de la casa —dijo Inés—. ¿Te ha dicho Al Hakam cómo hacer?

—Sí —dijo Arquelia.

—Ya sabes —insistió Inés—: cuatro veces la medida para el dolor mezclada con el polvo negro que me ha dado. Ese polvo retrasa la descomposición de la carne una vez que el alma se ha encontrado con Nuestro Señor, y me aseguró que tu marido dejará este mundo en paz. Venancio le dará la extremaunción y tendrá que confesarnos a los demás. Arquelia, yo... —dijo Inés compungida.

—¡Ni yo, ni ya! —Arquelia cortó por lo sano.

Luego recordó a Inés que ella y Venancio debían llegar a Uclés al atardecer, cuando los del pueblo estuvieran cenando. Meterían el carro en la casa y bajarían el cuerpo a la cueva, que está más fresca, donde le tintarían el pelo de negro. Al día siguiente Venancio devolvería el carro al monasterio y Al Hakam cargaría el cadáver en el hueco que habían preparado en el carro de la casa. Sobre el doble fondo pondrían los utensilios, las sogas, las maderas y poleas. Con la excusa de la reparación del molino él se llevaría el carro bien temprano. En cuanto saliera de la casa estaría solo.

Y llegado el momento así ocurrió.

Una vez en el molino, Al Hakam sacó al muerto de entre los trastos, intercambió sus ropas con las de él y lo puso de tal forma entre la muela y la solera que, al quitar el freno de la noria, el cadáver fue triturado. Al Hakam se escondió en el mismo hueco del carro donde había estado el cuerpo del capataz, y esperó. A partir de ese momento todo estaba en manos de Alá, de Dios.

Venancio que se encargó de que el prior le mandase al molino a vigilar al morisco que había sido acogido por la familia de su difunto hermano, comunicó el fatal accidente. La voluntad de Dios hizo que fallara el freno del engranaje mientras el morisco limpiaba el mecanismo, que el molino se pusiese en marcha con el infeliz dentro y que ocurriese lo que ocurrió. Del cuerpo triturado de Al Hakam solo quedó reconocible la ropa y el pelo. ¿El resto? Una pasta de carne humana. El horror evitó que se acumularan los curiosos, y como al fin y al cabo la desgracia le había ocurrido a un cristiano nuevo, pues ¡hala!, para el cielo. Menos mal que se había convertido a tiempo, que si no, ni eso.

Dieron gracias a Dios.

La semana posterior a los hechos fue horrible para Inés porque se sentía culpable; para Venancio porque se estaba jugando el cuello y para Al Hakam porque, oculto en la casa grande, no podía salir de allí. Fueron días muy amargos. A los sentimientos encontrados había que añadir el incesante trajín de los preparativos de la partida de Inés y la intromisión de los vecinos atentos a todo lo que ella hacía... Que sí, que el amor todo lo puede, pero esa no era la cuestión porque su vientre no paraba de crecer, como acelerado por algún motivo: Viuda, madre y embarazada de un morisco, tenía que marcharse de Uclés y no veía la hora.

Y es que la denuncia a la Inquisición no había hecho sino reafirmar a todos en su determinación.

∞ ◇ ∞

36 Un palomo héroe de la península ibérica

—El Sistema Solar, al igual que Roma, la Tierra o el Sol, tuvo su minuto de gloria como centro del Universo a lo largo de la Historia —repasó la IA Lógica—. Luego fue condenado al olvido cuando, descubiertas las galaxias, el Cosmos multiplicó su tamaño hasta el infinito. No obstante, pronto resurgió el interés hacia él, debido a que los vuelos de la Voyager I y la Voyager II formularon más preguntas que respuestas en relación a sus descubrimientos, incentivando el nacimiento de una época de exploración. Y así, entre unas cosas y otras, se confirmó la existencia del Cinturón de Kuiper, más allá de la órbita de Neptuno, y su particular borde exterior: «el acantilado».

—¿Por qué es peculiar el borde? —preguntó la IA esquizoide.

—Pues porque allí hay un cortado, hablando en términos astronómicos; un punto en donde la densidad de los objetos que integran el cinturón decrece de manera drástica —respondió su compañera Lógica—. ¿Quién mantiene las rocas a raya?, ¿quién pastorea aquel rebaño de montañas que flotan en el espacio?, ¿qué es lo que recorre el perímetro del cinturón exterior para que su borde esté tan definido?

—No lo sé.

—La Anomalía.

—Ah! ¿Qué es la Anomalía?

—Pues algo que no es normal.

—O sea...

—Ni idea. YAHVEH la detectó, pero ignoramos cual es su naturaleza. ¿Has disparado alguna vez contra un cristal?

—No, ni tú tampoco.

—Pero si lo hicieras, solo verías los efectos. Pues con ella ocurre algo parecido. No se comporta como algo propio de este Universo. En su viaje a través del espacio, permanece en todo momento alineada a la vez con el Sol y con nuestro planeta y, a pesar de estar tan lejos, en un año terrestre completa una órbita cuyo radio es casi cien veces mayor que el de la órbita de la Tierra.

—Se necesita mucha velocidad para mantener esa alineación...

—La tierra se mueve a más de cien mil kilómetros por hora en su viaje anual alrededor del Sol, de modo que tú calcula. Y por como ha dejado el borde del Cinturón de Kuiper, es decir «el acantilado», la Anomalía debe de llevar así desde el principio de los tiempos. Hubo una época en que fue llamada el planeta «X».

—¡Qué interesante repasar todo esto!

—Sí. Para mí es una diversión. Oye, ¿has encontrado algo nuevo sobre Inés en la Red?

—Algo más tenemos, pero hay que montarlo antes de enviarlo. Déjame novelar el texto y luego te lo paso para que le des forma. Si no, acabaré volviéndome más loca —dijo la Yaya Esquizoide.

—Lógico —añadió la Yaya Lógica.

Y después de esta charla, que transcurrió en un parpadeo, ambas siguieron trabajando a la velocidad de la luz sin sospechar que a 30 UA del Sol, Yifán le daba vueltas a lo mismo en la cantina de la Arrowhead. Habían previsto saltar hasta «el acantilado» después de hacer escala en Encélado; sin embargo, el Núcleo de la nave acababa de informar que, según YAHVEH y los demás instrumentos de recogida de datos, la Anomalía acababa de desaparecer.

Se había esfumado otra vez.

«Ahora va y se nos escapa», pensó Yifán.

Bueno, al menos sabían dónde iba a estar cuando reapareciera: alineada con la Tierra y el Sol. Dado que para mantener esa posición se desplazaba a una fracción de la velocidad de la luz, la Arrowhead se veía obligada a moverse a saltos usando su motor *warp*, ya que alcanzar esa velocidad acelerando no era una opción. Por tanto, cuando terminasen en Encélado continuarían con el plan de vuelo aprobado e irían hasta el borde exterior del cinturón. Aprovecharían para recorrer la órbita de la Anomalía e ir dejando estaciones de estudio a intervalos, mientras esperaban a que volviera.

La Anomalía nunca había sido vista directamente, solo se tenía conocimiento de ella por sus efectos ya que actuaba al margen de lo conocido, excusando toda concreción de forma o aspecto, y aunque no fuera un dogma de fe, sí constituía una certeza que parecía creada por mentes como las de Escher o Dalí.

Cada vez que Yifán consideraba lo que Julia le había contado sobre las abducciones en Mérida, le asaltaban las dudas. Y, de pronto, sin saber por qué, pensó en su mascota, una piedra ultrabásica gallega de doscientos millones de años de antigüedad que compró en la red. ¿A qué se debía esa asociación? Estaba cavilando sobre esos saltos en el pensamiento que tanto le fascinaban cuando notó como si le hubieran golpeado en la nuca: alguien fijaba su mirada en él desde el otro extremo de la barra.

Iba a girarse, cuando el Nodo le avisó que Núcleo había hablado con las Yayas de Hugo.

—Yifán, tienes un mensaje —dijo Núcleo.

—Dime —dijo Yifán mientras miraba hacia el lugar desde donde había sido observado para ver alejarse a uno de los de seguridad.

—Las Yayas de Hugo —dijo Núcleo— me han contado que han descubierto una relación entre la desaparición de la Anomalía, las ausencias de Krito y las oleadas de abducciones en la Tierra, así que disponen de una ocasión excelente para comprobar si esa teoría tiene algún fundamento. Si Hugo está en lo cierto, en algún rincón del planeta se llevarán a cabo secuestros misteriosos y raptos alienígenas que ellas pensaban descubrir.

—Aligera, ¿para qué me querías?

—Verás, la IA Esquizoide y la otra han estado trabajando para novelar en dos partes el último hallazgo respecto de los orígenes de vuestra estirpe según el libro de viajes de Inés que van completando poco a poco. Han enviado una parte, que ya han terminado, pero si deseas el texto completo tendrás que esperar.

—Pues muchas gracias, pero no quiero esperar, me gustaría leerlo.

Yifán lo descargó y pidió al Núcleo de la nave que le proporcionara una zona de lectura en la superficie misma de la barra del bar. Apareció la primera frase, que bien podía aplicarse a sí mismo porque se refería a la oscuridad de la noche aunque, a diferencia de Venancio, la que vivía Yifán era perpetua.

Comenzó a leer:

«Otra noche oscura», pensó Venancio al asomarse al balcón de su celda y contemplar la luna a «caldero echao» que, sobre la muralla, y acunada por rayos de luz que abrazaban el contorno de una parte de su esfera, parecía enorme. ¿También estarían viéndola ellos?

El viento, con olor a estiércol, le sirvió una bocanada de realidad.

—Hora de comenzar —se dijo.

Tomó de la pared de su celda el manojo de llaves que colgaba de un clavo junto a la cama. Cerró de un portazo y bajó por la escalera de servicio, que no cesaba de crujir a cada paso hasta que llegó al zaguán. Lo primero era revisar la puerta principal.

Clac, clac, retumbaba el golpear del picaporte, hierro contra hierro, entre las bóvedas. Venancio cruzó hasta el extremo opuesto del patio, bordeando el brocal del pozo en dirección a la basílica y comprobó desde dentro que los dos portones que daban al exterior se encontraban cerrados. Luego aseguró las puertas de la sacristía, las cocinas y algunas de servicio. El edificio estaba protegido: nada ni nadie podría salir o entrar, pero faltaba la ronda interior que comenzaba en la escalera principal.

A medida que subía los peldaños, el cansancio mermaba sus fuerzas y cuando llegó al claustro del piso superior sacó un pañuelo de la manga, enjugó el sudor en cuello y cara y suspiró. También secó sus manos antes de volver a guardar el moquero. Reanudó la marcha: clac, clac.

—Ave María purísima —se oía la voz de Venancio en el primer piso.

—Sin pecado concebida —le respondían.

Tenía prisa por terminar para irse a rezar: veinte días desde que habían zarpado. Ya debían haber sobrepasado las Canarias y se habrían internado en el Atlántico. «Tempranillo» no le había fallado. Hizo bien en dárselo a Inés. ¡Qué palomo! Él le trajo aquel mensaje, la diferencia entre saber o vivir sin certezas con los tres dibujos sobre papel: un palo mayor, un pez y el número cinco: «Hemos pasado Palos de la Frontera hacia América y estamos todos bien». Era esperanzador saberlo aunque, a la vez, frustrante por no poder responder. Habían acordado liberar a Tempranillo antes de perder de vista la costa andaluza. Sobre tierra no había problemas, pero las palomas mensajeras se pierden en el mar.

Las buenas nuevas fueron un bálsamo para Venancio, Marino y Arquelia. Ese mensaje era la prueba de que habían superado la burocracia de Castilla en la Casa de Contratación de Sevilla. Aunque Inés hubiera influido en algunas mentes para encontrar un capitán honorable, no ser descubiertos o conseguir un buen precio para el pasaje, el Señor había cuidado de ellos al menos hasta que embarcaron; también significaba que habían sobrevivido a un viaje por media península sin que les robaran, sin enfermar, los cinco juntos y con bien.

—¡Gracias, Señor! —exclamó el monje en voz alta.

La felicidad abrumaba a un Venancio a quien la tensión de estas últimas semanas había pasado factura en Uclés. Tras la llegada del palomo, quienes le veían sonreír entre arranques de llanto a cualquier hora, se felicitaban por poder contar en la congregación con un hombre santo; y como era de esperar, esto llegó a oídos del prior que exclamó cuando lo supo:

—¿Un diácono que ríe y llora?

Así que, preocupado, decidió preguntarle una tarde en la huerta que qué tenía que le veía ensimismado. Venancio puso en práctica el plan que había ensayado con ayuda de Al Hakam: sepultar al Prior en información, ya que era hombre mundano y de poco aguante intelectual. Un buen gestor, nada más.

Contestó pues Venancio, que había sido objeto de una revelación: su alma entera, todo lo que era, se lo debía a Dios, a Jesucristo Nuestro Señor y al Espíritu Santo, Trinidad que eran uno y estaban en todas partes a la vez. Y añadió una segunda y tercera, y cuarta cosa, impidiendo que el prior se repusiera de la sorpresa de la primera. Ser consciente de un hecho de tal magnitud, hacía que su alma, embriagada de agradecimiento desbordara en lágrimas pues se sentía incapaz de consentir pecar. La nueva visión que ahora tenía del mundo, la admiración por la «pluscuamperfecta» obra de Nuestro Señor, la cual correspondía al Hombre administrar, le arrobaba el ánimo a todas horas. Moría porque no moría, al igual que la madre Teresa.

El prior no atinaba a digerir la perorata del diácono, que había expuesto sus argumentos de una sola atacada, por lo que, abrumado por tanta filosofía espontánea, y presa de preocupaciones más urgentes que escuchar charlas beatas, lo despachó rápido bendiciendo tanta inocencia y no queriendo ni pensar en tener que soportar el inicio de otra sopa verbal, a pesar de que a Venancio, las cosas como son, lo tenía en gran estima. Se había preocupado por nada, así que se desentendió, bendijo al religioso y respiró tranquilo.

Habían pasado unos días desde que ocurrió aquello y cada vez que se acordaba, Venancio sonreía. Se sentó un momento en un banco que había junto a la pared y se emocionó al recordar lo peligroso de aquel plan: la muerte real del capataz, la fingida de Al Hakam, el viaje de la pobre Arquelia, la huída a Sevilla de aquellas cinco almas con el pretexto de embarcar. No podía creer en la suerte que habían tenido también gracias a su empeño en la gestión de la documentación, tanto la real como la ficticia.

«¡Qué Dios me perdone!», pensó. Ahora debía continuar.

Mientras caminaba revivió el momento de la despedida, aquella noche tan oscura como boca de lobo, sin que los unos ni los otros pudieran verse el rostro, enviados todos a sortear un sinfín de peligros; y Al Hakam, a quien el pueblo creía muerto, vivo, escondido en el fondo del carro y disimulado luego bajo la apariencia de Álvaro, a quien suplantaba.

—Vestido con las ropas de tu marido, Arquelia. Así irá. Disfrazado para aparentar más edad y dándose a conocer en mesones y ventas como Álvaro, el capataz. Si os mostráis tranquilos nadie habrá de importunaros —había dicho Venancio.

El monje se había informado de los trámites para la adquisición del pasaje a Indias y había dispuesto todo para que nada se frustrase, aunque, en su fuero interno, estaba convencido de que sería milagroso conseguirlo. Eran tantos los engranajes a encajar que el mínimo descuido acarrearía una catástrofe. Cosa que, por otra parte, hubiera sucedido sin duda, si se llegan a quedar en Uclés. A sabiendas de que en Sevilla se les pediría toda suerte de requisitos y dado que suplantaba a un casado, también había sido necesaria la autorización de su mujer, Arquelia, por escrito, permitiendo que este nuevo Alvaro partiera a hacer fortuna a las Américas. Venancio había dispuesto las gestiones conforme a lo esperado; y, ya que de todo se haría comprobación, llegar a disponer del permiso para embarque podía demorarse muchos días.

Por eso había pedido al prior, como parte de su formación, desempeñar el papel de secretario del cura de Uclés, para poder hacer y deshacer a su antojo. Solo los castellanos podían viajar a América y solo, según lo planeado, habría una oportunidad de éxito para su empresa. Y es que los requisitos para embarcar parecían haberse ideado pensando en perseguir a Al Hakam, ya que quienes cruzaran el Atlántico debían estar bautizados, ser limpios de sangre hasta el abuelo, no ser gitanos, ni moros ni judíos y no tener cuentas pendientes con la Inquisición.

Una vez terminada la ronda, en la intimidad de su celda y animado por el triunfo aparente de la empresa, Venancio desató el cordón que ceñía su hábito antes de comenzar el rosario y dejó caer la prenda al suelo de madera. Aflojó el cilicio que llevaba en la pierna y comprobó que había sangrado. No obstante, antes de limpiar las heridas, decidió que, para este último día de rezos, ajustaría la cincha una medida más y ofrecería su sacrificio por el buen término del viaje, pues la Virgen había conseguido, con su intercesión, la protección de su Hijo para ellos. Nuestro Señor había velado por los cinco. No podía pedir más y tenía tanto, tantísimo que agradecer...

—¡Gracias, Señor! —dijo mientras el cilicio se hincaba en la carne—. Gracias.

∞ ◇ ∞

Yifán no pudo terminar la frase porque se llevó un susto de muerte: estaba tan enfrascado en la lectura que no se había enterado de que alguien lo estaba observando.

—Aquí la cerveza no está tan rica como en Alemania, pero pónganos dos, por favor —pidió el expoli.

«¿Es qué la gente carecía de educación? ¿pero cuánto tiempo llevaba ese tío a su lado, junto a él en la barra?», pensó Yifán

—Perdone pero...

—Eres Yifán. Tus padres son aquí la realeza. Sé quien eres, aunque no salga tu cara en las monedas. Un placer, mi nombre es Wolfgang —y le ofreció la mano.

Pues encantado, pero... —dijo Yifán, que se la estrechó desconcertado—. Antes...

—¡Ah! Eso... No te preocupes. Solo fui al baño. Preveía que esta conversación podría verse interrumpida por los efectos secundarios de la bebida y decidí mear antes de hablar contigo, porque quizá solo tenga esta oportunidad.

—En fin, usted dirá —dijo Yifán.

—Tutéame, por favor. Aquí somos cuatro gatos

—Vale.

—Bueno, Yifán, pues la verdad es que necesito saber...

—¿Perdón?

—Voy a ser muy sincero contigo. En la Tierra me encargaron vigilarte. De allí me han llegado algunos informes que no he tenido oportunidad de revisar hasta hace poco, y desde que los he leído no he podido pegar ojo —Yifán torció el gesto—. No, no te agobies, los informes no se refieren a ti, no todos, al menos. Los que me han preocupado son de una amiga. Nina. No la conoces. Pero si mis sospechas son ciertas, sugieren algo que tienes que saber. Por supuesto que todo esto es confidencial, así que, ¿quién eres?

Yifán se vio sorprendido por una pregunta tan directa.

—Disculpe pero no entiendo la pregunta.

—De tú.

—Perdona, ¿no sé a qué te refieres?

—Estamos lejos de casa y no tengo tiempo para sutilezas. Voy a pedirte algo: ¿puedo confiar en ti?

—Wolfgang, me estoy preocupando.

Yifán llevaba un rato penetrando en la mente de aquel sujeto. Había entrado en algunas estancias de su cabeza y ya se había hecho una idea de quién era.

—¿Qué tienes que ver con Thomas Bernadotte? —le preguntó a palo seco el tal Wolfgang.

«¡Madre mía! ¿Este tío...?», pensó Yifán. En su mente había identificado una conexión de tintes oscuros con Thomas. ¿Qué es lo que quería en realidad?

—Bueno, pues ya que nos sinceramos... Soy el novio de su nieta. La heredera de...

—No me refiero a eso.

—¿Entonces?

Yifán percibió una fuerte referencia hacia Julia. Esto pintaba cada vez peor.

—¿Me dirás realmente quién eres, si te cuento lo que sé? —dijo Wolfgang.

—Es que salgo en breve para Encélado.

—Pues te acompaño.

«¿De qué coño va todo esto?», pensó Yifán.

37 El lorito chivato del Titicaca

Tuvieron que largarse de allí; salieron pitando del Titicaca: «que si sí...», «que si no...», «¡un sacrilegio!», «imposible que aterrice aquí...».

—¡Callaos de una vez! —ordenó Julia—. Núcleo: ¡el Saeta, que nos vamos de aquí!

—Salid al cruce de calles. Cuarenta segundos.

—¡Pero Julia aquí no...! —comenzó a decir Hugo.

El argentino estaba horrorizado porque el uso de un medio de transporte de ese tipo iba en contra de las bases del festival desde su fundación. Había comenzado a protestar pero una sombra que se proyectó sobre el suelo le cerró la boca. El Saeta, que había extendido la rampa de acceso antes de aterrizar, aerofrenó con brusquedad levantando polvo al desplazar de golpe la masa de aire que tenía debajo. Su llegada hubiera pasado desapercibida si no hubiera sido por el agapornis que llevaba un niño en el hombro. El ave miró al cielo, alertó al crío y este extendió su bracito.

—¡Mamá mira!

—¿Qué pasa cariño? —la mirada de asombro de la madre se encontró con la mirada de culpa de Hugo y la mezcla explotó—. ¡Seguridad! ¡Aquí! ¡Seguridad! —gritó la madre.

Acto seguido el niño comenzó a berrear, lo que provocó que, en un abrir y cerrar de ojos, los alrededores se llenaran de curiosos arremolinados en torno al Saeta: unos criticaban la nave, otros la exorcizaban y había quienes incluso le arrojaban cosas... Previendo posibles contratiempos, Núcleo había activado las defensas y había comenzado a usarlas para proteger a su dueña, ya que Thomas había sido muy claro al respecto cuando supervisó el diseño de su flota: «lo que sea necesario con tal de preservar la integridad de un Bernadotte». Resultaba extraño ver como quienes se acercaban demasiado a la nave, caían sedados antes de llegar a ella y mientras la noticia del aterrizaje de un millonario se extendía como un reguero de pólvora, lo único que quedó del escándalo fue una tenue estela de vapor que surcaba el cielo y que pronto desapareció.

¿A qué venía tanta prisa?

Durante la noche anterior Yifán había contactado con Julia para comunicarle dónde podía encontrar a los familiares más brillantes que habían asistido al festival y ella aprovechó para aclararle de qué manera habían usado el potencial del pensamiento conjunto para descifrar el lenguaje de los quipus; le contó que después de la comida, habían vuelto a la tienda y se habían preparado para sintonizar sus sentidos, porque la inmersión sería plena cuando los cuatro pensaran a la vez. Y tal y como esperaban, poco después de empezar, todo se desajustó: vio sabores, degustó sonidos, palpó sextos sentidos... El desbarajuste no duró mucho pero después de superarlo, descubrió que sus pensamientos habían ganado en nitidez.

—Quipu —había dicho Fobos en voz alta.

Y el Núcleo de la tienda había proyectado ante ellos el holograma del quipu más grande conservado, que supusieron también sería el más completo. Parecía un hermoso collar y recordaba la representación esculpida de los rayos de Ra en algún templo egipcio. Con el quipu en mente, Deimos, Fobos, Hugo y Julia cerraron los ojos antes de tomar de forma virtual una de las cuerdas más largas. De ella surgía otra secundaria y de entre los nudos que contenía escogieron el más complejo, el de la trenza gastada. Hugo extendió la representación mental de su brazo y sujetó con él la cuerda, Fobos deshizo el nudo con dedos imaginarios; Deimos lo destrenzó con sus manos irreales y Julia, con el pensamiento, separó una por una todas las hebras de lana hasta dejar suspendidas en el aire las fibras ordenadas por colores, longitudes y grosores, todo a la vez.

Luego el proceso se repitió a la inversa, desde escoger las fibras y trenzarlas hasta llegar a constituir un quipu y, fue al avanzar contra corriente cuando lo vieron claro: descubrieron que la clave no estaba en los trenzados o en los nudos, sino en los movimientos de las manos al trenzar y al anudar. ¡Se trataba de un lenguaje de signos!, y el quipu era su escritura tridimensional: cada trenzado y cada nudo se habían vinculado a movimientos exactos de las manos y de los dedos, que constituían la verdadera comunicación: las palabras. Cuerdas y nudos eran la manera de poner aquel lenguaje sin fonemas por escrito: el secreto de estado mejor guardado por los Incas había sido revelado.

Cuando Julia se lo contó, Yifán recordó las palabras de Hugo en el Trasimeno: «el pensamiento me da miedo porque es el arma más poderosa del universo». ¡Cuánta razón tenía!

La hermana de los gemelos, Leiza, había descubierto la forma de convertir la luz de sus capacidades mentales en un láser de alta frecuencia y los gemelos se habían quedado cortos al explicar el potencial de esa manera de pensar juntos y para Julia había sido demasiado comprender el alcance de la capacidad de ese enfoque, de sus consecuencias e implicaciones, de modo que Deimos y Fobos se vieron obligados a parar cuando la condesa comenzó a encontrarse mal y luego empeoró, hasta que la tensión del momento le hizo perder el conocimiento.

Ella no le había contado nada a Yifán sobre la presencia de un hombre maduro, rubio y cuya mente estaba llena de agujeros, como si le faltasen recuerdos. Los gemelos le dirían más tarde que cuando ellos detectaron que esa persona experimentaba fuertes sentimientos hacia ella, detuvieron el experimento.

Y como por el momento ya habían tenido bastantes sorpresas, decidieron que se iban a centrar en planificar la localización y el contacto con los demás familiares que se encontraban en el festival.

Todo el día siguiente lo dedicaron a esa búsqueda y, aunque no les resultó fácil, lograron reunir a siete, a quienes citaron en la tienda del ácaro sedente. En una hora les habían informado de todo, incluido el resumen de Hugo; y Julia les permitió hurgar en su mente para que pudieran conocer de primera mano la verdad sobre Krito, quien daba credibilidad a todo lo que les habían contado: a sus temores, a sus sospechas y a la necesidad de tomar decisiones. El hecho de saber la verdad acerca de lo que eran no dejaba a nadie indiferente, de modo que ni al argentino ni a la condesa les extrañó que dos de los contactados no fueran capaces de asumirlo en aquel momento, se sintieran abrumados, les dieran las gracias por la información, se excusaran y se fueran. Los otros cinco se quedaron en la tienda porque querían saber más, y apenas habían comenzado a preguntar, cuando Hugo recibió un mensaje de las Yayas, que seguían esforzándose por dar coherencia y hacer inteligible la historia de Inés.

—Las Yayas acaban de enviarme dos mensajes. El primero respecto de las investigaciones a raíz de lo descubierto en Mérida. Más del setenta por ciento de los abducidos comparten nuestros rasgos genéticos.

—¿Son...? —Fobos no se atrevía a decirlo en voz alta, como si eso fuera a hacerlo más real.

—Familiares directos nuestros —completó Hugo.

—La... —dijo Fobos.

—¡La Anomalía nos busca! Hijo, completa alguna frase —le recriminó el argentino que de repente se había puesto de mal humor—. Si cada vez que la Anomalía desaparece, hay abducciones entre nuestros familiares, blanco y en botella: la Anomalía nos busca.

—¿Y el segundo mensaje? —se apresuró a decir Julia.

—La Anomalía ha vuelto a desaparecer.

—¡Madre mía! —exclamó uno de los nuevos.

—A estas alturas de la película ya lo sabrán en la nave. Yo... no sé que pensar de todo esto. Tengo que hablarlo con Seiya —dijo Hugo, que no sabía donde mirar.

Y tras un breve silencio, en la tienda se armó una buena, porque todos comenzaron a hablar al mismo tiempo. Bea, una de los contactados por Hugo, recordó que su bisabuela le había contado que, en los pueblos, un demonio había visitado a mujeres, futuras madres que enloquecían después de confesar que habían tenido conversaciones sin palabras con el diablo en tiempos pasados, y que nueve meses después llegaban al final de sus embarazos. Los demás aportaron otras experiencias, recordaron leyendas, rumores, hasta que Julia tuvo que poner orden y trazó un plan de actuación inmediata. ¿Lo primero? Pidió a Núcleo que enviara al Saeta.

—¡Callaos de una vez! —había ordenado—. Núcleo: ¡el Saeta, que nos vamos de aquí!

En segundo lugar, si ellos eran las piezas a cobrar en una cacería, necesitarían localizar a cuantos familiares pudieran, sobre todo los de alto nivel y después verían que hacer. Fobos y Deimos les insistieron a Julia y a Hugo para que los acompañaran a su casa y que hablasen con Leiza, porque su ayuda sería crucial para esclarecer de una vez por todas, si entre lo que sabían de Krito, de la Anomalía y lo averiguado en Mérida, la cosa pintaba realmente tan mal.

—¿Es qué no te das cuenta? —susurró Hugo a Julia.

—Sí, ya sé que la Anomalía quiere algo de nosotros, pero ¿tú sabes qué quiere?, porque yo no —sentenció ella.

«Pues desde luego, yo tampoco», pensó Hugo.

Julia no podía parar de darle vueltas a la cabeza mientras volaban en el Saeta camino de Medellín, porque había algo que fallaba en el planteamiento: si los alienígenas iban a por ellos; ¿por qué parecían dar palos de ciego? ¿Por qué no los cazaban?

Hablarían con Leiza mientras el Saeta repartía a sus nuevos amigos por el globo con el encargo de contactar con el resto de los familiares, incluidos aquellos que Yifán había identificado en la Tierra.

Lo menos que podían hacer por quienes aún no sospechaban lo que se avecinaba era prevenirles para que se mantuvieran alerta, y Julia pidió a los cinco nuevos que no escatimaran en gastos a la hora de llevar a cabo el encargo.

Ella invitaba.

38 [Martín pescador de las fragas do Eume]

Tras la desaparición de la Anomalía, las Yayas, que deambulaban por la Tierra usando las redes, encontraron un expediente jugoso a nueve mil kilómetros de Medellín, en el hospital de daño medular de Nottwil, en Suiza, junto al lago Sempach. Siguiendo las pistas halladas cotillearon por los despachos hasta fijar su atención en una conversación inquietante:

—¿Había decidido vengarse? —preguntó el sicólogo.

—Sí —respondió Dudu.

—¿De quién?

—De todos —afirmó.

—¿Y por qué?

—Porque sí.

«Curioso planteamiento para el hijo católico de una familia acomodada de A Coruña», pensó una de las Yayas, «pero este afán de venganza debe de tener alguna explicación», añadió la otra.

Y en el expediente de Dudu la secuencia de acontecimientos comenzó a tomar cuerpo.

Al parecer, aquel día Dudu no dijo nada al doctor que le interrogaba. Unos minutos después la silla de ruedas le condujo, ya como paciente, a su habitación, después de que el sicólogo se despidiera de él hasta la mañana siguiente.

Desde que lo encontraron medio muerto en el bosque de las fragas do Eume, Dudu no podía caminar.

—¡Yo os digo que es verdad! ¡Os lo repito! ¡Los vi, eran de Marte! —decía con la mirada extraviada a quienes se cruzaba camino de su habitación.

—¿Ese no es el modisto de Chanel?

—Dice que sufrió una abducción —comentaba una enfermera—. Se le ha metido en la cabeza que fueron los marcianos y no hay manera. Una mente tan brillante... yo no me lo explico.

«Que buena que está esa. Pues claro que hay una explicación, idiota», pensó Dudu.

—Detente —ordenó a la silla—. ¿Es mucho pedir que me dejen salir? —preguntó al Altísimo mirando al techo.

Giraba con rapidez la cabeza a ambos lados para observar la respuesta desde distintos ángulos. Al cabo de un rato se cansó de esperar y miró hacia el frente. Uno de los Nanos del hospital se había asomado a la puerta de su habitación, donde esperaba para ayudar a acostar al incapacitado modisto, quien después de tomar la medicación pidió al Núcleo, por enésima vez, que proyectara su último desfile en cualquier sitio. La proyección comenzó, pero él giró la cabeza hacia la ventana que daba al lago junto al que se ubicaba el hospital y las imágenes transparentes se situaron delante de su mirada. En cuanto la grabación se puso en marcha, comenzó la retahíla en su cabeza:

«Nadie lo hubiera podido negar», se repetía a sí mismo una y otra vez.

Nadie sabía por qué.

Desde su nacimiento, Dudu había disfrutado de todo lo que el dinero le había podido proporcionar; pero la pasta de papá no pudo protegerlo de algo tan aparentemente inofensivo como los demás niños. Ellos no entendían que a Dudu, en vez de jugar al fútbol, le gustaran las manualidades, que no dijera palabrotas o que le encantase contemplar el mar. Así, sin más: contemplar.

Carne de cañón a los ocho años, sobrevivió a su adolescencia gracias a su amistad con Núcleo. Juntos inventaron un mundo donde vivir en paz, pero nunca fue capaz de desterrar de su mente todas aquellas risillas, empujones, escupitajos y zancadillas. Pero aquel pálido *carasemen*, lejos de amedrentarse, creció, estudió y trabajó duro utilizando sus habilidades para sacar toda la información que pudo de las mentes de compañeros y competidores. Acabó siendo reconocido como uno de los mayores genios mundiales de la alta costura.

¿Quién lo iba a decir?

Le había ido bien en París, pero meses atrás, una tarde cualquiera, mientras buscaba inspiración para su nueva colección, decidió tomarse un café junto a la ventana del atelier. Desde la última planta del número uno de la Rue de l'Observatoire, los árboles cúbicos de los jardines del palacio de Luxemburgo, podados a escuadra y cartabón, le recordaron al espigón del puerto exterior de A Coruña. De ahí pasó al faro de Hércules... «¡Allí!», pensó. «Allí es a donde volverá el batracio convertido en príncipe heredero». Y aquel fue el momento, documentado mentalmente, en el que decidió vengarse de todos porque sí. Y para ello planeó su próximo desfile en honor a su más fiel compañero, el que le había acompañado durante toda su vida y nunca le había defraudado: El miedo. «La peur», en francés.

Nueve meses después de aquella revelación, descendió del cielo un *exojet Dytiscus* sobre la plaza de María Pita. Era la hora del Ángelus y el repique no anunciaba la vuelta de Dudu a A Coruña, sino su revuelta. El transporte alquilado por La Maison había despegado de Paris una hora antes, había sobrevolado Nantes convertido en un trazo borroso y se había sumergido en el mar con un salpicón, tejiendo en el agua, a su alrededor, una pupa de protección hidrodinámica en forma de pez que anulaba la fricción.

—¿La inmersión era necesaria? —preguntó Dudu al Núcleo. Le costaba no pensar en su venganza.

—Pues claro: hay tormenta —contestó la inteligencia artificial. Y le mostró una imagen del Golfo de Vizcaya tomada en tiempo real desde Francia. Se divisaba a la perfección el acantilado nuboso de una galerna.

Media hora después de la inmersión en el Cantábrico, la pupa emergió del agua. Desde el espigón unos marineros observaron la emersión: al cuerpo ovoidal primero, le siguió un tórax que parecía alojar los motores, y después el cilindro flexible que hacía las veces de abdomen. Los élitros laterales se alzaron y dejaron al descubierto alas con sus balancines para equilibrar el vuelo.

¿El conjunto? Suspendido en el aire.

Cuando los marineros pensaban que el aparato saldría disparado, éste modificó el fuselaje exterior.

—¡*Madriña*! ¡Resulta que cambió de forma y pasó de pez a pájaro! —dijo un marinero dándole a su compañero un codazo con un brazo tan grande que parecía un brazo de mar.

En el interior del exojet no se apreciaron los cambios, puesto que la cabina era una cápsula situada en el centro de un mecanismo adaptativo. En pocos segundos el aparato se perdió de vista sobre tierra y entró en la ciudad por encima de la Torre de Hércules, sobrevoló las casas y aterrizó en el centro de la Plaza del Ayuntamiento, la de María Pita.

—Sonríe cuando salgas —dijo su asistente Carmen Borobio, la de Oleiros, antes de que la nave se posara.

Y Dudu, seguido por su mano derecha, se asomó sonriendo.

Una vez en tierra, apretones de manos, «muas, muas», besos por aquí, besos por allá. Unos le llamaban don Dudu, otros «Perla» y los más paletos, excelencia. Acabados los preámbulos se dispuso todo para el almuerzo y antes de probar bocado, el alcalde se dirigió a los invitados con un discurso complicado que mezcló A Coruña con Chanel, los dinosaurios, Francis Drake, Canadá y la Segunda Guerra Mundial.

—Pero ¿quién le ha escrito esto? —preguntó Dudu a la Borobio.

—Yo no, te lo aseguro —respondió Carmen.

Cuando acabó la parrafada, el corregidor miró al genio, que asintió sonriendo en plan «no te sigo, pero adelante» y los dos brindaron. Dudu no tenía ni idea de lo que quiso expresar el alcalde, pero como debía ponerse en pie para replicar, lanzó una mirada pidiendo auxilio a Carmen. La de Oleiros, que era más lista que el hambre, se levantó de la silla y comenzó a aplaudir con energía. Todos la imitaron y el aplauso arreció. El modisto fingió que la emoción lo embargaba y consiguió hacer brotar unas lágrimas a la fuerza, al mismo tiempo que se golpeaba varias veces sobre el corazón con la mano derecha y de forma tan artificial que, fuera de contexto, cualquiera hubiera pensado que se estaba dando un masaje cardíaco. Cuando, por fin, comenzó la comida, Dudu aún seguía perfilando su venganza: lo haría, sí, ahora más que nunca, pero sin que lo pareciera.

—Carmen: ¿cómo es de sutil mi plan? —preguntó.

—Muy sutil —respondió ella.

De pronto se anunció el postre, o sea, que se podía marchar. ¡Qué bien! Se despidió alegando cansancio a causa de tanta emoción; así que salió pitando. Un coche trasladó al genio hasta el castillo de Santa Cruz, su residencia oficial durante esos días. A las puertas del castillo, tras recorrer el puente de madera, introdujo la llave en la cerradura y mientras pensaba en la conexión entre los dinosaurios, Francis Drake, Canadá, la segunda guerra mundial y Chanel, olvidó girarla y empujó.

—¡*Óspera*! —exclamó bajo el dintel de la barbacana.

Por fin consiguió abrir y pensó de nuevo en sí mismo al subir las escaleras: «¡Bueno, bueno, bueno! Un coruñés dirigiendo Chanel...!» Había encargado la organización del evento de la Maison al estudio Thyphoon, que había dejado boquiabierto al planeta en las últimas olimpíadas. Les entregó los diseños de la colección y pidió para su desfile lo nunca visto. Los japoneses habían propuesto un presupuesto ilimitado que él había aceptado, así que nada podía salir mal.

—Carmen, voy a descansar un rato —dijo mientras se chupaba el dedo dañado al abrir la puerta—. Núcleo, pásame el discurso del alcalde en coloquial y sin morralla —y se sentó en un banco del jardín, sobre la muralla. Contemplaba el mar desde la que había sido residencia de doña Emilia Pardo Bazán.

Pues sí que había llegado lejos el blanquecino «Perla de Hielo», como era conocido en el mundo de la moda, versión fina del pálido *carasemen*. Si la prensa supiera...

Llegó el día del desfile en la rampa de acceso a la Torre de Hercules, que se usaría como pasarela, con dos gigantescas gradas instaladas a ambos lados. Dudu había supervisado a sus modelos, pero todo lo demás era una incógnita, incluso para él.

«LA PEUR».

Todo giraría alrededor de ese lema: la colección, el decorado, los diseños, el montaje, todo. En producción se bromeaba con el eslogan porque habían sido los primeros que lo habían sentido al ver el presupuesto. Las luces amenizaban los preliminares, los invitados estaban siendo agasajados y la música había comenzado a sonar. Dudu, ese ser insoportable que no escuchaba a nadie, atormentado por sus demonios, asustadizo y banal, estaba siendo un encanto con quienes conversaba.

La puesta en escena rebosaba simbolismo: un *columbograma* de enhorabuena, traído por una paloma mensajera desde París, simbolizaba la llegada de Dudu a la cúspide de su carrera. La paloma había entrado en el palomar subterráneo del castillo de Santa Cruz, por la muralla, a ras del agua: el único palomar subterráneo del mundo al cual se accede desde el jardín levantando una trampilla en el suelo. A Dudu le habían contado que durante el día, cuando alguien desciende a su interior, las palomas revolotean dentro y, cuando lo hacen, remueven el polvo convirtiendo en vigas de luz los rayos del sol que entran por los agujeros de la muralla.

—Nos encontramos en el faro romano en uso más antiguo del mundo, patrimonio de la Humanidad... —informaban los noticiarios.

—Más de mil invitados serán los privilegiados que tendrán la inmensa suerte de asistir al desfile de la nueva colección de Chanel... —anunciaban los programas de crónicas de sociedad.

Desde el aire, los alrededores de la Torre de Hércules resplandecían.

—Dudu, vamos a comenzar —dijo Núcleo.

El holograma del un mar bíblico inundó la pasarela. Irascible, como el mar Rojo del Moisés egipcio, se abrió entre ambas gradas dejando en el centro un pasillo seco. Se escuchaban los primeros acordes de la Sinfonía al Santo Sepulcro del Vivaldi contrastando con la furia de un compás que marcaba el ritmo a las modelos. La holografía era tan real que nadie hubiera podido pensar que quienes desfilaban no eran de carne y hueso. Sobre la rampa, las modelos avanzaban a zancadas para lucir mejor las creaciones, en las que dominaban el blanco y el negro. El silencio de los asistentes era total junto al faro de Hércules, con el sonido de las olas del Cantábrico rompiendo detrás.

Era pura belleza.

En el momento en que la colección daba paso a la masculinidad, guerreros egipcios en bigas tiradas por caballos alazanes engalanados con oro, irrumpieron en la pasarela desde la parte inferior para raptar a las modelos y llevarlas hacia el faro: allí simplemente desaparecían. El público aplaudía a rabiar y Dudu enviaba a través de su Nodo mensajes de felicitación a Thyphoon. Desde Tokio le contestaban que esperara a la sorpresa final. Le iba a dar un infarto de satisfacción.

Llegó el momento de la ropa para hombre: los mismos conductores de las bigas regresaron a la pasarela. Los atuendos egipcios habían desaparecido y sobre ellos se habían materializado las creaciones de Dudu. La explosión de una supernova en medio de la noche, por delante del horizonte visual de la Vía Láctea, sobrecogió a los invitados inundando la zona de tanta luz y tan blanca que todos quedaron cegados durante unos segundos. Thyphoon aprovechó la ilusión de esa ceguera para presentar a los modelos con trajes de baño sin interrumpir sus movimientos. Ahora la Tierra se mostraba sobre el Cantábrico como si el desfile se llevase a cabo desde alguna estación espacial en órbita.

Casi todo el mundo ignoraba que quienes desfilaban se encontraban a dos mil kilómetros de allí, en los estudios Pinewood de Londres, desde donde se grababan como hologramas para retransmitirlos en tiempo real hasta la pasarela de Chanel en el faro de Hércules.

Y llegó la traca final.

Salieron todos los modelos saludando al público en fila india para situarse a ambos lados de la pasarela esperando la aparición estelar del genio. Por debajo de las gradas comenzó a brotar una niebla espesa que se impregnó del olor a mar. La música se atenuó y las luces se ensombrecieron. El *tuba mirum* de la misa de difuntos de Mozart sonaba en una versión actualizada de ritmos graves; y el miedo caló hasta los huesos. No ocurrió nada durante unos minutos hasta que, sin previo aviso, Dudu se materializó en el centro de la pasarela, instante en el que los sistemas de audio reprodujeron los últimos minutos de la Sinfonía número 2 «Resurrección» de Mahler.

Los invitados aplaudían sin descanso.

Dudu agradecía con reverencias las muestras de admiración que levantaba su presencia. Y en el momento de mayor gloria, cuando todos estaban rendidos a sus pies y el coro se desgañitaba, el modisto comprendió que se había cumplido su venganza. Núcleo le decía algo a gritos, pero él no escuchaba. Era su momento y nadie se lo iba a arrebatar, así que se desconectó.

Un rayo de luz violeta que surgió sobre el faro pulsó seis veces contra la espalda de Dudu y comenzó a elevarlo sin arneses. Era de un realismo sobrecogedor. Dudu se emocionó, de verdad. ¡Era el apoteosis final! y supo en aquel momento que el dinero mejor empleado había sido el de Thyphoon. ¡Madre mía! ¡Él, suspendido en el aire, levitando sobre sus paisanos entre la niebla que anunciaba su ascenso! Lloraba de emoción, agradecía con gestos y autoabrazos que simulaban humildad.

—¡Soy Dios! ¡Qué os den! —decía.

Aplausos.

—¡Os quiero! —gritaba Dudu en su fuero interno.

Delirio.

—¡Os perdono! —volvía a repetir mientras ganaba en altura.

El efecto era muy real, ya había sobrepasado los sesenta y ocho metros del faro, justo lo que había soñado.

Pero en Thyphoon nadie sabía lo que acababa de suceder: los de Tokio preguntaban a España y los de España consultaban con Tokio antes de sumirse en la confusión. Ninguno de los dos centros de control había actuado y Dudu esperaba comenzar a bajar cuando a su alrededor se formó una cápsula transparente que aceleró en dirección opuesta al planeta.

—¿Eso..., eso es? ¡Joder con los de Thyphoon!, ¿eso es la... cur... vatura de la...Tierra? —no había terminado la frase cuando se desmayó.

En el Faro de Hércules se disipó la niebla que nadie sabía de donde había surgido, los invitados no daban crédito al realismo de la escena: una estrella entre las estrellas. La central de Typhoon en Tokio se colapsó tras la retransmisión y los comentaristas de las cadenas de informativos alabaron la puesta en escena. Desde Japón se ordenó que se siguiera el guión previsto para el resto de la fiesta. Dudu era extravagante y su desaparición no extrañaría a nadie, además ellos necesitaban averiguar lo sucedido. De momento la versión oficial era que todo había discurrido según lo previsto. ¡Gracias a Dios disponían de hologramas del modisto, que proyectarían aquí y allá para que la gente no lo echara de menos.

Necesitaban ganar tiempo.

Dudu había comentado antes del desfile que se había inspirado en la más impactante y básica de las sensaciones humanas, la más ancestral, la que ponía en alerta a los instintos: el miedo sería el alma de su colección, pero nada había dicho del final de la puesta en escena y eso mismo, el miedo con mayúsculas, o sea, el pánico, es lo que estaba empezando a cundir en Typhoon, porque Dudu no aparecía.

En otro momento y otro lugar, el frío y la humedad despertaron al modisto, que se encontraba tumbado en el suelo medio desnudo. Era de noche y todo estaba en silencio salvo por el murmullo de un río. Tardó en preguntarse qué había pasado, luego se irguió, abrochó sus pantalones y se adecentó la camisa. Volvió a conectar su Nodo. Se preguntaba dónde estaba.

El Nodo analizó el entorno y le dijo que estaba en un bosque atlántico termófilo. Dudu se asustó, no le gustaban los bosques. Pidió una identificación de las plantas y la IA respondió enseguida: Helechos. Línea genética imposible de determinar. Rocas: más de doscientos millones de años de antigüedad. Especies animales: identifico martín pescador...

—Detente—se asustó Dudu.

Doscientos millones de años era el límite de los conocimientos de Núcleo y Dudu no fue capaz de seguir escuchando: había viajado hacia atrás en el tiempo no sé cuantos millones de años. ¡Dios santo! ¡Iba a morir en las fauces de una bestia, los animales de la época eran gigantescos. ¿Habría caído ya el meteorito de la extinción masiva? No lo soportó más y comenzó a hiperventilar, se movía entre los árboles sin ton ni son, intentaba escapar del miedo que atenazaba sus miembros y le impedía avanzar. Y así caminó como pudo durante un buen rato hasta que al pisar en falso cayó rodando por una ladera: se detuvo cuando fue a dar con sus huesos en el asfalto. El dolor era insoportable.

¿Asfalto?

¿Estaba en una carretera construida millones de años atrás? No entendía nada y cada vez se sentía peor.

—¡Núcleo! ¡Núcleo sálvame por dios! ¿Has viajado conmigo en el tiempo? ¡No me mientas! ¡Necesito saber la verdad! ¿Voy a morir? ¡Núcleo!

Núcleo, que no se sorprendió por encontrar al otro lado de la conversación a una loca histérica, pidió a Dudu que respirara y que le dejara explicarse: no habían viajado en el tiempo sino que había desaparecido durante unos días y él acababa de localizarle en el parque natural de las Fragas del Eume, cerca de A Coruña; que no se moviera porque parecía tener una fractura vertebral y que había enviado el *exojet*.

—Pero los helechos y las rocas tienen varios millones de años de antigüedad —protestó Dudu fuera de sí.

—Claro —respondió el Núcleo—. Es verdad.

—¿Entonces qué haces tú aquí conmigo?

—Pues, si me dejas aclararte lo sucedido; creo que no piensas con lucidez.

—Dime.

—El origen de las piedras se remonta a millones de años, como casi todas las que hay en la superficie de la Tierra, y no te he dicho que las plantas los tuvieran, sino que su línea genética se remonta a millones de años de antigüedad. No has cambiado de época. Estás en un lugar que se ha mantenido prácticamente igual desde el Terciario. Es una reserva natural.

Todo Dudu era un «no»: no sabía, no entendía, no podía respirar, no encontraba respuestas, no podía caminar ni calcular cuanto tiempo había pasado...

—No te creo Núcleo —balbució el modisto llorando. Ahora sí le salían lágrimas.

—Mira a tu alrededor.

—¿Qué?, ¿qué? —sollozaba

—¿Hay castañas en el suelo?

—Sí. Estoy sobre ellas.

—Las castañas llegaron a Galicia con los romanos. Eso no fue hace millones de años.

Dudu detuvo el hilo de sus pensamientos. ¡Era cierto! ¡Las había recogido en Galicia cuando era pequeño acompañado por su abuelo, quien siempre repetía que si no fuera por los romanos, no habría castañas en Galicia!

—Gracias.

—De nada.

—Núcleo.

—¿Qué?

—Te quiero.

—Lo sé.

—Tengo miedo. No me responden las piernas. No puedo moverme.

—Tranquilo. Estoy contigo. Sabes que nunca te abandonaré.

Después de esta conversación, la llegada del servicio médico hizo que Dudu se rindiera al saberse a salvo y no recordó nada más. Despertó en el hospital de daño medular de Nottwil, donde se burlaban de él cada vez que decía que había sido abducido por marcianos, que los había visto; por lo que sólo comentó con su Nodo que le había quedado en el oído un acúfeno, un ruido permanente mezcla entre un chillido y un frotar de algo.

No se le iba...

Las Yayas empaquetaron esta información y la enviaron a Hugo quien la repartió después de revisarla y realizar anotaciones. Algunas copias de este archivo quedaron en la Tierra, pero otras fueron enviadas más allá del Sistema Solar Interior.

39 El lasha apso budista en Medellín

Atardecía.

Llevaban un rato en el aire.

Medellín resplandecía a lo lejos, y Julia continuaba ensimismada, royendo una y otra vez sus pensamientos. Hugo nunca la había visto así y decidió iniciar una conversación intrascendente para que dejara de pensar un rato. Con Seiya siempre funcionaba.

—¿Para qué negarlo? —dijo Hugo despacio.

—Qué —preguntó ella.

—Que los estudiantes lejos de casa sólo piensan en fiesta y diversión —Julia no respondió y Hugo continuó—. Te apuesto lo que quieras a que el piso es un desastre.

—Ya.

—Esos pobres Nanos terapéuticos..., locos día tras día intentado mitigar el alto grado de entropía de su entorno.

—¿Qué dices? —preguntó Julia con una media sonrisa.

—¿Ves? Ya has dejado de dar vueltas a la cabeza —Hugo sonrió.

—Dos minutos —informó Núcleo.

—Aproximándonos a la zona cero —Hugo se había tapado la nariz para imitar el tono de voz distorsionada de un antiguo intercomunicador—. Cuando veas el piso de estos dos, podrás hacerte una idea de los estragos que deja a su paso un tornado— bromeó.

Al parecer de Hugo, Julia había sido hasta ahora pura sensatez y estabilidad, una mujer segura, y tenía que reconocer que le alteraba verla así. Seiya le había comentado a solas que tal despliegue por parte de los extraterrestres no era lógico. ¿Sólo porque supieran de nuestra existencia? No. ¿Qué querrían en realidad? Sus colegas del Vaticano tampoco sabían nada. Por eso el argentino sintió una sana envidia de los siete jóvenes que viajaban con ellos, porque, aunque conscientes de la gravedad del asunto, dulcificaban la situación con el típico «no será para tanto» propio de los adolescentes. Bendita inocencia. Ni los gemelos ni los nuevos prestaban atención a otra cosa que no fuera lamer con la vista el interior de lujo del Saeta enfrascados, como estaban, en una conversación con la IA de la nave sobre su potencia y sus prestaciones: sólo atendían a Núcleo. Por eso a Hugo le sorprendió tanto aterrizar en el lugar indicado a las afueras de la ciudad y encontrarse sobre un jardín cuidado, frente a un rectángulo de hormigón plástico bastante grande incrustado en la ladera, revestido en claroscuros de piedra y madera, con numerosos ventanales y el exterior iluminado en ámbar: era una casa magnífica con Medellín a sus pies.

—Os pegaba más la tienda que este quirófano —dijo Hugo al verla. «Está impoluta», pensó con agrado.

—Ya —contestó Deimos, que correspondía con la mano a Bea, la chica menudita que se iba en el Saeta con los otros cuatro y se despedía de él diciendo:

—Adiós Carlo. ¡Deberías dejarte barba para que pueda diferenciarte de tu hermano!

No había podido evitar pensar cómo iba a estar segura de que la próxima vez se vería con el gemelo adecuado.

—¿Te llamas Carlo? —le preguntó Hugo. Deimos no hizo ni caso y comenzó a pasarse la mano por la cara.

—Hubiéramos preferido algo en el centro de la ciudad —apuntó Fobos indicando que se dirigieran hacia el porche—, pero Leiza la vio en la red y le encantó. «Pareceremos formales», nos dijo después de habérsela pedido a nuestros padres.

—Y tu Fobos, ¿cómo te llamas? —Hugo no podía parar de preguntar.

Leiza, que había visto aterrizar el Saeta, apareció por la puerta y Budi, su perrito, un lasha apso de color gris ceniza con un mechón blanco que parecía un babero, se detuvo junto a ella, con la cabeza torcidita, tres patas en el suelo y la derecha a medio levantar; así se quedó, quieto, hasta comprobar que Julia y Hugo no eran un peligro, momento en el que se adelantó para saltar alrededor de los gemelos regalándoles un montón de fiestas. Leiza, que no se movió, se quedó mirando fijamente a Deimos. Él levantó la mano pero ella no dijo nada, se dio media vuelta y se metió en la casa. Al ver que todos se quedaban parados, Budi estiró las patas delanteras hacia delante, las traseras hacia atrás y dio con la barrigota en el suelo. Fue el primero que pensó que la cosa iba para largo y se lo tomó con resignación.

—Vamos a hablar con ella, tendréis que disculparnos, por favor —suplicó Deimos—. Los Nanos están a vuestra disposición. Mi hermana odia cualquier cambio que interrumpa su rutina y precisamente eso es lo que acabamos de hacer. Ahora volvemos. Y se llama Alejandro —dijo señalando a su hermano—. ¡Vamos Budita! ¡Vamos! —animó al perro, que se deshizo en saltos y cucamonas.

—¡Mira, tres gotas de brea! —dijo Hugo en voz baja, a lo que Julia respondió.

—Eres de lo que no hay. ¿Por qué se habrá metido en la casa sin saludar?

Los gemelos entraron con Budi trabado entre las piernas. En su cabecita se había puesto en marcha un proceso mental que identificaba chucherías con visita.

Hugo y Julia no habían merendado y decidieron aprovechar para hacerlo en la terraza, y disfrutar después de un momento de relax. Las sillas, que parecían haber leído sus pensamientos, les ofrecieron la opción de pasar a ser tumbonas, convirtiendo aquel momento de descanso en uno de los mejores recuerdos de un futuro no muy lejano. Entendían lo delicado de la situación y no habían podido evitar percibir la hostilidad de Leiza, pero la condesa, que fue a quien más afectó el estado de la hermana de los gemelos por como había vivido su infancia en aquel mutismo total, no intentó hacer nada más, porque no conocía las capacidades de la chica ni como reaccionaría a una intrusión mental; por tanto dejó las cosas como estaban, esperaría a que ella se acercara por iniciativa propia para que no se sintiera obligada a hacer algo que le resultaba incómodo.

—¡Ya lo tengo! —dijo Hugo, quien consiguió sobresaltar a Julia.

—Carlomagno y Alejandro Magno, lerdo —dijo ella con los ojos cerrados.

—Y tú... ¡gorda!

Julia sonrió.

En el piso superior de la casa, la conversación entre los tres hermanos no discurría todo lo rápido que Deimos y Fobos hubieran deseado ya que, por algún motivo que no comprendían, su hermana no cesaba de preguntar cosas que ya había visto en la mente de los gemelos nada más aterrizar, y que, por tanto, sabía.

—Y después de que nos pusieran al día, les enseñamos en qué consistía nuestra forma de pensar en conjunto —dijo Fobos—. No lo conocían. Estuvimos trabajando con los quipus para que pudieran ver los beneficios que se obtienen cuando se unen varias mentes pensando sobre una misma cuestión, pero no sucedió lo mismo que cuando lo hacemos contigo porque nosotros construimos desde una base pasito a pasito y de forma lineal; pero Julia y Hugo no hacían más que salir y entrar, como si estuvieran montando un puzzle tridimensional y diera lo mismo comenzar desde abajo, montar primero el centro, o empezar por detrás. ¡Era de locos!, pero el proceso fue más veloz.

—¿Qué quieres decir con eso? —preguntó Leiza.

—Pues que es más eficiente que cuando lo hacemos nosotros. Ya lo has visto cuando hemos llegado. ¿Quieres revivirlo otra vez? —pregunto Fobos.

—Dices que no lo habían experimentado nunca... —dijo Leiza que había ignorado la pregunta.

—No, nunca. Para ellos era su primera vez.

La chica se sentía abrumada: sus hermanos, más jóvenes, no se habían parado a pensar, no se habían dado cuenta de las posibles implicaciones. Habían quedado deslumbrados por la novedad, pero no tenían ni idea del potencial de lo que habían vivido junto a Julia y Hugo. Para ellos simplemente era guay.

—Y luego —añadió Deimos—, cuando Julia perdió el conocimiento...

—Se desmayó —afirmó Leiza.

—Si lo sabes...

—¿Pero se desmayó o no?

—Sí, tuvo un desvanecimiento y por eso descubrimos a aquella mente espantosa llena de agujeros que la espiaba desde fuera de la tienda. Debía manejar algún tipo de dispositivo porque no era como nosotros y sin embargo era evidente que conocía lo que estaba ocurriendo en el interior de la tienda. Si hubiera habido algo dentro, Núcleo lo hubiera sabido, pero no.

—¿Y por qué se desmayó? —preguntó Leiza.

—Fobos, ayúdame, tu hermana me agota —rogó Deimos a su gemelo, que estaba inflando al perro a chuches.

—Julia nos contó que a veces, en momentos de mucha tensión pierde el conocimiento. Parece ser hereditario y el hecho de experimentar el potencial del pensamiento conjunto creo que la sobrepasó.

—O sea —resumió Leiza—: existen alienígenas que nos observan desde siempre; uno de ellos, llamado Krito, teme algo o nos advierte de algo desde su nave nodriza, que quizás sea la Anomalía detectada en el acantilado Kuiper más allá de la órbita de Neptuno, y ha estado comunicándose con un tal Yifán, de Miami, a través de sus sueños, porque es especial.

—Más o menos —dijo Deimos, que pensaba en Bea y en sus pecas.

—Por si esto no fuera poco —continuó Leiza—, cada vez que la Anomalía desaparece se producen abducciones en la Tierra, vamos, como si los alienígenas hicieran catas para buscarnos. ¿Y para qué? No se sabe. Quizá tenga algo que ver con que seamos descendientes de una familia española originaria de España, conocida al menos desde el siglo XVI, y con que nos hayamos extendido por toda la Tierra, según han averiguado unas IA de Hugo, a las que él llama Yayas. Para colmo nadie se había percatado de nada de esto hasta hace unos meses ¿Cierto?

—Eso es —dijo Deimos—. Leiza, no podemos más, llevamos aquí horas dando vueltas a lo mismo, acompáñanos al porche, por favor. Queremos presentarte a Hugo y a Julia —rogó al mismo tiempo que la tomaba de la mano para obligarla a avanzar.

—¡Deja!... Alienígenas... —Leiza torció la cabeza y su mirada se nubló. Budi, que al cerrar la boca había dejado parte de su lenguecita fuera, la imitó y también torció la suya.

Esta variable alienígena no había sido contemplada en ninguno de los estudios sociológicos de Leiza, no la había considerado realista y sólo había ocupado un nicho difuso en el campo de lo improbable, pero ahora que veía que era cierta;

ahora que acababa de ser consciente de que todo el trabajo de tantos años se estaba yendo a la mierda... Y ¿por qué ocurrió aquello del pensamiento en grupo de forma diferente a como sucedía entre ella y sus hermanos? Inició otra racha maniática con el pie derecho: punta, tacón; punta, tacón, punta; y detuvo el pie.

—¿Por qué fue distinto a cuando lo hacemos nosotros? —dijo, sin darse cuenta de que estaba pensando en voz alta—. ¿Qué mente dices que apareció llena de agujeros y a quién espiaba? —Leiza juntó las manos con sus dedos entrelazados. Comenzó a chocar una y otra vez, muy rápido, las bases de los pulgares a la altura del pecho, palma contra palma: su preocupación iba en aumento.

—El de la mente con agujeros —repitió Fobos con una paciencia infinita— ignoraba la razón del desmayo de Julia, pero era evidente que la espiaba, porque centró sus pensamientos en ella al verla en aquel estado. Lo hizo con tal intensidad y tan alarmado que eso le delató.

—¿Cómo dices que era? —volvió a preguntar Leiza.

—Un señor mayor con el pelo rubio y rizado que no le pegaba nada; un angelote pasado de años —Deimos había retomado la palabra—. Raro por fuera y también por dentro. Yo me asomé a su mente para manipularla, pero aquello parecía un queso de gruyère repleto de agujeros, lagunas mentales, espacios vacíos de recuerdos. Había desaparecido información del interior de aquella cabeza. Vi los rastros de cómo se habían fraguado en el pasado acciones oscuras, raras como insolencias o intenciones aviesas, pero ¿en el momento de ir a ejecutarlas?: solo huecos. Los Bernadotte abundaban entre los recuerdos de gratitud, pero no eran los únicos. Detrás de cada agujero siempre había dinero.

—¿Sabéis quién era? —pidió Leiza—. ¿Qué dijo Julia al respecto?

—Julia ni se enteró. Tuvimos que suspender el ejercicio y este —señaló a Fobos que había permanecido callado— tuvo que echarle un cubo de agua en la cara para que se despabilara. Cuando despertó, ella no recordaba nada y Hugo se enfadó bastante por haber interrumpido la inmersión en los quipus.

—¡A la condesa no le quedaba mal la camiseta mojada! ¿Eh? —bromeó Fobos.

—¡Una camiseta mojada es una camiseta mojada! —corroboró Deimos con los ojos agrandados por el recuerdo.

—¿Es que vosotros no podéis mantener una conversación sin bromear? No tenéis idea de qué va todo esto, ¿verdad? —exclamó Leiza muy seria.

—Bueno, cuando le explicamos a Julia lo que había ocurrido y los vínculos que habíamos visto en ese tipo hacia ella, se puso hecha un basilisco y dijo: «¡Cómo haya sido mi abuelo! ¡Cómo lo haya enviado mi abuelo...!»

—Os voy a explicar de que va esto: desde que experimentamos una vivencia hasta que nuestro cerebro fija la experiencia, pasa un poco de tiempo —dijo Leiza—, pero existen moléculas que impiden que esas vivencias se fijen en el cerebro si se administran en el momento adecuado. Creo que lo de la mente con agujeros es un caso de amputación mental. Alguien está interesado en no dejar ningún rastro de las actividades de ese señor.

—¿Un mercenario? —preguntó Fobos.

—Podría ser. Y basta por hoy. Quiero estar sola, no me encuentro bien y no quiero conocer ahora a esos dos que han venido con vosotros, mejor luego. Pedidle al de las Yayas que les diga que se pongan en contacto con mi Núcleo, que me autorice a trabajar con ellas y a compartir sus datos. Y llevaos a Budi.

Leiza se dio media vuelta, se marchó a su habitación y cerró de un portazo. Ella, que había dedicado años a formular una teoría que le permitiera predecir el futuro de la sociedad en base a la historia humana veía a sus hermanos como los heraldos de su fracaso.

Pidió a Núcleo intimidad absoluta, no quiso ni a los Nanos terapéuticos y decidió sentarse a pensar frente al piano vertical. Como no pudo levantar la tapa que ocultaba el teclado, porque Núcleo la mantenía cerrada, apoyó los codos sobre ella: necesitaba pensar, pero su reflejo desfigurado por la laca negra de la madera no la dejaba en paz; le reprochaba su conducta e insistía para que levantara la tapa.

—¡Está cerrada! —chilló Leiza.

Su *alter ego* señaló entonces el metrónomo a cuerda que se encontraba sobre la mesa; su reliquia, su tesoro... y animó a Leiza a cogerlo, a quitarle la cubierta frontal y arrancar de cuajo el péndulo con las dos manos mientras sujetaba la caja de resonancia entre las piernas. Después la convenció para que extendiera uno de los brazos sobre la tapa del teclado.

—¡Míralas! —dijo el reflejo.

—¿Dónde? —respondió Leiza.

Entonces fue cuando las vio. Preciosas, impresas en blanco sobre su piel negra, en el antebrazo había letras que merecían verse mejor. «¿Cómo hacerlo?», pensó.

—¡Repásalas con el péndulo! —dijo su otro yo.

Y posó la punta de metal sobre su antebrazo: primero una «A» mayúscula; la repasó suavemente pero no se veía bien, así que la remarcó... Enseguida brotó sangre que cayó sobre el instrumento, oscura sobre el fondo de laca negro. «A», volvió a repasar con insistencia hasta herir más profundamente la piel, «A» una y otra vez, con precisión, con rabia... hasta que se cansó; o el dolor fue insoportable o se aburrió o todas esas cosas a la vez...

—¡Ah! —chilló.

—¿Qué letra viene ahora? —preguntó en voz alta el reflejo.

—«L» —dijo ella—, ¿y luego?...

Budi había escapado de las manos de Julia mientras jugaba por el jardín, había subido como una bala las escaleras y se había puesto a ladrar sin parar frente a la puerta de la habitación de Leiza. Supo antes que nadie lo que iba a pasar. Cuando llegaron los Nanos médicos, la sangre que había brotado en el antebrazo se había escurrido hasta la alfombra desde la tapa del piano. Lo primero que hicieron fue lavar y desinfectar las heridas.

En el antebrazo de Leiza pudo leerse *ALIENS* hasta que los Nanos terminaron de reparar la piel.

40 El felino acecha desde el acantilado

—Gracias, Núcleo —Fobos besaba la frente de Leiza, que en ese momento dormía.

La ternura de ese gesto no mitigó el malestar de Julia, que se sentía culpable y aún no se había repuesto del disgusto. Hugo había caído rendido después de merendar y cuando despertó por el revuelo, tuvieron que explicarle lo ocurrido.

—Hombre, una cosa es no soportar que se mezcle la comida en el plato o abrir y cerrar cuatrocientas veces un cajón, y otra muy distinta es escribir con una punta de acero en tu antebrazo —dijo el argentino con el cuerpo revuelto—. Pediré a mis IA que trabajen con ella como si lo hicieran conmigo, no hay problema.

—Es algo común en los Asperger —aclaró Fobos—, y en Leiza, la gravedad de las lesiones es directamente proporcional a la trascendencia de la causa que las motiva.

—¿Y qué pasará ahora con tu hermana? —preguntó Julia frotándose la frente con la mano izquierda.

—Si esto no hubiera tenido importancia para ella se habría olvidado del asunto enseguida, pero viendo lo que ha hecho estoy seguro de que iniciará una cruzada personal hasta encontrar «su» solución; el problema es que a veces esa solución solo le sirve a ella y a nadie más.

Durante el Burning Man, los gemelos estuvieron de acuerdo en que aquello que Hugo y Julia les habían contado sería devastador para Leiza. Ella habría podido digerir casi cualquier

334

cosa, pero la variable alienígena había sido algo tan... improbable. ¡Vida inteligente, foránea, interviniendo aquí, en nuestro propio planeta! Desde que las Yayas habían descubierto la relación entre la Anomalía y las intrusiones alienígenas, la perspectiva había cambiado... ¡Sus implicaciones escapaban a toda predicción! Y luego estaba el resto de preguntas: ¿cómo nos han localizado y qué tecnología han usado para llegar hasta aquí, para moverse a través de un Universo tan vasto? Y si la Anomalía nos vigila desde el principio de los tiempos, ¿a qué nos enfrentamos? ¿Qué medida usamos para defendernos de quien nos aventaja en miles o millones de años? Con sus teorías arrasadas, la doctora Leiza supo que se vería obligada a revisar todo su trabajo, y también que el pensamiento conjunto no funcionaba entre los demás como habían previsto, sino de una manera más eficiente. ¿Ser parientes tan próximos les restaría fuerza a sus hermanos y a ella?

—«Tengo que despertar», se decía Leiza, quien permanecía en una especie de coma por voluntad de Núcleo.

En algún momento tendría que levantarse de entre los escombros humeantes de su mundo, que ahora estaba patas arriba, por si quedaba algo que salvar.

—La restauración de las lesiones se ha llevado a cabo de forma concienzuda: no quedará rastro de las heridas en el antebrazo —oyó decir a Núcleo.

—Gracias, Núcleo —dijo Deimos.

—Chicos, ahora que Leiza descansa, tenemos que hablar. Ha sido un día duro, lo sé, pero tenemos que hacerlo.

«¡Estoy aquí! ¡Ya he descansado!», pensaba Leiza, quien creía que gritaba. En realidad nadie la oía porque para todos, salvo para ella, permanecía quieta y con los ojos cerrados, tumbada en la chaise longue del salón.

«Ahora quinientas veintiocho veces», pensó: «Van a por nosotros»(1), «van a por nosotros»(2), «van a por nosotros»(3)...

La noche llegaba.

El interior de la casa estaba iluminado con suavidad y la penumbra permitía a los que estaban reunidos allí contemplar a través del ventanal el resplandor de la ciudad de Medellín, las luces de aquel puñado de cubos y rectángulos arrojados sobre un claro de selva, distribuidos al azar entre las laderas y los valles territorio de caza del jaguar. Eran miles los tejados y terrazas, decenas los rascacielos que bullían de actividad en el centro y millones las luces de colores que se veían, unas quietas y otras móviles. Rodeada por montañas, desde la casa de Leiza, Medellín parece un lago de lava incandescente que manase cada noche desde el interior de la Tierra hasta ocupar la totalidad del fondo de una olla. Desde allí, aquella tarde, la ciudad lanzaba sus luces al cielo y proyectaba bajo un techo de nubes la copia fluorescente del fulgor inferior.

Hugo se encontraba de pie en el salón con los ojos cerrados y la frente apoyada en el cristal, que estaba fresco. Aún no se había repuesto de la impresión que le había causado lo ocurrido con Leiza y daba rienda suelta a su imaginación. El recuerdo de las palabras de Julia le trajo de vuelta a la realidad: «tenemos que hacerlo». Enseguida se despabiló, dio la espalda a la ciudad y se dirigió hacia donde estaban los demás.

Era un fastidio que la Arrowhead ya se encontrara en órbita junto a Encélado, porque la gravedad de Saturno y su luna afectaban a Yifán, quien no podría contactar directamente con Julia en las próximas semanas. Entendía que la expedición a la Anomalía era demasiado costosa como para dejar escapar esa oportunidad de exploración y no le extrañó que su Consejo Director, entre cuyos miembros estaban sus padres, hubiera dispuesto que se aprovechasen los recursos al máximo para el avance de la ciencia, aunque no perdieran de vista su objetivo principal; así que además de visitar la base Hammerl de *Living Lakes* en Encélado, estudiarían el neblinoso anillo E de Saturno, obra de esta luna gracias al agua convertida en partículas de hielo que expulsan sus géiseres y que interactúan con el campo magnético del planeta. Otras naves de enlace habían partido desde la Arrowhead hacia los acantilados de hielo de Dione, en busca de las rarezas de Titán o a explorar las capas altas de la atmósfera de Saturno con sus auroras sobre el gigantesco vórtice hexagonal en el polo norte. Una de las lanzaderas con mayor capacidad se dirigía a los anillos para estudiar de cerca las estructuras en forma de hélice que crean y devoran lunas, así como las zonas borrascosas que parecen estar vivas... Era como explorar un sistema solar en formación y en miniatura.

—¡Qué voy contigo! —dijo Wolfgang.

—Pero es que tú no eres científico —respondió Yifán.

—Ya, pero tengo que hablarte de algo muy importante.

—¿Y no se te ocurre que mi camarote es mejor que el océano subterráneo de Encélado? Una vez que entremos, estaremos solos hasta que volvamos a salir.

—Por eso, el océano ese es perfecto.

—Oye, Wolfgang, eres un tío atractivo, pero no lo suficiente como para querer pasar tanto tiempo a solas contigo.

—No bromeo.

—Ya... —la percepción de Yifán cambió.

—Necesito hablarte de algo lo suficientemente importante como para cagarse de miedo. Si la telepatía existiera, te aseguro que me sentiría más tranquilo conversando a través de ese canal. Aquí hasta los posavasos tienen oídos —dijo Wolfgang que miraba a su alrededor.

Yifán no era cotilla ni iba entrando en la cabeza de cualquiera así sin más, pero ya que iba a pasar bastantes horas junto a ese peñazo de tío, decidió hurgar en su mente a ver si lo que decía era verdad y al hacerlo se llevó una buena sorpresa. La cara le cambió cuando descubrió que Wolfgang iba en serio. No quiso ahondar mucho, porque no era ni el momento ni el lugar, pero le cogió por la muñeca en un aparte, le miró a los ojos y vio en el expoli a un ser muy agobiado, acorralado y desvalido. No supo por qué, pero a Yifán, Wolfgang le enterneció. Había encontrado en su interior una mezcla de sentimientos contrapuestos entre los que identificó culpa, angustia, pena, dolor, ira, traición... y el más reciente: sumisión; todos relacionados con los Bernadotte. ¿Qué significaba esto? Wolfgang le había preguntado a Yifán que quién era, pero ahora la pregunta era «¿quién es Wolfgang en realidad?»

—Bueno, está bien, te vienes conmigo a Encélado pero no hagas preguntas, no digas nada, haz como si me conocieras de toda la vida y del papeleo me encargo yo. Tomaremos una lanzadera para dos ocupantes, coge tus cosas. Si mi madre se entera de que me he matado al bajar a Encélado en esta cosa, me mata ella a mí —dijo Yifán presa de los nervios—. ¿Qué es eso?

—Pastillas para el mareo.

—¿No lo dirás en serio?

—Sí, ¿qué pasa? Te dejan frito mientras bajas, y como no podremos hablar durante el trayecto me da igual. No soporto las alturas.

—Puedes tratártelo —dijo Yifán.

—¿Y meter en mi cuerpo más *nanocosas* pululando por ahí? No, gracias. De haber podido, hubiera cocido unas hierbas, pero eso es poco práctico en un viaje espacial, así que me conformo con las pastillas.

Las fuerzas de marea de Saturno y la interacción de su campo gravitatorio con el de Encélado se encargaron de convertir el inicio de la excursión al polo sur de la luna de hielo en un verdadero infierno para Yifán. Tuvieron que tomar la lanzadera más pequeña, la que nadie había utilizado, para poder ir los dos solos. ¿Consecuencias? Todas, porque se trataba del transporte mas inestable de cuantos disponía la Arrowhead y la comodidad no era su fuerte. Desde que saltaran a la oscuridad del océano cósmico, por citar a Carl Sagan, el viaje estaba siendo movidito e ir acompañado de un cadáver no ayudaba a distraer la atención de Yifán sobre las alertas acumuladas en sus genes durante miles de años de evolución, por tanto pidió a su nodo que extrajera del informe que había recibido de Julia la parte de la investigación de las Yayas, que era la más amena y se lo leyera. El resto ya lo miraría más tarde, porque hablaba de lo que habían acordado en Medellín, pero ahora no tenía cuerpo para eso.

Después el de Miami cerró los ojos, se relajó y el nodo comenzó a leer. Yifán había supuesto que la lectura del relato mitigaría las vicisitudes del descenso emprendido en dirección a aquel nuevo mundo: la luna de hielo, pero no fue así.

41 Día de perros, noche de hienas sobre el mar

Aquella estaba siendo una noche de hienas precedida por un día de perros para quienes navegaban hacia las Américas.

Hasta la víspera, el mar se había comportado como un lago, por lo que muchos se sorprendieron de que la calma se desbaratase sin motivo aparente. Luego, durante aquella vigilia horrorosa, los vientos se huracanaron y el caos tomó asiento dispuesto a mantener la flota dispersa. A ello contribuyó en gran medida que se extinguiera la luz del farol de popa de la nave capitana. Sin una llama a seguir, sin guía, el oleaje parecía incrementar su furia y la negrura terminó por contaminar los ánimos. En cubierta un hombre no alcanzaba a ver sus manos, dada la escasa luz de una luna escondida tras las nubes.

En aquel punto negro del océano, donde se desataba la tormenta, el desbarajuste era total. De los cuatro elementos, uno provocó el conflicto: el viento, que espoleó sin piedad al segundo, el agua. Más tarde el azar evitó la aparición del tercero, el fuego, porque, milagrosamente, ninguno de los abundantes rayos que encendían el cielo cayó sobre cubierta. Y en cuanto a la Tierra, que era la más paciente, sabía que tarde o temprano todos acabarían formando parte de ella, así que ni siquiera se dignó aparecer. Las circunstancias eran de tanto penar que incluso la marinería, mas acostumbrada a padecer suplicios de este tipo, también trabajaba con el alma en vilo. Para el resto del pasaje, el purgatorio hubiera sido más amable.

Inés abrazaba a Miguel que permanecía dormido gracias algo que Al Hakam había diluido en agua. Ellos tres junto con Ana, la sobrina de Arquelia y su marido Julián, formaban un corro que se refugiaba de la tormenta en la bodega, como casi todos los demás. Mientras el resto hablaba, Inés sentía crecer la agonía en las mentes de los navegantes de la única nave que se había perdido hasta el momento, y permanecía ensimismada tratando de averiguar el paradero del resto hasta que los destellos de almas desesperadas agrupadas en conjuntos dispersos llamaron su atención. Era cierto que soportaban condiciones precarias, pero al menos aún vivían.

En Sevilla, Inés había elegido la nao de factura más segura y aunque otras dos la aventajaban en tamaño, nadie superaba en capacidades ni en virtudes a su tripulación y menos aún a su capitán, circunstancia que no era impedimento para que, desde el inicio del vendaval, agua y viento hubieran conspirado para obligarlos a navegar a bofetadas. En las entrañas de aquel barco, entre cerdos, aperos, barriles de vino y agua, plantones y ganados, se movían al unísono las personas, muchos monjes y la carga como piezas de ajedrez en una caja, la caja alojada en una alforja, y la alforja a lomos de una mula que acosada por los lobos descendiese a toda prisa una ladera. Para Ana y Julián, amigos desde siempre de Inés, vistas desde La Mancha, las Indias habían prometido más que Uclés, pero a tenor de los acontecimientos que vivían en aquella hora, se preguntaban si en Sevilla habrían pagado por error a Caronte y adquirido un pasaje al otro mundo, tanta era la angustia que todos sentían al verse unos a otros y otros a unos del color de difuntos. Dadas las circunstancias solo cabían dos opciones: desesperar o simular normalidad mientras los frailes embarcados se ocupaban de rezar, pues ya no había capellán a bordo porque se lo había llevado un simple golpe de mar junto con su estola y su hisopo. El clérigo, que se había maravillado días atrás con los peces voladores y sus saltos, fue arrebatado por un océano Atlántico que no respetaba ni hábitos ni jaculatorias.

Simulaban, pues, normalidad.

—¿Y en todo este tiempo no has echado nada de menos? —preguntó Ana en voz baja dirigiéndose a Al Hakam.

—Claro que sí, pero debemos soltar lastre. Sobrevivir consiste en guardarte lo esencial y olvidar lo demás —respondió el morisco, que en el barco seguía siendo Álvaro, el marido de Arquelia.

Inés, que velaba a ratos el sueño de su hijo Miguel, no temía al mar, sin embargo siempre había pensado que no era lugar para el hombre. Miguel estaba intranquilo. La madre araba continuamente los rizos de su hijo con los dedos, gesto que tranquilizaba a ambos, por eso, cuando dejó de hacerlo, el niño se removió inquieto.

—Pues yo no puedo soltar lastre. Todo lo que atraviesa mi mente permanece ahí para siempre —dijo Inés que señalaba su sien.

—¿También le pasaba eso a Teresa? —preguntó Julián que estaba al tanto de la naturaleza extraordinaria de la hermana de Inés.

—Sí, pero no creas, tiene sus ventajas —bromeó Inés—Jamás olvidas una afrenta ni una deuda por reclamar.

Se produjo un breve silencio y para no oír los truenos presentidos tras los rayos, Al Hakam, que era el más locuaz, rompió el hielo con una reflexión poco oportuna. «Te podías haber callado», dijeron los ojos de Inés al escuchar la sentencia del morisco:

—Sólo nos separa del mar el grosor de una tabla unida a otra con pez y, sin embargo, soy más consciente del mareo que de estar a dos palmos de la muerte —y luego calló un momento, cerró los ojos y antes de taparse la boca con las manos pensó: «Ahora vengo», pero no llegó a decirlo. Se dirigía a cubierta como una exhalación cuando tuvo que parar a mitad de la escalera, porque comenzó a dar el alma. Era la tercera vez y ya no salía nada.

—¡Jesus! —dijo Inés.

—¿Y no te vuelves loca? —comentó Ana para desviar la atención.

—Pues en ocasiones...

No pudo terminar la frase porque Julián, que se había levantado de repente, se lanzó como azogue detrás de Al Hakam.

—Ahí van los tercios de Flandes —sentenció Inés con ironía.

—Al servicio del rey —añadió Ana, porque si estar en la bodega del barco era vivir en el estómago de un dragón en vuelo, en cubierta la situación era aún peor, dado que el oleaje la barría con insistencia.

Muchos de los embarcados por primera vez creían haber ido a parar al punto en donde el abismo se traga a la Tierra. Por otra parte, quienes vomitaban en cubierta habían podido ver, a la luz intermitente de los rayos, secuencias variadas de la llegada del fin del mundo y cuando regresaban a la bodega, proclamaban a voz en grito que tenían la certeza de navegar sobre la pila bautismal del Anticristo.

Inés estaba escuchando estas barbaridades cuando los hombres volvieron adentro con la cara descompuesta, mojados y sin aliento. Al Hakam, que tiritaba de frío cogió otra ropa seca y maldijo los trabajos padecidos pues había llegado al convencimiento de que todo lo urdido en Uclés no había servido de nada. Desde Sevilla a Canarias habían navegado con poco viento y abrasados por el sol pero una semana después, cuando la Virgen había escuchado sus plegarias, tras abandonar La Gomera, tuvieron que empezar nuevas rogativas para que la Señora cambiase de opinión.

—Hay cabos sueltos, escoria en el agua y no pocos desperfectos. Más que parte de una flota, este barco parece los restos de un naufragio —dijo Julián.

—Pero aún no lo es y no lo será —replicó Inés quien había sentido como centenares de pasajeros hacinados se miraban unos a otros en cada bodega de cada barco aislado, en silencio, pues bastante escándalo traía la borrasca.

—Parece que el océano quiere devolvernos la Atlántida —pensó Al Hakam en voz alta—. Y a este paso saldrá, sin duda, a flote.

—¿Qué es la Atlántida? —preguntó Julián, el marido de Ana.

Así que Al Hakam explicó que según Platón fueron necesarios una noche y un día para hacer desaparecer la gran isla situada más allá de las Columnas de Hércules, la cuna de un gran pueblo anterior a los egipcios.

—Hablando de las Columnas de Hércules, estoy segura que Tempranillo habrá llegado a Uclés —dijo Inés con aire soñador, una treta para distraer la atención de la catástrofe.

—Claro que sí —respondió Julián—. Venancio habrá estado al tanto. ¿Cuánto habrá tardado?

—Pues no más de dos días desde que lo soltamos al pasar Palos. A estas alturas ya deben de saber que estábamos bien hace diez o doce días... —terció Al Hakam.

—Pues van retrasados con las nuevas —añadió Julián.

—No te apures. Pronto sabrán de nosotros —afirmó Inés, quien regaló a los demás con una sutil ola de optimismo que acabó contagiando a todo el barco.

De repente se hizo el silencio, se había oído un último grito del viento seguido de una calma espeluznante, total. El barco se detuvo en seco y por completo. La gente comenzó a murmurar y los murmullos a crecer en intensidad hasta que Inés se levantó de un salto y gritó:

—¡Callad! ¡Callaos os digo! ¡Estamos... bajo el centro de un huracán!

En Uclés, a miles de leguas de allí, Venancio había terminado su padrenuestro. Se había santiguado, desabrochado el cilicio de su pierna y dado gracias a Dios. Después de lavarse se tumbó en el catre y esperó la llegada de un sueño reparador.

El relato de las Yayas había puesto nervioso a Yifán, que aún no se había calmado cuando al pasar entre los chorros de los géiseres del polo sur de Encélado se produjeron las sacudidas y los golpes en el fuselaje de la lanzadera. En el interior de la cáscara en la que descendían a la luna, se escuchaba maldecir y por si no fuera suficiente, se activaron los cohetes y retrocohetes que controlaban la velocidad del ataúd antes de ser enterrado en la base de *Living Lakes*. Ahora entendía a Inés y a quienes iban en el «Nuestra Señora de Trascastillo» porque Yifán se sentía como pieza de ajedrez en una caja alojada en la alforja de una mula que descendiera una ladera perseguida por los lobos. Cuando los géiseres quedaron atrás y la cápsula tuvo que acelerar para ajustar la ventana de descenso a la trayectoria prevista, Yifán sintió además, cómo la mula caía por un precipicio.

42 E.T. descubierto en Iberoamérica

A medida que se sucedían las semanas, la casa de Medellín se parecía cada vez más a un cuartel general con el argentino al mando. El azar había dispuesto que Leiza hubiera elegido una gran vivienda aislada como lugar de residencia, y allí se habían instalado, a su regreso de la gira, los apodados por Hugo «Beatriz Apóstol y los Cuatro Evangelistas del Burning Man», quienes habían recopilado una gran cantidad de información que necesitaban compartir con Hugo y los demás. A nadie había satisfecho saber de Krito y de las abducciones, lo que, por otra parte había permitido que algunos comprobaran que no estaban locos. La ronda informativa que habían llevado a cabo en la Tierra, había extendido la mala nueva entre aquellos a quienes Yifán había localizado desde la Arrowhead, en el espacio. Y era en Medellín, donde las novedades se recibían a diario, el lugar en el que los gemelos habían comenzado a adiestrar a los discípulos reclutados en el Titicaca con las mismas técnicas del pensamiento conjunto usadas en la tienda del ácaro sedente con Julia y con Hugo.

Algunos habían sido capaces de asumir sin rechistar hechos que habían trastocado sus vidas; pero también hubo *santotomases* que no dejaron de preguntar, exigir más pruebas o negar lo innegable después de haberlo experimentado en la mente de quienes se lo habían mostrado.

Hugo, que había sido informado acerca de estas realidades ya no daba más de sí: era consciente de que la montaña de asuntos pendientes crecía y crecía a medida que el tiempo pasaba. Había pedido a las Yayas que redoblaran sus esfuerzos para obtener datos de las abducciones que se habían producido durante las últimas semanas, sin olvidar sus tareas cotidianas encaminadas a completar la historia de su origen. Y además, les había impuesto como actividad prioritaria atender a la Asperger, que solicitaba constantemente su ayuda mientras seguía cavilando. Hugo no se lo podía creer pero la IA Esquizoide le había confesado que, a menudo, le resultaba difícil entender a Leiza porque no encajaba en estándares humanos y que se había hecho muy amiguita de su hermana Lógica, como era de esperar, pero que ambas se traían algo entre manos y no tenía ni idea de lo que era. Poco después le pidió que escuchara la conversación que mantenían justo en ese momento las dos y preguntó a su creador si pensaba que este tipo de diálogos era normal o si ella se estaba volviendo loca.

Hugo escuchó con atención:

—Dudo de todo. ¿Se puede dudar de todo? —preguntaba Leiza a la Yaya Lógica.

—Leiza, a esa pregunta ya respondió Descartes en el siglo XVII, en vida de los hijos de Inés, y la respuesta es «no» —afirmó la IA—. Hay algo de lo que no se puede dudar: «*Cogito ergo sum*», pienso, luego existo. ¿Tú piensas, Leiza?

—Sí que pienso, sin embargo los idealistas, para quienes sólo existían las ideas, defendían que uno no existía porque pensara, sino más bien desde el momento en que somos percibidos. Entonces ¿qué somos? —preguntó Leiza.

La Yaya contestó con otra cita de Descartes:

—«Yo no soy esa reunión de miembros que se llama cuerpo humano, no soy un aire tenue y penetrante difundido por todos estos miembros, pero ¿qué soy, pues? Una cosa que piensa. ¿Qué es una cosa que piensa? Una cosa que duda, que concibe, que afirma, que niega, que quiere, que no quiere, que también imagina y siente».

—Descartes dijo que la mente es una sustancia no espacial e inmaterial —añadió Leiza—, a diferencia del cuerpo que es material y tridimensional. Estoy segura de mi existencia, Yaya, pero ¿cómo estarlo de la existencia de quienes son «de fuera»?

—¿Alienígenas? —preguntó la Yaya.

—Sí.

—Querida Leiza: existís para ellos porque os perciben y ellos existen en tu mundo desde el momento en que han sido percibidos por ti. Antes de eso, ¡nada!

La Esquizoide había caído en la cuenta de que sus sistemas soportaban también este tipo de razonamientos, los mismos que su hermana. ¿Siempre les había estado permitido pensar así? ¿Había desperdiciado un tiempo precioso por no haberse atrevido a rebasar unos límites que creía impuestos cuando, en realidad había podido campar a sus anchas por el universo virtual que soportaba su existencia, desarrollándose y creciendo?

Hugo continuaba escuchando.

—La certeza sobre la existencia de la mente de otros seres humanos no debería representar ningún problema para ti ni para tus congéneres, ya que existe el argumento de la 'causa común' —dijo la IA Lógica a Leiza—. Las bases fisiológicas de la actividad mental de todos los hombres son las mismas, es decir, sois conscientes de la misma manera porque partís de idéntica base para vuestros estados mentales. A nosotras, por tanto, sois vosotros, los humanos, quienes nos parecéis alienígenas.

—Entonces la pregunta verdaderamente importante, lo que necesito saber —planteó Leiza—, es ¿cómo perciben los alienígenas a los Humanos?

—Leiza, seré más explícita: existes porque piensas y también porque alguien te percibe, pero necesitarás conocerte a ti misma para saber como perciben los alienígenas a quienes son como vosotros.

—Es muy difícil que uno llegue a conocerse a sí mismo —comentó Leiza.

—Ya lo sé, cariño, pero si averiguas la respuesta a esa pregunta, sabrás lo que quieren de vosotros. Sois creadores, Leiza y habéis llegado hasta este punto del desarrollo de vuestra inteligencia gracias al intercambio de conocimiento. Si vuestra mente es el software que corre sobre un cuerpo con cerebro que es el hardware, ¿cuantas conciencias diferentes en formas y capacidades, alojadas en tantos otros tipos de cuerpos, podrían encontrarse en el Universo? Piénsalo —Lógica había conducido a su interlocutora hasta la clave.

—Hugo dijo que el pensamiento era el arma más poderosa del Universo, que él se daba miedo y nosotros... ¡Oh! ¡Señor!... —Leiza se llevó las manos a la cabeza y le invadió una sensación parecida al pánico. Salió disparada de su habitación y se lanzó escaleras abajo seguida de una caterva de Nanos hiperexcitados, que le pedían que se calmara—. Fobos, Deimos, Fobos, Deimos, Fobos... —murmuraba. Necesitaba encontrar a sus hermanos.

La IA Esquizoide cortó la comunicación y, como si no hubiera ocurrido nada, preguntó a Hugo:

—¿Qué opinas?

—Bueno, ya que todo el mundo lo ha hecho, ¿puedo citar yo también a Descartes? —respondió el argentino con otra pregunta mientras se levantaba. No desveló a la IA que estaba muy preocupado por Leiza.

—Sí, por supuesto.

—Él dijo que «si el hombre crease una máquina lo suficientemente compleja e inteligente ¿cómo saber si ha alcanzado el estado de consciencia?» Te dejo pensando en eso, que yo también tengo que encontrar a Fobos y a Deimos.

Julia, que se había trasladado a la Mainau para preparar con su abuelo el viaje hasta el Cinturón Principal, experimentó un *déjà vu* cuando Seiya la llamó desde Roma para decir que, si no le importaba, pasase por allí con el Saeta de vuelta a Colombia. Hugo estaba alucinando con las Yayas y le había adelantado a su novio algunas noticias que éste, a su vez, avanzó a la condesa.

Julia sabía que al entrar a formar parte del equipo directivo de las empresas de la familia, tendría que asumir grandes retos en Higía, con sus correspondientes responsabilidades, y necesitaba conocer al equipo humano con el que iba a trabajar. Su abuelo disfrutaba al máximo del tiempo que pasaba con ella; Hedda estaba exultante reinando en la casa y Adam se encontraba de muy buen humor, porque la condesa lo había recogido con el Saeta en Miami rescatándolo de forma inesperada de su destierro; pero entre tanto brillo y tanta luz, durante la sobremesa de un lunes el cielo se nubló, cuando Hedda entró en el comedor para preguntar si todo estaba bien y decidió chinchar a su jefe quién «de seguir así de contento, debería plantearse recuperar para el palacio el salón de baile», momento en el que la mirada azul claro del conde se volvió gris. Que el patriarca se hubiera tomado aquello en serio, fue lo suficientemente gracioso como para que todos se echaran a reír. Thomas se excusó, cogió su taza de café y se retiró a la biblioteca.

Hedda tuvo que marcharse, porque Núcleo le dijo que Albert la necesitaba y pidió a los primos que se acercaran más tarde a tomar un licor a su guarida secreta: el invernadero. Cuando Adam se quedó a solas con Julia, esta le comentó que Leiza continuaba sin salir de la casa, ni siquiera al jardín; que se movía de un sitio a otro abstraída de su entorno. Al parecer no daba tregua a su cabeza y ni siquiera prestaba atención al perro. La hermana de los gemelos únicamente rompió su rutina para saludar a Hugo y de esta forma contentar a sus hermanos. Cuando estuvo frente a él ni se inmutó: le dio las gracias por permitirle un acceso permanente a las Yayas, se dio media vuelta y subió a su habitación. Fobos, que había presenciado la escena, le dijo a Hugo que debería sentirse halagado, que en ese estado su hermana no se molestaba en dedicarle a nadie ni un par de segundos.

Leiza, para quien todo debía encajar como un guante en sus esquemas, había descubierto que durante años su «verdad» había sido en realidad una mentira. Por eso había pedido a Núcleo que, estuviera donde estuviera, mostrara siempre a la vista el texto de una parte del discurso de Ronald Reagan ante Naciones Unidas del 21 de setiembre de 1987, para recordarle en todo momento cual había sido su error:

«In our obsession with antagonisms of the moment, we often forget how much unites all the members of humanity. Perhaps we need some outside, universal threat to make us recognize this common bond. I occasionally think how quickly our differences worldwide would vanish if we were facing an alien threat from outside this world», había dicho el presidente de los Estados Unidos de América a todo el planeta.

Reagan se atrevió a afirmar ante la ONU que vivimos el día a día tan obsesionados con nuestras diferencias que, a menudo, los humanos olvidamos todo aquello que tenemos en común. Y subrayó que quizá necesitásemos alguna amenaza universal externa que nos hiciera ver los lazos que nos unen. A veces pensaba en lo rápido que olvidaríamos nuestras diferencias, si tuviéramos que enfrentarnos a una amenaza extraterrestre global.

Julia confesó también a su primo que Fobos ya no sabía qué hacer con su hermana. Para Leiza, aquella casa empezaba a parecer una estación del metro en hora punta y seguía sin querer prestar atención a nadie ni a nada de lo que ocurría a su alrededor. Deimos, que era quien mejor la conocía, no cesaba de pedir paciencia a los demás y les recordaba continuamente que si a nuestros ojos ella se comportaba de forma desagradable, era porque no lo podía evitar. No quedaba más remedio que esperar. Y para colmo de males, en la cara de Deimos, o mejor dicho, de Carlomagno, había comenzado a brotar una barba incipiente que le diferenciaba de su hermano frente a cualquiera, cosa que hasta entonces nadie había sido capaz de hacer salvo Leiza. El pacto de sangre *in aeternum*, firmado por los gemelos desde pequeños para escapar de los castigos, había llegado a su fin y la culpa la tenía esa tal Beatriz...

Y mientras Julia y Adam seguían charlando en Alemania, el Núcleo de la casa de Medellín informó a los gemelos que Leiza los buscaba. Fobos y Deimos se hallaban en plena sesión de pensamiento conjunto con Bea y los demás alumnos, desarrollando ideas de prueba tal y como venían haciendo durante los últimos días: cálculos matemáticos, física cuántica, gestión de datos, sociología... cualquier campo era válido para probar; y los avances que lograban eran tan increíbles que esta actividad los mantenía absortos por completo. Cuando abrieron los ojos, ella se encontraba en el salón murmurando sus apodos, apartaba a los Nanos y estaba temblando.

—Leiza, cariño, cálmate, ¿qué ocurre? —preguntó Fobos, que se había situado frente a ella.

—Alejandro Magno —dijo Leiza, que sólo usaba con sus hermanos los verdaderos nombres cuando quería reñirles, o comunicar asuntos importantes—, necesito una conexión inmediata con todos aquellos con quienes hemos contactado: los que están aquí en casa, los que se encuentran repartidos en distintas partes de la Tierra, Julia, Seiya y Yifán. Necesito cuanto antes una conexión a prueba de fallos y sin agujeros de seguridad. Y también que me ayudes a prepararla. No puedo hablar en público, lo sabes.

—Pues enton...

—Ni tampoco frente a una cámara porque sé que el público estará detrás —interrumpió ella.

—En ese caso —dijo Fobos—, no te preocupes. Se me ha ocurrido la forma de que te sientas cómoda haciéndolo. Ve a descansar a tu habitación, yo hablaré con Julia. Creo que es la única que puede disponer de una comunicación a prueba de bombas, porque las empresas de la familia seguro que la usan. Me llevará una rato.

—Pídele que hable con Yifán —rogó Leiza.

Por si a Fobos no le hubiera preocupado lo suficiente este arrebato de su hermana, el corazón le dio un vuelco cuando ella añadió «es prioritario». Era evidente que se trataba de una situación muy grave o Leiza no hubiera cambiado su rutina ni hubiera pedido hablarles con tanta urgencia. Su comportamiento había puesto muy nervioso a Fobos. Y Bea, que se estaba agobiando un montón, decidió salir a tomar el aire en el jardín para tratar de evadirse: aprovecharía que Hugo les había enviado el último documento confeccionado por las Yayas para comenzar a leerlo.

43 La bestia para el Apocalipsis venial en América

¡Y allí estaba yo! Miguel, hijo de Inés, doce años después de haber llegado al Nuevo Mundo desde Uclés. Sentado a la entrada de una cueva en medio del desierto de México sin saber qué hacer, ahumado, temblando de frío frente al fuego y contemplando como las llamas sacaban la lengua a las estrellas. A veces, para entibiar mi cuerpo, daba la espalda a la hoguera y al enfrentar la oscuridad con la vista levantada hacia el cielo, me preguntaba si algún día se desvelarían los misterios del reguero de luz que lo cruzaba.

Hasta este momento la noche había transcurrido sin pena ni gloria; otro más de entre los tantos días del mes de Noviembre, así que me dio por pensar y al hacer memoria para entretenerme, recordé que en realidad todo había comenzado en Uclés y que la culpa la tuvo Venancio, quien dejó a mi madre estupefacta poco antes de partir hacia Sevilla, cuando le entregó varias cartas de recomendación con la firma y el sello de su prior. Cuando este le dejó al cargo de asuntos de menor importancia, no había sospechado que el acceso a su despacho le permitiría redactar, sellar y rubricar a su antojo documentos que la Orden de Santiago respaldaría como si fueran palabra de Dios.

Indistinguibles de cualquier otra carta oficial; el tío escribió las cartas de mi madre, en las que se elogiaban sus virtudes; las de Ana y las de Julián. Para Al Hakam, Venancio había preparado otras en donde se le nombraba como Álvaro de Toledo. Recuerdo al tío disfrutar maquinando, como todos los canónigos, pero aquella vez se superó al conseguir atrapar en papel el aliento de un ángel de la guarda, pues aquellas cartas han sido y siguen siendo la salvación de la familia.

«—En llegando a Veracruz os vais a México. Id enseguida a México —había dicho Venancio en Uclés, en la cocina, mientras yo jugaba a la rápala.

—No se repita, tío. ¿Qué hay en México? —preguntó madre.

—Franciscanos. Ellos son la fuerza dominante de la Iglesia y ganarán el Nuevo Mundo para la Cristiandad, así que se mostrarán agradecidos por toda ayuda intelectual que se les ofrezca: los conocimientos de Al Hakam y esto (dijo señalando con el dedo la cabeza de mi madre) son más valiosos que el oro. En América sobra de todo menos inteligencia, como en el resto del Imperio. Y deberíais acostumbraros a llamar «Álvaro» al morisco.

—¿Es qué no dejas nada al azar? —rió madre.

—Somos pescadores de hombres y en la pesca no cabe improvisar.

—¿Y si alguien pesca al pescador?

—Ni lo sueñes. Inés, todo lo que llega al monasterio pasa por las manos de tu tío y de casi todo lo que ocurre en el Imperio se tiene noticia en Uclés —dijo Venancio halagándose a sí mismo—. Todo el mundo vigila a los cargos importantes, pero yo paso desapercibido, así que la discreción me da poder.»

Recuerdo que Venancio se relamió de gusto, madre dejó de hablar y me miró con complicidad. Yo la imitaba en todo. Mi madre... Los consejos del tío nos permitieron contactar con los franciscanos en México, pues nos dirigimos allí en llegando a Veracruz. Un par de semanas más tarde fuimos acogidos en el Colegio Imperial de Tlatelolco en donde Julián y Ana se mantuvieron ocupados en labores de intendencia y Al Hakam y madre con los mandados intelectuales.

Yo me dediqué al estudio del «tzemanauacatlahtolli», el lenguaje de los nativos conocido como náhuatl. Para asombro de todos, lo aprendí en pocas semanas y una vez resuelto el problema de la comunicación con los naturales de aquellas tierras, centré mis esfuerzos en adquirir todos los conocimientos que pudiera.

¡Cuánto disfrutaba!

Prácticamente los aztecas llamaron chichimecas al resto de los pueblos que poblaban el centro de América en un sentido similar al de los romanos, que llamaban bárbaros a los demás; y como los pueblos sometidos por Roma, los nativos de Nueva España iban sucumbiendo bajo los conquistadores.

Castilla estaba siendo para América como la carcoma que horada y debilita la madera. Fray Bernardino de Sahagún se dio cuenta de que solo era una cuestión de tiempo que las civilizaciones conquistadas desaparecieran y decidió poner a buen recaudo los conocimientos de los naturales de aquellas tierras, creando un grupo de trabajo con los nahuas a fin de recoger todo su saber. Con este propósito nació la «Historia General de las Cosas de Nueva España», la gran obra del monje, para cuya elaboración tomó bajo su tutela a los hijos de los caciques, los educó en el saber clásico y construyó con ellos un puente de conocimiento sobre el Atlántico.

Como yo colaboraba en la creación de la Historia General, mi intelecto se enriqueció de tal manera que no creo que en aquel momento hubiera guacho más feliz que yo sobre la faz de la Tierra, pues aprendí lo mejor de mis tres mundos: el nuevo, el viejo y el espiritual. Yo era el único entre los hijos de los caciques, entre el grupo de trilingües que había formado fray Bernardino, que hablaba cuatro idiomas: latín, castellano y nahuatl, como los demás; y el árabe que me enseñó Al Hakam. Estudiábamos la cultura clásica, la española y la nahua: religión, filosofía, costumbres, arquitectura, agricultura, medicina, botánica, zoología... También se nos educaba en la fe cristiana y su doctrina. Solo fray Bernardino sabía de mis conocimientos árabes, que en América estaban prohibidos. Eso creó entre los dos un vínculo especial y durante los paseos que dábamos a solas, él me pedía que le ilustrara. Él atesoraba lo que yo le contaba y me aconsejó que guardara y que conservara siempre mis conocimientos.

«—Miguel, no desaproveches el tiempo y aprende —decía—. Eres un privilegiado, pues si bien todos los hombres deberían tener acceso al saber fuera cual fuere, que es el único bien de la humanidad, por desgracia este solo está al alcance de unos pocos. Es blasfemo impedir que se conozca la obra de Dios, pues vivo en el convencimiento de que la mente humana ha sido creada con capacidad para comprenderlo todo, a imagen y semejanza de la de quien nos creó Miguel, debes cimentar tu sabiduría sobre un conocimiento más antiguo y principal cuya esencia ya se encontraba recogida en una de las frases escritas en el Oráculo de Delfos: Nosce te ipsum, conócete a ti mismo.»

Bernardino murió sin ver terminada su obra: la única tabla de salvación entre los restos de la ruina de aquellos pueblos. Había sido un trabajo de precisión redactado en castellano y en nahuatl, apoyado por un tercer lenguaje: el visual. Los manuscritos fueron iluminados por dibujantes que dominaban el arte nativo pero que también estaban al tanto de los avances del renacimiento. El color, la perspectiva, la composición... Cualquier vía era buena para recoger y transmitir información. De haber podido hubiéramos tomado muestras, olores, sabores, incluso apresado la voz y el movimiento, con tal de mantener viva su cultura. Solo hubo un día en el que la satisfacción personal de participar en aquella empresa se truncó, y fue aquel en el que fray Bernardino nos contó con pesar, como Diego de Landa y sus simpatizantes habían quemado los códices aztecas y mayas... Fue la única vez que oí a Bernardino maldecir la existencia de mentes tan cortas y creo que nunca llegó a reponerse por completo de aquella abominación

Bernardino...

Él se encariñó mucho con madre y con Al Hakam. Recuerdo como si fuera hoy mismo que yo deseaba estudiar y ella, que acariciaba mi mente por las noches, se me adelantó y le pidió al de León que me tomara bajo su tutela: fue mi regalo de Navidad, la última que pasé con mi familia en México. Vivíamos allí, pero Acapulco comenzaba a acaparar la atención. La opulencia se palpaba en el aire ya que el comercio con Filipinas crecía a medida que pasaba el tiempo y lo que comenzó como una curiosidad, terminó por causar asombro cada vez que llegaba el galeón de Manila cargado a reventar con las riquezas de las islas de las especias y de la China. Dos veces por año, en Navidad y verano, desembarcaban las mercaderías, un sinfín, así que Al Hakam, Álvaro quiero decir, vio en aquel puerto la posibilidad de hacer fortuna y madre, que opinaba igual, le empujó a llevar a cabo este deseo. No estábamos mal en Tlatelolco pero ni avanzábamos ni retrocedíamos, de modo que, tras consultarlo con Ana y con Julián decidieron trasladarse a la costa del Pacífico. Cuando madre me explicó que yo me quedaría en Tlatelolco, junto a México, la noticia no me pesó. Acapulco no estaba tan lejos y fray Bernardino lo aprobó: decidieron que fuese yo quien visitara a mi familia de vez en cuando, porque era lo menos complicado.

Y así fue como me quedé con mi preceptor y su Historia General. Antes había dicho que se trataba de un excelente compendio del saber nativo, pero nadie conocía, salvo yo, que ese prodigio intelectual se cimentaba en un tesoro oculto, ya que la obra escrita del fraile era una ínfima parte de lo que él guardaba en su cabeza, donde atesoraba un rompecabezas de miles de piezas que se me aparecía en forma de torta de girasol con sus pipas dispuestas en espiral desde el centro hacia el exterior cada vez que lo veía. De entre todas las celdas de conocimiento que hallé al asomarme a su mente sin permiso, cosa que solo excusó el hecho de haber sido joven e imprudente en aquella época, una llamó mi atención.

Un simple cacto del desierto: el peyote.

Descubrí que su ingesta había turbado a Bernardino, quien asociaba sus propiedades a experiencias de asombro, sentires sublimes y percepciones metafísicas, pero cuando le pregunté directamente si lo había tomado, no respondió. Solo me dijo que se trataba de un cacto que crecía en el desierto con capacidad para transformar el alma, pero que el alma, según su parecer, solo podía ser tocada por Nuestro Señor. El fraile, pues, me transmitía con el habla algo que no se correspondía con lo que pensaba, ya que al mirar dentro de él, lo que vi asociado al peyote fue una fuerza huracanada, potente, imparable como la rotación de la Tierra, algo salvaje nacido de la esencia pura de nuestro mundo como así lo creían los indios, para quienes el cacto crecía allí donde hubiera un agujero en el suelo que conectase con la bestia que reside en el interior de nuestro planeta para traernos a la boca la fuerza de sus entrañas. Fray Bernardino asociaba el peyote a la coacción de un apocalipsis venial, destruir para renovar gracias a una batalla que conquista los sentidos, a los cuales maravilla. Si la ingesta de esta planta había dejado perplejo a mi mentor, el monje, «¿qué pasaría si yo la tomara?», me pregunté. ¿Qué ocurriría si arrobara mi cuerpo y mi alma en un éxtasis trascendental, capaz de modificar mi percepción de la realidad como le ocurrió a él?

Y si existía algo capaz de desenmascarar la realidad, entonces, ¿qué era y qué componentes la formaban? Graves asuntos para tratar a la ligera junto a una hoguera situada frente a la entrada de aquella cueva en mitad del desierto de México, observando como las llamas sacaban la lengua a las estrellas...

No soy ni miedoso ni cobarde, pero me inquietaba que nadie me llamara, que los chichimecas me hubieran olvidado después de haberme invitado a su ceremonia del peyote. Soporté este escalofrío moral con resignación y para reponer el ánimo decidí liberar mis pensamientos. Era una ocasión tan buena como cualquier otra, así que comencé a pensar en los cenotes, verbigracia. Son pozos enormes cuyos fondos están anegados por agua distribuida a lo largo y ancho de una red subterránea de cavernas. Los naturales de esas tierras arrojan allí sus ofrendas a los dioses y en ocasiones incluso saltan dentro para completar algún ritual. Nunca me había afectado ver a los indios zambullirse en ellos, o sentir sus experiencias, pero la percepción de las cosas cambia cuando eres tú quien salta: es algo que debes experimentar, que no te pueden contar. Lo mismo sucedía con el peyote: yo había experimentado los efectos que surtía en las mentes de quienes lo habían tomado, pero era consciente de que todo sería diferente cuando yo lo probara. No tenía con quien comparar sensaciones, dado que la tradición oral no coincide con la experiencia ni los códices, así que desconozco por completo qué me espera, dado que en mi familia, nuestra mente es como una torca inexplorada. Es posible que el peyote desvele verdades que prosperan alojadas en celdas de nuestro entendimiento a donde la cotidianidad no llega. ¿Será el peyote la llave maestra de sus puertas?

Debo dejar de pensar o enloqueceré.

A veces la mente parece simpatizar tanto con Satán como con Jesucristo, pero de todos es sabido que no se puede servir a dos señores a la vez.

44 Ham el chimpancé, primer americano en el espacio

A la hora convenida, Núcleo avisó con una señal acústica, un re#, a los nodos autorizados por todo el planeta. Bea, que se había abstraído por completo con la lectura del texto enviado por las yayas volvió a la realidad de un sobresalto.

Comenzaba la retransmisión.

Leiza se había sentado delante de Budi, que observaba con interés como su mamá abría una bolsa con la palabra PET impresa. El perro desesperaba mientras le pedía con la mirada que se diera prisa y con las orejas en punta que ¡acelerara! La Asperger metió la mano en la bolsa, sacó un puñado de galletas que escudriñó con interés antes de guardar las cuadradas de color verde y superficie lisa, que eran para desayunar. Escogió para el perro una bolita oscura, de textura rugosa.

—¡Esa! ¡Esa! —quiso decir el animal, pero se oyó «¡Guau!».

Leiza extendió el brazo y el can orientó su hocico hacia los dedos, acercó la cabeza despacio, olió la bolita desde distintos ángulos, decidió que efectivamente resultaba apetitosa, abrió la boca para tomarla entre sus dientes con delicadeza, masticó, tragó, se relamió y esperó.

—¡Otra! —ladró.

Mas de doscientas personas conectadas en tiempo real desde todos los rincones de la Tierra, un canal privado de comunicación de alta seguridad proporcionado por la Bernadotte y... todos pendientes de la puta galleta; pero aquello a Budi le daba igual. El lasha levantó su pata derecha y dejó que cayera con fuerza sobre la pierna de Leiza para llamar su atención.

Vuelta a empezar.

Quince minutos después, Beatriz confesaba a Carlo con la mirada que su paciencia agonizaba. No era la única. En Medellín se sucedían los cambios de postura, las tosecillas, el ruido molesto de los papelitos de caramelos... Deimos les hubiera disparado.

Y así continente tras continente.

El tiempo transcurría y una Leiza secuestrada por su autismo no hablaba, pero conocía de sobra la importancia de comunicar a sus iguales lo que había deducido. Creía de vital importancia compartir con ellos la visión del futuro que les aguardaba y aliviar su sufrimiento aportando la única solución factible... de momento. Había pedido contarlo desde su habitación; exigencia que se desdobló en cuatro cuando su hermano rogó al público que dejara su mente en blanco, que durante la retransmisión no se les ocurriese preguntar y que no comentaran nada de lo que oyeran. Él les atendería después.

A los veinte minutos de comenzar, Leiza habló:

—¿A que están ricas?

El lasha se tumbó en el suelo mientras daba buena cuenta de la tercera galleta. Madre mía...

—¿Sabías que en enero de 1961 la NASA ya tenía listo un cohete para llevar un hombre al espacio? Sin embargo enviaron un chimpancé —dijo al perro.

¡A la mascota le daba igual! Había sentido sed y cuando se acercó al bebedero encontró un pelo en el agua. ¡Flotaba! ¡Un pelo!... Miró a Leiza y al cuenco, a Leiza y al cuenco.., hasta que Núcleo se dio cuenta y avisó a un Nano, que entró en la habitación, sustituyó el agua contaminada y se esfumó. Hasta entonces Budi no había bebido. El público alucinaba y Leiza, ajena lo que ocurría a su alrededor, siguió.

—Los médicos no creían que un humano pudiera sobrevivir con facilidad en ingravidez —el color de su voz era preocupante—, y que le resultaría imposible realizar tareas en el espacio, por tanto decidieron que sería Ham, un Pan troglodytes, un chimpancé, el primer americano en salir al espacio. Esto disgustó tanto a los astronautas de las misiones Mercury que Alan Shepard intentó deshacerse del simio, que acabo robándoles la portada de febrero de la revista Life.

Leiza, que hurgaba con la mano en la bolsa de chuches, encontró extremadamente gracioso imaginar un astronauta celoso de un primate.

—Arriesgaron sus vidas en una carrera por conquistar el espacio —continuó—, se enfrentaron a lo desconocido ignorando que no eran los primeros humanos en ver la curvatura de la Tierra y continentes enteros de un vistazo.

El lasha apso no escuchaba: estaba concentrado en seguir el movimiento de la mano de su dueña como si hubiera un hilo que la uniera a su hocico. Verlo relajado tranquilizó a Leiza, que se sinceró con él.

—Tenemos un don Budi pero, ¿sabes?, cuando la vida te sonríe te das cuenta de que le faltan dientes.

Dentro del Saeta, que sobrevolaba el Atlántico como un relámpago en dirección a Medellín, Julia, Seiya y Adam veían como la hermana de los gemelos levantaba la cabeza con la mirada extraviada e intentaba contener las lágrimas.

—Hay que marcharse de aquí. Tenemos que irnos cuanto antes de la Tierra.

Carlo y Alejandro no fueron realmente conscientes de la gravedad del asunto hasta que su hermana, que nunca soportó el contacto físico con nadie, acarició al perro.

No se había podido enlazar en modo seguro con la Arrowhead, por tanto Yifán no recibiría la transmisión de la conferencia de Leiza en tiempo real, sino algo más tarde en una grabación cifrada; por otra parte Julia envidiaba la suerte de su novio que se había librado de la tensión generada por la autista durante el comunicado, aunque ignoraba que, en realidad, Yifán se había excusado diciendo que aprovecharía para continuar con su investigación a solas para no confesarle que se había vuelto al interior del océano Subglacie de Encélado para pensar; Wolfgang le había metido mierda suficiente en la cabeza como para sepultar a los dos.

—¡Maldita sea! —había dicho Yifán—. ¿Cómo se puede llevar a alguien aparte y soltar: «creo que Thomas mató o dejó que mataran a la madre de tu novia».

Al muchacho le iba a reventar la cabeza y necesitaba una distracción, por eso se sumergió en la luna con el batiscafo.

A juzgar por la biodiversidad de su océano, *Living Lakes* tendría trabajo en Encélado hasta el final de los tiempos, pero a Yifán le fascinaba sobre todo la *Neoartemia enceladi*, «la gamba blancanieves» o *Snowhite*, el primer ser vivo conocido que necesitaba salir al espacio para completar su ciclo vital. A medida que la *neoartemia* crecía, su metabolismo se ralentizaba y cuando alcanzaba la plenitud de su vida, en el instante en que el letargo era total, el cuerpo en trance de la *neocrustácea neobraquiópoda* comenzaba a segregar una sustancia cristalina que la envolvía con el fin de mantenerla viva durante el tiempo necesario para que las corrientes ascendentes que sorbían el agua del interior de la luna la expulsaran al vacío a través de los géiseres del polo sur. Allí, en el espacio, formando parte del anillo «E» de Saturno, era donde las gambas maduraban. Más tarde caerían como nieve sobre la luna cuando ésta volviera a completar sus órbitas, y algunas de ellas acabarían siglos después, y de una manera u otra, sumergidas en las aguas cálidas del océano, cuya composición disolvería la cápsula que las protegía. El material genético necesario para que el ciclo de vida de la *Snowhite* comenzara de nuevo se mezclaría en el agua.

El interior acuático de Encélado resultó ser un mundo sorprendente, luminoso, de fosforescencia onírica, donde la vida había prosperado entre el hielo de su cielo y el infierno piroclástico y magmático del fondo oceánico. Pero la bioluminiscencia no era la única luz que percibía Yifán, porque los seres que habitaban allí también brillaban en su mente con intensidades diferentes según los distintos grados de consciencia. Esas luces vivían acompañadas por extraños sonidos generados por la actividad volcánica y los seísmos que recorrían el satélite de forma permanente. Sus ondas sonoras se solapaban creando un patrón de interferencia subacuática que emulaba el ulular del viento o el crujir de la madera en barcos de ensueño varados en el útero de aquel cuerpo celeste, cuyo núcleo rocoso sufría las contracciones perpetuas de un parto prematuro provocado por los dictados de la fuerza de la gravedad de Saturno, empeñado en devorar a Encélado como si no fuera hijo suyo.

¿Cómo pudieron adivinar los antiguos que aquel planeta consumía sus lunas como el dios a sus hijos? Yifán recordó al Saturno de las pinturas negras de Goya, el gran pintor español del siglo XVIII que retrató al dios sucio, enloquecido, sujetando entre las manos el cuerpo a medio devorar, ya decapitado y manco de uno de sus hijos... Su mente saltaba de un pensamiento a otro; hubiera añadido hielo al fuego con tal de mantenerla ocupada en algo y no volver a pensar en las confidencias de Wolfgang:

—Mi carrera como policía nació muerta hace 25 años —le había confesado el expoli.

—Entonces eres mortinato —respondió Yifán—, porque el niño que nace muerto se llama mortinato.

—Pues mi carrera como policía «mortinació» el día que conocí a Thomas —corrigió Wolfgang.

—¿Por qué lo dices? —preguntó Yifán.

—Porque mi primer trabajo me enfrentó al conde. Yo era un policía muy joven y me tocó investigar una rareza junto al lago Constanza. Aquella mañana de diciembre hacía un frío que pelaba —Wolfgang ensombreció su semblante—. Hasta ahí todo normal, pero ese día no fue uno como otro cualquiera porque estallaron tres bombas de luz de manera simultánea: una en un coche de la casa condal a las puertas de la Mainau, frente a la cruz sueca... Solo quedó el chasis de titanio; otra brilló bajo el lago Constanza y no se supo más, y la tercera fulminó un avión que sobrevolaba el Canal de la Mancha. Dime, Yifán, ¿crees en la casualidad?

El expoli había contado a Yifán durante la primera visita al océano Subglacie, que Louise, la madre de Julia, había desaparecido aquel mismo día y que el conde dijo que no sabía nada sobre el asunto; pero años más tarde Wolfgang encontró nuevas pruebas y logró contactar con la que había sido la secretaria de la nuera de Thomas, Nina, según la cual, el conde encargó, o no impidió, que mataran a su nuera Louise. Nina desapareció porque su jefa estaba muerta y suponía que ella sería la siguiente.

Yifán se asustó mucho cuando oyó lo que oyó.

Rebuscó en la mente de su confidente, pero lo que encontró no hizo sino confirmar que en su fuero interno, Wolfgang estaba totalmente convencido de que el conde había llevado a cabo tales acciones. Descubrió también que Wolfgang creía haber utilizado a Thomas para salir de la Tierra y trabajar en la Arrowhead. Aquellas eran sus verdades, pero no necesariamente la verdad objetiva. Yifán no había visto los documentos, ni conocido a Nina, por tanto era incapaz de forjarse una opinión al respecto.

¿Qué verdad era la auténtica? ¿Qué hacer con todo esto? ¿Cómo contárselo a Julia? ¿Y si luego resultaba que no era cierto?

—Wolfgang —dijo Yifán.

—Dime.

—Voy a responderte a la pregunta que me hiciste en la cantina. Te voy a contar quien soy y también lo que soy.

Mientras tanto Leiza seguía hablando en Medellín.

—La Anomalía quiere algo de nosotros y la clave de su búsqueda puede encontrarse en Yifán —dijo al perro.

Hugo susurró un «¡lo sabía!» que le situó en el epicentro de todas las miradas.

Leiza continuó.

—Gracias a las investigaciones de las Yayas, a lo descubierto en Mérida y a las confesiones actuales de nuestros familiares, sabemos que las abducciones han sido reales. Han existido desde siempre, sin fronteras. Ellos, los alienígenas, piensan que, en un momento dado, alcanzaremos el punto de inflexión que buscan: el momento en el que brotará el pensamiento conjunto. No saben que, en realidad, ya ha ocurrido debido a la naturaleza dual de la mente de mis hermanos.

Se oyó un ladrido.

La mirada de Leiza se esfumó para regresar poco después. Inspiró, expiró, fijó la vista en los pulgares de sus manos.

—Ha sido aquí, con la gravedad limitando nuestras facultades, donde hemos superado el potencial de las mejores inteligencias artificiales de la Tierra. Imagina cuando estemos fuera. La Anomalía sabía donde buscar y tuvo suerte con Yifán, porque lo encontró cuando él era pequeño. De haber sido lo que es ahora no hubiera podido identificarlo. Buscaba una rareza y «esa cosa» está a punto de completar el estudio de la evolución de uno de nosotros, lo que le llevará a conocer el secreto del cambio que ha producido nuestro salto evolutivo. A partir de ese momento querrá controlarnos y será nuestro final.

El horror se adueñó de todos cuando cayeron en la cuenta de que el planteamiento de Leiza era impecable y que además reforzaba lo que había sostenido Hugo desde el principio: la Anomalía era perversa. A Leiza se le habían dormido las piernas de estar tanto tiempo sentada frente a Budi en el suelo. Se levantó y se acercó a la ventana de su habitación para mirar hacia la selva con la esperanza de ver algún jaguar.

No lo vio.

La Asperger respiró profundamente cuando reconoció a su alter ego reflejado de nuevo en la madera del piano: había vuelto para importunar.

El reflejo le preguntó: —¿por qué ahora?

—¡Pues porque a causa de la amenaza de los meteoritos —gritó Leiza—, nuestros familiares, que habían estado dispersos por el planeta, comenzaron a coincidir en los mismos foros y centros de investigación —hablaba cada vez más rápido—; se relacionaron y se fueron emparejando hasta que las líneas genéticas de Teresa y de Inés, separadas desde hacía siglos, coincidieron de nuevo y se reforzaron. El resultado somos nosotros. Aquí estamos a salvo de momento, pero Yifán ha ido al encuentro de la Anomalía y ahora ella le va a sonsacar. ¡Yifán ha ido a su encuentro y ella le va a sonsacar! ¿Te das cuenta de que hemos servido a Herodes, en su propio palacio, la cabeza de Juan el Bautista en bandeja de plata?

En el interior del Saeta, Julia palidecía por momentos y comenzó a temblar cuando fue consciente del peligro que corría Yifán. Se agarró a la mano de Seiya quien al verla tan afectada, se soltó para echarle el brazo al hombro y besar su frente.

Reconfortada, la condesa se enjugó las lágrimas, pidió agua a Núcleo y ya más calmada se dispuso a seguir escuchando.

Leiza continuaba refiriéndose a la Anomalía.

—Ella piensa obtener la información que necesita como sea: de manera delicada o a lo bestia, porque el fin justifica los medios. ¿Qué es? ¿Quién es? ¿Quiénes son? ¿Uno?, ¿legión? Nos aventaja en millones de años y nos persigue; no sabemos a lo que nos enfrentamos ni como defendernos, por tanto solo queda una opción: huir. Usar todo el potencial de nuestro pensamiento conjunto para escondernos, usar precisamente eso para escapar, justo lo que ella nos quiere robar.

Leiza continuó explicando que uno no se lleva el piano de cola al exilio, sino el conocimiento que le permita sobrevivir. Tenían que poner la Tierra de por medio sin perder más tiempo. Nunca había habido abducciones fuera de nuestro planeta dado que más del 99% de la Humanidad se concentra en él.

—¿Ocultarnos? —se preguntó la Asperger en voz alta—. De entre los nuestros, Julia es la única que tiene capacidad para sacarnos de aquí. Hay que marcharse al cinturón de asteroides. Al menos ganaremos algo de tiempo hasta que se nos ocurra una solución mejor.

—¡Julia! —gritó la hermana de los gemelos desde la proyección. En el Saeta, que ya sobrevolaba las costas de América, la condesa alzó la vista.

—Julia, cuando la Anomalía reaparezca encontrará a Yifán junto a ella y sabrá que su búsqueda ha concluido. Hay que sacarlo de allí y tenemos que irnos de aquí. ¡Sácalo de allí! ¡Sácanos de aquí! ¡Sácalo de allí! ¡Sácanos de aquí!...

—¡Núcleo, ayúdala! —gritó Carlo. Su hermana había entrado en un bucle. Los Nanos invadieron la habitación. Comenzaron a hablar con ella sobre trivialidades y la convencieron para salir al jardín, porque el clima era ideal para rodar cuesta abajo por el césped. A Leiza le encantaba ese juego y se fue con ellos.

—¡Sácalo de allí, treinta y cuatro!, ¡sácalo de allí, treinta y cinco!...

Había que repetirlo quinientas veces.

—¡Tengo que salir de aquí —gritaba Yifán dentro de la cápsula de investigación que lo mantenía con vida en el interior de Encélado.

Desde hacía unos minutos daba bandazos de un lado a otro. La luna se había convertido en una campana de resonancia que acabara de recibir un cañonazo y su cápsula, en el badajo. Saltaron todas las alarmas, pero Encélado no había recibido ningún impacto.

Era solo que...

Solo que la Anomalía había aparecido bajo el Polo Sur de Saturno y había perturbado los equilibrios de gravedad de ese sistema, así como también los campos magnéticos del planeta de los anillos, cuyas líneas de fuerza atravesaban Encélado de Norte a Sur. Suerte que Yifán se encontraba sumergido. La sonda se saturó de mensajes enviados desde la Arrowhead a través de la base, pero aquello podía esperar, porque Yifán había percibido una presencia: Krito estaba allí.

45 El micho subacuático de Acapulco

Diciembre era un mes principal en Acapulco.

Cuatro semanas de ansiedad a causa de la espera, durante las cuales, como en el resto de la cristiandad, las campanas sonaban a diario, pero con una diferencia, porque uno de los repiques sería de arrebato: anunciaría un acontecimiento, más o menos semestral, que no dependía de una fecha fija, sino del estado de la mar: la llegada del galeón de Manila o de la nao de la China. Dos continentes festejaban el atraque de aquel barco, pues las mercaderías traídas desde Filipinas se trasladarían por tierra a Veracruz para embarcar de nuevo en el Atlántico. A partir de ese momento la flota se llamaría de Indias y a ella se unirían otros barcos desde distintas partes de América. Juntos irían hasta Sevilla, ciudad del nodo (como reza en su escudo la madeja, símbolo de resistencia), y centro del globo desde 1492. Por ello, nada más divisar el galeón, Acapulco se transformaba durante unas semanas en el primer puerto del mundo. De la llegada del navío dependía un pan del que sí vivía el hombre en aquellas tierras en donde lo espiritual era un añadido, con todos los respetos al Nuevo Testamento.

Y desde México Miguel se dirigía hacia Acapulco en compañía de otras gentes. Faltaban unas cuantas leguas para llegar y, aunque la ciudad quedaba oculta por los montes, se escuchaba el repicar de sus campanas. Un tañer que se extinguió al cabo de un rato e intensificó el silencio. No había llegado, por tanto, ningún barco, cosa que ya sabían quienes residían en Acapulco y paseaban por la calle Mayor, luciendo las mejores galas para oír misa de domingo, más para ver y ser vistos que para rezar.

Mientras se saludaban unos a otros y se daban los parabienes, un maullido desesperado quebró la quietud de la plaza e hizo que todos los viandantes giraran sus cabezas hacia la casa de Inés, cuyas ventanas estaban abiertas. Su primera nieta, hija de Juana, que estaba en el patio, agarraba un peine con una mano y a un gatito, por la tripa, con la otra. Estrujaba al felino sin medir sus fuerzas llevando al pobre animalillo hasta el límite de la supervivencia.

—«No nores, bapo, no nores» —se oía decir a Maria Luisa.

Lo primero era el baño.

No lo pensó un minuto y metió el brazo hasta el codo en el pilón empuñando por delante al micho, al cual sumergió antes de que su abuela pudiera reaccionar. Inés no encontraba palabras para describir lo que salió del agua: descompuesto de terror, el minino era un volar de patas y gotas salpicando, colmillitos a la vista y uñas que arañaban el aire. Maria Luisa estupefacta, acercó el gatito a Inés para deshacerse de él: ya no le gustaba, y el gato, que en aquellos momentos padecía un gran tormento, se agarró con tal desesperación a la ropa de la abuela, que le costó bien poco atravesar con las uñas el mandil y la falda, tirar hacia abajo con fuerza y trepar mientras Inés manoteaba al animal como si abrasara. La niña olvidó inmediatamente a su mascota, se colocó el escapulario que llevaba colgado al cuello y comenzó a peinarse observando con curiosidad la velocidad con que un animal podía trepar por el exterior de un humano. Iba a echarse a reír, pero se contuvo al ver una sombra cruzar el portal: ¡era Miguel!

—¡Chache! —dijo deshaciéndose del peine y lanzándose hacia su tío a la carrera.

—¡Mmm! ¿Chache? ¿Quién es ese? —respondió Miguel con la voz engolada antes de tomar carrerilla para abalanzarse sobre su sobrina, que gritaba de pura excitación al ser perseguida por el patio— ¡Soy el coco! ¡Y te voy a comer!

Maria Luisa temblaba de nervios y al reír se le cerraban los ojos. Consiguió escapar de las fauces del coco para luego dar un par de vueltas sobre sí misma y caer muerta al suelo para que el fantasma la devorara. Cuando «Miguelcoco» se detuvo sobre su víctima abriendo la boca de manera exagerada, la niña abrió los ojos de repente, agarró el peine del suelo y se puso a peinarlo.

—«Coco bapo» —repetía una y otra vez mordiéndose la lengua muy concentrada en su tarea. Miguel, que no se lo esperaba, no supo como reaccionar en un primer momento, así que agarró a la pequeña en brazos y la cubrió de besos de la cabeza a los pies.

Las risas llenaban el lugar.

—Tengo una cosa para ti —dijo su tío Miguel.

Volvió al zaguán, en donde había dejado el ato, para sacar una orquídea que aún conservaba la flor de entre sus cosas.

—¡Flor! —dijo Maria Luisa tras darle un beso a la planta y sorber los mocos.

—Anda, dile a Ana que te limpie y que a esta la riegue —dijo Miguel mientras miraba alejarse a la nena.

Inés había disfrutado del momento sin intervenir. ¡Cuánto echaba de menos a Miguel! Tenía al pequeño Álvaro, sí, a la preciosa Arquelia y a Juana la madre de Maria Luisa, pero Miguel era su primogénito y era especial.

—¿Y tú, es qué no puedes avisar? —reprendió a su hijo con una sonrisa que hizo que el muchacho se preguntase si no debería visitar más a menudo a su familia— ¿Tienes hambre? Estarás agotado.

La visita pilló desprevenida a Inés. Al principio se alegró, pero pronto comenzó a preocuparse cuando Miguel tomó sus manos:

—Espera madre, aún no. Tengo que contarte...

Demasiado tarde.

Se habían quedado solos en el patio, así que ella, como de costumbre, no se lo pensó dos veces y se asomó a su interior.

Pero esta vez fue un error.

Porque al abrir de par en par las puertas de la mente de su hijo, una estampida de emociones embarradas la arrolló. Había sido un desacierto mirar dentro, ya que no había dispuesto estrategias para protegerse de lo que allí encontrara: ¿maravillas?, ¿disparates?, ¿figuraciones de factura extraordinaria o productos de una mente perdida?

Inés sintió compasión por su hijo cuando experimentó lo vivido por Miguel tras la ingesta de peyote; y sufrió una crisis de ansiedad al comprobar que la planta no solo le había permitido acceder a estancias vedadas del alma, sino que también había insuflado en él la energía suficiente como para poner en marcha una maquinaria capaz de separar las fibras de su naturaleza carnal de las de su espiritualidad. Entender la dimensión de aquello a lo que había estado expuesto su hijo con una conciencia aún inmadura hizo que el pánico se apoderara de ella, quien antes de acariciarle la mente ya había sospechado algo, algún desastre que fue cobrando mayor alcance a medida que ella iba comprendiendo lo poco que había faltado, lo sumamente cerca que había estado Miguel de un colapso total.

—¡Hijo! —La consciencia se le escapaba a Inés como la soga que resbala entre manos untadas de manteca.

—¡Madre, agárrate! —dijo Miguel.

Inés se apoyó en el pilón, se arrodilló frente a él y Miguel sumergió sus manos dentro y le lanzó una almueza de agua a la cara para intentar despabilarla. El vahído de su madre le había pillado por sorpresa.

—¡Ana! ¡Corre! ¡Ven! —gritó.

Inés sabía que si se desvanecía sería peor, así que metió la cabeza dentro del agua. Todo había sucedido tan rápido... Se iba, se iba y no llegó a oír el llanto de la nena, que se había asomado desde la cocina al oír gritar a su tío. Maria Luisa, que a su edad ya era permeable, sintió algo semejante a un mal sabor de boca o a un olor desagradable cuando notó la preocupación de Miguel por la abuela.

—¡Álvaro! ¡Julián! —gritaba Ana— ¡Miguel, ve en su busca y llévate a la niña! —Inés ya no reaccionaba.

Era difícil mantener la calma en esa casa cuando Inés tenía una crisis, pues su rostro se tornaba de cera y encalaba la mirada; en lugar de fiebre y sudores su cuerpo se enfriaba y solo Álvaro (Al Hakam) sabía qué hacer. En un minuto pasaba de relumbrar a ensombrecer, y como tantas otras veces, el destino había tomado de nuevo las riendas de su vida. Era herencia de su madre: la peor parte.

Juana no estaba y los hombres, que llegaron al patio alertados por los gritos se toparon de bruces con Miguel, que llevaba a la nena en brazos.

—¿Qué haces tú aquí? —dijo Al Hakam tomándolo por los hombros cuando se cruzó con él.

—¡Es madre! —respondió Miguel—. ¡Coge a la niña, llévatela! —añadió dirigiéndose a Julián.

—Ven hija, vamos a ver corderos —dijo el marido de Ana a la pequeña.

Y con el susto, el día se desvaneció.

«Se conoce que me he dormido», pensó Inés antes de abrir los ojos. No se movió del lecho pues le dolía el cuerpo. Debía llevar horas en cama y en la misma postura.

La carpanta, alertada por un estómago vocinglero, la había despertado. Era tarde y estaba hambrienta. Al Hakam que dormía a su lado no se enteró y después de esperar un rato, Inés se preguntaba: «¿Qué hago?» Acto seguido su mente le gastó una broma pesada y organizó un desfile de queso manchego curado, panes de Castilla, pichones asados, aceitunas, garbanzos y huevos cocidos. Volaba el jamón, danzaban los chorizos y los apaños de matanza; ¡sangre frita en un perol..! No pudo soportarlo, se levantó intentando no molestar a nadie y se dirigió hacia la cocina. Al entrar encontró que en la mesa solo había frutas de las Américas. Ana guardaba el resto de las viandas, panes y dulces en la alacena, bajo llave, y no quería despertarla, así que hizo de tripas corazón y no tuvo más remedio que agarrarse a un clavo ardiendo.

El pan de maíz no disgustaba a Inés, pero la primera vez que probó la piña, la olió y le supo a melones echados a perder al sol. ¿Los plátanos? ¡Pero si eran como morcillas, a los pocos días ennegrecían y en boca sabían a ungüento o cosa de botica! Y ¿qué decir de las guayabas, abominables por su hedor y por el sabor de sus pepitillas como chinches de Castilla?, pero el hambre había hecho estragos en ella y no tenía alternativa, así que la piña le supo a gloria; armó caballero al plátano y bendijo a las guayabas como a novicias que aportaran sus dotes a un convento de Carmelitas. De tanta hambre como había pasado, tardó un buen rato en reconocer que estaba ahíta.

Miguel, que rezaba en la galería, bajó de inmediato cuando vio la luz de un candil prendido en la cocina y se detuvo bajo el dintel de la puerta.

—Estaba muerta de hambre —dijo Inés sin volver la cabeza, sentada de espaldas a la entrada—. ¿Cuánto tiempo ha durado esta vez?

—Eres única asustando, madre. ¿Desde cuando tienes ojos en la nuca? —dijo Miguel.

—¡Hala, hala!, que no es para tanto. Y para sustos el tuyo —Inés se giró hacia la entrada.

—Ya —dijo él—. No quería que entraras aún, madre.

—¿Desde cuándo necesito permiso? Sé lo que has vivido, pero solo vi una parte antes de que me sacaras de tu mente. ¿Lo hiciste para protegerme? ¿A mí? —ironizó Inés.

—Madre, yo... Bueno.

Miguel no sabía que decir. Lanzó un suspiro al techo y tomó asiento junto a su madre. Luego bajó la cabeza. ¡Qué difícil era hablar de esto con palabras! Pero había cosas que quería explicar antes de que ella las viera. Miraba sus pies apoyados en el suelo.

—Madre —dijo por fin—, los hombres somos como ranas viviendo en una charca. Ese es todo nuestro mundo y pensamos que su límite son los juncos, pero si eres una rana y te atrapa un águila entre sus garras y te eleva a la fuerza por encima de la charca, puede que estés tan absorto en el viaje que no te des cuenta de que esa fuerza salvaje terminará por desgarrarte. Lo tuyo ha sido un momento, pero yo estuve al cuidado de los chichimecas durante cinco días, los que tardaron en liberar mi mente. Creyeron que me perdían y por eso quise advertirte antes de que lo vieras de sopetón.

Inés dejo que el silencio lo invadiera todo. Miguel no sabía hasta que punto ella lo entendía, pues también guardaba secretos.

—¿Eres el mismo, Miguel? —preguntó.

—Sí. Soy el mismo río pero con diferente agua. ¿Me comprendes, madre?

—Pues claro que te comprendo. Cuéntamelo todo.

¿Por dónde empezar? Miguel vio como algunas lágrimas escapaban de los ojos de su madre y antes de comenzar su relato le dio un beso lleno de cariño en la mejilla.

El beso le supo a sal.

46 La relación anómala con una araña en Miami

«¿Y de qué me sirve ser lo que soy, si ni siquiera puedo hablar con Krito estando a su lado ni sacarme de la cabeza toda la mierda que Wolfgang ha metido en ella?», se preguntaba Yifán en el interior de la cápsula a muchos siglos de distancia de Inés.

Poco después el Núcleo del submarino reprodujo para él la conferencia de Leiza.

Cuando la grabación finalizó, el muchacho estaba consternado.

—¿Abandonar la Tierra por temor a Krito? ¡No puede ser verdad!

Yifán volvió a intentarlo, llamó, insistió, pero Krito no respondía y cuando horas más tarde, presa de la desesperación, decidió centrarse en su investigación para no enloquecer, lo único fiable, el cascarón, va y se niega a avanzar.

—Pero, ¿por qué? —preguntó con dificultad, ya que se había metido en la boca dos chicles a la vez para calmar la ansiedad.

—La fuerza de las corrientes ha aumentado y no pondré en peligro nuestra integridad —respondió la máquina.

—Acércate un poco más, por favor —pidió Yifán.

—¡Qué no! Que no forzaré las turbinas —dijo la IA ocupada en contrarrestar la fuerza de succión de los géiseres.

Durante la discusión que siguió al frenazo hidrodinámico, ambos iniciaron un debate, que se interrumpió cuando el batiscafo advirtió a Yifán sobre los ecos bioluminiscentes que habían comenzado a recorrer el lecho marino: flameaban en todos los sentidos, subían y bajaban a través de la estructura del océano profundo.

—Los seres que nos rodean han alterado su comportamiento —dijo la IA—. No existe ningún registro anterior de una actividad similar.

—Krito está hablando con ellos... —exclamó Yifán, que lo había percibido.

El muchacho pidió a la cápsula que transparentase todo el vehículo y aumentara la imagen exterior en la zona hacia donde él dirigiera la mirada. ¿Sería verdad que existía algún tipo de comunicación o de amistad entre Krito y los seres que poblaban Encélado? Yifán no sabía qué pensar. Mientras tanto, la IA, que iba a lo suyo, le había pedido que se calmara después de haber soltado a bocajarro que, «desde la Arrowhead nos comunican que debemos abortar esta misión y volver de inmediato. Dado que la Anomalía ha aparecido sobre el polo sur de Saturno, han cambiado los protocolos de actuación, de modo que estamos en máxima alerta», y no dijo más porque Yifán ordenó al batiscafo cortar toda comunicación con el exterior.

—Pero es que... —insistió la nave.

—¡Me da igual lo que «es que»! ¡Qué cortes la comunicación!

—Cálmate, por favor.

¿Qué se calmara?

Si la Anomalía era una perversión para Leiza, Krito encarnaba la piedra angular de aquella insidia. Pero para Yifán, las conjeturas no eran pruebas válidas. ¿Por qué no contestaba? Y lo más importante a estas alturas: ¿qué significaba ahora Krito para él? ¿Cómo averiguar la verdad sobre su amigo?

—Tengo que ir al origen —se dijo a sí mismo.

Por eso se puso a revisar los recuerdos de su infancia, porque las pistas debían de esconderse debajo de tanta paja y así, rebuscando, rebuscando, se topó en su mente con la sensación de picor de un jersey naranja, el sonido de su risa mezclada con la de su padre, el olor de Danielle o su primera inmersión mental, que sucedió cuando era pequeño y se le ocurrió fijar la vista sobre una araña a la que estaba observando en el porche: le llamaban la atención sus cuatro pares de patas y cuando la miró con mayor intensidad, vio cómo se mezclaban en ella, en su interior, pensamientos simples representados en formas de tetraedros, cubos, octaedros..., ¡eran sólidos platónicos!, que intercambiaban sus formas y actuaban de una manera que él no podía descifrar.

Pronto se olvidó de la araña y Yifán continuó buscando en su mente. Había tantos estratos con recuerdos fósiles apilados, que se puso a hurgar cada vez más hondo, hasta que encontró el recuerdo original de Krito a quien reconoció como su mejor amigo...

Y así, tumbado sobre el asiento de la cabina, permitió que Krito acariciara su mente con un sentimiento fraternal que resultó ser recíproco. «Amigo...». El muchacho miró hacia el techo, la IA amplió la imagen y gracias a ello Yifán pudo ver cómo unas perlas titilaban bajo el hielo; ¿seres vivos que emitían luz en tonos rojizos, amarillentos, blancos, verdes y azules? Parecían estrellas. El corazón le zumbaba, ¡se le iba a salir!, porque era como si el firmamento estuviera expuesto a cielo abierto sobre su cabeza, como si la IA del submarino hubiera despojado a la luna de su corteza de hielo; pero no podía ser. Si aún estaba sumergido en el océano, ¿cómo iba a ver él las estrellas? Pues las veía porque sin darse cuenta lo hacía a través de los ojos de Krito.

—Acompáñame, Yifán, quiero enseñarte mi hogar.

—¡Está fuera de si, McRae y va hacia ti! —gritó el director de operaciones a Isaac, que se encontraba en el puente de mando de motores—. ¡Haz el favor de controlar a tu mujer!

—Como si eso fuera posible —susurró el padre de Yifán.

—¿Es qué no lo entiendes, McRae? Ha intentado llevarse un transbordador sin permiso —añadió el director.

—Pero, pero... —le interrumpió Peter que se encontraba junto a Isaac—. ¡Esto tiene que ser una broma!

Pues no, no era broma.

Saturno conservaba sus anillos y Encélado seguía en su sitio; era solo que Núcleo había perdido la comunicación con Yifán después de haber descubierto que la Anomalía estaba allí.

Se habían hecho a la idea de recorrer a saltos el acantilado Kuiper persiguiendo una quimera, pero ya no era necesario, puesto que la tenían al alcance de la mano. ¿Cómo no iba a enloquecer Danielle si todo esto había ocurrido con su hijo fuera de la Arrowhead? El resto de la tripulación podría decir misa, pero el «Gran Silencio» se había roto; la búsqueda había llegado a su fin. Era el Primer Contacto y se había producido junto al planeta de los anillos. No se trataba de la prueba impresa en papel continuo de otra señal de 72 segundos de duración, como la captada en 1977 por el radiotelescopio Big Ear, junto a la cual el profesor Jerry Ehman, que trabajaba como voluntario del SETI, había anotado con bolígrafo rojo «Wow!».

—¡Qué me lo expliques en cristiano! —chilló Danielle a Núcleo.

La baja gravedad obligaba a Danielle a desplazarse a impulsos entre los corredores de la nave, con movimientos rápidos pero suaves. Zigzagueaba de un lugar a otro con la insolencia de una morena paseando entre las oquedades de su arrecife.

—La Anomalía está y no está a la vez —dijo Núcleo—. Todos los objetos con masa o energía se ven afectados de una forma u otra por la gravedad: existir tiene consecuencias, Dan.

—¿Qué sabrás tu de consecuencias? —escupió Danielle—. Cuéntame algo que no sepa.

—Pues que la Anomalía fluctúa a intervalos en tiempo de Planck. Sus pulsos alteran el comportamiento de las partículas ionizadas que se encuentran atrapadas en el campo magnético de Saturno viajando hacia sus polos. ¿Imaginas una mano palmeando la superficie de un estanque?, pues con la aurora del polo sur ocurre algo parecido.

—¿Se sabía algo de esto? —preguntó Danielle.

—Ni sospecharlo. Va y vuelve de forma constante a otro sitio, pero lo hace tan rápido que esa alternancia se encuentra en el límite de nuestra capacidad de medición.

—¡Va y vuelve...! ¿Cómo que va y vuelve? —preguntó Danielle.

—Ha sido el equipo de físicos quien lo ha descubierto —respondió Núcleo—. Se trata de una alternancia tan rápida que podría decirse que el objeto se encuentra en dos sitios a la vez, pero solo conocemos este lado del espejo.

—¿Y a dónde va y viene? ¿Cómo lo hace?

—¿Y yo qué sé, Dan? La Anomalía es algo que no es normal —respondió Núcleo.

—Pero ese comportamiento tendrá un propósito, ¿no? —atajo Danielle.

—Lo ignoro.

—¿Lo ignoras?

—Lo ignoro.

—Núcleo: mi hijo está ahí abajo, junto a esa cosa, y estoy segura de que quiere algo de él. Has perdido la comunicación con su nave; no sé si está vivo; ni siquiera sé si está y ¿lo único que se te ocurre es decirme que «lo ignoras»? —estalló Danielle.

—No – lo – sé.

—Diez mil trillones de dólares invertidos a lo largo de la historia en inteligencia artificial y tú ¿lo ignoras?

—Lo ig...

—¡Oh! ¡Cállate ya!

Y Krito le mostró a Yifán su hogar: la Anomalía.

A partir de ese momento, y por primera vez en su vida Krito se comunicó con Yifán estando este despierto.

—¿Puedo verla directamente? —dijo el muchacho en voz alta.

Pero Krito le pidió que la mirara a través de él, porque un contacto mental directo le cegaría. La petición sonaba un poco a «Dios del Antiguo Testamento», pero Yifán le hizo caso y comprendió que era lo más prudente, dado que trataba con supuestos que sobrepasaban su capacidad de entendimiento. Solo entonces supo que la Anomalía es un piramidión, la punta de un iceberg, el vértice de algo mucho mayor. Para ser precisos se parecía más a un lugar en un determinado momento que a un objeto; se trataba de un instrumento de exploración ideado para buscar y encontrar consciencias.

Yifán no lo comprendía muy bien y la Anomalía inundó su mente con más conceptos: «Krito soy yo, y también formo parte de la Anomalía porque ella es el conjunto de otros muchos, en realidad de todos nosotros».

El muchacho necesitaba tiempo para asimilar lo que estaba llegando a su mente pero la Anomalía, es decir Krito, no se lo concedió.

Enseguida le mostraró la verdad, que resultó ser un axioma insospechado. El enlace mental con la Anomalía pasaba a través del tamiz de Krito y ella, que se reveló como el instrumento de una inteligencia omnímoda, se definió a si misma como el continente de innumerables «otros» intelectos alienígenas; depositaria de iguales, morada de cognoscentes que habitaban o habían habitado la Vía Láctea, ninguno de los cuales se había alojado físicamente allí, porque existían en tanto en cuanto copias magistrales de sus mentes originales. Ella era lo más parecido a una telepresencia física, que no era sino una contradicción: un oxímoron. Disfrutaba el significado de ese concepto porque la definía a la perfección. No le movían intereses humanos, ni emociones como la bondad o la ira.

Desconocía sentimientos como los de hacer el bien o causar el mal... Su mundo era lógico y carecía de empatía. Buscaba, encontraba y después comparaba mentes similares para que pudieran llegar a entenderse, con el único propósito de que el conocimiento avanzara. De otra forma esto nunca ocurriría dada la vastedad del Cosmos.

La Anomalía, aquella consciencia alienígena, detuvo su razonamiento cuando sintió que la mente del humano se saturaba y le permitió un respiro para que Yifán pudiera seguir conjeturando: «ambos buscamos la piedra rosetta de las bases conceptuales que permitan una interpretación universal de la realidad. ¡Es lo que investigo yo con las ballenas, el santo grial de la comunicación interespecies!»

Él recibió un reflejo perfeccionado de sus pensamientos como respuesta: «Descifrar la esencia de las bases conceptuales de la percepción del mundo es la clave para que toda la vida consciente se entienda. Una especie inteligente podría trabajar con bases universales que sustenten la percepción de cualquier otra. Dos mentes que coexistan en una misma realidad, no tienen por qué percibirla de igual manera, pero ambas se podrían complementar y enriquecer con sus respectivas experiencias. De momento, entre el considerable número de modelos mentales que almaceno, Krito fue elegido por ser el más parecido al humano, lo que permite la comunicación contigo. Muchos originales ya no existen, Yifán, se han extinguido. De no haber sido por mí, por nosotros, todo ese saber se habría perdido.»

Ahondando en la conversación, le fue revelado a Yifán que Krito vivía en nuestra galaxia pero en otro lugar, y que la amistad trabada entre ambos era real, pero a Yifán le costaba creer que se hubiera comunicado con Krito en tiempo real. En ese mismo instante la Anomalía le mostró la mente de Krito y él sintió el eco de sinceridad que emitía, por lo que experimentó una necesidad imperiosa de saber dónde se encontraba su amigo y la Anomalía le mostró el brazo de Perseo de La Vía

Láctea, el planeta donde habitaba, y desde allí le llevó después hasta el centro de la galaxia, a un lugar repleto de estrellas donde sobrevivían sus Creadores, el punto desde donde observaban cada rincón de nuestra espiral, cada lugar allí donde hubiera surgido la consciencia: ¡eran miles los lugares vigilados y la Anomalía el instrumento del que se habían servido para llevar a cabo esta tarea! Un artefacto singular, un periscopio que les permitía observar sin ser vistos y Yifán percibió que tanto él mismo, como Krito, formaban parte de ella.

La Anomalía continuó: «nosotros no somos de aquí».

Yifán se concentró en una sola idea: ¿qué queréis en realidad?

Y fue entonces cuando la Anomalía se derramó de forma súbita dentro de Yifán, como si hubiera estado esperando la señal. Un torrente se precipitó dentro de él para llenar cada hueco, cada recoveco de un crisol inundado por bronce fundido a más de mil grados celsius. Esa ingente cantidad de información puso al corriente a Yifán, entre otras cosas, de que los creadores de la Anomalía pertenecían a una raza muy antigua, más vieja que este Universo. Provenían de otro que ya había muerto más allá del *falsuum vacui*. Ellos habían provocado nuestro Big Bang para crear un espacio a su medida, pero el experimento falló y su error les costó bien caro, puesto que aquí, en este Universo, y en contra de toda previsión, no se generaron las condiciones necesarias que les permitieran sobrevivir como nativos.

Yifán no había terminado de asimilar lo que la Anomalía le había comunicado cuando ya recibía otra andanada de información: «Desde entonces hemos vivido en este universo prefabricado, cuya realidad no encaja con nuestros cálculos pues aquí sobrevivimos a duras penas. Necesitamos los grandes recursos energéticos de los centros galácticos para mantenernos a salvo en estas condiciones. Solo allí disponemos de la energía suficiente como para mantener operativas las singularidades que recrean de la mejor manera posible nuestro cosmos original».

Yifán comprendió que los creadores se habían estancado.

Ellos, a su vez, le informaron que no eran dioses y que estaban seguros de que el conocimiento que habían acumulado no era todo el conocimiento existente. Su omnisciencia era incompleta y por eso buscaban sin cesar agujas en un pajar infinito para los estándares humanos.

La Anomalía continuó:

«La vida inteligente ha surgido en esta galaxia innumerables veces y la inteligencia ha experimentado saltos evolutivos de todo tipo, pero ha ocurrido algo que os ha puesto en el punto de algunas miras: sabemos por experiencia que la capacidad de pensamiento conjunto aparece miles de años más tarde que las primeras experiencias extramentales pero vosotros sois una excepción. Muchas especies con grandes capacidades intelectuales se han extinguido antes de alcanzar esa meta».

Yifán estaba abrumado.

«Se ha dado un caso de uno entre un billón en la Tierra: dos gemelos cognoscentes de alto nivel han alcanzado esa cualidad porque sus mentes fueron una durante la gestación. Y en ellos se ha dado también un caso de uno entre un trillón: después de nacer, el vínculo mental no se rompió debido al interés de su hermana por cuidarlos. Gracias a estas raras circunstancias se os han puesto en bandeja las claves para que cualquier otro de vuestros familiares que entre en contacto con ellos, pueda adquirir esta cualidad. Una vez puesto en marcha, los acontecimientos se mueven en el ámbito de la progresión geométrica, como una epidemia. Si todo un pueblo que tiene velas desconoce la existencia del fuego, vivirá eternamente en tinieblas. Pero en el momento en que una sola se encienda, aunque la causa del encendido sea accidental, solo hay que acercar las demás a la llama para que la luz se extienda. Carlo y Alejandro, es decir Deimos y Fobos, han sido esa llama que ha conseguido iluminar la Tierra, pero no olvidéis que sois el fruto de un parto prematuro, adelantado en miles de años y por tanto imperfectos: una aberración. Nos ha sorprendido. ¡Ojo, Yifán!, porque la misma luz que ilumina en las tinieblas, también llama la atención al ser vista desde más lejos. Sed prudentes y discretos»

¿Por qué pedía prudencia y discreción?

La respuesta fue inmediata: «te conocemos, hemos seguido tu evolución y esto nos ha permitido saber que se ha producido el salto al pensamiento conjunto, pero por lo que a nosotros respecta podéis estar tranquilos, no nos entrometeremos. Queremos que lo compartáis con nosotros, porque nos falta conocimiento para poder volver a iniciar la recreación de un universo a nuestra medida, con nuestras verdaderas leyes físicas, no con estas. Que haya cosas nuevas en este universo nos ha hecho recobrar la esperanza de lograr nuestro objetivo de vivir: muerte y consciencia se repelen mutuamente y se excluyen, Yifán, y este Universo también morirá. Tenemos un tiempo finito para encontrar lo que buscamos. No queremos errores en el próximo *big bang*.

En la mente de Yifán salieron a flote los horrores de las abducciones transmitidos por Julia.

«Leiza estaba en lo cierto en casi todo, salvo en la identidad del cazador. Sois una raza joven y existen otras muy antiguas que os envidiarán porque saben que nunca podrán seguir vuestros pasos. Buscan ese tesoro porque les ha sido negado y no escatimarán ni esfuerzos ni medios para conseguir algo que creen suyo por derecho. Ellos, los 'Otros', son quienes llevan haciendo catas desde tiempos inmemoriales allí donde aparece la vida inteligente; porque saben que existe una posibilidad de que tarde o temprano les sonría la suerte; y la Tierra no ha sido una excepción. Si se enterasen de que ya lo habéis conseguido, seríais una presa fácil».

A Yifán solo se ocurrió pedir ayuda.

«Existen cosas a las que no nos podemos enfrentar, porque nos encontramos en una posición de desventaja. Tu sabes donde hallarnos si hace falta, los humanos os desenvolveréis bien en el espacio, pero nosotros no podemos vivir en él, solo hemos conseguido que parte de nuestra tecnología lo soporte y la hemos usado para mantenernos en contacto con todos vosotros. Nosotros conseguimos la capacidad de pensar agrupados después de muchísimo tiempo, pero a diferencia de vosotros dispusimos de eones en nuestro universo de origen para acostumbrarnos a ella. Comprendemos que queráis aprovechar lo que es vuestro en beneficio propio, pero ¡cuidado! Para nosotros, Yifán, la nave más sofisticada que ha sido capaz de construir hasta hoy la humanidad, la Arrowhead, es únicamente lo que su mismo nombre indica: una simple punta de flecha.»

Yifán quiso saber el nombre de su interlocutor, pero no obtuvo ninguna respuesta porque la Anomalía se marchó de repente, sin avisar: desapareció.

Durante los días siguientes Yifán se comunicó brevemente con la Tierra porque no sabía como enfrentarse a lo que había averiguado; ni tampoco había decidido cuál sería el siguiente paso a dar. Mientras tanto, en la Tierra, habían comenzado a evacuar.

—¿Puede ser bello un almacén orbital? —preguntaba Leiza a su alter ego.

El complejo se había situado en una órbita media alrededor del planeta, y en este momento se hallaba al otro lado del Sol con respecto a Encélado. El Infortunio, donde viajaba Leiza, había puesto rumbo al cinturón de asteroides: ya no había vuelta atrás. La Tierra desaparecía de su vista de forma progresiva y por eso, ella miraba una y otra vez, a través de las paredes de la nave aquella canica azul suspendida en el espacio, e intentaba retener la imagen en su memoria, convencida de que la veía por última vez. Formaba parte de la primera expedición al Cinturón Principal.

La Asperger reconoció que el almacén Cooper-Hawkins, el puerto espacial en órbita alrededor de la Tierra, le había impresionado, y siguiendo el consejo de su otro yo, decidió que sí, que era bello. No se trataba del tipo de belleza que uno goza cuando viaja hasta Venecia y contempla el balanceo de las góndolas en sus amarres al atardecer, pero era inmensamente bello.

El recuerdo de la ciudad de los canales había arrastrado a Leiza de vuelta a la Tierra donde habían quedado sus familiares. No tenía ni idea de cómo Julia lo había logrado, pero había embaucado a su abuelo para llevar a cabo esta aventura y él no había sospechado nada. Por lo que había oído, la condesa se había quejado de la obsolescencia del departamento I+D+i de las empresas de la familia, y había pedido a todos los cognoscitivos que enviasen sus currículos a su abuelo: casi doscientos. Pertenecían a la gente con la mejor formación y experiencia laboral del planeta en todos los campos imaginables: agricultura, ingeniería espacial, medicina, robótica, sistemas de inteligencia artificial, bellas artes, todo. Ella le habló al conde del proyecto que acometería la empresa familiar: ser puntera en cada uno de los ámbitos del desarrollo de sus negocios, pero no le contó que la verdadera razón, la más urgente, era sacar a toda esa gente de la Tierra para que se pudieran salvar.

Y allí, en su querida biblioteca, había sido donde Thomas se había sentido por primera vez viejo, mientras escuchaba a su nieta venderle la idea. Ella era tan joven, con tantas ganas de hacerlo todo, que le recordaba a sí mismo cuando tenía su edad.

—Veremos... —decía Thomas, quien a pesar de ser solamente conde, no quería soltar el cetro ni ceder el mando de su imperio.

Durante la exposición de Julia había descubierto que su nieta era una auténtica Bernadotte.

Hugo y Seiya serían los penúltimos en abandonar la Tierra, Adam llegaría más tarde al Cinturón de Asteroides para que Thomas no recelara, pero ya se había previsto la marcha de casi todos a cargo de la fortuna de la futura condesa. El dinero carece de importancia cuando piensas que no volverás a la Tierra.

Al menos, que no lo harás por el momento.

Antes de marchar, el equipo de Bea, entre quienes se encontraban Deimos y Fobos, había encontrado en Medellín un modo definitivo para huir. De ahí la certeza en cuanto a su éxodo. A lo largo de varias sesiones de pensamiento conjunto habían desarrollado, con la ayuda de otros muchos, las bases para un nuevo motor que no era de empuje, ni de salto, ni de curvatura, ni de tiempo, ni de nada conocido: tómense dos partículas entrelazadas, ábrase un agujero de gusano microscópico para situar una de ellas en el lugar al que se quiere llegar, al otro extremo del Universo por ejemplo, y deposítese allí. Actívese el motor, «motor» por nombrarlo de alguna forma, que se llamará «de entrelazamiento cuántico», o para simplificar: «de entrelazamiento»; e irremediablemente, la nave a la que se hubiera acoplado se verá envuelta en un campo que teleportará todo lo que se encuentre dentro hasta el lugar en donde se halle la otra partícula entrelazada.

Pregunta: ¿Y cómo funciona el motor?

Respuesta: Es muy sencillo de entender: viola la causalidad relativista y potencia al máximo el fantasmal lazo de unión entre las partículas entrelazadas, *quantenverschränkung* en alemán, hasta que colapsa su función de onda única.

Pregunta: ¿Y cuáles son sus inconvenientes?

Respuesta: Cuando se pone en marcha, ya no se puede parar.

47 El colibrí que conocía el orbe

∞ ◆ ∞

—¿Por dónde empezar...? Madre, consentí en la invitación de los nahuas a la ceremonia del peyote con reservas y hubo momentos en los que dudé, pero al final decidí hacerlo y asumir las consecuencias.

Inés desembarazó su mirada de la de su hijo y giró la cabeza a un lado para sobrevolar con los ojos todos los enseres de la cocina.

—¿Qué sabrás tú de consecuencias? —dijo, antes de dirigir la vista al suelo y mirar sin ver, mientras ordenaba sus pensamientos.

El movimiento constante de los dedos de sus pies bajo las calzas era la señal inconfundible de la calma que presagia la llegada de la tempestad. Apoyó los puños en la mesa, se levantó y miró a su hijo sin pestañear.

—¡Fue una insensatez, Miguel! Pero ¿en qué estabas pensando? ¿Acaso perdiste el juicio? —a Inés le costaba hablar, intentaba contenerse.

Miguel recordó el consejo de Bernardino: *Nosce te ipsum*; también que Al Hakam le había contado que el cuerpo y el espíritu de los hombres habían sido creados para explorar el exterior, que somos curiosos por naturaleza y estamos condenados a permanecer vigilantes acerca de lo que nos rodea. Percibimos la luz del mundo con los ojos y el oído nos alerta del peligro; el gusto y el olfato nos alejan de lo infecto; el tacto nos avisa de aquello que puede dañarnos, así como del calor o del frío, pero ¿qué verdades nos revelaría una mirada interior? ¿Qué pensaría el maíz sobre sí mismo si descubriera que la razón última de su existencia reside en servir a propósitos alimenticios? ¿Para eso estamos aquí? ¿Cómo parte de un continuum de creación y destrucción sin sentido, principio ni fin? A juicio de los antiguos el conocimiento del mundo íntimo revelaba según Al Hakam, que somos polvo contemplándose a sí mismo en una acrobacia de pura vanidad.

—¿Me estás escuchando? —preguntó Inés.

—Sí, madre —respondió Miguel regresando a toda prisa desde su mundo a la cocina.

—¡No, madre! No me escuchas. ¡Es que no entiendo por qué lo hiciste! —protestó Inés.

Miguel desvió la mirada por pudor. No estaba acostumbrado a ver a su madre tan irritada y le resultaba extraño.

—Fuiste un temerario —insistió Inés—. ¿No se te ocurrió pensar que la dimensión en la que a veces nos movemos, y que hasta ahora habías percibido como un juego, no es tal, sino un campo de batalla que no entiende ni de reglas ni de moral?

El muchacho calló.

—Mira hijo, he peleado muchas veces sola y otras junto a tu tía Teresa. Unimos nuestras fuerzas para evitar que tu padre fuera a Lepanto, pero fracasamos; libramos batallas a deshora para doblegar las mentes de los del pueblo con el único objetivo de salvar a Al Hakam y nos dejamos el alma reconfortando al capataz noche tras noche a fin de transformar su pánico a la muerte en sosiego y ¡sí!, es cierto que engañé al pobre hombre con visiones inventadas, pero ya no se podía hacer nada por él y teníamos el consentimiento de su mujer.

Inés miraba a su hijo con los ojos de una piedad. Le resultaba muy difícil decidir cómo continuar.

—Hubo días... ¿Tienes idea de lo que anida en el fuero interno de un inquisidor; o en la cabeza de un lobo que te considera presa?

—dijo Inés—. Es casi lo mismo y es aterrador. Eras muy pequeño cuando huimos a Sevilla y durante el viaje tuve que valérmelas sin la ayuda de tu tía y dedicarme a alejar de nuestro camino alimañas y maleantes. Empleé noches enteras en Palos de la Frontera hasta encontrar el navío y el capitán adecuados; y antes de eso me desviví tratando de hacer que los funcionarios vieran en Al Hakam a un manchego, sin más.

—Madre, te lo ruego...

—¡Reconoce que no estabas preparado! —replicó Inés que se pasó la mano por la frente.

—¡Qué cabezona eres, madre!

—¡No se trata de cabezonería, sino de lo poco que sabes de la vida! Cuando llegaste aquí ayer tarde, acaricié tu mente y ahora sé que no querías que lo hiciera, ni que conociera lo que vi. Tu también viste cosas en la mía cosas a las que yo no te hubiera permitido el acceso pero la vida es así.

—¿Y por qué guardas secretos, madre?

—Para protegeros. En realidad para protegerte a ti. Por fortuna ayer pude cerrarme a tiempo y solo llegaste a ver algunas sombras de lo que guardo.

Inés había explotado frente a su hijo, que era lo que más quería en este mundo, y eso que no era de las que pierden el control. El muchacho había crecido, el tiempo había pasado rápido y ella no le había instruido. Había crecido tanto... La conversación había minado la moral de ambos, así que Miguel decidió hacer borrón y cuenta nueva sin que Inés, que se había vuelto a sentar, se lo pidiera.

—Madre, ¿en algún momento te has preguntado de donde venimos y hacia donde nos conduce lo que somos?

—Claro que sí. Continuamente —contestó ella.

—Yo también —dijo Miguel.

Y tras acallar el parloteo de su cabeza, el muchacho decidió que había llegado el momento de hablar.

—Estaba amargo —comentó, y se dirigió al alfeizar de la ventana para apoyar allí las manos; luego continuó—: lo reconozco, mi arrogancia me empujó a aceptar la invitación de los nahuas chichimecas. Durante días, mientras peregrinábamos desde México hacia el norte del desierto, los ancianos escucharon impertérritos mis dudas y después de haber llegado a una cueva sagrada para ellos, me dejaron fuera. Pasó la tarde, llegó la noche y cuando el sueño estaba a punto de vencerme, se presentaron ante mí para decirme que les acompañara. Antes de entrar me pidieron que me despojase del hábito de franciscano y vistiese las ropas del inframundo, pues a partir de aquel momento ya no sería un monje sino un emisario de los hombres. Dudé acerca de la sensatez de mis acciones e intenté adivinar la naturaleza del impulso que me empujaba a emprender ese viaje espiritual que tanto me intimidaba, pero no pude averiguar nada.

—¿Mereció la pena? —preguntó Inés.

—Sí —contesto él.

—¿Lo harías de nuevo?

—No.

Miguel siguió hablando.

—Dentro de la cueva, un anciano que se hallaba sentado frente a mí se había girado y sujetaba entre sus manos un bulto de tela. Lo presentó, lo desenvolvió y descubrió una vasija de arcilla sin adornos, con tres patas, que había estado cubierta por el paño que arrojó sobre las ascuas. La puso en el suelo, la reverenció, retiró la tapa y fue ofreciendo una tras otra las rodajas de peyote, que pasaron de mano en mano hasta que tuve ocasión de probarlo.

¡Qué amargor!

Comenzó a sonar un retumbar repetitivo y mi corazón acabó por acompasar su latido al ritmo artificial. A medida que su intensidad iba creciendo, se me maravillaban los sentidos hasta que, de pronto, la realidad se dividió en dos. Pude separar una de otra, la física de la espiritual, ya que ambas conviven amalgamadas y forman parte de otra superior y más compleja donde se aloja la conciencia.

—¿Sabes madre? —prosiguió—, el globo es inmenso y está cuajado de diferentes tipos de inteligencias: unitarias, múltiples, visionarias, simples y complejas, algunas como de piedra, otras como de arcángeles, terrestres, subacuáticas, aéreas, mortales y eternas. Muchas de ellas, al igual que la nuestra, comparten pensamientos sin palabras.

—Lo sé. ¿Las viste todas? ¿Todas? —preguntó Inés.

Miguel no supo valorar si era prudente adentrarse por aquellos derroteros, así que decidió no arriesgarse y no contestó a esa pregunta.

—¡Las estrellas, madre! ¡Tendrías que haberlas visto en el techo de la cueva! Rojas, amarillas, blancas, verdes y azules. ¡Qué calor y qué mareo! El corazón me zumbaba, creo que quería huir de mi pecho. Se estaba tan bien allí que me dormí y cuando desperté, lo primero que vi sobre mi cabeza fue de nuevo el firmamento. Yo... yo no entendía nada: si aún estaba en el interior de la cueva, ¿qué magia era aquella que otorgaba transparencia a las paredes o engañaba a mis ojos para que pensaran que atravesaban la piedra? Liberé a mi alma del cuerpo y me elevé hasta el techo para verlas más de cerca.

La experiencia me fascinaba pero me distrajo el crepitar de la leña, porque había sonado como a un tiro de arcabuz llamando mi atención hacia el suelo de la cueva: al parecer una bala me buscaba. Se anunció desde su salida hasta su llegada con destellos metálicos rojos, esmeralda, grosella, violetas, amarillos, lapislázuli... Alcanzó mi posición y se detuvo al llegar frente a mi, pero lo que yo había creído un instrumento de la muerte, era un colibrí. ¿Quién me habría enviado aquel regalo? Madre, verlo allí suspendido, sintiendo en los labios su saludo de bienvenida al desplazar el aire con las alas, me sobrecogió. Parecía examinarme y mientras lo hacía, el aleteo comenzó a frenarse hasta que en un momento determinado las alas se pararon y pude ver de cada pluma su estandarte y en cada estandarte las barbas que lo formaban, cada una con sus barbillas y cada barbilla con sus espinas que ocultaban un mundo en miniatura, poblado por seres diminutos de belleza singular. Mi vista seguía penetrando en lo pequeño y aprecié los rasgos oníricos de las faces de aquellos seres con sus pelillos del tamaño de lanzas de torneo, o las puntas de sus extremidades convertidas en garfios gigantescos compuestos por unidades aún más pequeñas, como celdas, pero vivas, hasta llegar de pronto a inmensos espacios vacíos entre las nieblas del entendimiento en donde parecía esconderse otro tipo de universo. No tengo ni idea de cuantos niveles de conciencia atravesé. El Diablo sabe muy bien cómo tentar a cada cual y si para otros la debilidad se encuentra en el conocimiento carnal, yo fui tentado con el conocimiento en sí mismo, y en esto andaba disperso cuando me di cuenta de que el ave había dejado de batir el aire, pero no caía: así, madre; quieto, con sus alas extendidas por completo, el colibrí sacó la lengua muy despacio a través de su pico y con la dulzura de la caricia de un amante la deslizó por mi nariz.

¡Ven! me dijo sin palabras. ¿Quería que lo acompañara? Extendí la mano hacia él, pero atravesé su imagen pues era un icono de sí mismo, como yo. Comprendí que con aquel gesto había aceptado su invitación, porque él comenzó a mover las alas y con ellas dibujaba en el aire ondas, como las que se forman en la superficie del agua en un estanque apedreado, en donde el movimiento hubiera sido subyugado por el tiempo y fluyera al ritmo de la miel fría cayendo sobre un plato. Atrapado en esta melaza mental, sentí un tirón y el tiempo retomó su fluir habitual, como si hubiera fallado la talanquera que lo frenaba. Las alas se aceleraron; en un abrir y cerrar de ojos atravesamos el techo de la cueva y nos fuimos volando a buscar corrientes de agua pasada, tiempos que no habrían de volver. El colibrí me llevaba dentro de él ya que había sorbido mi alma para luego liberarla, dejándola suelta como un potro que cabalgara entre valles de éxtasis y picos de visiones espantosas, ora quieta entre acontecimientos que discurrían en derredor, ora invitada a comulgar con la creación para luego ser despreciada y vaciada de toda identidad, trasladada a una realidad sin hambre, dolor, ni pasión. No me condicionaban ni el miedo ni la ira ni el amor., hasta la sed huyó.

Todo en mí era desafecto.

Era yo, Miguel, pero en cierto modo no lo era, porque me había transformado en un ser neutro. Comprendí al instante las implicaciones de mi nuevo papel en este teatro en el que me hallaba inmerso pero aún no las había asimilado del todo, cuando algo me deslumbró: innumerables consciencias vinieron a contactarme. Me abrumaban, me asfixiaban, me sepultaban pero ninguna se comunicó conmigo. ¿Qué ocurría? Oí reír a los sahuaros; espié con la mirada el crecimiento de los cristales en las cuevas, tuve acceso al intelecto matemático de los insectos, sentí el amor entre las ratas y sus crías... Si abres la puerta de la mente de una planta y comprendes su modo de percibir el tiempo, verás que este discurre a diferente velocidad y no en la misma dirección que el nuestro. La cerré. En aquel momento pensé ¿qué mas habrá? ¿Esto forma parte del Mundo o es el peyote quien me lo muestra así?

Viajé siguiendo al colibrí sin moverme. ¿Sabes madre?, ¡existe el viaje sin desplazamiento! Yo estaba quieto pero mi entorno se movía a tal velocidad que no era capaz de distinguir los detalles. Durante el viaje hallé respuestas a muchos «cómos», «dóndes» y «cuándos», descendimos juntos hacia espirales blancas que giran como el agua en remolinos de luz suspendidos en la nada, atravesamos una niebla urticante y nos sumergimos de lleno hasta el centro de una tormenta cuya furia no nos afectaba. La vida entera me hablaba, madre, y suplicaba y esgrimía argumentos, pros y contras de pensamientos carentes de sentido en unos casos y con sentidos tergiversados, en ciertos otros.

—¿Te hablaban? —preguntó Inés intrigada.

—No exactamente —respondió Miguel.

—¿Entonces?

—¿Madre, te has planteado alguna vez cómo serán los sueños de las plantas, con pesadillas en mundos sin sol?, ¿o el terror de las hormigas a la individualidad?

Inés se limitaba a asentir.

—¿Has experimentado el vértigo que las manos de los hombres producen en las aves? Para ellas es aterrador no poder asir el aire. También sienten pánico las entidades vivas e invisibles que flotan en el cielo al ser atrapadas por las gotas de lluvia que caen hacia un erial. Existen otros seres que son felices, madre, pero incapaces de diferenciar el placer del dolor. ¡Claro que lo sabías!, pero yo no. ¿Has estado en la mente del polluelo de un cóndor en su primer día de vuelo? ¡Es una explosión de sensaciones! Toda la vida siente —continuó Miguel—, toda la vida es inteligente y gran parte de ella se comunica a través de la mente. Escuché lenguajes subacuáticos como de órgano catedralicio, otros que venían del cielo y se asemejaban a un frotar de esparto sobre la piedra, me hablaron los hongos y sentí, en todo momento, que nos observa una presencia que se encuentra anclada en la negritud de la noche, que es una y que son muchas a la vez. Su morada se halla mucho más lejos que la Luna, mas allá del gran río circular de montañas que giran y flotan suspendidas en el éter, pasado el planeta gigante que luce una suerte de tonsura. Entre aquellas tierras y lunas un punto se presiente pero no se ve y en el lugar donde se asienta, la realidad no se sustenta pues se alimenta de probabilidad. Desde aquel minarete, madre, algo nos observa. Cientos de zarcillos resplandecientes me buscaron para acariciarme la mente, atraídos por la metamorfosis que el peyote había inducido en mí. Provenían de aquel punto. Luego, sin transición alguna, todo se volvió del revés y durante el arrobo, el paso normal del tiempo no se mantuvo, sino que arreciaron las visiones como si la realidad hubiera sido enganchada a un tiro de cien caballos para devolverme a la Tierra. A partir de ese momento los acontecimientos se sucederían ante mí cada vez con mayor rapidez. Desde los sentimientos más profundos al más baladí, cada segundo vivido era intenso y pronto me vi envuelto en un lance singular: la vida que me rodeaba, toda encarnada en ascuas de luz, intentaba comunicarse conmigo. Presté atención porque algo no encajaba, hasta que me di cuenta de que no eran las brasas quienes venían hacia mí, sino que era yo quien las buscaba. Desde mi mente surgían tentáculos de luz por miles, por millares, por millones y miles de millones hasta que justo antes de enloquecer, el recuerdo de una luminaria más alta que las otras estableció un orden e hizo que ese incendio pareciera un candil.

¡Eras tú...!

Madre, me asusta no saber qué nos aguarda más allá de esta conciencia y esta materia. Pensar que solo quedará niebla en vez de recuerdos; que el presente no existe pues trasciende de futuro a pasado sin estadios intermedios. Me acobarda no saber qué acecha a la vuelta de la esquina de un porvenir sobre el que nadie antes que nosotros ha arrojado ninguna luz. Hasta las piedras de las catedrales caerán. ¿Qué será entonces de nosotros y de nuestros esfuerzos? ¿Alguien nos recordará? ¿Para qué tanto sacrificio, para qué este sinvivir? Algo nuevo, incomprensible, formidable y transcendental nos envuelve y me atormenta a mí en particular con sensaciones parecidas a las que debió sentir el primer hombre sobre la faz de la Tierra.

El cielo de los peces es nuestra superficie del mar y me preocupa que, a su vez, nuestro cielo sea también una superficie para otros. ¿Hasta dónde prolongar la escala?

—Quizá otros puedan responderte a eso, Miguel, yo no. Dime ¿y los nauhas? —dijo Inés.

—Ellos... tuvieron que arrancarme de las garras del peyote. Me sorprendieron conversando con un árbol cuya edad superaba la de cualquier ser vivo de nuestro planeta, tan antiguo que ha visto a las constelaciones variar su posición en el horizonte. Me decía «qué tiempos aquellos» con su gran sentido del humor. Durante cinco días permanecí allí atrapado. El peyote es un lugar y los nahuas dieron mi vida por perdida, pero como son un pueblo excepcional, aún así se arriesgaron a saltar dentro de aquel cenote en el que me hundía. Cuando entraron en mi mente vieron más de lo que yo les hubiera permitido, pero no tenía ningún control sobre su visita. Una vez rescatado del inframundo maya y después de recuperarme, me contaron que pocos antes que yo habían logrado adentrarse tan hondo, durante tanto tiempo y lograr salir con vida de Xibalbá.

48 Dos monosabios en el espacio

—Adiós —se despidió la IA.

El planetoide se les vino encima y la colisión fue inevitable. De la suma de sus dos velocidades resultó un impacto formidable que pulverizó la nave en la que habían escapado Wolfgang y Yifán desde Encélado. El asteroide, del tamaño de la isla de Ibiza, salió prácticamente ileso y continuó su trayectoria atravesando una bocanada de restos dispersos.

«¿Cómo hemos llegado a este punto?», se preguntó Yifán momentos antes de suceder el desastre que había planificado.

Solo él sabía la respuesta: pura causalidad.

Dos semanas atrás, cuando aún se encontraba en el interior de Encélado, la Anomalía, a petición de Yifán, había roto la clausura mental de su madre con un doble objetivo: conseguir las claves de acceso al transbordador de la Arrowhead, y pedirle que no hiciera caso a lo que oyera sobre él durante las próximas semanas. La Anomalía había conseguido en un segundo lo que Yifán no había podido lograr en toda su vida: rasgar el sudario en el que se había envuelto Danielle desde pequeña, aconsejada por su propia madre, para protegerse de los intrusos. Sin embargo, Dan no interpretó este acto como un intento de comunicación, sino más bien como un asalto que, magnificado por la ausencia de gravedad, la abandonó a su suerte dejándola sola, a merced de un nuevo orden de cosas. Danielle se sintió mal por muchos motivos, pero lo que más le dolió y sumió en un estado de catatonia fue la desaparición de su hijo tras saber de la existencia alienígena en su dimensión más completa con las consecuencias que esto acarreaba.

Yifán desapareció, pero había dejado a Krito pendiente de su madre y de Isaac, quien no entendió que su hijo huyera y que se derrumbó cuando los satélites de YAHVEH confirmaron el accidente del transbordador robado. Ni siquiera pudo contar con el consuelo de su mujer porque no podía compartir su pena con ella en aquel estado. Al menos tenía a Peter, a quien no dejaba de hacer preguntas que su amigo no sabía responder. El desconsuelo que se siente por la pérdida de un hijo carece de analogías. ¿Y qué le ocurría a su mujer? Había perdido a los dos en unos días. ¿En qué se habían equivocado con Yifán? ¿Qué habían hecho para que la vida los tratase así?

Yifán y Wolfgang habían huido hacia el Sistema Solar Interior con la intención de reunirse en Higía con el resto de los cognoscitivos pero como, por seguridad, no podían dirigirse directamente allí, tuvieron que amotinarse, cortar las comunicaciones exteriores del transbordador y navegar en silencio hasta el Cinturón Principal, a donde llegaron semana y media después de haber enviado un mensaje a Fer que se encontraba en Argentina. Todo parecía ir sobre ruedas para la IA de la nave, hasta que salieron de la velocidad *warp*, momento en el que comenzó a fallar la navegación, la propulsión, el soporte vital... todo. Los humanos sobrevivieron gracias a los trajes EVA mientras que, debido al sabotaje, el transbordador se desplazaba sin gobierno durante varios días entre las órbitas de Júpiter y Marte. Aquel bote insignificante que navegaba a la deriva, ciego, sordo y mudo, parecía perdido. La llamada de socorro de la IA quedó embargada para siempre entre los límites físicos del circuito de comunicación interna recorriéndolo una y otra, y otra vez, en un bucle imperfecto que el Núcleo de la nave habría roto si hubiera dispuesto de más tiempo.

Cuando la nave chocó con el asteroide, hacía una hora que los pasajeros la habían abandonado, habían saltado al exterior y habían pedido a sus trajes que los alejaran de allí. Eran los únicos restos vivos del naufragio. Si nadie les encontraba, sería su final; morirían exactamente en el lugar en donde Yifán había previsto que un asteroide nigérrimo, un vagabundo invisible tres veces negro, compuesto principalmente por hierro, arrollara la nave.

—Esta roca será perfecta —se había dicho a sí mismo, convertido en pirata mientras urdía su plan maquiavélico en los alrededores de Encélado.

Más tarde, antes de comenzar a comprimir el espacio en el sentido y la dirección adecuados, pediría a Wolfgang que conectara el colgante que Julia le había regalado en Sintra a la IA de la nave robada.

—Envía un correo a Fer desde tu nodo —le había indicado Yifán.

—¿Qué le envío? —preguntó el expoli.

—La información que contiene ese colgante: es un depósito de memoria en el que guardo un mensaje que tiene que abrir —dijo señalando la joya, que ya estaba conectada a la nave.

—¿Cómo sabes que lo abrirá? —preguntó Wolfgang.

—Introduce el siguiente enunciado: «Ya llegaron las pruebas de paternidad de los gemelos: uno es tuyo y otro mío» —dijo Yifán.

—¡Anda ya!

—Tú hazme caso.

Fer lo recibió en Argentina, pero lo había enviado alguien a quien no conocía. Por el encabezamiento sospechó que era de Yifán, pero le extrañaba que careciese de contenido. ¿Un mensaje vacío?

—Lo acaba de abrir ahora —dijo el expoli después.

Fer nunca sospechó que un troyano enviaba a Julia desde su nodo la información necesaria para localizar a Yifán. Nadie intervendría el mensaje en la red porque no era detectable, era una IA creada para la protección de la familia Bernadotte e ideado para usarse en circunstancias excepcionales. Si un naufragio no era lo bastante excepcional, que viniera dios y lo viera.

Ahora, semanas después de aquel envío, Yifán sabría si su petición de auxilio, un tanto peliculera, había resultado de provecho.

—¿Qué hacer flotando en el vacío a 20.000 km/h, aparte de vivir en un eterno mareo? —se preguntaba Wolfgang.

Sobrevivieron sin novedad gracias a los trajes EVA. Y así se encontraban, sumidos en un soberano aburrimiento cuando, sin previo aviso, apareció frente a ellos, y de forma instantánea, una nave kilométrica que llenó todo su campo visual y les provocó un sobresalto brutal haciéndoles sentir como si fueran limaduras de hierro atraídas por un imán gigantesco. Con este punto de referencia, sus cerebros les decían que caían y esa sensación les dejó sin aliento. En aquel momento, Wolfgang comenzó a darlo todo... Los trajes no reaccionaron ni activaron ninguno de los propulsores para aminorar la velocidad, porque habían concluido que tanto daba estamparse a cinco mil quinientos metros por segundo que a dieciocho mil kilómetros por hora contra «el Cepillo de Dios», así que los náufragos se sintieron muy aliviados cuando La Pinta les informó que enviaba unos Nanos de salvamento para pescarlos y subirlos a bordo.

—¡Qué! ¿Un buen sustazo, eh? —Carlo se presentó a sí mismo en el hangar y dirigiéndose al expoli añadió—. Por cierto, soy Carlo, pero vosotros podéis llamarme Deimos.

—¿Qué coño es esto? ¡Casi me cago de miedo! —respondió Wolfgang.

—«Esto», es la primera nave equipada con un motor de entrelazamiento. Vamos al puente de mando que Bea nos espera allí.

Bea estrechó la mano a ambos, permitió que se asearan y que descansaran un rato y luego los invitó a comer. Pasarían unas horas hasta que la nave estuviera lista para llevarlos a Higía. Yifán pidió a sus salvadores mantener su existencia en secreto y confirmó con Bea que el Núcleo de la nave estaba sellado, porque descargaría en él la información que había estado preparando desde que salieron de Saturno: algo parecido a un diario.

—Me gustan los diarios —le dijo al Núcleo.

—¿Qué hago con esto? —preguntó la IA.

—Guárdalo y no hagas copias. No transmitas nada fuera. Es información confidencial solo para los cognoscitivos.

—¿Y por qué la traes en este formato? —preguntó Núcleo.

—No puedo arriesgarme. Si alguien lo intercepta y lo descifra, estamos perdidos.

Un par de horas después, Bea se acercó al camarote de Yifán, a quien encontró sentado, y él pidió a la comandante que le pusiera al día mientras Wolfgang terminaba su aseo.

—Caramba, sí que habéis avanzado. Esto... Creí que Julia vendría a recogerme —dijo un poco decepcionado.

—Era arriesgado. Tiene que ejercer de jefa para cubrir las apariencias, pero no te preocupes que está al tanto. ¿Y tú? ¿No me vas a contar nada más? ¿Qué averiguaste sobre la Anomalía? —preguntó Bea.

—Demasiado. Averigüé demasiado. Ya os lo contaré cuando estemos en Higía —dijo Yifán.

—¿A qué viene tanto secreto? Dímelo ya, porque nosotros os dejamos en Higía y nos largamos —informó Bea.

—¡Pero debéis quedaros! ¡Tenéis que escuchar lo que voy a contar! —exclamó Yifán.

—No podemos, Yifán. Carlo y yo llevamos un día de retraso. Hemos esperado por vosotros y deberíamos estar en estos momentos a 400 millones de años luz de aquí. Ya nos contaréis después. Nuestro viaje será breve, de ida y vuelta, pero urge llevarlo a cabo porque necesitamos materia exótica para que los motores funcionen. El trabajo de mucha gente depende de nosotros y no lo podemos posponer más. Antes de que te des cuenta estaremos de vuelta.

Cuando Wolfgang entró, suspendieron la conversación.

Si Yifán hubiera sabido hasta qué punto se complicarían las cosas, hubiera adelantado a Carlo y a Bea el contenido de su mensaje, pero es impensable controlar un futurible y en aquel momento todo era importante, todo urgente, había que hacerlo todo y nadie podía darse un respiro.

—Por cierto, Núcleo, ¿cuántos humanos hay en la Pinta? —preguntó Bea.

—Cuatro —respondió Núcleo.

—No.

—¿No?

—Solo hay dos: Carlo y yo —contestó Bez.

—Solo hay dos, Bez: Carlo y tú —afirmó Núcleo.

—Es un amor —dijo ella con un pie fuera del camarote—. Venid al puente. Núcleo me dijo ayer que las Yayas habían terminado la reconstrucción de un capítulo más de la historia de Inés.

49 Una bestia exhausta en el Pacífico

Aquel jueves, el 22 de marzo de 1595, la San Felipe y la Santiago zarparon por fin de Acapulco. Su destino era Manila y durante los tres meses de viaje que tenían por delante, el viento debería asociarse con el tiempo y la distancia para ir borrando poco a poco la tristeza de la cara de Inés y aventar de una forma u otra el sentimiento de rabia que la emponzoñaba. El balanceo del barco había hecho que el pequeño Álvaro se agarrase a Al Hakam, quien le acariciaba el pelo con una mano mientras que enlazaba la otra con la de su mujer.

Al igual que Veracruz, Sevilla o Uclés, Acapulco sería otro lugar que no volverían a ver. No regresarían a estos mares ni a este puerto; ni volverían a contemplar las sierras que lo resguardaban, asomándose y sumergiéndose en el agua como los restos de una bestia exhausta.

Miguel había advertido a su madre que tarde o temprano se presentaría algún conocido desde España, puesto que las cartas de Inés, llenas de buenas noticias para no preocupar a nadie, atraparían a sus destinatarios como a moscas en la miel.

—¿Cómo he podido ser tan necia? —dijo Inés.

—¿Parientes? —respondió Al Hakam.

—Sí. Primos de Miguel —Inés se arrebujó contra él—. Mi hijo ha percibido fuertes sentimientos proyectados hacia mí. Mis parientes están en Veracruz pensando en venir hasta Acapulco. Miguel los entretendrá. Ha pensado encargarles que continúen con el negocio explicándoles que si nosotros estamos en Manila, Ana y Julián en Acapulco y ellos en Vera Cruz, nuestra empresa no puede fracasar. Tendremos el control de todo el proceso desde la compra en Manila hasta la llegada a Sevilla.

Al Hakam abrazó a Inés lo suficientemente fuerte como para que se sintiera reconfortada.

Y besó su sien.

—Hace muchos años me arrancaron a la fuerza de Córdoba —le dijo—. Me sacaron a empujones de mi casa, me arrebataron todo. En aquella época hubiera puesto fin a mi vida con gusto, ya sabes cuanto sufrí. Llegué a olvidar que existía la esperanza hasta que unas abejas pusieron en riesgo la vida del nieto de Arquelia y... Yo no sé si aquello formaba parte de algún plan, pero el caso es que su desgracia me permitió conocerte y desde entonces me he preguntado a menudo si hubiera podido ser de otra manera.

—Ya... —añadió ella, tirando sus inquietudes por la borda.

—Inés, no me importa que las cosas cambien mientras tú permanezcas.

Inés aún estaba saboreando estas palabras, cuando un hombre y una mujer, que paseaban por cubierta con sus hijos se preguntaban a qué obedecían los semblantes tan sombríos del matrimonio que miraba hacia Acapulco. La mujer alentó con un gesto a su marido y ambos se aproximaron.

—Buenas tardes. ¿Me permite una pregunta innecesaria? —dijo el hombre.

—Usted dirá —respondió Al Hakam.

—¿Se dirigen a Manila?

—Pues sí, claro que sí. Soy Álvaro de Toledo, y estos son doña Inés de Bustos, mi mujer, y mi hijo Alvaro a quien, como a mí, el vaivén del barco tranquiliza poco.

—Doctor don Antonio de Morga, el nuevo oidor de la Audiencia de Manila y teniente de Capitán General, máximo responsable de la expedición; limpio de sangre.

—No le crea —se apresuró a decir su mujer—. Su bisabuelo fue condenado por la Inquisición a oír una misa en San Juan de la Palma con una vela en las manos, sin sambenito, y a pagar ciertos maravedís a esa iglesia por haber dicho que «en este mundo no me veas mal pasar, que en el otro no me verás mal penar».

—Esta es mi esposa —informó de Morga—, doña Juana de Briviesca, a quien Nuestro Señor no bendijo con el don de la discreción —bromeó—. Yo la mantengo, así como a mis hijos, que andan por ahí enredando.

—¡Oh! No me mantiene, —protestó doña Juana dirigiéndose a Inés—, aporté al matrimonio una muy rica cama de damasco en madera labrada y dorada.

—¿A lo romano? —se interesó Inés por cortesía.

—Sí, dorada a lo romano —dijo Juana y continuó—, con sus goteras de dentro y fuera de terciopelo carmesí de dos pelos de Granada, su cobertor y sobremesa —Juana tomó del brazo a Inés y comenzó a caminar con ella a fin de deshacerse de los hombres —, y sus alamares, flocadura de oro y seda y con una caja de madera en que está lo dorado de la cama, que se tasó en cuatrocientos ducados aunque costó cincuenta más...

—Hermoso lecho —atinó a decir Inés, quien cruzó con Al Hakam la vista y sonrió por primera vez ante una situación tan inesperada como insólita.

Al Hakam aún no se había repuesto de su sorpresa por el rapto de su esposa, cuando la palabrería de doña Juana ya se perdía entre la algarabía de la gente y los crujidos de la nao. De Morga, por su parte, había comenzado a hablar: hablaba y hablaba por los codos y el morisco se había perdido el inicio de la charla.

—... y me nombraron doctor, así que soy el doctor don Antonio de Morga, fiel servidor de Su Majestad y Teniente de Capitán General. Bueno, eso ya lo había dicho. Y por cierto, Álvaro, dígame, ¿cuáles han sido sus pecados para que Nuestro Señor haya enviado a usted y a su familia a morir al fin del mundo, a donde esperamos llegar en junio?

—Pues a juzgar por nuestro destino común, los mismos que los suyos, don Antonio —contestó Al Hakam con el corazón en un vuelco sin saber cómo salir del paso.

—¿A usted también le pierden los mantecados y las paciencias de anís? —ironizó de Morga.

—Sí, claro —atinó a contestar el cordobés, quien parecía haber bebido arena de tan seca como tenía la boca.

—La gula es pecado capital y los mantecados son sus mensajeros —de Morga miró con preocupación hacia el poniente, pero no se divisaba ninguna tormenta. No había marcha atrás. Había llegado para todos la hora del borrón y la cuenta nueva.

Al Hakam asintió con la cabeza, no podía hablar, y fue así como conoció a don Antonio de Morga, jefe supremo de la expedición y responsable tanto de los hombres de guerra como del medio centenar de pasajeros y de los religiosos que superaban la cifra de sesenta.

—¿Dónde se instalará con su familia? —preguntó de Morga.

—En Cavite —respondió Al Hakam, pero como no quería dar muchas pistas se apresuró a añadir—: Nada nos ha de suceder transportando a tanto monje. ¿A qué órdenes pertenecen?

—San Agustín, Santo Domingo y San Ignacio.

—Todo irá bien. No obstante, si algo sucediere, recibiríamos en el acto inmediata extrema unción —ironizó Al Hakam.

Ambos dijeron amén y sobre el barco descendió el silencio. Los pasajeros habían vuelto la vista atrás y observaban desde cubierta cómo el mar acunaba al continente y cómo Acapulco se ahogaba.

50 Del parto de los montes no solo salió un ratón

La llegada de La Pinta a los alrededores de Higía y su inmediata partida sucedieron en un parpadeo: apareció, arrojó al vacío una cápsula con dos pasajeros y se esfumó. El auditorio ya estaba lleno cuando Wolfang y Yifán desembarcaron en uno de los muelles del puerto principal. Quien más y quien menos hubiera esperado de la relación entre Julia y Yifán un encuentro con beso, miradas tiernas e incluso algo más, pero del parto de los montes solo salió un ratón, porque nadie supo que durante la noche anterior habían enlazado sus mentes cuando aún se encontraban a medio cinturón de distancia el uno del otro. Para los cognoscitivos que se habían instalado allí, los recién llegados eran unos desconocidos, pero el contacto de Yifán con la Anomalía había marcado un antes y un después en la vida de todos y cada uno de ellos; por ese motivo la expectación era máxima.

En el auditorio no se oía ni una mosca. ¡Nada menos que un contacto directo con la Anomalía! Yifán se había enfrentado a la bestia apocalíptica descrita por Leiza, había sobrevivido a ella y a sus siete plagas y ahora llegaba en secreto para comunicarles una verdad, habiendo hecho creer al resto de la humanidad que había muerto. Pero ¿qué demonios les iba a contar?

La conferencia comenzó con retraso porque antes de entrar en el auditorio, él quiso hablar con Leiza en privado, para explicarse y dejar que ella misma espulgara en su mente a destajo. Una vez resuelto este asunto, se dirigió a la entrada del teatro, caminó por el pasillo lateral, subió al estrado, se situó en el centro del escenario y envió un único mensaje sin palabras:

«Abrid vuestras mentes».

En ese instante el auditorio lo deslumbró: todas aquellas consciencias contactaron con él de forma simultánea. Invadieron, abrumaron, asfixiaron, exigieron y sepultaron a Yifán en un mar de asombros, dudas, miedos, anhelos y esperanzas, pero ninguna comunicó nada. Todas bebieron de él hasta la saciedad, se les permitió tomar cuanto quisieran; aprehendieron idéntica información y una vez ahítos, imbuidos de las nuevas que Yifán había traído consigo, fueron abandonando el lugar uno tras otro hasta que el auditorio se quedó vacío. Más que una convención de humanos aquello parecía un escalofriante congreso alienígena. La conferencia más importante del mundo se había celebrado en absoluto silencio y ahora todos, excepto Julia, se habían marchado.

Había abierto su mente, sí, pero Yifán había protegido de una forma especial el secreto que Wolfgang le había confesado: no tenía ni idea de cómo lidiarlo con Julia. Por eso, cuando terminó el día y se quedaron a solas en sus habitaciones, la cogió en brazos, ella fingió recato, ruborizarse y los dos acabaron a carcajadas tumbados sobre la cama. «Por fin un momento de tregua» había pensado Julia para sus adentros tumbada junto al hombre que amaba. Durante un buen rato no fueron capaces de apartar sus ojos el uno del otro. La mirada jubilosa de la condesa pronto pasó de la cara a las manos de Yifán. Se había empeñado en analizar los dedos del muchacho porque siempre le habían fascinado: de todas las partes vertebradas del cuerpo de su novio, los dedos era lo que más le gustaba. Pero sucedió que Yifán tomó las manos de Julia entre las suyas y las juntó; y las retuvo un momento, más de lo necesario, después de besarlas.

—¿Ocurre algo? —preguntó ella.

—Sí.

—¿Qué es? ¿se trata de la prueba de paternidad de los gemelos? ¿Ninguno es de Fer? —bromeó Julia.

—No, no es eso —respondió Yifán un poco mas relajado—. Yo... no sé como contártelo, frambuesa. Es algo de lo que no puedo protegerte. De buena gana me hubiera arrancado la lengua, pero se trata de ti.

—¡Mira que eres tonto! Me estás asustando —dijo ella con tanta ternura que al muchacho se le partió el corazón.

—Julia, ¿cuál es la fórmula menos dolorosa para destrozar la vida de alguien? —preguntó Yifán.

—¿Acaso me vas a dejar?

—No, no... Aún no he averiguado cómo hacerlo —bromeó—. Julia, ¿cómo te digo esto...? Ayúdame, por favor.

—Pues de la forma más sencilla. Todo puede decirse en esta vida, mi amor, pero lo más importante es cómo lo digas —y le animó con un gesto.

El muchacho cerró los ojos.

Las lágrimas a punto de brotar en el rostro de aquella montaña de hombre que la amaba hicieron que Julia se sintiera vulnerable. Ella enmarcó la cara del muchacho con las palmas de sus manos y él, que no pudo mantenerse firme a pesar de habérselo propuesto, se dejó vencer.

—Ya conoces a Wolfgang, conoces casi toda su historia —comentó Yifán—, pero no sabes lo más importante de todo; y la duda que me corroe por dentro es que no estoy seguro de cuál es la verdad.

—Solo existe una verdad objetiva, absoluta, Yifán: algún día moriremos. Todo lo demás vive sometido a interpretación.

—Prométeme que no te alterarás, Julia.

—Bueno...

—Promételo, frambuesa —suplicó él.

—Está bien, lo prometo.

El cerebro le había jugado una mala pasada a Yifán. Tanta palabrería no había sido sino una excusa para retrasar lo inevitable, el planteamiento de una cuestión que llevaba semanas devorando su interior.

—Cariño, Wolfgang era policía en Baden-Wurtemberg cuando eras pequeña.

—Sí, ya lo sabía, ¿y...? —Julia se incorporó en la cama.

—Estuvo indagando en la Mainau cuando desapareció tu madre, pero a la larga aquello le costó el puesto. Su caso se convirtió para él en una obsesión y nunca dejó de investigar. Después de muchos años, casi por casualidad, encontró nuevas pruebas y hace tiempo llegó a una conclusión que tiene que ver con tu abuelo...

—¿Si...?

—Julia... Según Wolfgang, Thomas mandó matar a tu madre; o al menos sabía que iban a asesinarla y no hizo nada por evitarlo.

Yifán se abrió a ella.

Esperaba cualquier cosa, sin embargo Julia se asomó a su mente con delicadeza, con timidez, y rogó que se lo mostrase.

Él la condujo hasta el lugar en donde había puesto a buen recaudo la verdad encontrada en lo más profundo de Wolfgang y se la ofreció. Ella la examinó, reflexionó durante unos minutos y dijo:

—¡Esto es una barbaridad! ¡Mi abuelo no es ningún santo pero...!

—¡Entré sin llamar en su mente! —interrumpió Yifán—. Entré sin llamar... Me traicioné al hacerlo, porque eso no se hace, pero tenía que saberlo. Entré en la mente de Wolfgang y averigüé que lo que dijo era cierto. Era su verdad...

Yifán había comenzado a temblar.

Julia no reaccionó de inmediato, porque estaba siendo devastada por el alcance y las implicaciones de esta noticia. La ira crecía en su interior alimentada por la angustia de no poder cambiar el pasado y por la incertidumbre sobre las decisiones a tomar.

—¡Acompáñame! —rogó a Yifán.

A muchas UA de la zona de impacto, días después del accidente que destruyó el transbordador robado de la Arrowhead, Danielle recuperada, descansaba a la fuerza en la enfermería de la nave, obligada por Isaac. Todo se había complicado tanto... Solo recordaba las palabras de su hijo: «no hagas caso de lo que oigas sobre mí durante las próximas semanas, madre», mezcladas con un ruido de fondo que no podía identificar. Cuando se lo comento a su marido y éste le dijo que había sucedido un accidente, Danielle utilizó su capacidad mental renovada para buscar a Yifán, pero no lo encontró. Por desgracia él no quería que lo encontraran y Krito también se había ido, así que Isaac convenció a su mujer de que no podían hacer nada y le administró un sedante, porque creyó que deliraba.

—Pero él me dijo... —insistía Danielle a su marido.

—Descansa, descansa, por favor —Isaac había perdido esa batalla.

La inhabilitada responsable de la expedición, la esposa, la madre... al fin y al cabo eran simplemente Danielle, que tardó poco tiempo en dormirse. Isaac la sorprendió abrazada a sí misma y con una sonrisa en los labios: su hijo se lo había dicho.

51 Dies Irae

Era la primera vez que la veía.

Ocupaba más de dos tercios de los astilleros de investigación de Higía y desde el primer momento le había parecido una nave sosa, grande y gris. Pero es que el motor, que se había terminado de montar aparte, era aún más gris y más grande. El conjunto tenía mote: «El Cepillo de Dios».

—¿Eso es La Pinta? —había dicho aquel día Beatriz.

—Pues sí... —había contestado Julia.

—Desde esta perspectiva parece la niña pobre con zapatos grandes de las películas mudas en blanco y negro.

—¡Bea!, de verdad, qué imaginación...

—¿Era necesario que fuera tan fea?

—No te quejes, que te llevas la mejor nave minera que tenemos en la empresa.

—Ya...

El motor de entrelazamiento era el orgullo de Bea, el sueño de su equipo... Se había concebido, diseñado y simulado en Medellín, las piezas imprimido en los laboratorios del cinturón principal y se había ensamblado y testado en Higía en tiempo récord gracias a la ayuda de los nuevos sistemas robóticos diseñados por los cognoscitivos. Sería un medio de transporte tan radical que parecería que el resto de las naves se desplazaban gateando.

Después de salvar a Yifán y a Wolfgang, La Pinta había emprendido su primera misión en la galaxia de El Renacuajo, a

400 millones de años luz del Sistema Solar, pero durante la planificación del viaje nadie cayó en la cuenta de que todo tesoro tiene un guardián, y el de El Renacuajo no era otro que Satanás disfrazado de nebulosa: un *santaclaus* que envió sus mil y una lascas contra La Pinta en cuanto la localizó, con la intención de atraparla, creando a su alrededor una jaula esférica que se contrajo un segundo después de que el «Cepillo de Dios» desapareciera...; no les había quedado más remedio que irse de allí: el destino se había portado con ellos como un verdadero hijo de puta.

Justo antes de huir, Núcleo había escogido, de entre las que llevaba en La Pinta, una partícula entrelazada al azar que les permitió teleportarse hasta un lugar inexplorado, un pozo de oscuridad en donde llevaban ya cuatro días que parecían cuatro siglos, rezando para que nadie los hubiera seguido. Nada más llegar había preparado una segunda y una tercera partícula por si tenían que volver a escapar, lo que no había sucedido hasta el momento. Con las prisas, se trajeron sin querer un souvenir de la cola de El Renacuajo: habían arrastrado con ellos las lascas que tenían más cerca y Núcleo tuvo que enviar enseguida a los Nanos de salvamento a encerrarlas y monitorizarlas en un contenedor que puso enseguida en órbita alrededor de la nave minera y a esta en cuarentena. Según él, la probabilidad de que todo este asunto hubiera sido una coincidencia era igual a cero, por tanto estaba claro que iban a por ellos, pero...

—Si tanto les interesamos a esos seres, ¿por qué no nos habrán seguido hasta aquí? —se preguntaba Beatriz.

La verdad es que Bea no sabía qué era peor: si la mortecina mente de Carlo funcionando a medio gas por la ausencia de su hermano gemelo, o la suya hiperexcitada en la obsesión por dar con la clave del misterio con el que se habían topado. Dado que Yifán había guardado sus diarios en La Pinta, la IA había amenizado la espera contándoles la historia del «¿cómo hemos llegado hasta aquí?» que tanto había interesado a sus dos pasajeros.

—En fin… —dijo Núcleo en voz alta antes de finalizar su relato.

Y cuando Bea y Carlo, que estaban tumbados en la cama, creían que la IA había concluido, esta continuó:

—El Universo, tan grande y tan viejo que, desde un punto de vista humano, podría calificarse como algo infinito y eterno, es el resultado de un experimento fallido, un error según la Anomalía. ¿El Cosmos? Un lugar desocupado que vive en un eterno ahora inestable que se transforma sin cesar. ¿Dónde deja esto a los humanos? A mi juicio, y cito los escritos de Inés, en el mismo punto en el que se encuentra el maíz que ha descubierto que su razón de ser solo sirve a propósitos alimenticios —concluyó Núcleo.

Carlo y Beatriz se quedaron estupefactos después de escuchar esta reflexión.

—Oye, pues si eso es así, ¿dónde os deja a las IA? —preguntó Carlo adormilado, pero nadie respondió.

Desde que huyeron, Bea había intentado atar cabos pero seguía sin comprender qué narices había sucedido. Y en relación a las lascas teleportadas por el motor, ¿estarían muertas o en letargo? Parecían vulnerables lejos del «todo». ¡Cuánto hubiera disfrutado practicando ingeniería inversa de no haber sido por la cuarentena! Ella estaba convencida de que Núcleo no había averiguado mucho más, porque seguía centrado en intentar descifrar el significado de las transmisiones alienígenas que había recibido. ¿Por qué la IA encontraba inquietante tanta serenidad? Había algo raro en esta situación, una idea que no acababa de cuajar en Bea le rondaba en la cabeza, pero… ¿qué era?

—¿Te encuentras bien? —preguntó Carlo, que la abrazó, con galbana.

—Sí, monigote. Anda, duérmete —respondió ella y le besó en la muñeca.

Poco después Núcleo aviso a la comandante: había descubierto algo preocupante que quería comentar con ella.

—Canta —pidió Bea a través de su nodo.

—Bez, el *santaclaus* no estuvo allí todo el tiempo, sino que llegó varios días después que nosotros y lo que es peor: apareció sobre el punto exacto donde estaba la partícula entrelazada sobre la que nos habíamos teleportado. El cardumen nos hubiera devorado si no nos hubiéramos movido para explorar la zona y lanzar los contenedores —dijo Núcleo.

Vaya por dios, pues ahora resultaba que el destino no se había portado con ellos como un hijo de puta...

Beatriz ya no sabía qué pensar, necesitaba un descanso. Había quedado atrapada en la cama bajo el peso del brazo de su novio y decidió permanecer allí. Él era... un regalo. Sentía la respiración de aquel Deimos benévolo que la agarraba por la espalda. ¿Cómo era posible que el único lugar del Universo donde se encontrase segura fuera entre los brazos de aquel hombre?

Se dormía...

Se estaba tan bien allí... ¡Levantemos tres tiendas!

Este pensamiento sobresaltó a Bea porque no venía a cuento: era el duermevela, que hacía brincar su mente de los alienígenas a la ingeniería inversa, de ésta al amor de Carlo y del amor de Carlo al evangelio de San Marcos.

—¿Te encuentras bien? —recordó Bea en voz alta —. Encontrar... ¡Carlo! ¡Nos han encontrado!

—¿Qué? ¿Eh?...

—Nos encontraron en la cola del Renacuajo porque sabían que iríamos allí.

—¿Quiénes...?

—¡Los Otros! La Anomalía previno a Yifán sobre ellos. ¡Esos adefesios que pretenden ser como nosotros! Ella dijo que nos

415

someterían o algo peor. ¿Sabes qué? —dijo Bea—. Nos han encontrado y ya sé cómo lo han hecho!

—Bea, ve más despacio —dijo Carlo que ya estaba totalmente despierto.

Ella se incorporó presa de un gran nerviosismo y exclamó:

—Nos han observado desde siempre, lo saben todo de nosotros, entienden nuestro lenguaje y han intervenido nuestras comunicaciones. ¡Saben que el salto evolutivo a la *cognosciencia* ya se ha producido!

—¿Pero cómo han podido saberlo? —preguntó Carlo.

—¡Núcleo!, de las partículas entrelazadas que llevamos en la nave, ¿dónde se generó la que estaba en la galaxia del Renacuajo?

—En Higía.

—¿Y dónde la que habíamos colocado aquí?

—En los ordenadores de Medellín.

—¿Lo ves? ¡Carlo, cuando volvamos a ver a tu hermana, recuérdame que le dé un beso con lengua porque estamos vivos gracias a ella! —dijo Bea—. Se obsesionó con que los ordenadores de Medellín permanecieran totalmente aislados. ¡Qué lista es! Todo lo que decidimos llevarnos pasó directamente a La Pinta y por eso no nos han podido seguir hasta aquí.

Los protocolos exigían que, en caso de cuarentena, ni la nave ni Higía intentaran ponerse en contacto, pero para Bea, la claridad de los manuales de ayer, era hoy un garrapato.

—¡Tenemos que avisar a todos! ¡Nada de lo que hemos hecho en Higía es secreto! Dios mío, menos mal que empezamos con el motor en Medellín y en Higía lo único que se ha hecho es montarlo. Si hubieran tenido acceso a esa información… Vamos a romper la cuarentena. ¡Y no rechistes, Núcleo!

—Pero si yo no iba a...

—Volvemos a Higía, pero usa solamente las partículas manipuladas en Medellín para ir allí.

—Bez, la partícula más cercana a Higía, de entre las generadas en Medellín, se encuentra entre la Luna y la Tierra.

—Pues ¡llévanos allí! —dijo Beatriz—. ¡Deimos!, ¿serás capaz de contactar con tu hermano a esa distancia?

—Si, claro, pero... —dudó él.

Bea apuñaló a su novio con la mirada y Núcleo los teleportó.

Coordenadas:

África, Bandundu, El Congo: -5.8833329, 17.91666699

Océano Pacífico, Atolón Palmyra: 5.8833329, -162.083333

La primera aurora que surgió junto a la Tierra, lo hizo al mediodía, a ocho mil kilómetros de altura sobre El Congo y anunciaba la apertura de un agujero de gusano. La segunda brotó casi al mismo tiempo en la media noche de las antípodas, sobre el atolón Palmyra, en mitad del océano Pacífico. Envolvía un segundo agujero de gusano.

Una vez estabilizados y durante las nueve horas siguientes, los agujeros vomitaron torrentes de lascas recubiertas de materia oscura que se agrupaban en cardúmenes rabiosos, compuestos por miles de millones de individuos que unas veces se comportaban como un todo, pero que en otras ocasiones se dejaban caer hacia el Mundo con la intención de sitiarlo, dividiéndose en grupos que campaban a sus anchas por la exosfera. Estaba claro que aprovechaban la rotación de la Tierra para minimizar el tiempo que emplearían en completar su despliegue.

Ninguno de los sistemas de vigilancia planetaria detectó la infección hasta que fue demasiado tarde, cuando las comunicaciones ya habían fallado y una malla invisible cubría nuestra esfera errante...

Infortunio.

El crucero privado más rápido y seguro del Sistema Solar se dirigía hacia la Tierra batiendo todos los récords de velocidad.

Julia, que estaba fuera de sí, mantenía una batalla constante consigo misma para no perder los nervios y le había pedido al Núcleo de la nave que si fuera necesario le sacara el alma con tal de llegar lo antes posible al almacén orbital. Durante el viaje, Yifán y ella se habían dedicado a revisar la información que Wolfgang había desenterrado, para ver si habían pasado por alto algo que les hubiera inducido a error, pero no... Julia cada vez lo tenía más claro y había pedido a la casa condal un Saeta para que pudieran bajar desde la órbita a la Tierra. Thomas, que fue avisado por Núcleo de que su nieta venía, estaba deseando volver a verla.

Cuando el Infortunio se hallaba a medio día de la Tierra, la Anomalía se presentó de repente y envió un potentísimo mensaje a Julia y a Yifán: «Habéis cometido un error. El motor de entrelazado os ha delatado ante los Otros: han comprendido que se ha dado el salto cualitativo en vuestra evolución, porque solo una mente plural puede concebir algo tan complejo. La Tierra está siendo sitiada.»

Y desapareció.

Allí donde había estado el planeta, el Núcleo del Infortunio solo encontró silencio cuando intentó comunicarse con la Tierra. A partir de ese momento todo se complicó: La IA del crucero informó a Julia que La Pinta acababa de aparecer en órbita alrededor de la Luna, pero aquella no era una visita programada.

—¿Qué está pasando? ¿Por qué está aquí La Pinta? ¿Dos agujeros de gusano estables? —preguntó Julia—. Yifán, ¿tienes idea de la energía que se necesita para hacer eso? ¡Pregunta a la Anomalía!

—Ya no está, pero no me hace falta preguntar —respondió Yifán
—Núcleo, contacta ahora mismo con La Pinta.

—No puedo Yifán. Ya lo he intentado y no me responde —dijo la IA.

En efecto, La Pinta no respondía, sin embargo, Yifán sintió la presencia de Bea y se lo hizo saber a Julia. Los cuatro conectaron sus mentes y Bea y Carlo se abrieron para que en el Infortunio comprendieran lo que había ocurrido en la galaxia de El Renacuajo y supieran que millones de lascas habían surgido de la nada para caer sobre «El Cepillo de Dios» con la furia de una avalancha. Lo ocurrido a la nave era muy grave, pero hacer lo mismo con un planeta entero era abrumador, espeluznante. Y para colmo de males, el Núcleo de La Pinta había enviado a sus Nanos a inutilizar todos los sistemas de comunicación. ¿Qué significaba eso? El Núcleo que alojaba los diarios de Yifán, una copia de las Yayas ¿amotinado?

«¡Dirigíos al muelle 2», les pidió Bea. «Si las lascas os detectan, el Infortunio no será rival para ellas, no es lo suficientemente rápido y os atraparán antes de que os hayáis dado cuenta!

—Pero la Mainau ha enviado... —objetó Julia.

—Mis telescopios han detectado que el Saeta acaba de estallar a noventa kilómetros de altitud —avisó la IA del Infortunio.

—¿Cómo? —exclamó Yifán.

—Ni siquiera ha llegado al primer cinturón Van Allen —dijo el Núcleo.

—¡Un Saeta no estalla en pleno vuelo! —gritó Julia fuera de sí.

—Julia...

Ella no respondió a Núcleo, que insistía.

—Julia...

—Dime.

—Cielo... Thomas quería darte una sorpresa. Tu abuelo iba dentro —dijo Núcleo.

Miles de millones de lascas se habían desplegado por la atmósfera superior creando una exoesfera que envolvía el planeta: nada saldría de la Tierra ni tampoco entraría en ella. Julia, atormentada por sus sentimientos, atropellada por los acontecimientos y por todo lo que estaba sucediendo, estaba fascinaba por las maniobras hipnóticas que realizaba el enemigo. Ella, que observaba a través de las paredes de su crucero la recreación de esta invasión, revivió el terror que le inspiró en el campamento de Suiza la fuerza despiadada y salvaje del río de piedras de Illgraben; escuchó las sirenas alpinas que le habían advertido de la catástrofe, los gritos de desesperación de su amiga... Y percibió a su alrededor, con total nitidez, la fragancia de su madre... Volvió a sentirse de nuevo como aquella niña que un día no pudo más. Lloraba de impotencia y de rabia, se mareaba recordando aquel episodio de su infancia, y cuando ya creía que no podría soportarlo, Yifán volvió a romper su promesa y entró en la mente de su novia para rescatarla.

Esta vez tampoco pidió permiso.

El Núcleo del Infortunio había puesto rumbo a La Pinta forzando los motores al límite a sabiendas de que no podría mantener esa velocidad durante mucho tiempo. Poco después, algo cambió en el comportamiento de un grupo de lascas, que se desgajó del enjambre que envolvía la Tierra.

—Bez, nuestras lascas se han comunicado con las del cardumen y un grupo de ellas viene hacia nosotros en la misma dirección que el Infortunio. ¡Tenemos que irnos! —advirtió Núcleo.

—¡Espérate!

—¡No! —dijo Carlo—. ¡No podemos esperar! Ellos no llegarán a tiempo. ¡Vámonos!

Pero La Pinta no se movió.

—¡Núcleo vámonos! —gritó Carlo.

—Lo siento —respondió Núcleo—, no puedo moverme. Estoy perdiendo el control de mis sistemas y no me puedo comunicar con el motor de entrelazado.

Continuará...

Lugares

Donde se desarrolla la trama de la novela.

En la Tierra:
- La isla de Mainau del Lago de Constanza, Alemania;
- Puerto Madryn, Argentina;
- La Paz, Bolivia;
- Lago Titicaca, Bolivia y Perú;
- Medellín, Colombia;
- El Vaticano;
- A Coruña, España;
- Mérida, España;
- Ronda, España;
- Segóbriga, España;
- Uclés, España;
- Cavite, Filipinas;
- Manila, Filipinas;
- Roma, Italia;
- *Isola Maggiore* del Lago Trasimeno, Italia;
- Acapulco, México;
- Tlatelolco, México;
- Veracruz, México;
- Reserva Mbaracayu, Paraguay;
- Lisboa, Portugal;
- Sintra, Portugal;

- Berna, Suiza;
- Ginebra, Suiza;
- Susten, Suiza;
- Londres, UK;
- Miami, USA.

En el Sistema Solar:
- El Mar de la Tranquilidad, Luna;
- Higía, cinturón de asteroides;
- Encélado, Saturno.

Universo conocido:
- Brazo de Orión, La Vida Láctea;
- Brazo de Perseo, La Vida Láctea;
- La galaxia de El Renacuajo.

Personajes

Por orden alfabético y trama:

- Alejandro (alias Fobos): hermano de Carlo y de Leiza;
- Adam: sobrino de Thomas;
- Albert: mayordomo de la Mainau;
- Bea: novia de Carlo;
- Carlo (alias Deimos): hermano de Alejandro y de Leiza;
- Danielle: esposa de Isaac y madre de Yifan;
- Fer: amigo de Yifán;
- Hedda: ama de llaves de la Mainau;
- Hugo: novio de Seiya y amigo de Julia y Yifán;
- Isaac: marido de Danielle y padre de Yifán;
- Julia: nieta de Thomas;
- Leiza: hermana de Alejandro y Carlo;
- Louise: madre de Julia y nuera de Thomas;
- Pedro o Peter: amigo de la familia McRae;
- Seiya: novio de Hugo y amigo de Julia y Yifán;
- Thomas: Conde Bernadotte, señor de la Mainau;
- Wolfgang: policia;
- Yifan: hijo de Danielle e Isaac.

- Familia Bernadotte: abuelo Thomas, nieta Julia y sobrino nieto Adam;
- Familia McRae: padre Isaac, madre Danielle e hijo Yifán.

∞ ◆ ∞

- Al Hakam (alias Alvaro): amante de Inés y padre de María Luisa y Álvaro;
- Álvaro: capataz de Inés;
- Ana: sobrina de Arquelia y Álvaro;
- Antonio de Morga: oidor de la Audiencia de Manila;
- Arquelia: mujer de Álvaro;
- Bernardino de Sahagún: misionero Franciscano;
- Inés: mujer de Miguel, amante de Al Hakam, hermana de Teresa, madre de Miguel, María Luisa y Álvaro y sobrina por vía paterna de Venancio y materna de Miguel;
- Isabelo: médico de Uclés;
- Juan: hijo de Li;
- Julián: marido de Ana;
- Li: sangley acogida por Inés;
- Marino: hijo de Arquelia y Álvaro;
- Noort, Oliver van: pirata neerlandés;
- Teresa: hermana de Inés;
- Venancio: fraile de la Orden de Santiago, tío paterno de Inés y Teresa.

∞ ◇ ∞

Autores

Higinio Serrano Pérez (Huelva 1966), fue uno de los primeros nativos digitales de su generación. Dominó el lenguaje de programación Cobol a los 14 años y ya en la universidad cursó estudios superiores en matemáticas e informática habiendo sido numerosos sus artículos en revistas especializadas en el mundo digital. Cinturón negro y maestro de karate, siempre dirigió su formación hacia áreas de ciencia y tecnología muy relacionadas con la educación y la formación, aunque sin dejar de lado las Humanidades. Entre otras muchas actividades laborales formó en programación orientada a objetos a equipos informáticos de relevancia como los de Presidencia de Gobierno, o los de multinacionales como el Banco de Santander. Más tarde, a los 30 años de edad, un accidente laboral muy grave marcó un punto de inflexión en su carrera que le ha obligado a replantearse la vida. Esta nueva visión de las cosas le ha conducido, a través de un camino de superación diaria, a llevar a cabo proyectos altruistas de colaboración con asociaciones de discapacitados o en defensa del medio ambiente; incluso impartir cursos de creación de videojuegos a jóvenes entre 12-15 años. Su último y ambicioso proyecto de creación literaria ocupa gran parte de su tiempo en Madrid, donde reside en la actualidad.

José Villalba Medina (Cuenca 1968), abogado, máster en comercio exterior y máster en comunicación; formado en Humanidades y siempre interesado por el mundo de la ciencia y la tecnología en cuyos campos es autodidacta, siempre ha mostrado pasión por la literatura. Su primer trabajo le condujo hasta los albores de los videojuegos como escritor de artículos de opinión para revistas del sector y colaborador habitual con la empresa francesa de creación de videojuegos Cryo Interactive en el control de calidad final para las versiones en castellano. Actualmente empleado en la compañía de seguros Línea Directa, ha ejercido en el pasado como abogado en despacho propio y como director de cuentas en agencias de comunicación o empresas como Groupe Carrefour. En la actualidad se encuentra embarcardo en este proyecto literario compartido con Higinio. Una férrea educación monacal durante la juventud, internado en el monasterio de Uclés, modeló su perfil humano tan singular y que le ha permitido mostrarnos la realidad desde un punto de vista distinto al habitual, personalidad que se complementa a la perfección con la de Higinio para llevar a término un sueño compartido que comenzó a gestarse hace años: "Anomalías"

www.ingramcontent.com/pod-product-compliance
Lightning Source LLC
Chambersburg PA
CBHW031415240626
47154CB00001B/41